Silvia Konnerth
Heideblütenküsse

Autorin

Silvia Konnerth, geboren 1980 in Frechen bei Köln, war als Disponentin und später im Import tätig. Sie lebt mit ihrer Familie am nördlichen Rand der Lüneburger Heide und schreibt romantische Komödien, von denen sie bereits mehrere sehr erfolgreich als Selfpublisherin veröffentlicht hat. »Heideblütenküsse« ist ihr erster Heideroman.

Weitere Informationen unter:
https://www.silviakonnerth.de/;
www.facebook.com/silviakonnerthautorin/

Silvia Konnerth

Heideblütenküsse

Roman

blanvalet

FSC
www.fsc.org
MIX
Papier aus verantwortungsvollen Quellen
FSC® C014496

Verlagsgruppe Random House FSC® N001967

1. Auflage

Dieses Werk wurde vermittelt durch die
Literarische Agentur Michael Gaeb.

Redaktion: Angela Kuepper
Umschlaggestaltung: © Johannes Wiebel | punchdesign, unter
Verwendung von Motiven von Julia Sudnitskaya/Shutterstock.com
und Antranias/pixabay.com
DN · Herstellung: sam
Satz: Vornehm Mediengestaltung GmbH, München
Druck und Bindung: GGP Media GmbH, Pößneck
Printed in Germany
ISBN 978-3-7341-0653-8

www.blanvalet.de

Für Ani, Jenny, Katja, Marion, Sarah,
Sigrid und Silke.
Danke.

Anteilnehmende Freundschaft macht das Glück strahlender und erleichtert das Unglück.
Marcus Tullius Cicero

Prolog

August 1989

Es war der Sommer, in dem die Heide am Himmel blühte.

Zumindest für Emmi, die kopfüber am dicksten Ast der Buche am Wiesenrand baumelte, während die Heidschnucken genüsslich Blüten und Wildkräuter naschten – sie *schnökerten*, wie der Schäfer es nannte.

Emmi hatte bereits bis zu Schnucke Nummer achtunddreißig gezählt, als von unten jemand fragte: »Was machst du da?«

Den Blick auf Nummer neununddreißig geheftet, erwiderte sie: »Rumhängen. Siehste doch.«

Ihre beste Freundin Insa zupfte am Spitzensaum ihres Sommerkleides, während sie zu Emmi hinaufblickte, die nun gemächlich vor und zurück pendelte.

»Lass das, Emmi.«

»Ich kann die Schnucken am Himmel sehen! Los, komm rauf!«

Insa schüttelte den Kopf.

»Bist wohl zu feige.«

»Und du bist doof. Außerdem haben Schnucken schwarze Köpfe, keine Ahnung, was du da siehst.«

Beleidigt wandte sich Insa zum Gehen, doch Emmi

streckte die Hand nach ihr aus. »Wenn du ein bisschen mithilfst, kriegen wir dich schon hoch.«

»Für Kleinkinder ist Bäumeklettern vielleicht cool, für mich nicht mehr«, gab Insa patzig zurück.

»Hier oben gibt's übrigens Gummibärchen«, sagte Emmi beiläufig und schaukelte etwas schwungvoller. Als Insa innehielt, fügte sie hinzu: »Und die roten würde ich alle dir überlassen.«

Während sich Emmi zurück auf den Ast schwang und flink wie ein Eichhörnchen den Stamm hinabkletterte, scharrte Insa unschlüssig im sandigen Boden, bis ihre weißen Lacksandalen gelbgrau waren.

»Du kannst zuerst auf die Bank steigen und dich dann an den Zweigen festhalten. Ich schiebe dich von unten an und passe auf, dass du nicht fällst.«

»Man klettert nicht mit Kleidern auf Bäume. Und mit Sandalen schon gar nicht.«

Emmi neigte leicht den Kopf. »Man klaut auch keine Birnen, trotzdem machen wir's. Weißt du noch, wie wir letzten Sommer einen ganzen Eimer voll gepflückt haben?«

»Die alle steinhart waren«, erinnerte Insa sich, und die Mädchen begannen zu kichern.

»Mark hatte drei Tage lang Bauchweh.«

»Und geheult hat er.« Insa linste unsicher zu dem Ast empor und flüsterte: »Ich trau mich nicht.«

Doch Emmi schien sie gar nicht zu hören. Scheinbar gedankenverloren starrte sie zu den Bienenkästen und den Wacholderreihen dahinter, deren dunkles Grün sich vom lilafarbenen Heidebett abhob, das sich in immer größer werdenden Wellen Richtung Horizont erstreckte.

»Ich hol meinen Rucksack. Hab keinen Bock mehr auf klettern«, murmelte sie schließlich und trat einen Schritt zurück zum Baum, aber bevor sie hinaufklettern konnte, packte Insa ihren Arm. »Du hast doch was.«

Für eine Weile sahen sich die Mädchen schweigend an, dann setzte sich Emmi im Schneidersitz auf die morsche Holzbank, deren Rückenlehne halb weggebrochen war. Insa nahm neben ihr Platz, den Oberkörper artig aufgerichtet, die Knie zusammengepresst.

»Mein Opa findet, Jungs dürfen nicht heulen«, stieß Emmi zusammenhanglos hervor.

Insa blinzelte verwirrt, wusste offensichtlich nicht, worauf Emmi hinauswollte, und antwortete aufs Geratewohl: »Wenn die Birnen halt unreif waren …«

»Mark hat nicht mal geheult, als Berta ihm den Arm gebrochen hat. Du kennst die Schnucke ja, die ist echt gefährlich.« Nachdenklich zwirbelte sie den Zopf um den Zeigefinger. »Was würdest du tun, wenn dein Freund, der eigentlich nie weint, heulend aus dem Haus rennt und brüllt: ›Ich will aber hierbleiben!‹?«

Ratlos blickte Insa von ihrer Freundin zu den Schafen und von dort wieder zurück zu Emmi, bevor sie ebenfalls die Bienenkästen anstarrte.

Es war also so weit: Marks Eltern würden die Pension verkaufen und Moorbach verlassen. Nach Hamburg wollten sie ziehen, weil das Leben auf dem Land zu beschwerlich sei, hatte Marks Mutter einmal zu Emmis Mama gesagt. Doch wer, bitte schön, sollte künftig die

Bauleitung beim Baumhausbau in Insas Garten übernehmen, wenn Mark fort war? Was würde aus den Bienen werden? Aus der Pension? Und vor allem aus Mark?

»Er ist doch unser bester Freund«, rief Emmi aufgebracht in das Schnuckengeblöke hinein. Dann sprang sie ohne Vorwarnung auf, kraxelte die Buche hoch, um ihren Rucksack zu schnappen, der zwischen zwei Ästen klemmte, und landete kurz darauf wieder neben Insa im Sand. Anschließend fischte sie Papier und einen Stift aus dem Eastpak und kritzelte in Druckbuchstaben eine Nachricht. »Wir berufen eine Notfallsitzung ein. Du, Mark und ich«, erklärte sie. »Wir drei. Auf der Baumhausbaustelle.«

»Schreibst du etwa Einladungen?« Neugierig beugte sich Insa zu Emmi hinüber und spähte ihr über die Schulter, um zu lesen, was ihre Freundin geschrieben hatte.

Mark, keine Sorge, wir helfen dir. Du bleibst für immer in Moorbach. Ich verspreche dir, dass du nie von deinem Zuhause getrennt wirst. Deine Emmi

Ohne es zu ahnen, besiegelte Emmi mit diesem Zettelchen ihr Schicksal, was sie allerdings erst viel, viel später herausfinden sollte. Nach Jahren, in denen sie selbst fern der Heimat leben würde – Jahre, die tiefe Wunden hinterlassen würden und in denen niemand sie mehr Emmi nannte. Doch an diesem Sommertag, an dem die Heide nach Honig duftete, war Freundschaft das Einzige, was zählte.

Kapitel 1

August 2017

Als Emma Matthies aus dem Kerpener Amtsgerichtsgebäude trat – einem rechteckigen Klotz aus roten Ziegeln, der so nüchtern und zweckmäßig wirkte, wie man sich ein Gerichtsgebäude eben vorstellte –, wehte ihr ein schwüler Lufthauch durch die brünetten Locken, der sich so gar nicht nach dem anfühlte, was sie erwartet hatte: Freiheit, Erleichterung. Als wollte sich das Wetter über sie lustig machen, blies der Wind dunkle Gewitterwolken über die Stadt, die ersten seit Beginn der Hitzewelle vor über zwei Wochen. Unschlüssig, was sie mit dem angebrochenen Tag anfangen sollte, an dem sich alles und nichts für sie geändert hatte, strich Emma über das Sommerkleid mit dem tiefen V-Ausschnitt. Beim Kauf hatte sich das sündhaft teure Teil genau richtig angefühlt, um Jan zu zeigen, was er in Zukunft verpasste. Während sie sich in der Umkleidekabine vor dem Spiegel hin- und hergedreht hatte, war der Wunsch in ihr aufgekeimt, er möge die Trennung bereuen. Sollte er doch sehen, was er nie wieder anfassen durfte – ihren Po zum Beispiel, der in diesem Kleid besonders gut zur Geltung kam. Aber für Reue hatte Jan neuerdings selten etwas übrig, sonst wäre er wohl kaum völlig unverfroren mit seiner Neuen zur Scheidung aufgekreuzt, dem letzten offiziellen Termin, den er und Emma miteinander teilten. Ein klitzekleines bisschen Wehmut war eigentlich nicht zu viel verlangt, nach allem, was sie gemeinsam durchgemacht hatten, dachte Emma.

Anscheinend doch. »Geschafft«, hörte sie Jan nämlich in diesem Augenblick hinter sich erleichtert sagen.

Um sich nichts anmerken zu lassen, zauberte sie das professionelle Lächeln auf ihr Gesicht, das in ihrem Beruf als Immobilienmaklerin über Erfolg oder Misserfolg entscheiden konnte. Immerhin hatte sie all das überstanden, was Jans Neue noch vor sich hatte. Sie war den Mann los, der irgendwo auf ihrem gemeinsamen Weg seinen Familiensinn verloren und die Lust auf andere Frauen entdeckt hatte. Ihre Nachfolgerin stöckelte geradewegs ins Unglück hinein. Als Jan und *Wie-war-noch-mal-ihr-Name* sich zu ihr gesellten, wagte Emma zum ersten Mal, das neue Traumpaar genauer zu betrachten.

Die elf Jahre jüngere Frau lächelte verlegen, ihre Augen strahlten jene Zuversicht aus, die Emma mit fünfundzwanzig auch noch gespürt hatte. Damals, als sie, die frischgebackene Maklerin, Jan eine Wohnung im Kölner Severinsviertel vermittelt und er sie aus Dank zum Essen eingeladen hatte. In den darauffolgenden Wochen hatte er ihr Blumen geschickt, sie in teure Restaurants ausgeführt und seiner Familie vorgestellt, womit er Emma bewiesen hatte, dass er es ernst mit ihr meinte. Lediglich drei Monate hatte Jan gebraucht, um sie davon zu überzeugen, dass er der Eine war, ohne den sie nicht mehr leben mochte.

Sie räusperte sich. Der Drang, das arme Mädchen zu warnen, verflüchtigte sich und ließ ein eigentümliches Gewirr aus Mitleid, Gewissensbissen und Schadenfreude zurück.

»Bleibt nur noch eines. Meinen Wohnungsschlüssel, bitte.« Fordernd hielt sie Jan die geöffnete Hand hin.

»Wohnungsschlüssel?« Er kratzte sich verwirrt am Kinn.

»Du hast schon richtig verstanden. Ich möchte meinen Schlüssel zurückhaben«, erwiderte Emma, und mit einem Mal stieg Wut in ihr auf – ein Gefühl, das sie bisher erfolgreich verdrängt hatte. Sie atmete tief durch. »Gib mir den Schlüssel, und du bist mich für immer los.«

Jan schnippte mit Daumen und Mittelfinger. An seine Freundin gewandt, sagte er: »Ich wusste doch, irgendetwas hatte ich vergessen.« Er zuckte die Achseln. »Sorry, Ems.«

Sorry, Ems, äffte Emma ihn in Gedanken nach. Sie konnte den Spitznamen, den er ihr verpasst hatte, nicht mehr hören. Wer wollte schon genannt werden wie ein Fluss? Sie musterte Jan unverhohlen. Zugegeben, er sah ganz passabel aus mit seinen einundvierzig, fast genauso wie damals vor elf Jahren, als sie sich kennengelernt hatten. Sein blondes Haar war voll und ohne jeden Grauschimmer, er wirkte jung und dynamisch. Ein Herzensbrecher. Denn genau das hatte er getan, als er sich zum ersten Mal in einem fremden Bett Schrägstrich auf einer fremden Autorückbank herumgetrieben hatte: Er hatte Emmas Herz gebrochen. Und es war seitdem nicht wieder verheilt, sosehr sie es sich auch gewünscht hätte.

Sie verschränkte die Arme vor der Brust, reckte stolz das Kinn und sagte: »Fahren wir also rasch bei dir vorbei, dann haben wir es hinter uns.«

»Lisa und ich wollten zur Feier des Tages jetzt eigentlich essen gehen«, entgegnete Jan mit einem leichten Anflug von Unsicherheit in der Stimme, die Emma sofort ausnutzte.

»Erst den Schlüssel, dann kannst du machen, was du willst. Du wolltest doch frei sein.«

»Frei«, wiederholte er und schien, seinem Gesichtsausdruck nach zu urteilen, die Bedeutung dieser kleinen Silbe erst jetzt zu begreifen. Er setzte das provokante Grinsen auf, das sie früher so sexy an ihm gefunden hatte – bis zu seinem ersten Seitensprung. Kurz überschlug sie im Geiste, wie hoch die Strafe wohl ausfallen würde, wenn sie ihren Exgatten im Brunnen am Fuße der Treppe ertränkte. Oder ihn an Ort und Stelle vor den nächsten Bus schubste. Vielleicht half es auch, auf ein Wunder in Form eines Blitzschlags zu hoffen – *zack bum!,* Problem gelöst.

Emma seufzte und schüttelte den Kopf. Dann fiel ihr etwas Besseres ein.

»Weißt du was? Behalte ihn.«

Überrascht klappte Jans Unterkiefer nach unten, und *Wie-auch-immer* riss die Augen auf. »Echt jetzt?«

Emma winkte ab. »Ein Schlüssel mehr oder weniger, was macht das schon?«

»Wow, so locker kenne ich dich gar nicht.«

»Du weißt einiges nicht von mir«, gab Emma zurück, setzte ein strahlendes Gewinnergesicht auf, eigentlich Jans Spezialität, und zwinkerte ihm obendrein noch zu.

Die arme Lisa – Mist, jetzt hatte sich Emma den Namen doch gemerkt – wurde weiß wie ihre Rüschenbluse und hakte sich bei Jan unter.

»Meinst du nicht, Emma sollte ihren Schlüssel zurückbekommen? Alles andere wäre doch irgendwie … komisch.« Sie kicherte nervös. Anscheinend hatte die Ahnungslose noch nicht bemerkt, dass die gesamte Situation »irgendwie komisch« war. Emma würde ihrem Partner – gesetzt den Fall, es gäbe irgendwann wieder einen – die Hölle heißmachen, sollte er jemals auf die wahnwitzige Idee kommen, den Wohnungsschlüssel seiner Ex behalten zu wollen. Unvorstellbar!

»Ach, weißt du«, sagte Emma jovial, »Jan sieht das nicht so eng. Meine Wohnung, unsere Wohnung …«

»Du hoffst wohl, dass ich dich überraschend besuche.« Jan lachte, während Lisa sichtlich verstört blinzelte.

»Ich bewundere dich für deine Fantasie«, flötete Emma und hob ihm dabei demonstrativ das Dekolleté entgegen. Eine billige Masche, aber immerhin etwas, mit dem sie Lisa gegenüber punkten konnte. Ziemlich traurig, schoss es ihr durch den Kopf, dass man sich mit sechsunddreißig, also in der viel zitierten Blüte des Lebens, mit derartigen Problemen herumplagen musste. Eigentlich sollte sie in diesem Augenblick das Mittagessen für einen Haufen Kinder zubereiten, die hungrig aus der Schule heimkamen, so wie Jan und sie es sich vor einer Ewigkeit ausgemalt hatten. Zu spät. Geschäftsmäßig hielt sie ihm die Hand hin. »Alles Gute für dich.« Sie nickte Lisa zu. »Für euch.« Kurz erwog sie, Jan um den Hals zu fallen, um Lisa den Rest zu geben, aber die konnte nun wirklich nichts dafür, dass er ein derart schäbiges Exemplar von einem Ehemann abgegeben hatte. Nun war er ihr Ex – der Titel stand ihm, fand Emma.

Souverän schritt sie die Stufen hinunter und bog nach rechts in Richtung Parkplatz ab, als sie jemand plötzlich rücklings am Arm packte. Bereit, den Angreifer mit Händen und Füßen in die Flucht zu schlagen, fuhr Emma ruckartig herum.

»Jan!«, stieß sie atemlos hervor. »Musst du dich um Himmels willen so anschleichen?«

Er hob unschlüssig die Schultern. »Ich wollte nur sichergehen, dass du okay bist.«

»Bisher hatte ich nicht das Gefühl, dass dir mein Wohl sonderlich am Herzen gelegen hätte.«

»Zugegeben, es ist eher ... unglücklich mit uns gelaufen.«

»Unglücklich.«

»Na ja, jedenfalls sollst du wissen, dass ich dir niemals wehtun wollte.« Er schluckte. »Dieser Drang nach Ablenkung ... Natürlich war es nicht okay, was ich gemacht habe, aber wenn man lange Zeit immer mit derselben Frau zusammen war ... Und dann der Druck, endlich ein Kind zu bekommen, und die Enttäuschung – Monat für Monat. Ich hatte das Gefühl, dass wir uns zu weit voneinander entfernt hatten, und dann die Sache mit dem … Na, du weißt schon. Du hast doch bestimmt auch …«

»Was denkst du eigentlich von mir?«

»Dann hast du also nie mit einem anderen …?«

Sie starrte ihn bitterböse an. Allein die Annahme, sie hätte ihn betrogen, kränkte Emma.

»Oh Mann.« Jan rieb sich den Nacken. »Trotzdem hoffe ich, dass wir noch Freunde bleiben können. Nachdem wir die Scheidung schon so unspektakulär über die Bühne gebracht haben.«

»Ich denke nicht, dass wir uns je wiedersehen sollten.«

Jan senkte kurz den Blick, dann sah er Emma geradewegs in die Augen. »Es tut mir ehrlich leid. Alles. Ich weiß nicht, an welchem Punkt es mit uns schiefgelaufen ist. Und warum. Wir beide, das war immerhin … Und ich wollte dich nie verletzen, das musst du mir glauben«, stammelte er hilflos.

Meine Unfähigkeit, dich zum Vater zu machen, ist der Grund. Aber anstatt mit mir zu kämpfen, hast du dich zurückgezogen und fremde Frauen gevögelt, hätte Emma am liebsten geschrien. Doch all diese Worte würden nichts mehr ändern. Die Ehe war vorbei, der Mann, der versprochen hatte, sie in guten wie in schlechten Zeiten zu lieben, hatte sein Versprechen gebrochen. Und dennoch glaubte sie ihm absurderweise. Selbst wenn Jan kein Musterehemann gewesen war, zumindest nicht während der letzten fünf Jahre, war er kein schlechter Mensch. Seine Ratlosigkeit – vielleicht war es auch Frustration gewesen – hatte sich in Abenteuerlust verwandelt und sich nach und nach verselbstständigt.

»Mir tut es auch leid«, räumte Emma zögernd ein, bevor sie erneut schwiegen.

»Weißt du noch, als mein Bruder sich vor dem Altar übergeben hat?«, fragte Jan schließlich und lächelte bekümmert.

Da war sie, die Wehmut, die Emma bisher vermisst hatte.

»Das Gesicht des Pfarrers – unbezahlbar«, sagte sie leise.

»Du hast Tränen gelacht.«

»Das war bloß Galgenhumor.«

»Und deine Mutter hat lautstark *All You Need Is Love* angestimmt.«

»Sie hatte schon immer ein Gespür für besondere Momente.«

Nach einer kurzen Pause, in der die Gedanken zwischen ihnen umherflatterten wie Schmetterlinge, brachen Worte aus ihm heraus, die ganz und gar nicht zu einem Scheidungstag passten: »Als Braut hast du wunderschön ausgesehen. Ich habe dich so sehr geliebt.«

Emma schluckte schwer. »Ich sehe immer noch umwerfend aus.«

Er lachte leise. »Das tust du.«

»Aber du stehst jetzt auf Jüngere. Auf viel Jüngere.«

»Das mit Lisa … Ich habe keine Ahnung, was es ist.«

Abwehrend hob Emma die Hand. »Ich will es lieber nicht wissen.«

Jan seufzte. »Pass gut auf dich auf. Du hast es verdient, glücklich zu sein.«

Oh nein, jetzt brachte er sie doch noch zum Weinen.

Verstohlen wischte sie sich die Tränen aus den Augenwinkeln. »Du solltest besser gehen. Lisa wundert sich bestimmt, wo du bleibst.«

Sanft legte er die Hand an ihre Wange, und Emma schmiegte sich ein letztes Mal an sie.

»Und falls ich doch mal eben vorbeischauen soll … Du weißt schon.« Er zwinkerte ihr zu, und Emma fürchtete beinahe, dass sein Angebot keine leere Floskel war. »Nur ein Scherz, Ems, keine Sorge.«

Sie trat einen Schritt zurück, straffte die Schultern und holte tief Luft, um ihre Rührung niederzukämpfen. »Mach's gut, Jan.«

Das war es also. Jan und Emma, Emma und Jan existierten nicht mehr. Das einzige Überbleibsel ihrer gemeinsamen Zeit war der Wohnungsschlüssel, den er aus irgendeinem Grund behalten hatte. Mit einem Mal fühlte sich Emma ermattet und traurig. Sie beschloss, sich zu Hause mit einer Flasche Rotwein zu trösten – allerdings erst, nachdem sie den Schlüsseldienst gerufen hatte. Zwar hatte sie viele Niederlagen in ihrem Leben einstecken müssen, aber dies hier war definitiv einer der großen Stolpersteine. Ein Frontalaufprall, bei dem der Airbag nicht alle Verletzungen verhindern konnte. Die gute Nachricht war: Noch übler konnte ihr das Schicksal kaum mitspielen. Tiefer fallen war ausgeschlossen.

Doch dann entdeckte sie am nächsten Morgen im Büro das Exposé zu einem mit Rosen berankten Reetdachhaus auf ihrem Schreibtisch. Und ein Post-it, das auf ihrem Laptop haftete: *Herzlichen Glückwunsch zur*

Scheidung und zum neuen Auftrag. Ein Heimspiel. Gute Reise, M.

Irrtum, es ging noch viel schlimmer.

Die Auftragsmappe in der Hand, stürmte Emma in Michael Bergstedts Büro. Wie immer trug ihr Chef die Brille in den Haaren statt auf der Nase, und sie konnte exakt den Moment abschätzen, in dem er seine Sehhilfe suchen würde.

»Emma, *good morning,* Miss Frischgeschieden. Du musst der glücklichste Mensch der Welt sein«, begrüßte er sie strahlend und reichte ihr, als hätte er sie erwartet, eine Tasse seines berühmt-berüchtigten Milchkaffees, dessen Zuckeranteil den Bedarf an Kalorien für geschätzt drei Tage abdeckte. Emma nahm ihn entgegen, obwohl sie eigentlich für eine Weile auf Süßes verzichten wollte.

»Warum denken alle, so eine Scheidung sei eine Party?«, beschwerte sie sich, ohne Michaels Aufforderung, sich zu setzen, nachzukommen. Stattdessen warf sie ihm das Exposé vor die Nase.

»›Pension in traumhafter Lage – Lüneburger Heide‹. Was ist das?«

Auf der Suche nach seiner Brille hob Michael vergeblich alle möglichen Dokumente an, die lose auf seinem Schreibtisch verstreut lagen, und öffnete schließlich nacheinander sämtliche Schubladen des Rollcontainers. Nachdem Emma ihn lange genug hatte zappeln lassen, räusperte sie sich vernehmlich und tippte sich an den Kopf. Michael verstand, nahm die Brille herunter und bestaunte sie wie ein kleiner Junge sein neues Matchboxauto.

»*Gosh!*«, rief er aus.

Emma konnte sich ein schwaches Grinsen nicht verkneifen. Aktuell bereitete sich Michael intensiv auf eine Englandreise vor, indem er seiner Belegschaft mit einem schlecht nachgeahmten britischen Akzent und diversen neu erlernten Vokabeln den letzten Nerv raubte. Doch heute war sie überhaupt nicht in der Stimmung für so etwas. Sie wiederholte: »Was ist das, Michael?«

Emmas Chef lehnte sich in seinem Drehstuhl zurück und musterte sie. »Warum so ungehalten? Diese Scheidungssache hat dich wohl mehr aus der Bahn geworfen, als ich befürchtet hatte.«

»Nicht die Scheidung ist das Problem, sondern *das* da.« Sie tippte nachdrücklich auf die Mappe. »Ich bin nicht die Richtige für diesen Job.« Allein der Gedanke daran, auch nur in die Nähe von Moorbach zu kommen, verursachte ein ungutes Kribbeln in Emmas Magen. Sie würde diesen Auftrag unter keinen Umständen übernehmen. Da konnte Michael einen Kopfstand machen.

Der hingegen sah das völlig anders. »Was soll das Theater? Wenn ich mich recht erinnere, kommst du aus der Lüneburger Heide. Und zwar genau …« Er tippte wild auf seine Tastatur ein und drehte dann den Bildschirm, damit auch Emma die Landkarte darauf sehen konnte. »… von dort. Sieh mal. Moor–bach«, las er langsam und deutlich. »Und – *surprise*! Das ist zufälligerweise genau das Dorf, in dem diese hübsche Pension auf dich wartet.«

Fieberhaft dachte Emma über Argumente nach, die sie vor diesem Auftrag bewahren könnten, zumal niemand von ihr irgendwelches Gezicke gewohnt war. Vielmehr galt sie als zuverlässige Mitarbeiterin, die immer zur Verfügung stand.

»Erstens kann ich mir nicht vorstellen, dass das Gästehaus zum Verkauf steht. Und zweitens … Michael, vertrau mir bitte und schick nicht mich nach Moorbach.« Allein den Ortsnamen auszusprechen bereitete Emma Bauchschmerzen, und sie kämpfte seit der Sekunde, als sie Marks Zuhause in Hochglanz vor sich hatte liegen sehen, mit wiederaufkeimenden Erinnerungen.

Michael nahm die Brille ab und legte sie neben die Tastatur, während sich Emma nun doch in den Sessel vor dem Schreibtisch fallen ließ. Normalerweise fand sie ihn gemütlich, allerdings musste sie sonst nicht gegen einen unbequemen Arbeitsauftrag und die damit einhergehenden Gefühle ankämpfen, die sie lieber auf Dauer vergraben hätte. Sie bemerkte den verwunderten Blick ihres Chefs. Klar, eigentlich müsste sie sich freuen, ihre Eltern, Freunde und Bekannte wiederzusehen, oder etwa nicht? Emma wusste, dass jeder so dachte, doch sie konnte und wollte Michael nicht erklären, warum das genau bei ihr nicht der Fall war. Dass sie mit allem da oben in der Heide abgeschlossen hatte. Ein für alle Mal. »Ich werde jedenfalls nicht fahren. Tut mir leid«, stieß sie hervor.

Michael allerdings ließ sich immer noch nicht von seinem Vorhaben abbringen. »Wie wäre es, wenn du erst einmal einen ordentlichen Schluck Kaffee trinkst, *my dear*«, redete er in einem Tonfall auf sie ein, als wäre sie ein Kleinkind, das man an die Hand nehmen musste. »Ich verstehe wirklich, dass dir der Tag gestern arg zugesetzt haben muss. Vielleicht möchtest du dir heute freinehmen? Kein Problem, ich kümmere mich um deine Termine«, bot Michael gönnerhaft an.

In diesem Augenblich fühlte sich Emma wirklich wie ein kleines Mädchen, das Angst hatte, ohne seine Puppe in den Kindergarten zu gehen.

Entschlossen richtete sie sich auf. »Glaube mir, ich bin okay. Mit Jan hat all das nichts zu tun. Vielmehr mit … mit Prinzipien. Und deswegen werde ich auf keinen Fall nach all den Jahren wie aus heiterem Himmel in diesem Ort aufkreuzen und so tun, als wäre Mark Rüther immer noch mein bester Freund.«

Michael seufzte. »Darf ich dich daran erinnern, dass Professionalität in unserem Job das A und O ist? Über den Dingen stehen, die alten Geschichten auf sich beruhen lassen – genau das ist der Schlüssel zum Erfolg.«

»Vielleicht bin ich aber zu parteiisch«, wagte Emma einen letzten trotzigen Widerspruch.

»Du hast recht, einer deiner Kollegen wäre vermutlich geeigneter für diesen Auftrag.«

»Na also.«

»Trotzdem wirst genau *du* hinfahren. Und weißt du, warum? Weil sie dich und keinen anderen als Verhandlungspartner akzeptieren, so einfach ist das.«

Erschrocken sank Emma zurück in den Sessel. »Unmöglich.«

»Glaub mir ruhig. *You are the one.* Also pack deine

Sachen, schmeiß dich in meinen BMW und düse in dieses Kaff.«

Emma verschlug es die Sprache. Sie konnte sich nicht vorstellen, dass Mark ausgerechnet sie …

»Vielleicht tun dir ein paar Tage in der Heimat ja ganz gut«, fuhr Michael fort, der Emmas Problem nicht einmal ansatzweise verstand. »*Home, sweet home*, sagt man doch.«

»Und Mark hat wirklich mich …? Moment mal, wie kommt jemand aus der Lüneburger Heide überhaupt auf die Idee, einen *Kölner* Immobilienmakler zu beauftragen?« Emmas Skepsis wuchs. An der Sache war etwas faul, und zwar gewaltig.

»Dein guter Ruf eilt dir wohl voraus. *Amazing*, nicht wahr?«

Emma hatte Zweifel, ob *»amazing«* tatsächlich der richtige Begriff für ihre Misere war, »desaströs« würde es ihrer Ansicht nach besser treffen.

Während Michael sie geduldig dabei beobachtete, wie sie einen Schluck Kaffee trank, verschränkte er die Arme vor der Brust, was wegen seines schlaksigen Körpers immer so aussah, als würde er sich selbst umarmen. Emma suchte unterdessen nach einem Haltepunkt an der Wand. Etwas, das dieses Gedankenkarussell in ihrem Kopf stoppen konnte. Doch weder die Zertifikate noch die farbenfrohen Blumenwiesen- und Rennautozeichnungen von Michaels Kindern vermochten Ordnung ins Chaos zu bringen. Vielmehr tauchten erneut Bilder aus den Tiefen ihres Gedächtnisses auf. Die Heidelandschaft mit den dunklen Wacholderbüschen und dem violetten Blütenmeer. Und mittendrin die drei Freunde: Emmi, Insa und Mark. Wie ein Marionettenspieler bewegte Emma die drei Figuren vor der vertrauten Heidekulisse. Sie ließ die Kinder über Sommerwiesen rennen, Heidschnuckenlämmer mit der Milchflasche füttern und im Baumhaus Chips und gestohlene Birnen essen. Aber plötzlich übernahm eine ungeahnte Kraft die Kontrolle, und Emma sah mit an, wie Mark sie küsste. Der erste Kuss, den sie je von einem Jungen bekommen hatte, und der schönste obendrein, denn Mark hatte nach den Brombeeren geschmeckt, die sie zuvor gesammelt hatten. Unvermittelt breitete sich eine lähmende Hitze in ihr aus, fast so wie damals im Schafstall, als sie nur knapp einer Katastrophe entkommen war.

»Es ist lange her«, murmelte Emma zusammenhanglos und kehrte in die Wirklichkeit zurück, in Michaels Büro und in seinen Sessel, wo sie gedankenverloren an ihrem viel zu süßen Kaffee nippte. Sie räusperte sich. »Das wird kein gutes Ende nehmen.«

»Klingt fast so, als hättest du deine Heimat nicht freiwillig verlassen«, hakte ihr Chef nach.

»Kann man so sagen«, entgegnete Emma und lächelte gequält. Michael konnte schließlich nicht ahnen, was damals Schreckliches vorgefallen war.

»Ich hatte nicht erwartet, dass dich dieser Auftrag so sehr mitnimmt, Emma. *However* …« Er wühlte in seiner Jacketttasche. »Hier sind die Autoschlüssel, du musst nicht mit deinem Privatauto fahren. Ich nehme für die paar Tage den Wagen meiner Frau. Zum Glück stehen keine Termine an, bei denen ein Micra peinlich sein könnte.« Er schob ihr den Schlüsselbund hin und fuhr fort: »Denke daran, Buch über deine Ausgaben und die gefahrenen Kilometer zu führen, ja? Du packst das, da bin ich mir sicher. Hinterher wirst du froh darüber sein, dass du dich überwunden hast.«

Emma kam sich vor wie im falschen Film. »Das soll wohl ein Scherz sein.«

»*My dear*, du bist eine starke Frau und eine meiner besten Angestellten.« Er grinste breit. »Nun gut, ich habe nur großartige Angestellte. Aber hierfür hast nun mal du die besten *connections*, weißt, wie die Leute ticken. Schließlich bist du dort aufgewachsen, kennst jeden Stein. Also, mach mich glücklich, Emma.«

In diesem Augenblick wusste sie, dass sie verloren hatte. Langsam, mit Gliedern schwer wie Blei, erhob sie sich, schnappte sich Schlüssel und Arbeitsmappe und wandte sich zum Gehen.

»Im Übrigen weiß ich nicht, ob du dir die Mappe genau angesehen hast«, rief ihr Michael noch hinterher. »Du sollst die Pension nicht *ver*kaufen, sondern kaufen. Und zwar für eine Romantikhotelkette. Die wollen auf dem Grundstück ein Hotel bauen. Und ich bin sicher, du wirst dem Besitzer, diesem Mark, plausibel erklären können, warum sich ein Geschäft mit uns für ihn rentieren wird. Das Budget steht in den Unterlagen. Viel Erfolg und … *off you go!*«

In ihrem Büro angekommen, fiel Emma erschöpft auf den Schreibtischstuhl. Dann riss sie das Fenster auf, atmete den Verkehrsmief ein, der um diese Uhrzeit besonders penetrant war, weil sich unzählige Berufstätige mit ihren Autos statt mit der Bahn durch die Kölner Innenstadt kämpften. Erst als ihr Hirn betäubt genug war, schloss sie das Fenster wieder. Verglichen mit dem heutigen Tag, war der gestrige tatsächlich die reinste Party gewesen, und sie hatte ihn sich zudem schöntrinken können. Jetzt blieb ihr nur Michaels Kaffeeplörre, da sie noch eine anstrengende Fahrt vor sich hatte. Seufzend schlug Emma das Exposé auf und betrachtete das Foto der Pension. An der Eingangstür hing immer noch das selbst getöpferte Willkommensschild von Marks Oma, fiel Emma auf. Unfassbar, wie viel Zeit seit ihrer Abreise vergangen war, und das Schild gab es immer noch! Sechzehn Jahre waren das. Sie kritzelte die Zahl gedankenverloren auf einen Zettel. Sechzehn Jahre. Ob das reichte, um das Geschehene zu vergessen? Emma seufzte. Sie würde also tatsächlich in die Heimat fahren, um zu versuchen, Mark sein geliebtes Zuhause wegzunehmen. Wie würde sie die Leute dort überhaupt vorfinden? Verändert? Emma wusste es nicht. Früher zumindest hatten die Uhren in Moorbach anders getickt. Langsam, sehr langsam. Aber sechzehn Jahre waren eine lange Zeit, in der sich manches vielleicht trotzdem geändert hatte. Zumindest hoffte sie, dass inzwischen genug Heidekraut über die alte Geschichte gewachsen war.

Doch Emma hatte vergessen, dass die Heide mitunter ebenso langsam wuchs, wie die Menschen sich veränderten, und dass sie sich an manchen Stellen, einmal verdorrt, nie wieder erholte.

Kapitel 2

In ihren Träumen hatte sich Emma als glückliche, unabhängige Frau aus dem Gerichtsgebäude treten sehen – eine erfolgreiche Singlefrau, die wusste, was sie vom Leben erwartete beziehungsweise das Leben von ihr, und die noch einmal richtig durchstarten würde. Sie hatte sich vorgenommen, mit Freunden zu feiern, hemmungslos Kohlenhydrate zu essen, zu verreisen – und zwar nicht in die Lüneburger Heide, sondern auf Safari nach Kenia oder ins australische Outback. Doch anstelle des Sonnenhuts, des Fernglases und der Wanderschuhe landeten nun ihre Lieblingspumps, zwei Businesskostüme, das Scheidungskleid, diverse Alltagsklamotten und Spezialhundefutter in ihrem Koffer. Und statt im Jeep neben einem sportlich-heißen Safari-Guide durch die Savanne zu brausen, saß Emma im Schneidersitz auf ihrer Couch im Wohnzimmer, zu ihrer Linken lag, die Beine in die Luft gestreckt, Malteserhündin Lilli und auf dem Tisch vor ihr das Telefon.

»Ich fasse es nicht«, stöhnte Emma. »Morgen zeige ich dir wohl meine Heimat. Aber sei bloß nicht allzu enttäuscht, ja?« Lilli wedelte freudig mit dem Schwanz und umklammerte mit den Vorderpfötchen Emmas Hand. »Was denkst du? Soll ich vorher anrufen?« Jetzt bat sie schon ihren Hund um Rat. Nein, so hatte sie sich ihr wiedergewonnenes Dasein als Emma Matthies ganz und gar nicht vorgestellt. Sie fragte sich, ob die noch verheiratete Emma Falk sich ebenso hätte hängen lassen.

Mit klopfendem Herzen wählte sie die Nummer ihrer Eltern. Freizeichen. Beinahe dankbar, dass niemand ranging, wollte Emma wieder auflegen, doch dann meldete sich eine vertraute Stimme.

»Hallo?«

Emma schluckte, schloss die Augen und sagte: »Hallo, Mama.«

»Emmi, bist *du* das?«

»Gibt es eine Schwester, die ihr mir verheimlicht?«, versuchte sie zu scherzen.

»Liebe Güte, Emmi. Du bist es wirklich. Es ist ewig her.« Verwundert stellte Emma fest, dass ihre Mutter kein bisschen vorwurfsvoll klang.

»Du übertreibst.« Emma stockte. »Oder?«

»Wie geht es dir? Und Jan?«

Merkwürdig, dass sie es so formulierte und nicht »euch« sagte, fand Emma und hob Lilli auf den Schoß, wo diese sich sogleich vertrauensvoll zusammenrollte. »Jan und ich, wir sind gewissermaßen …«

»Peter, hör mal, Emma ist dran«, unterbrach die Mutter, und es knisterte in der Leitung, als sie die Lautsprecherfunktion aktivierte.

»Hallo, Emma«, drang es aus dem Hintergrund an ihr Ohr.

»Papa, wie geht es dir? Was macht der Garten?«

»Dein Vater kommt gerade vom Holzhacken. Das

erledigt er jetzt nämlich selbst«, schaltete sich ihre Mutter erneut ein. »Das ist nicht nur günstiger, die körperliche Arbeit tut ihm auch außerordentlich gut. Du solltest ihn sehen, er hat richtige Muckis bekommen.« Mama kicherte, und Emma stellte sich vor, wie ihre blauen Augen dabei leuchteten und ihr Gesicht lachfaltig wurde.

»Was ich vorhin sagen wollte …«, begann sie.

»Übrigens angelt er neuerdings auch.« Mama hielt einen Moment inne und flüsterte dann: »Sonderlich gut ist er dabei nicht. Ich glaube, er wirft alle Fische hinterher wieder ins Wasser. Aber Hauptsache, er ist glücklich damit.«

Emma lächelte und erinnerte sich an die Gans, die ihr Vater beim Bingo gewonnen hatte, als Emma acht gewesen war. Ein Weihnachtsbraten, der viele Jahre lang den Garten bewacht hatte, weil Papa es nicht übers Herz gebracht hatte, das Tier zu schlachten.

»Spricht deine Mutter wieder über mich? Die Frau macht mich wahnsinnig. Stell dir vor, sie töpfert jetzt!«

»Wer weiß, vielleicht eröffne ich ja noch ein Geschäft«, rief Mama in den Hörer. »Dein Vater kann mir sicher die entsprechende Immobilie dafür besorgen – oder mir einen eurer Kollegen empfehlen.«

»Damit du mich in den Ruin treibst, weil niemand den Plunder kauft?«, grummelte er.

Mama schnalzte verächtlich mit der Zunge. »Entweder der Laden, oder der ganze ›Plunder‹ steht in deinem Wohnzimmer. Ich könnte Verkaufspartys veranstalten …«

»Hörst du, was ich ertragen muss?«, stöhnte Papa.

»Wie laufen die Immobiliengeschäfte?«, erkundigte sich Emma, während sie aufstand, in die Küche ging und sich einen Kräutertee aufgoss. *Innere Ruhe* hieß er, wie passend.

»Peter, Finger weg von der Vase!«

»Das soll eine Vase sein? Herrgott, Betti, das sieht aus wie ein Huhn, dem man den Kopf abgeschlagen hat.«

»Ist das zu fassen, der Mann hat null Fantasie. Kein Wunder, dass bei ihm keine Fische anbeißen.«

»Und wie die Fische bei mir anbeißen«, erwiderte er gekränkt.

»Natürlich, mein Schatz. Und dafür liebe ich dich.«

Emma versuchte, sich daran zu erinnern, wann ihre Mutter zuletzt derart fürsorgliche Worte für sie übriggehabt hatte. Zwar hatten ihre Eltern sie mit Herz, Wärme und vielen Freiheiten erzogen, aber verstanden hatten sie ihre Tochter nie. Im Dorf galt sie als frech und wild – böse Zungen beschimpften sie sogar als Rotzgöre, was Emma nur noch mehr angestachelt hatte. Am Ende schien Mama und Papa nur die Kapitulation vor ihrer eigensinnigen Tochter zu bleiben, der untreuen Tomate, die sich seit über einem halben Jahr nicht gemeldet hatte. Überhaupt hatte sie ihre Eltern sträflich vernachlässigt, nachdem sie ihrer Heimat den Rücken gekehrt hatte.

»Du siehst, hier ist alles beim Alten«, sagte Mama schließlich.

»Solange ihr das Haus stehen lasst …«

»Papa würde uns bestimmt etwas Hübsches finden, nicht wahr, Peter?«

»Jetzt, wo ich alles renoviert habe? Auf keinen Fall.«

»Dein Vater ist unter die Hobbyhandwerker gegangen, musst du wissen.«

»Wenn du das so sagst, klingt es ziemlich abfällig«, warf der Handwerker ein.

»Er hat dein Zimmer so schön hergerichtet.«

Lilli hatte sich zwischenzeitlich in ihr Körbchen verkrümelt, sodass Emma sich auf dem Sofa ausbreiten konnte. Vielleicht war jetzt der richtige Augenblick, ihren Besuch anzukündigen. »Habt ihr etwa die Nirvana-Poster und die Totenkopftapete heruntergerissen?« Verwundert stellte sie fest, wie geknickt sie klang. Hatte sie wirklich erwartet, ihr Kinderzimmer würde auf ewig unberührt bleiben, und das, nachdem sie sich damals so sang- und klanglos aus dem Staub gemacht hatte?

»Das Poster und die Tapete … nun ja …«, stotterte Mama. »Ehrlich gesagt, haben wir dort ein Fernsehzimmer und einen Fitnessraum eingerichtet.«

»Fernsehzimmer? Fitness?«, echote Emma schrill, sodass Lilli aus ihrem Nickerchen hochschreckte. »Und wo soll ich schlafen?«

Am anderen Ende der Leitung breitete sich betretenes Schweigen aus, das viel schwerer wog als jeder weitere Satz.

»Du warst so lange nicht hier«, setzte Emmas Mutter an.

»Außerdem haben wir ja noch die Schlafcouch im Wohnzimmer«, pflichtete ihr Vater bei.

»Die kommt doch auf den Sperrmüll«, raunte Mama gerade so laut, dass Emma es verstehen konnte. »Wir sind halt davon ausgegangen … Na ja, du hast uns seit sechzehn Jahren nicht besucht. Deswegen …«

Emma begriff. Die Reaktionen ihrer Eltern waren verständlich.

Wieso sollten sie auch ständig auf eine Tochter warten, die nie kam?

»Wenn du uns besuchen möchtest, finden wir schon ein Plätzchen für dich, Schatz«, warf Mama beschwichtigend ein, bevor sie hoffnungsvoll hinzufügte: »Kommst du etwa?«

Emma holte tief Luft. »Ab morgen habe ich beruflich in der Gegend zu tun.«

»Oh, wirklich? Ich kann es gar nicht glauben! Das trifft sich gut, wir haben nämlich etwas Wichtiges mit dir zu besprechen. Und persönlich ist das viel schöner, nicht wahr, Peter?«

»Wir freuen uns sehr, Emmi.«

Unerwartet füllten sich Emmas Augen mit Tränen. Sie unterdrückte ein Schluchzen und wischte sich mit einem Zipfel des Sofakissens übers Gesicht.

»Ich könnte den Buchweizen-Kirschkuchen backen, den du als Kind so gern gegessen hast«, hörte sie ihre Mutter sagen.

Sofort sah Emma Klein-Emmi vor sich, die, angelockt vom goldenen Duft geschlagener Eier, geschmolzener Butter und Zucker, noch im Schlafanzug in die Küche tappte und heimlich den Zeigefinger in die Teigschüssel steckte, obwohl sie von dem rohen Teig immer Bauchschmerzen bekam und hinterher Kamillentee trinken musste.

»Kuchen wäre super«, erwiderte Emma schwach.

»Kommt Jan auch mit?«

Emma wollte gerade die Sache mit der Scheidung anbringen, doch da hörte sie ihren Vater sagen: »Jan mag doch keinen Kirschkuchen.«

Dass er sich dieses Detail von ihren wenigen Besuchen in Köln gemerkt hatte, sah Papa ähnlich. Er war eben ein Schatz. Und in diesem Moment verspürte sie das dringende Bedürfnis, ihn zu umarmen. Nach langer Zeit mal wieder. So richtig fest, nicht diese oberflächlichen Umarmungen zur Begrüßung und zum Abschied.

Über das Thema Jan verlor Emma an diesem Abend kein Wort mehr, schließlich würde sie in den kommenden Tagen ausreichend Gelegenheit dazu haben.

Nach einer schlaflosen Nacht stand Emma am nächsten Morgen um sechs in der Frühe auf und blickte aus dem Fenster. Draußen türmten sich dunkle Wolken am Himmel, ein schlechtes Zeichen, kam es ihr unwillkürlich in den Sinn. Dennoch wollte sie sich das winzige bisschen Zuversicht, das sie durch das Telefonat mit ihren Eltern gewonnen hatte, nicht nehmen lassen und die Reise antreten. Kaum hatte sie die ersten Kilometer hinter sich gebracht, war von ihrem anfänglichen Mut allerdings nicht mehr viel zu spüren, und die altbekannten Ängste gewannen die Oberhand. Dreimal hielt Emma zwischendurch an und war kurz davor, umzukehren. Erst beim vierten Anlauf schaffte sie es mithilfe von Bruce Springsteens *Born To Be Wild* tatsächlich, am Wuppertaler Kreuz vorbei- und der grauen Wolkenfront vor ihr entgegenzurasen. Lilli gab während der gesamten Reise keinen Mucks von sich, ebenso wenig wie Emma, die sonst jede Autobahnfahrt nutzte, um lauthals zu singen. Vor allem, seitdem Jan als Beifahrer wegfiel, der ihre Gesangseinlagen zwar ertragen, aber nie für hörbar befunden hatte. Auch am Rastplatz hüpfte Lilli nicht wie sonst umher, als spürte sie, dass Frauchen die Ruhe dringend brauchte. Dabei vermochte Emma nicht einzuschätzen, ob das Dröhnen in ihrem Kopf von den überquellenden Gedanken oder der quälenden Leere herrührte, die sich gegenseitig abwechselten – auf und ab, ab und auf, synchron zu der Fahrt durch das Weser Bergland. Erst als bei Hannover, nach dreistündigem Schweigen, das Autotelefon klingelte und ihren Chef ankündigte, bemerkte Emma, wie trocken ihr Hals in der Zwischenzeit geworden war.

»*Hello, my dear.* Könnte es sein, dass ich meinen Geheimvorrat an Zigaretten im Auto vergessen habe?«

»Du glaubst doch nicht ernsthaft, dass deine Frau die Raucherei nicht schon längst bemerkt hätte. Guten Morgen dir auch übrigens. Und bevor du fragst: Nein, *ich* habe *nicht* gut geschlafen. Dennoch bin ich seltsamerweise hellwach, was vermutlich an dem Arbeitsauftrag liegt, den du mir aufgebrummt hast, obwohl ich absolut nicht die Richtige dafür bin. Aber es geht eben nichts über *connections*, was?«

Michael räusperte sich. »Unglaublich, wie viele

Worte ihr Frauen von euch geben könnt, ohne einmal zu atmen.«

»Du rufst doch nicht an, um mir das zu sagen, oder? Die Schachtel Zigaretten lag, nebenbei bemerkt, gestern noch auf deinem Schreibtisch«, brachte Emma ihn genervt auf das Thema zurück.

»Himmel, bist du heute schlecht gelaunt.«

Emma hupte den LKW an, der unerwartet von rechts ausscherte. »Das kommt dir nur so vor«, erwiderte sie.

»Ich wollte mich mal erkundigen, wie es dir geht.« Nach kurzem Schweigen fügte Michael hinzu: »Ich dachte wirklich, es würde dich ablenken.«

»Wovon bitte? Bevor du mich mit diesem Auftrag überfahren hast, ging es mir eigentlich ganz gut – bis auf das kleine Scheidungstief.«

»Dann wird es dich sicherlich freuen, dass unser Kunde angerufen hat.«

»Zieht er seinen Auftrag etwa zurück?« Eine naive Hoffnung flammte in Emma auf. Damit würden sich ihre Probleme auf einen Streich in Luft auflösen.

»Viel besser«, sagte Michael.

Oh Gott, Emma kannte diesen Tonfall und wusste aus Erfahrung, dass er selten etwas Gutes verhieß, jedenfalls nicht für denjenigen, der sich mit einem überaus heiklen Auftrag abmühen musste. Ihre Finger schlossen sich so fest um das Lenkrad, dass die Knöchel weiß hervortraten.

»Es scheint einen weiteren Interessenten zu geben.« Michael legte eine bedeutungsschwangere Pause ein.

»Das Budget wird erhöht. Dafür setzt die Romantikhotelkette eine Deadline. Und die endet am Montag.«

Emma stöhnte. »Womit habe ich das verdient? Ich habe wirklich gehofft, jetzt würde alles besser werden.«

»Wenn du erst da bist, wirst du mir bestimmt dankbar sein«, sagte er gönnerhaft. Dabei sah Emma überhaupt keinen Grund, dankbar zu sein. Ganz im Gegenteil: Sie war sauer. Richtig sauer. Für eine Millisekunde erwog sie, den Kopf auf das Lenkrad zu schlagen. Mehrmals, und zwar ganz kräftig. Dann sah sie im Augenwinkel das Parkplatzschild, gab Gas, raste an dem LKW zu ihrer Rechten vorbei und zog in einem riskanten Manöver zwischen zwei Fahrzeugen über die äußere Spur auf den Verzögerungsstreifen. Quer über zwei Parkbuchten kam sie schließlich mit quietschenden Reifen zum Stehen. Lilli, die im Fußraum des Beifahrersitzes lag, sah vorwurfsvoll zu Emma auf, die ein tonloses »Entschuldigung« formte und schließlich erschöpft in den Autositz zurücksank.

»Du gehst gut mit dem BMW um, oder?«, tönte die besorgte Stimme ihres Chefs, dem offenbar ihr wildes Fahrverhalten nicht entgangen war, aus dem Telefon.

»Natürlich«, murmelte Emma. Sie hielt einen Moment inne, bevor sie sich aufraffte, um weiterzusprechen. »Du kannst es ja nicht wissen, aber in Moorbach wurde mein Weggang seinerzeit quasi als Festtag gefeiert, bloß weil ich meine Meinung nie für mich behalten habe und etwas anders war als die übrigen Jugendlichen im Dorf. Deswegen wird mir ein Vorfall, an dem ich indirekt beteiligt war, nicht verziehen. Und jetzt muss ich mich schon wieder unbeliebt machen, indem ich meinem ehemaligen besten Freund, der außerdem noch meine erste große Liebe war, innerhalb von sechs Tagen sein Haus abschwatzen soll. Toll.«

»Ich sehe das so«, setzte Michael nach längerem Schweigen an. »Je schneller du deinem Mark das Haus abknöpfst, desto eher kannst du von dort verschwinden. Mit einer fetten Provision in der Tasche.«

Emma schüttelte den Kopf und beendete kurzerhand das Gespräch. Wie konnte Michael derart gefühllos, kalt und berechnend sein? Das sah ihm gar nicht ähnlich.

Am liebsten hätte Emma so laut und lange geschrien, bis ihr der Hals wehtat. Den angestauten Frust herausgelassen, bis sie keine Kraft mehr hätte. Einmal hemmungslos sein wie früher. Nur ein einziges Mal. Doch stattdessen gluckerte nur ein verzweifelter Laut aus ihr heraus. Dass ausgerechnet sie in diese absurde Situation geraten war, konnte man fast schon wieder komisch finden. Aber nur fast.

Wenn es nicht zurückgeht, muss man eben vorwärtslaufen, hatte ihr Vater oft gesagt. Also trat Emma, nachdem sie sich beruhigt, frisch geschminkt und in der Raststätte mit zwei Milchkaffees, einem Franzbrötchen sowie einer Tafel Vollnussschokolade versorgt hatte, den Rest ihrer Reise an. Zu den Klängen von *Staying Alive* verputzte sie ihr Frühstück und spürte mit einem Mal, dass es ihr besser ging. Die unwiderstehliche Wirkung von Kohlenhydraten und den Bee Gees hatte sie vollkommen unterschätzt, weswegen sie schon eine halbe Stunde später laut singend und Kopf und Schultern zum Rhythmus der Musik bewegend gen Norden brauste. Die Welt wirkte trotz des dichten Verkehrs auf wundersame Weise friedlicher und überschaubarer, Felder und Tannenwälder wechselten sich ab. Als sie die Aller überquerte, jagte ein Graureiherpärchen nach Fischen, Pferde grasten auf den Flusswiesen. Lilli sah hin und wieder unsicher zu ihrem Frauchen auf, besonders, als sie in den Sendebereich von Rock Antenne Hamburg kamen und Emma aus voller Kehle in *Come As You Are* einstimmte. Selbst der Himmel zeigte sich inzwischen freundlicher, sodass Emma beinahe glaubte, ihr seelisches Tief überwunden zu haben.

Doch als sie die Autobahnabfahrt erreichte und ein windradhohes Werbeschild für einen Reit-Megastore entdeckte, stutzte sie. *Das* war früher definitiv nicht da gewesen, ebenso wenig der mit Erika, Bartnelken und diversen anderen Sommerblumen bepflanzte Kreisverkehr, von dem aus man nach links in Richtung Moorbach abbiegen musste, oder der Wohnwagen mit dem roten Herzen daran, der für gewisse Liebesdienste in einem Waldweg parkte. Vertraut war hingegen ein Plakat, auf dem das Heideblütenfest angekündigt wurde, das jedes Jahr Tausende Touristen anlockte.

Von dem Kreisverkehr aus fuhr Emma unter einer Brücke hindurch, und schließlich kündigte ein Schild den letzten Kilometer bis nach Moorbach an. Sie atmete tief durch. Was würde sie in ihrem Heimatdorf erwarten? Hinter der nächsten Biegung würde sie in der Ferne die ersten Häuser sehen.

Dann kam der Schock. Nichts war mehr so, wie sie es erwartet hatte. Wo die Bauern früher Zuckerrüben angebaut hatten, wuchs nun ein Gewerbegebiet, in dem auch der an der Autobahn angepriesene Megastore sein Zuhause gefunden hatte. Unwillkürlich fragte sich Emma, was wohl aus dem kleinen Reiterfachgeschäft im urigen Fachwerkhaus von Frau Krüger geworden war, in dem es nach Leder gerochen hatte und wo sich Zaumzeug, Reiterstiefel und Sättel bis an die Decke gestapelt hatten.

Es waren aber auch ganz banale Dinge, die Emma die Veränderungen um sie herum bewusst machten, wie das Ortseingangsschild, das damals noch einem überdimensionalen und mit Primeln oder Heide bepflanzten Vogelhäuschen geähnelt hatte. Jetzt leuchtete ihr lediglich ein ordinäres Aluminiumschild ohne persönlichen Willkommensgruß entgegen. Sie erreichte die Ortsmitte, wo die Straße eine scharfe Rechtskurve machte, und merkte überrascht auf: *Maacks Hökerladen*, in dem man von Anglerbedarf über Bohraufsätze bis hin zu gehäkelten Heidschnucken alles bekam, gab es tatsächlich immer noch. Der Tante-Emma-Laden daneben hatte sich jedoch in einen kleinen *Frischemarkt* verwandelt, und *Sanders Bäckerei* war einer Sparkasse gewichen. Emma wurde bewusst, wie blauäugig es gewesen war zu denken, an einem Dorf wie Moorbach würden sechzehn Jahre spurlos vorbeigehen.

Als sie in den Heidjerweg einbog, den Insa und sie

immer mit dem Fahrrad entlanggebraust waren, weil das Kopfsteinpflaster so schön ruckelte, bremste sie und sah sich um. Teer? Wo bitte blieb da der Spaß?

Insas Elternhaus, in dem bereits die Urgroßeltern gelebt hatten und das die Hausnummer eins trug, versteckte sich hinter einer dichten Schicht Efeu, das sogar schon über das Wohnzimmerfenster rankte. Nur der penibel gepflegte Hortensien-Vorgarten ließ darauf schließen, dass hier noch fleißig gegärtnert wurde. Was wohl aus Insa geworden war? Gelegentlich hatte Emma daran gedacht, nach ihr zu suchen, hatte sich aber nie überwinden können – der Schmerz saß einfach zu tief.

Weiter vorn erregte ein Mann, der sich in der Einfahrt des Hauses Nummer sieben auf seine Schaufel stützte und sie geradewegs ansah, ihre Aufmerksamkeit. Mit zittrigen Händen lenkte sie den Wagen die Straße entlang, parkte am Gehwegrand und setzte zum ersten Mal seit sechzehn Jahren einen Fuß auf Moorbach'schen Boden. Überrascht stellte sie fest, dass er sich so anfühlte wie überall – kein Treibsand, keine Pflastersteine, die sich in Wackelpudding verwandelten. Eine Amsel hüpfte im Vorgarten über den Schotterweg, der zum Eingang des Friesenhauses führte, und verschwand zwischen Bauernrosen und akkurat geschnittenen Buchsbaumkugeln. Die grüne Holzeingangstür stand einen Spaltbreit offen, der Schlüssel steckte.

»Komm, Lilli«, rief Emma, woraufhin die Hundedame freudig bellend durch die offene Fahrertür ins Freie sprang. Sie flitzte auf den Mann zu, der sofort die

Schaufel in den Rindenmulchhügel vor der Garage fallen ließ und sich nach dem Hund bückte.

»Du bist aber ein feines Kerlchen.« Er streichelte Lilli zärtlich hinter dem Ohr, und sie lehnte sich an ihn, als hätten sich zwei Freunde nach langer Suche endlich wiedergefunden.

Emma lächelte und klimperte zögerlich mit den Autoschlüsseln, bis der Mann aufsah, sich das Kinn rieb und schließlich einen Schritt auf sie zumachte. Sie öffnete den Mund, um etwas Unverbindliches wie »Schönes Wetter hier« oder »Viel Verkehr heute« zu sagen, stattdessen warf sie sich in seine Arme und hauchte mit bebender Stimme: »Hallo, Papa, da bin ich endlich.«

Kapitel 3

Zumindest Mamas Buchweizen-Kirschkuchen schmeckte wie früher: fluffig-zimtig, süß, ein Hauch von Kindheit. Nach einer etwas unsicheren Begrüßung saß die wiedervereinte Familie bei Kaffee und Kuchen auf der Holzterrasse. Das Wasser des Gartenteichs neben ihnen, der von emsigen Bienen umschwirrt war, glitzerte in der Sonne wie ein Willkommensfeuerwerk.

»Die Terrasse habe ich gebaut. Ich ganz allein«, erklärte Papa und trat zur Bekräftigung zweimal fest mit dem Fuß auf. Er richtete sich stolz auf und strahlte Emma aus graublauen Augen an, die ihr selbst jeden Tag im Spiegel begegneten. Mit dem Unterschied, dass Papas Augen von Fältchen umringt waren, von denen sie selbst Gott sei Dank bisher verschont geblieben war.

»Er hat ewig dafür gebraucht und geflucht wie ein Rohrspatz«, ergänzte Mama mit einem Augenrollen.

»Gut Ding will eben Weile haben.«

»Weile? Du liebe Güte. Noch Kuchen, Emma-Schatz?«

Für einen Moment schwebte der Tortenheber wie ein Ufo über Emmas Teller, woraufhin diese rasch überschlug, wie viele Kalorien sie heute bereits verputzt hatte: Schokolade, Franzbrötchen, Milchkaffees mit

Zucker, das erste Kuchenstück mit extra viel Sahne … Ach egal, warum nicht. Besondere Ereignisse erforderten nun einmal außergewöhnliche Regelverstöße.

»Ich finde die Terrasse sehr hübsch«, eröffnete Emma. »Und gemütlich.«

»War ja klar, dass du dich auf Papas Seite schlägst. Wie immer«, beschwerte sich ihre Mutter scherzhaft und wackelte mit ihrem schlanken Zeigefinger. Es klang fast so, als käme ihre Tochter jeden Sonntag auf Kaffeebesuch. Trotz aller sentimentalen Anwandlungen, die Emma angesichts der idyllischen Familienszene um sie herum verspürte, war das eine grausige Vorstellung.

»Emmi weiß harte Arbeit eben zu schätzen«, bestätigte Papa zufrieden schmunzelnd und fuhr sich durch das grauweiß melierte Haar. Er gehörte definitiv zu der Sorte Mann, die proportional zum Alter attraktiver wurde.

Mama jedoch ließ sich davon nicht blenden und rief aufgeregt: »Wenn das so ist, musst du dir nachher unbedingt die Blumenvase ansehen, die ich gestern getöpfert habe!«

»Sie meint das bauchige Teil, das wie ein Brathähnchen aussieht.«

»Wie wäre es mit ein paar Forellen zum Abendessen, Hase?«, stichelte Mama und verschränkte die Arme vor ihrem schlanken Körper.

Papa wiederum seufzte extratief auf. »Frau, du schaffst es immer wieder, mich empfindlich zu treffen.«

Emma lächelte und atmete versonnen den Duft von

Salbei und Lavendel ein, die in Hülle und Fülle im Garten blühten. So waren ihre Eltern eben. Sie kabbelten sich ständig, aber jeder, der sie gut kannte – und das tat Emma nach fast zwanzig Jahren des Zusammenlebens durchaus –, wusste, dass sie sich niemals ernsthaft überwerfen würden. So hatte sie es sich für ihre Ehe eigentlich auch gewünscht.

»Wie geht's eigentlich Jan?«, erkundigte sich ihre Mutter wie aufs Stichwort. »Ihm hätte ein wenig Landluft bestimmt auch gutgetan.«

Emma, die sich ausgiebig auf diese Frage vorbereitet hatte, knetete die Hände, als stünde ihr ein Faustkampf bevor. Irgendwann musste es ja einmal raus, also …

»Auf mich macht er nicht den Eindruck, als würde ihm etwas an Landluft liegen«, kam der Vater ihr zuvor und schob sich einen weiteren Happen Kuchen in den Mund. »Außerdem ist Emma ja auch geschäftlich in der Gegend. Gibt es hier eine Immobilie, die du dir ansehen möchtest? Im Moment stehen eine Menge Häuser im Umkreis zum Verkauf. Die Leute zieht es entweder zurück in die Stadt oder ins Ausland, oder sie sterben weg.«

»Peter!«

»Na, ist doch so.«

Mama legte bedeutungsschwer die Hand auf ihre flache Brust, die Emma zum Glück nicht von ihr geerbt hatte. »Du weißt es wahrscheinlich noch nicht«, flüsterte sie nun, als könnte hinter dem Wacholder jemand hocken und das Gespräch belauschen. »Marlies Rüther ist vor vier Monaten gestorben. Leukämie.«

Emma fuhr erschrocken hoch. »Nein!«

»Ganz schlimme Sache«, fügte der Vater hinzu und rieb sich das glatt rasierte Kinn.

Emma schüttelte ungläubig den Kopf und versuchte, sich vorzustellen, wie es der Familie wohl ging, jetzt, da Marks Mutter tot war. Und was das für ihren Auftrag bedeutete.

»Mark freut sich bestimmt, dich wiederzusehen«, fuhr Mama fort. »Wir dachten, du könntest dir bei ihm ein Zimmer nehmen, statt auf der alten Couch zu schlafen, die sowieso bald rausfliegt. Wäre doch viel bequemer.«

Emma musste ein paarmal heftig schlucken und musterte ihre Eltern argwöhnisch. Ihre Mutter fummelte unruhig an ihrer Serviette herum, während ihr Vater plötzlich dringend die Schrauben am Holztisch überprüfen musste. Da stimmte doch etwas nicht!

»Wollt ihr mich etwa loswerden?«, fragte Emma misstrauisch. »Oder braucht die Pension so dringend Gäste? Wo genau ist das Problem?«

»Wieso Problem?« Ihre Mutter sprang auf und räumte hastig das Kaffeegeschirr zusammen.

Emma legte die Hand auf Bettis sonnengebräunten Arm. »Mama? Was ist los?«

»Wenn Mark es dir erzählen möchte, wird er das bestimmt tun.« Mit dem Porzellanstapel in der Hand huschte ihre Mutter durch die schwingende Fliegengittertür ins Haus, dicht gefolgt von Emma. Um ein Haar wäre sie über Lilli gestolpert, die es sich mittlerweile auf dem Teppichläufer im Wohnzimmer gemütlich gemacht hatte und ein Schläfchen hielt. Emma tätschelte entschuldigend den Kopf der kleinen Hündin. Als sie sich wieder aufrichtete, entdeckte sie ein Foto auf der Kommode. Zögernd näherte sie sich dem Bild, als könnte es vor Schreck davonfliegen wie ein Vogel. Eine Weile betrachtete sie es stumm. Schließlich berührte sie den Holzrahmen und fuhr mit dem Zeigefinger die Konturen der Rosen entlang, die ihr Großvater geschnitzt hatte. Emma war so klein gewesen, dass sie nur noch verschwommene Erinnerungen an den Tag hatte, an dem sie selbst zum ersten Mal das Schnitzmesser hatte halten dürfen und der Opa ihre Hand beim Formen jener Rosen geführt hatte. Wenn sie sich anstrengte, konnte sie immer noch den nussig-frischen Duft der Holzspäne und den Hauch von Motoröl in Opas alter Werkstatt riechen. Nun wagte Emma einen genaueren Blick auf das dunkelblonde Mädchen mit der Dauerwelle, das mit dem hellblauen Paillettenkleid im Blitzlicht glitzerte wie eine Diskokugel. Lächelnd tippte Emma Pailletten-Emmi an die Stirn. Mark hatte den Arm um sie gelegt und strahlte mit ihr um die Wette. Er sah schick aus mit den zurückgegelten schwarzen Haaren und dem Anzug, den sie gemeinsam für diesen Anlass und passend zu ihrem Kleid ausgesucht hatten. An jenem Abend hatte Mark zum ersten Mal versucht, sie zu küssen, und sie dumme Nuss hatte im letzten Augenblick den Kopf weggedreht, obwohl sie sich sehnlichst einen Kuss von ihm gewünscht hatte. Lange hatte sie ihren Widerstand aber nicht aufrechterhalten können, denn bereits am darauffolgenden Nachmittag vollendete Mark den Kussversuch unter der Buche am Feldrand, auf die sich Insa nie hinaufgetraut hatte.

»Ihr seid so ein hübsches Paar.«

Als hätte man sie bei etwas Unerlaubtem ertappt, stellte Emma den Rahmen zurück auf das Sideboard und wandte sich zu ihrer Mutter um.

»Es ist zu viel passiert«, sagte sie schnell.

»Ich meine Jan und dich«, korrigierte Mama sie und griff nach einem Foto im Goldrahmen, das die beiden als glückliches Brautpaar zeigte. »Deine Cousine hat übrigens letzte Woche Zwillinge zur Welt gebracht. Zwei Jungs. Zuckersüß.«

Mama liebte Babys und hatte vor Jahren schon Pläne geschmiedet, was sie ihren zukünftigen Enkelkindern alles zeigen wollte. Wie brachte man seiner Mutter möglichst schonend bei, dass sie sich Enkel für jetzt und in alle Ewigkeit abschminken konnte?

Als ob sie etwas gespürt hätte, wurde die Miene ihrer Mutter mit einem Mal schwermütig und ihr Blick starr. »Möchtest du die neue Blumenvase sehen?«, wechselte sie schließlich zu einem unverfänglicheren Thema.

Dankbar, dass sie das notwendige Gespräch noch eine Weile aufschieben konnte, nickte Emma und folgte Mama hinunter in den Keller, wo die Regale an den holzvertäfelten Wänden mit teils undefinierbarem Töpferkram vollgestopft waren. Betti Matthies besaß viele Talente, Töpfern gehörte allerdings wirklich nicht dazu. Vor dem Regal, an dem ein Post-it mit der Aufschrift *Vasen und Tassen* klebte, hielt Emma inne und trat einen Schritt zurück, um die gewöhnungsbedürftigen Kunstwerke in voller Pracht bewundern zu können. Mit viel Fantasie erkannte sie sogar eine Tasse, wenn man den Tonklumpen mit dem Henkel daran so nennen wollte.

»Das ist sie.« Stolz hielt Mama die zuvor erwähnte Vase in die Höhe. Papa hatte in der Tat nicht zu viel versprochen: Das Gebilde sah aus wie ein kopfloses Huhn, kurz bevor es in den Backofen geschoben wurde.

»Wow«, machte Emma in dem Bemühen, unverbindlich zu bleiben. »Wow« konnte schließlich alles heißen: Wow wie »Das ist das schönste getöpferte Brathähnchen, das ich je gesehen habe« oder wie »Dafür bäckst du einen prima Buchweizen-Kirschkuchen«.

Mama strahlte. »Endlich weiß jemand meine Arbeit zu schätzen. Dein Vater versteht Kunst einfach nicht. Er hat sogar die Notizzettel an die Regale geklebt, damit er weiß, was das sein soll. Stell dir das mal vor«, beklagte sie sich. »Du möchtest doch bestimmt ein Tassenset mit nach Hause nehmen, nicht wahr?«

Emma gab sich größte Mühe, ein Lachen zu unterdrücken. »Was, ich? Behalte die Tassen doch lieber. Die Leute reißen dir die Sachen bestimmt aus den Händen.«

»Nein, nein. Such dir ruhig das Schönste aus.« Generös schwenkte Mama den Arm. »Ich habe sogar schon darüber nachgedacht, mir einen eigenen Brennofen anzuschaffen.«

»Und was sagt Papa dazu?«

»Der braucht gar nichts dazu zu sagen – er will sich nämlich einen Räucherofen bei Amazon bestellen. Falls er sich je dazu durchringt, mal eine Forelle mit nach Hause zu bringen.«

Emma riss ungläubig die Augen auf. Räucherofen? Amazon? Papa? Bei seinem letzten Kaffeebesuch hatte er damit geprahlt, noch nie eine E-Mail verschickt zu haben.

»Also, welches Set nimmst du?«, drängte Betti.

»Es ist so schwierig«, wich Emma aus. Sie stellte das Huhn zu den anderen Vasen ins Regal zurück und schob ihre Mutter in Richtung Treppe. »Darüber denken wir am besten später nach, jetzt werde ich erst mal zu Mark fahren.«

Plötzlich fühlte sich die Aussicht auf ein Zusammentreffen mit ihm wie Urlaub an. Allerdings währte diese Euphorie nur für die Autofahrt bis zur Rüther'schen Pension. Denn der abschätzige Blick des dunkelhaarigen Mannes, der im Vorgarten stand und seinen Rasen wässerte, ließ erahnen, dass von dem verliebten Teenager in Anzug und Fliege kaum etwas übrig geblieben war.

Während Emma die mit roten Spalierrosen bepflanzte Zufahrt hinaufging, erwartete sie fast, ihr jüngeres Ich aus der weißen Holztür hüpfen zu sehen, immerhin war sie in diesem idyllischen Fachwerkhaus, über dessen Eingang in goldenen Buchstaben *Dat Heide Huus – Pension* stand, jahrelang ein und aus gegangen. Im Gartenschuppen hinter dem Haus hatte sie zum ersten Mal Alkohol getrunken und mit Mark geschlafen. Ob es davor wohl immer noch nach den französischen Strauchrosen roch, die Marks Großmutter so geliebt hatte? Mit einem Mal fühlte sich Emma in ihre Kindheit zurückversetzt. Sogar die Namen sämtlicher Rosensorten fielen ihr wieder ein: Baron Girod de l'Ain, Albéric Babier, Albertine …

Emmas sommerlich duftende Tagträume wurden jäh unterbrochen, als ein Wasserstrahl klatschend neben ihr aufschlug. Erschrocken sprang sie zur Seite. Ein Wunder, dass sie sich mit ihren Pfennigabsätzen dabei nicht den Knöchel verstaucht hatte. Warum nur hatte sie sich überhaupt für das schlichte Makleroutfit – Stoffhose und Top – und nicht einfach nur für Shorts und Flipflops entschieden? Schließlich sollte ihr erstes Wiedersehen locker und unverfänglich wirken, beinahe zufällig und nicht wie ein Verkaufsgespräch.

Mark starrte Emma wenige Sekunden lang an und widmete sich dann erneut seinen Pflanzen, als hätte die Wasserstrahlattacke niemals stattgefunden. Emma räusperte sich, ging ein paar Schritte auf ihn zu und strich sich eine brünette Locke hinters Ohr.

»Hallo, Mark.«

Keine Reaktion. Er hielt es nicht einmal für nötig, sich zu ihr umzudrehen, sondern goss weiter stoisch die Petunien auf der Fensterbank. Mitleidig dachte Emma an die arme Person, die hinterher die Wasserflecken auf der Scheibe wegputzen durfte.

»Ich … war zufällig in der Nähe, und … da bin ich also.«

Mark richtete sich mit einem Mal so abrupt auf,

als hätte Emma ihm mit einem Stock auf den Rücken geschlagen, und drehte den Gartenschlauch ab, um sodann mit großen Schritten an ihr vorbei ins Haus zu rauschen. Emma stockte überrumpelt. Was jetzt? Sie überlegte kurz und folgte ihm schließlich in das kühle Friesenhaus. Viel hatte sich hier verändert. Die Holzvertäfelung an der niedrigen Decke war weißem Putz gewichen, und die Ahnenporträts waren durch Fotos aus der Umgebung ersetzt worden. Blühende Heidelandschaften, die Lohnsdorfer Windmühle, Schnucken, der nebelige Totengrund, der Wiesenbach, an dem ihr Vater seit Neuestem zu angeln pflegte. Auch die Teppiche von Marks Großeltern waren verschwunden. Alles wirkte hell und einladend – bis auf den grimmig dreinschauenden Typen im weißen T-Shirt an der Rezeption, der Emma taxierte, als führte sie etwas Böses im Schilde. Ahnte Mark womöglich etwas, oder war es wirklich so furchtbar, sie zu sehen?

»Hi«, grüßte sie erneut und trat an den Tresen. »Ich habe gehört, dass deine Mutter … Es tut mir so leid. Ich … Mein Beileid.«

»Emma Matthies. Sieh an.«

Der Herr konnte also doch sprechen. Seine Stimme war dunkler, als Emma sie in Erinnerung hatte, außerdem klang sie kein Stück erfreut.

»Lange nicht gesehen, ich weiß.« Sie lächelte.

»Das kann man wohl sagen. Was führt dich her? Eine Einladung hast du wohl kaum, oder?«

Emmas Mimik gefror, als ihr aufging, dass Mark die alten Geschichten immer noch nicht verarbeitet hatte.

Dabei sollte er doch froh sein, dass sie nun den ersten Schritt wagte. Umso unhöflicher und selbstgefälliger fand sie die Art, wie er sie abkanzelte. Am liebsten hätte sie ihn dafür am Kragen gepackt und geschüttelt.

»Um alte Freunde zu besuchen, braucht man normalerweise keine Einladung«, gab sie spitz zurück.

»Alte Freunde. Soso.« Er verschränkte die Arme vor der Brust.

»Hast du noch ein Zimmer frei?«, fragte Emma versöhnlich.

»Für dich etwa?«

»Für wen sonst?«

»Nein.«

»Nein?«

»Wir sind ausgebucht.«

»Ausgebucht?« Emma linste zu den Schlüsselfächern hinter Mark, die allesamt voll waren. »Wie es aussieht, hast du dringend einen zahlenden Gast nötig.«

»Dein Geld brauche ich nicht.«

Emma hob zweifelnd die Brauen. »Findest du nicht, es wäre an der Zeit, die Vergangenheit ruhen zu lassen?«

»Besser, du gehst jetzt.«

Unauffällig wischte sich Emma den Schweiß von der Stirn. Sie würde sich auf keinen Fall von diesem Sturkopf so abspeisen lassen.

Als Mark sich zum Gehen wandte, schlug sie deshalb unsanft auf die Messingklingel mit dem Hinweis *Zögern Sie nicht zu läuten* und fauchte: »Ich möchte bitte ein Zimmer buchen. Mit Frühstück.«

Mark beugte sich ihr entgegen, sein Gesicht kam ihrem gefährlich nahe. Emmas Blick verharrte an der verblichenen Narbe, die unter einer seiner Locken zum Vorschein kam. Mark roch nach Erde und feuchter Wiese.

»Bitte, geh.«

Emma schluckte. Von Berufs wegen hatte sie sich ein dickes Fell zugelegt – zulegen müssen, denn nicht immer begegneten ihr Kunden freundlich. Allerdings betraf der Groll fast nie sie persönlich. Sie schluckte ein weiteres Mal, wich aber nicht zurück. Wie konnte jemand einen Menschen, der ihm einmal so nahe gewesen war, derart hassen?

»Ich bin es leid, mir ständig die alten Geschichten vorwerfen zu lassen«, platzte es unerwartet heftig aus ihr heraus.

»Und ich akzeptiere nicht, dass du mir nichts, dir nichts hier auftauchst und so tust, als wäre nichts geschehen. Du hast damals nicht nur dein Leben, sondern auch das anderer in Gefahr gebracht. Und dann bist du einfach abgehauen.«

»Mark, das ist fast zwanzig Jahre her.«

»Und es tut nach wie vor weh.«

Emma schwieg lange. Als Mark sich endlich von ihr entfernte, hauchte sie: »Mir auch.«

Er räusperte sich, lehnte sich gegen das Regal mit den Schlüsseln, das sein Vater gezimmert hatte, und verschränkte erneut die Arme vor der Brust.

»Dann sind wir uns ja einig.«

»Warum ist kaum ein Zimmer vermietet, obwohl Hochsaison ist?«, erkundigte sie sich.

»Lass gut sein, Emmi.«

»Emmi gibt es nicht mehr.«

Mark nickte langsam. »Schade. Sie hatte mir gut gefallen.«

Warum sah er nicht, dass es ohne Emmi besser war? Dass Emma hart an sich gearbeitet hatte, um die zu sein, die sie jetzt war? Wenn er sich ein wenig bemühte, würde er die Frau, die vor ihm stand, vielleicht auch mögen. Aber Mark war immer schon zu stur gewesen, um von seiner Meinung abzuweichen. Wäre doch schön gewesen, wenn auch er sich ein bisschen verändert hätte.

»Okay, du hast gewonnen. Mach's gut, Mark«, erwiderte sie und wandte sich von ihm ab.

»Flucht scheint das Einzige zu sein, was Emma kann«, hörte sie ihn bitter sagen.

»Ich reagiere lediglich auf deine überdeutliche Bitte.« Sie stolzierte hoch erhobenen Hauptes zur Tür.

»Und das Zimmer?«, rief Mark ihr nach.

»Vermiete es doch einem deiner unzähligen Gäste, du selbstgerechter Esel.«

Gleichermaßen gekränkt wie verärgert, knallte sie die Haustür hinter sich zu und lief zu ihrem Auto. Dem hatte sie es gezeigt! Mark war wirklich unmöglich. Wie konnte er so mit ihr umspringen, und warum kramte er immer wieder in der Vergangenheit herum? Man sollte meinen, er hätte aus seinen eigenen Fehlern gelernt und wäre endlich bereit, einen Schlussstrich zu ziehen. Zugegeben, sie hatte sich auch nicht gerade mit Ruhm bekleckert, aber sie hatte Mark wenigstens nicht persönlich angegriffen.

Bevor Emma zu ihren Eltern zurückkehrte, kurvte sie ziellos durch das Dorf, vorbei am Kindergarten und dem Neubaugebiet, die wohl erst in den letzten Jahren entstanden waren. Andere Gebäude hingegen wirkten, als hätte man sie seit sechzehn Jahren nicht berührt. Das alte Gasthaus zum Beispiel, in dem sie sich mit ihren Freunden getroffen hatte. Oder der Steinbrunnen mit dem angelnden Jungen darauf. Und in welche Kategorie gehörte Mark? Irgendwie war er eine Mischung aus allem: Vergangenheit, Gegenwart. Schöne Erinnerungen, böse Vorahnung. Nicht gerade die optimale Voraussetzung für einen Neuanfang, geschweige denn für Kaufverhandlungen. Aber Emma war es leid, für die Vergangenheit zu büßen. Es war an der Zeit, nach vorn zu blicken. Mark würde sich warm anziehen müssen.

Kapitel 4

Beinahe schien alles wie früher, als Emma am späten Nachmittag ihr Elternhaus betrat – das Türschloss klemmte, weswegen sie den Schlüssel im altbewährten Stakkato mehrfach hin und her drehen musste. Bevor sie in den Windfang trat, berührte Emma die aufgeheizten Backsteine, auf denen sich eine Biene vom anstrengenden Arbeitstag ausruhte. Dann warf sie einen Blick in den Vorgarten. Nachdem sich ihre Eltern hinsichtlich der Gestaltung nicht einig geworden waren, hatten sie das Grundstück einfach geteilt. In Papas Reich, das, im Gegensatz zu Mamas Gartenteil hinter dem Haus, mit den angelegten Beeten und den getrimmten Buchsbäumen sehr aufgeräumt wirkte, konnte sich das Tierchen guten Gewissens ein Päuschen gönnen. Typisch Mama und Papa, dachte sie kopfschüttelnd und ging Richtung Küche, von wo es verführerisch nach frischem Gurkensalat duftete, für den ihre Mutter ihr perfektes Essig-Zucker-Dressing zubereitet hatte. Das Gericht erinnerte Emma an eine Zeit, in der sie noch nicht jedes Wort hatte abwägen müssen. Versonnen schloss sie die Augen und schnupperte. Im Gegensatz zum Töpfern gehörte Kochen definitiv zu Mamas Stärken, eine Gabe, die sie ihrer Tochter dankenswerterweise, wenngleich in abgeschwächter Form, in die Wiege gelegt hatte.

»Bist du das, Emmi?«, rief Mama von irgendwoher, während Emma ihre Pumps zwischen Papas Trekkingsandalen und Anglerstiefeln abstellte. Für ein paar Sekunden erwog sie, spaßeshalber in die riesigen Gummidinger hineinzusteigen, wie sie es früher immer mit den Schuhen ihrer Mutter getan hatte. »Kind?«

In der Küche balancierte Mama auf einem der alten Holzstühle herum, um nach dem Grillbesteck im Fach über dem Kühlschrank zu suchen. Auf dem Esstisch thronte eine riesige Tonschale, in der sich mit Paprika und Knoblauchöl marinierte Nackensteaks türmten.

»Ihr habt wohl Großes vor heute«, zog Emma sie auf und machte einen Satz vorwärts, um die Grillzange aufzufangen.

»Bitte bring das Fleisch nach draußen zu Papa. Dort kannst du auch gleich unsere Gäste begrüßen«, wies Mama sie an und richtete die Träger ihres sommerlichen Hängerkleidchens, das sie vermutlich bereits in den Siebzigerjahren getragen hatte.

»Gäste?«

»Ja. Papa und ich finden, dass heute ein Tag zum Feiern ist.« Eilig stieg Mama vom Stuhl und drückte Emma die Schale mit den Steaks in die Hand. »Die Kohle wird gleich heiß sein.«

Angesichts des zweifelhaften Vergnügens, in wenigen Augenblicken als Ehrengast erscheinen zu müssen, trat Emma unbehaglich von einem Fuß auf den anderen. »Ein Tag zum Feiern?«, hakte sie vorsichtig nach.

»Da bist du ja, Emmi.« Papa steckte den Kopf zur Küchentür herein. »Falls du dein Hündchen suchst:

Lilli hat es sich draußen bequem gemacht. Ein süßes Dingelchen. Fühlt sich ganz wie zu Hause.« Er musterte sie von der Seite her. »Warum bist du denn so blass?«, erkundigte er sich besorgt.

»Schenk ihr einen von deinem Selbstgebrannten ein, Peter. Damit wird's ihr ruck, zuck besser gehen.«

»Bloß nicht!«, entfuhr es Emma. Papas Selbstgebrannter schaffte, wozu er geschaffen worden war: Er brannte alles weg. Besonders den Verstand, wenn man einmal damit angefangen hatte. Und den durfte Emma auf gar keinen Fall verlieren.

»Wir dachten nur … na ja, du würdest dich freuen, wenn wir … sozusagen auf die alten Zeiten anstoßen«, murmelte Papa.

»Die alten Zeiten?« Emma schüttelte den Kopf. »Ich glaube nicht, dass es eine gute Idee ist, sie aufleben zu lassen, Papa.« Sie drückte sich an ihm vorbei ins Wohnzimmer. »Am besten, ich bringe das Essen rasch nach draußen und mache mit Lilli einen Spaziergang.«

»Und was ist mit den Forellen, die Papa extra für dich gefangen hat?«

Stolz fügte er hinzu: »Und ausgenommen habe ich sie auch.«

»Für mich?« Auf einmal wurde Emma ganz schlecht vor Schuldgefühlen. »Ich könnte mir den Besuch ja mal ansehen«, lenkte sie ein und zuckte unbeholfen die Achseln. Eine kleine Plauderei mit alten Bekannten, vermutlich Insas Eltern, wäre vielleicht sogar eine nette Abwechslung. So schlimm würde es schon nicht werden.

»Kann ich helfen?«

Emma schnellte herum und klammerte sich an die Tonschale wie an einen Rettungsring. »Du?«, entfuhr es ihr. Das durfte doch nicht wahr sein! Schlagartig zerbröselte die Heimeligkeit, die sie beim Betreten des Hauses noch empfunden hatte, und machte Wut und Enttäuschung Platz. Sie fühlte sich verraten.

Mark musterte Emma schweigend, während Papa ihr beruhigend die Schulter tätschelte.

»Komm, gib mir das Essen«, sagte er und sandte seiner Frau einen vielsagenden Blick, als diese herbeigeeilt kam und ihn an Emma und Mark vorbei in Richtung Terrassentür schob.

»Es tut gut, euch beide hier zu sehen«, rief Emmas Mutter, bevor sie ihrem Mann nach draußen folgte. Dann wurde es still im Raum, nur die Pendeluhr neben der Glasvitrine schien so laut zu ticken wie nie.

Emma wünschte sich, ihr Gegenüber mit einem Blinzeln verschwinden lassen zu können. Da das aber nicht ging, zwang sie sich, Mark wie beim Spiel *Wer wegschaut, verliert* weiterhin anzustarren. Der wiederum schwieg beharrlich. Dieser Dickschädel! Nicht einmal jetzt war er bereit, den ersten Schritt zu wagen! Emma öffnete den Mund, um ihrem Ärger Luft zu machen. Michaels Worte, die ihr für den Bruchteil einer Sekunde in den Sinn kamen, hinderten sie allerdings daran. *Je schneller du deinem Mark das Haus abknöpfst, desto eher kannst du von dort verschwinden.*

»Warum hast du vorhin nicht gesagt, dass du herkommst?«, brach Emma das Schweigen.

»Glaub ja nicht, dass ich deinetwegen hier bin«, erwiderte Mark brüsk. Emma schnaubte, woraufhin er sich von ihr ab- und der Kommode mit den Bilderrahmen darauf zuwandte. Hätte sie gewusst, dass sie hier auf ihn treffen würde – nie im Leben wäre sie zurückgekommen.

»Hübsches Foto.« Er wies mit einem Nicken auf das Hochzeitsfoto. »Ihr seht glücklich aus.« Dann wanderte sein Blick weiter zu dem Bild, das ihn und Emma beim Abschlussball zeigte. »Die Fliege hättest du mir damals wirklich ausreden sollen«, sagte er mit einem angedeuteten Lächeln. »Ich sehe furchtbar aus.«

Von dem vertraulichen Geplänkel überrascht, trat Emma neben ihn. »Meine Rache für das Kleid, das ich deinetwegen anziehen musste. Die billigen Pailletten haben sich überall abgelöst.«

»Mir hat's gefallen. Sehr sogar.«

»Das war der einzige Grund, warum ich es getragen habe«, räumte sie nach einer kurzen Pause ein.

»Wenn ich es recht bedenke, mochte ich damals so ziemlich alles an dir.« Er rieb sich gedankenverloren die Bartstoppeln, die wie sein Haar teilweise ergraut waren.

»Du kannst ja richtig nett sein«, stichelte Emma und schickte ein zaghaftes Lächeln hinterher.

»Mich lässt es eben auch nicht kalt, dass du plötzlich da bist und so viele Erinnerungen wachrufst.« Nach einer kurzen Pause fügte er mit gedämpfter Stimme hinzu: »Zugegebenermaßen ist das Brautkleid um einiges hübscher als das Glitzerding. Du siehst auf dem Foto zum Stehlen schön aus.«

War da ein Hauch von Melancholie in seinen Gesichtszügen zu erkennen? Emma wusste nicht, wie sie darauf reagieren sollte. Betreten schlug sie die Augen nieder. »Danke.«

»Hast du dir eigentlich jemals vorgestellt, dass nicht er, sondern ich …, dass wir beide …?«

Emma hüstelte. »Du meinst verheiratet? Du und ich?«

»Wäre es so abwegig gewesen?«

»Ich weiß nicht … Das … Wir … Vielleicht«, stotterte sie, woraufhin Mark sie lange ansah und ihr Bauch verräterisch zu kribbeln begann. Natürlich hatte es eine Zeit gegeben, in der sich Emma ein Hochzeitsfest mit Mark ausgemalt hatte: sie in einem Kleid aus weißer Spitze, einen Kranz aus Röschen und Gänseblümchen im Haar. Barfuß. Im Garten unter den Apfelbäumen. Mark in schwarzer Stoffhose mit weißem Hemd, ohne Krawatte und vor allem ohne Fliege, die beiden obersten Hemdknöpfe geöffnet, in der Hemdtasche ein passendes Blumenbouquet. Barfuß wie sie. Alles ganz zwanglos, so wie ihre Beziehung eben gewesen war. Das komplette Kontrastprogramm zu Emmas Hochzeit mit Jan, bei der sie ein ausladendes Prinzessinnenkleid mit Tüll und Glitzer getragen hatte. Viel Glitzer. Und natürlich Schuhe.

Schließlich räusperte Mark sich und wies erneut auf das Hochzeitsfoto. »Und er … Was ist er? Anwalt? Steuerberater?«

»Unternehmensberater. Und zwar ein sehr erfolgreicher.«

»Auf diese Art von Mann stehst du jetzt also.«

»Bist du etwa eifersüchtig?«

»Eifersüchtig?« Er lachte auf. »Ich doch nicht.«

Erneut verschränkte Emma die Arme. »Und was ist mit dir? Bist du verheiratet?«

Obwohl Emma nicht im Geringsten mit einer Antwort gerechnet hatte, seufzte Mark tief. »Bei mir ist die Sache mit der Ehe gründlich in die Hose gegangen. War wohl besser so.«

»Bei dir auch?«, entfuhr es Emma wider Willen, woraufhin sie sich in die Wange biss. »Erst neulich hat sich ... eine ... eine gute Freundin scheiden lassen«, fügte sie rasch hinzu.

Eine Weile schwiegen sie wieder, bis Mark fragte: »Was hat dich eigentlich wirklich in die Heimat verschlagen, Emmi?«

»Braucht es einen bestimmten Grund, um meine Eltern zu besuchen?«, wich sie aus.

»Soweit ich weiß, warst du nicht mehr hier, seit ...«

»Bitte sag's nicht.« Gewohnheitsgemäß erwachte in ihr das Bedürfnis, sich zu verkriechen. Doch dann richtete sie sich auf und steckte die Hände in die Hosentaschen. »Ich möchte nicht länger für etwas beschuldigt werden, wofür ich keine Schuld trage. Wir sind alt genug, um diese Sache hinter uns zu lassen, finde ich.«

Mark wandte sich ihr zu. »Soso. Findest du.«

»Ja, das tue ich. Allerdings frage ich mich, warum du hier bist, wenn du das anders siehst. Es war sicherlich nicht nur reine Höflichkeit meinen Eltern gegenüber, die dich hergetrieben hat.«

Er antwortete nicht, sondern sah Emma bloß eine gefühlte Ewigkeit lang an. In seinem Blick lag auf einmal so viel Wärme. Wärme für sie.

»Warum bist du hier?«, hauchte Emma.

»Sag du es mir.« Mit einem Mal klang Mark ganz sanft und … unsicher.

Emma wusste es nicht. Sie wusste plötzlich gar nichts mehr. Wenn nur all diese widersprüchlichen Gefühle nicht in ihr brennen würden, die diese bekannte und doch völlig fremde Nähe auslöste. Mit ihrer Jugendliebe hatte das nichts mehr zu tun, nicht das Geringste.

»Emmi«, flüsterte Mark.

Kaum merklich schüttelte Emma den Kopf. Deswegen war er also hier. Er hatte gehofft, dass doch noch alles beim Alten war. Sie betrachtete die Narbe an seiner Stirn, bevor sie ihm geradewegs in die Augen sah, die so dunkel waren wie ein Stück Zartbitterschokolade.

»Emmi ist an dem Tag verschwunden, als du sie hast fallen lassen wie ein glühendes Hufeisen.«

Mark presste die Kiefer zusammen, und schon wieder verstrich viel Zeit – Zeit, die sich niemals würde zurückdrehen lassen, in der Gedanken entstanden, die sich zu Sätzen formen würden, welche, einmal gesprochen, die Welt verändern konnten.

Schließlich sagte Mark verbittert: »Schade, ich hatte insgeheim gehofft, sie wiederzusehen.«

Puff. Die Seifenblase, die sich kurzfristig schützend um sie gelegt hatte, zerplatzte. Wie Pfeile hatten Marks Worte die zarte Membran durchstoßen. Aus einem Reflex heraus hob Emma die Hand, holte aus und schlug zu. All die lieben Worte waren für eine Frau bestimmt, die sie längst nicht mehr war. »Emmi ist nicht da. Aber ich, ich bin hier«, schrie sie ihn an. »Reicht das denn nicht?«

»Verdammt!« Mark starrte sie mit vor Schreck geweiteten Augen an. »Du bist ja total verrückt!«

Emma beäugte verdattert ihre brennende Handfläche. »Tut mir leid.« Tat es nicht. »Aber ihr habt lange genug auf meinem Herzen herumgetrampelt. Sieh endlich ein, dass es an der Zeit ist, damit aufzuhören. Vielleicht wärst du weniger unzufrieden, wenn du nach vorn schauen würdest, statt immer wieder dieselben ollen Kamellen zu lutschen.«

»Aber das tue ich gar nicht, ich …«

»Unterschwellig machst du mich immer noch für den Unfall verantwortlich, statt zu erkennen, dass seitdem so viel Zeit vergangen ist und wir uns beide verändert haben. Warum kannst du es nicht einfach auf sich beruhen lassen und aufhören, mir gegenüber so gemein zu sein?«

»Gemein? Wann bitte war ich in den vergangenen Minuten gemein zu dir? Und was willst du damit sagen, dass ich unzufrieden bin? Du hast ja keine Ahnung, was es heißt, voller Unsicherheit in die Zukunft zu blicken.«

»Was weißt *du* schon von meiner Zukunft? Offenbar siehst du nur das schicke Auto und die teuren Klamotten, ohne mal hinter die Fassade zu blicken. Glaubst du, es war damals leicht für mich, wie eine Verbrecherin behandelt zu werden? Was denkst du, wie es sich anfühlt, wenn dir niemand glaubt – nicht einmal deine besten Freunde. Nicht einmal du.« Ihre Stimme brach. »Also erzähl mir nichts von Unsicherheit. Ich schleppe selbst genug davon mit mir herum.«

Schweigend betrachteten sie einander, während das Pendel der Uhr im unerbittlichen Takt schlug. Als Mark sich auch nach einigen Minuten nicht rührte, wandte sich Emma ab, schlüpfte in Mamas dreckverkrustete Crocs, die an der Terrassentür standen, und stapfte hinaus, wo ihre Eltern, Marks Vater und Lilli sie teils erwartungsvoll, teils fragend musterten. Sie streichelte über Lillis Kopf, die es sich auf dem Schoß ihres Vaters gemütlich gemacht hatte, und sagte möglichst gefasst: »Komm, meine Süße. Gassi gehen.«

Widerwillig folgte der Hund ihrer Aufforderung, streckte und schüttelte sich, während Emma sich alle Mühe gab, Mark zu ignorieren, der nun ebenfalls ins Freie trat. Ohne ihn zu beachten, stapfte sie blindlings durch den Garten, durch das Holzgatter hinaus und auf den sandigen Feldweg, wo sie automatisch ein Stöckchen für Lilli warf. Gott, sie ärgerte sich dermaßen über sich selbst, dass es fast wehtat. Mark war offensichtlich ebenso wie sie von seinen Gefühlen überrumpelt, doch sie hatte es nicht geschafft, das zu zeigen – ganz im Gegensatz zu ihm.

Erst als der Weg längst in einen Wanderpfad gemündet war, der am Moorbacher Forst vorbei ins Moorbachtal führte, nahm sie die Umgebung bewusst wahr. Der Sand war von Huf- und Wanderschuhspuren ebenso aufgewühlt wie Emma selbst, die sich mit dem Handrücken über die Stirn wischte und sich abermals lockerere Kleidung herbeisehnte. Verloren blickte sie über das Land, das ihr früher so vertraut gewesen war. Dort, wo sich der nun wolkenlose Frühabendhimmel und die Erde berührten, tupften jahrhundertealte Eichen, Birken und Wacholder grüne Punkte in das Blau. Davor erstreckte sich die Heide wie ein großes violettes Daunenkissen, so friedlich, dass Emma zwischen dem Vogelgezwitscher sogar das Summen der Bienen hören konnte. Rechts begann der Kiefernwald, in dem sich Emmi, Insa und Mark mehrere Sommer hintereinander einen Unterstand aus Ästen und Moos gebaut hatten. Heimlich natürlich, denn der Wald war wegen der Wildschweine streng verboten gewesen. Vorsichtig und mit ausreichend Sicherheitsabstand näherte sich Emma nun einem mit Reet gedeckten Bienenzaun, der wie ein kleines hölzernes Bushäuschen aussah. Darin standen die Lüneburger Stülper, eine ganz besondere und nur noch sehr selten eingesetzte Art von Bienenkörben. Insas Opa hatte sie früher verwendet, weil er fand, dass man nur damit eine richtige Imkerei betreiben könne. Er hatte die geflochtenen Strohglocken sogar mit Kuhdung eingerieben. Allerdings hatte er auch behauptet, dass jede seiner Bienen ihn an der Stimme erkannte und deswegen zahm wie ein Kaninchen sei. Emma lächelte versonnen. Damals hatte sie dem Alten das abgenommen. Als Kind vertraute man ja auch darauf, dass Erwachsene einen nicht anlogen.

Als sich das Summen der Bienen in ein missmutiges

Brummen verwandelte, umrundete Emma das Häuschen. Verstohlen blickte sie sich um und schüttelte sodann den Kopf. Niemand konnte ihr mehr Vorschriften machen. Und die Bienen würden sie wohl kaum bei Mama und Papa verpfeifen, wenn sie ausnahmsweise vom Weg abwich. Also band sie die Locken zu einem losen Zopf zusammen, reckte rebellisch das Kinn und rief: »Los, Lilli, ein bisschen Schatten schadet uns nicht.« Emma sah sich suchend um. »Lilli?« Wahrscheinlich spürte sie einem Kaninchen zwischen den Wacholderbüschen nach. Kein Grund zur Panik, so waren Hunde eben. Emma lief ein paar Schritte, drehte sich um die eigene Achse. Noch immer keine Spur von Lilli. Jetzt bereute sie, die neugierige kleine Malteserdame nicht angeleint zu haben. »Leckerli, Lilli. Lilli?«, rief sie lauter. Sie pfiff nach ihr. Nichts.

»Lilli!« Emma hastete zurück bis zur nächsten Weggabelung. »Komm her, Süße! Sofort!« Sie reckte sich in der Hoffnung, irgendwo im Purpur Lillis weißes Köpfchen zu sichten, doch bis auf die Bienen regte sich nichts, niemand hüpfte zwischen Erika und Wacholder umher. Lilli war noch nie fortgelaufen, was daran liegen mochte, dass sich Emma an anderen Tagen nicht ausschließlich mit sich selbst beschäftigte. Aber sie kannte auch Lillis Vorliebe für Tannenzapfen.

Ein letztes Mal pfiff Emma laut. Schließlich rannte sie, ohne zu überlegen und so gut es in den viel zu großen Plastiklatschen ihrer Mutter ging, in den Wald hinein. Erst als sie beinahe über eine Wurzel gestolpert wäre, hielt sie schwer atmend inne.

Wenigstens war es hier angenehm kühl. Die Hitzewelle, die das Land seit Tagen im Griff hatte, war von den hohen Bäumen ausgesperrt worden. Emma hob den Blick gen Himmel, wo die letzten Sonnenstrahlen durch die Wipfel drangen, und sog den Duft nach feuchtem Holz und Moos ein. Was machte sie überhaupt hier? Wahrscheinlich hatte Lilli längst wieder nach Hause gefunden und döste bereits auf Papas Schoß, während sie selbst sich sinnlos im Wald herumtrieb. Emma kletterte über einen umgestürzten Baumstamm, um auf den Waldpfad zu gelangen, der sich zwischen den Kiefern entlangschlängelte.

Ein letztes Mal rief sie nach Lilli, dann zuckte sie zusammen, horchte auf. Äste knackten. Tannenzapfen raschelten. Geräusche, die kein drei Kilo schwerer Malteser verursachen konnte. Siedend heiß fielen ihr die Wildschweine wieder ein. Na prima. Schnell wog Emma die Chancen ab, rechtzeitig auf einen Baum zu gelangen. Bloß war sie nicht mehr die flinke kleine Emmi, die geschickt wie ein Eichhörnchen ins Geäst klettern konnte. Es knackte erneut und schabte. Leise pirschte sich Emma an die nächstgelegene Kiefer heran. Allein die vielen nadeligen Verästelungen würden ein Hinaufkommen erschweren. Doch ihr blieb kaum eine Wahl. Auf einen Zusammenstoß mit einem Wildschwein wollte sie unter allen Umständen verzichten. Blieb nur zu hoffen, dass Lilli … Emma schnappte vor Schreck nach Luft. Womöglich hatte ihre Hündin das Tier für einen Artgenossen gehalten. Das Herz schlug Emma bis zum Hals. Knacken. Rascheln. Sie berührte den klebrig-rauen Stamm.

Harz hin oder her, sie musste da rauf. Zumindest weit genug, damit das Tier sie nicht erreichen konnte. Wieder ertönte ein Geräusch, das sich diesmal aber mehr wie ein ... Schnauben anhörte. Das nicht nach Schwarzwild klang, sondern eher nach einem ...

Wie gebannt starrte Emma auf das wuchtige Pferd, das zwischen den Bäumen zum Vorschein kam. Und es hielt geradewegs auf sie zu. Ein Rappe. Ein ziemlich großer noch dazu, mit wallender Mähne und muskulösen Beinen. Ohne Sattel und Zaumzeug, mitten im Wald. Allein mit ihr. Eingeschüchtert presste Emma sich gegen den Stamm der Kiefer. Wo war der Reiter? War er ein Tourist, der sich auf einer Reittour verirrt hatte? Womöglich lag er verletzt, vielleicht sogar ohnmächtig irgendwo herum.

Die einzige beruhigende Erkenntnis: Das riesige Tier hatte Lilli wohl kaum aufgefressen. Die schlechte: Es blieb geradewegs vor Emma stehen und guckte sie unverdrossen an.

»Hi, Pferd«, stieß Emma kleinlaut hervor.

Schnauben.

Emma rümpfte die Nase, woraufhin ihr Gegenüber sie mit der eigenen anstupste. »Braves Pferdchen. Ich habe auch ... gar keine Angst vor dir, nein, nein.«

Wem wollte sie eigentlich etwas vormachen? Ihre Beine schlotterten, die Rippe schmerzte allein bei dem Gedanken an den Sturz von dem Pony vor über fünfundzwanzig Jahren – und dem fiesen Tritt des Mistviehs, der ihr letztlich den Knochenbruch beschert hatte. Und dieses Exemplar hier war geradezu riesig.

Mit Hufen so groß wie Boxhandschuhe. Und Muskeln, zwanzigtausendfach stärker als Rocky Balboas. Mindestens.

Abermals stieß das pechschwarze Tier sie mit der Nase an. Emma wagte nicht einmal zu atmen.

»Was machen Sie da mit meinem Pferd?«

Beim Klang der Stimme spitzte das Tier die Ohren, machte ein paar Schritte rückwärts und wandte sich dem Mann zu, der wie ein Geist aus dem Dickicht hervortrat. Ein Geist, der Lilli auf dem Arm trug, die fröhlich mit dem Schwänzchen wedelte, ansonsten jedoch keinerlei Anstalten unternahm, ihr Frauchen zu begrüßen.

»Heiliger Strohsack«, zischte Emma. »Lilli, da bist du ja. Gott sei Dank, ich …«

»Was machen Sie mit meinem Pferd?«, wiederholte der Mann feindselig.

»Und was machen Sie mit meinem Hund?«, konterte Emma und deutete auf Lilli.

Doch der Typ mit dem Halfter über der Schulter beachtete Emma nicht weiter, sondern ging mit ausgestreckter Hand auf den schwarzen Riesen zu. »Hey, mein Kleiner. Kannst es wohl nicht lassen, du alter Charmeur.«

»Charmeur? Sie finden es wohl auch noch lustig, dass er mich beinahe zu Tode erschreckt hat.«

Er musterte sie amüsiert. »Sie sehen doch quicklebendig aus. Von den Schuhen mal abgesehen.«

Emma verdrehte die Augen. »Das ist wirklich Ihr Pferd, oder?«

Der Mann runzelte die Stirn, über der sich erste Ansätze von Geheimratsecken im dunkelblonden Haar zeigten, was ihn vermutlich älter wirken ließ, als er war. »Wem sollte es sonst gehören?«

»Vielleicht sind Sie ja ein gemeiner Pferdedieb, der einem unbescholtenen Reiter eine Falle gestellt hat.«

Er verzog den Mund. »Sie haben eine blühende Fantasie. Seien Sie unbesorgt, das Pferd gehört mir. Wenn Sie also gestatten, nehme ich es jetzt mit nach Hause.«

»Zuerst den Hund.«

»Wie soll ich sicher sein, dass Sie keine dahergelaufene Hundediebin sind, die spontan Gefallen an diesem Bettvorleger gefunden hat?«

Emma blickte demonstrativ auf ihre Füße. »Sie glauben doch nicht ernsthaft, dass eine ›dahergelaufene Hundediebin‹ in den Gartencrocs ihrer Mutter auf Beutezug gehen würde? Im Wald?«

Zweifelnd wiegte er den Kopf hin und her. »Etwas weiter hinten habe ich eine Hütte aus Ästen entdeckt, vielleicht verstecken Sie dort lauter niedliche Hundewelpen, die Sie bei nächster Gelegenheit …«

»Die Hütte steht noch?«, unterbrach Emma ihn aufgeregt und schüttelte dann den Kopf. Langsam, aber sicher ging ihr der Typ auf die Nerven. »Erklären Sie mir lieber, warum *Black Beauty* hier mutterseelenallein spazieren geht und wie mein Hund auf Ihren Arm kommt.«

Belustigt hob er die Mundwinkel. »Elvis ist eben ein Freigeist.«

»Elvis. Ein Freigeist. Was Sie nicht sagen.«

Als wollte er die müßige Diskussion beenden, schnaubte Elvis der Freigeist nachdrücklich und trottete auf seinen Besitzer zu, der Lilli jetzt sanft auf dem Waldboden absetzte, den Hals des Rappen klopfte und ihm das Halfter umlegte.

Emma hockte sich derweil hin und klatschte in die Hände, woraufhin Lilli bellend auf sie zuraste. »Mach das nie wieder, hörst du?«, murmelte sie in das mit Kiefernnadeln und Moos gespickte Fell der Hündin.

»Ist bei Ihnen alles okay?«

Emma fuhr hoch und erblickte Reitstiefel, die ungefähr so sexy waren wie ein Glas saure Gurken. »Machen Sie sich um mich keine Sorgen«, versicherte sie, während sie ihre Füße von Kiefernnadeln und kleinen Ästen befreite.

Der Fremde musterte sie von oben bis unten und nickte schließlich. »Sie finden also allein zurück.«

»Selbstverständlich«, behauptete sie großspurig. Sie würde vor diesem Typen nie zugeben, die Orientierung verloren zu haben.

»Ich dachte schon, Sie hätten sich verirrt.«

»Ich? Mich verirrt?« Sie lachte empört auf. »Als alte Pfadfinderin weiß man sich schließlich zu helfen. Wie heißt es so schön: Einmal Pfadfinder, immer Pfadfinder.« Bei dieser Lüge kreuzte Emma beschwörend die Finger und hoffte, dass es entgegen aller Wahrscheinlichkeit stimmte.

Der Mann hatte sich unterdessen Elvis zugewandt; in der körperbetonten Hose bot er zugegebenermaßen eine durchaus ansehnliche Rückseite. Behutsam strich er über die Nüstern des Pferdes, das geduldig darauf wartete, in den Stall geführt zu werden.

»Ich habe Sie hier noch nie gesehen. Sie sind wohl neu im Ort.«

»Und Sie sind schätzungsweise auch kein Einheimischer«, entgegnete Emma.

»Wäre es nicht höflich, zuerst meine Frage zu beantworten? So wie normale Menschen es tun.«

»Sagt der Mann, der ein Pferd im Wald Gassi führt. Außerdem war das gar keine Frage.«

Er begann zu lachen, wobei sich kleine Fältchen um seine Augen bildeten, die verrieten, dass er wohl nicht der Griesgram war, als der er sich ausgab. »Jetzt weiß ich es. Sie sind die verschollene Matthies-Tochter, stimmt's? Der Buschfunk in diesem Dorf funktioniert hervorragend, wie Sie sehen. Leo Flemming. Mir gehört der Pferdehof im Höpenweg.« Er hielt der verdutzten Emma die Hand hin. Sein Händedruck fühlte sich ehrlich und vertrauenerweckend an.

»Emma Fa… Matthies. Aber das wissen Sie ja.« Um ein Haar hätte sie sich mit Jans Nachnamen vorgestellt, peinlich. Aber alte Gewohnheiten legte man nicht von einem Tag auf den anderen ab.

»Man erzählt sich, dass niemand hier vermutet hätte, Sie je wiederzusehen, nachdem Sie …«

Emma hob warnend den Zeigefinger.

»Nachdem Sie sang- und klanglos verschwunden sind, wollte ich sagen.«

»Wenn Sie so genau Bescheid wissen, hat man Ihnen bestimmt auch erzählt, warum.«

»Interessanterweise schweigt man sich darüber tot.«

»Die Gerüchteküche wird in den nächsten Tagen noch ordentlich brodeln, das kann ich Ihnen versprechen.«

Leo grinste, und Emma fand ihn auf einmal recht nett. »Stellen Sie sich vor, was passiert, wenn ich über unsere kleine Waldbegegnung plaudere«, sagte er.

»Sobald ich hier draußen verdurstet bin, wird unsere Begegnung bedeutungslos sein.«

»Ich dachte, Sie als alte Pfadfinderin und so weiter …«

»Ach, das.« Emma winkte ab. »Sie wissen ja, wie das mit Gerüchten ist.«

Leo nickte. »Na, dann führe ich Sie mal aus der Wildnis heraus«, bot er an und deutete dann zu Lilli hinüber, die eifrig nach Tannenzapfen buddelte. »Vergessen Sie den Bettvorleger nicht.« Und schon hätte er den ersten Sympathiepunkt fast wieder verspielt. Aber nur fast.

Mit Elvis am Halfter führte Leo die kleine Wandertruppe an. Lilli hüpfte vergnügt neben dem Pferd her, während am blassblauen Abendhimmel rosa-orangefarbene Schlieren die Dämmerung ankündigten und die Baumkronen in goldenes Licht tauchten.

»Falls Sie noch länger in Moorbach leben möchten, sollten Sie sich übrigens nicht mit mir blicken lassen«, warnte Emma und verscheuchte mit der Hand einen Mückenschwarm.

»Sie meinen wegen der unmöglichen Schuhe?«

Emma lachte. »Die sind wahrscheinlich das am wenigsten Schändliche an mir.«

»Ich mache mir nichts aus albernem Geschwätz. Im Gegenteil, ich freue mich geradezu auf all die fassungslosen Gesichter.«

Leo Flemming hatte ja keine Ahnung, worauf er sich da einließ, dachte Emma. Aber bitte, wenn er es so wollte – sie hatte ihn gewarnt. Und obwohl sie das ungute Gefühl tief in ihrem Inneren nicht loswurde, schmeckte der Gedanke, hier zu sein, nicht mehr ausschließlich nach bitterer Medizin – es war, als hätte ein Tropfen Honig ihn versüßt.

Kapitel 5

Schlaflos saß Emma im Schneidersitz auf der elterlichen Wohnzimmercouch, die Mama für sie hergerichtet hatte. Das Mondlicht floss unter den halb heruntergelassenen Rollläden in den Raum, wodurch die Bilderrahmen auf dem Sideboard eigenartige Schatten auf die Vinyltapete warfen. Emma starrte sie an und lauschte dem Zirpen der Grillen. Die Pendeluhr schlug soeben Mitternacht, als ein Räuspern Emma aufschreckte. Sie fuhr herum.

»Papa!«

»Kannst du auch nicht schlafen?« Er trat näher und rieb sich den Nacken. Erst jetzt erkannte Emma, dass er lediglich eine Unterhose trug. Ihre Eltern hatten die Sache mit der Kleidungsetikette noch nie besonders ernst genommen. Aber Mama hatte recht gehabt: Die Gartenarbeit tat ihm gut. Der Bauchansatz war verschwunden, was Emma sogar im fahlen Licht erkennen konnte.

»Mir ist zu warm«, schwindelte sie, rückte zur Seite und klopfte auf den Platz neben sich.

»Deine Mutter schnarcht.« Er hielt kurz inne und fuhr schließlich fort: »Ich habe eine gegrillte Forelle für dich aufgehoben.«

Emma betrachtete ihren Vater von der Seite. Gerne

hätte sie sich an ihn gelehnt, so wie sie es früher manchmal getan hatte, wenn er ihr aus dem Märchenbuch vorgelesen hatte. Aber irgendwie waren solche Vertrautheiten ein Privileg der Kindheit geblieben. »Papa, ich …«

»Ich hasse dieses Theater wegen der Forellen«, unterbrach er sie. »Genau genommen, habe ich sie vom Markt, hier gibt es nämlich gar keine Forellen. Aber verrate mich ja nicht an deine Mutter, du weißt, wie sie in solchen Dingen ist.«

»Mama hat mir von dem Räucherofen erzählt.«

Er winkte ab. »Das war nur wegen ihrer Schnapsidee mit dem Brennofen.«

»Ich glaube, Mama ahnt, dass das mit deiner Angelei nicht so weit her ist.«

»Du meinst, sie weiß davon?« Er zuckte die Achseln. »Im Grunde ihres Herzens mag sie genau wie ich keinem Lebewesen die Eingeweide herausreißen«, sagte er beinahe zärtlich, sogar das Wort »Eingeweide« hörte sich nach einer Liebeserklärung an.

»Gerade deswegen liebt sie dich.«

»Das hat sie gesagt?«

»Nicht wortwörtlich, aber sinngemäß. Danach hat sie mir ein Tassenset angeboten, was mich ganz durcheinandergebracht hat.«

Papa lachte. So kannte Emma ihn. Er sah in allem einen Sinn, akzeptierte das Leben und nahm hin, was kam. Früher hatte er Emma mit seiner stoischen Geduld oft zur Weißglut getrieben. Heute bewunderte sie ihn dafür.

»Ich werde das Maklerbüro aufgeben«, hörte sie ihn plötzlich sagen.

»Was?« Emma schnappte nach Luft. »Wieso das?«

»Ich möchte jemand anderem Platz machen.«

Das Maklerbüro aufgeben? Unmöglich. Papa *war* das Büro! Er liebte es, in der Mühle zu arbeiten, die er vor neunzehn Jahren gekauft und restauriert hatte, nachdem der Mahlbetrieb eingestellt worden war. Gemeinsam hatte er mit dem Architekten geplant und viele seiner Ideen eigenhändig verwirklicht. So hatte er das alte Mühlrad zu einem Schreibtisch umgebaut und die Holzdielen mühevoll geschliffen und lasiert. Sein ganzes Herzblut steckte in diesem Gebäude.

»Ich will das Büro jemandem geben, dem ich vertraue, Emmi. Der die kleine Firma in meinem Namen fortführt. Jemandem, der mit Immobilien und Klienten umzugehen weiß. Jemandem mit Biss und Verstand. Mit Feingefühl und Sinn fürs Geschäft.«

»Du stellst ganz schön hohe Anforderungen an deinen Nachfolger.«

»Ich bin sicher, du würdest sie sogar übertreffen.«

Emma schluckte. »Ich?«

»Wer sonst? Das habe ich mir immer gewünscht. Manchmal stelle ich mir vor, wie ich die Mühle verlasse und du an meinem Schreibtisch sitzt und mir das Gefühl gibst, für frischen Wind zu sorgen, der die Flügel mal wieder so richtig antreibt.«

Aufgewühlt zupfte Emma an ihrem T-Shirt herum. Er wollte, dass sie …? »Ist es das, was ihr mir persönlich sagen wolltet?«

»Zugegeben, ich hätte es mir etwas feierlicher vorgestellt, mit einem Glas Sekt und nicht mitten in der Nacht auf der Schlafcouch. Eigentlich wollte ich schon viel früher mit dir sprechen, schon als du deine Ausbildung zur Maklerin begonnen hast. Doch dann …«

»Bin ich abgehauen.«

»Deswegen erfährst du es erst jetzt«, gab er mit einem schwachen Grinsen zurück.

»Bevor ich wieder davonlaufe?«

»Bevor ich mir auf ewig vorwerfe, dich vertrieben zu haben.«

»Du mich vertrieben? Wie kommst du nur darauf?«

Während er sprach, blickte er betreten zu Boden. »Mama und ich wollten dir alle Freiheiten lassen. Du solltest dich entfalten dürfen, gehen, wohin auch immer es dich treibt. Wir waren sicher, dass zu enge Regeln dir und uns schaden würden, dass es das Beste wäre, dir nichts aufzuzwingen. Aus heutiger Sicht denke ich, dass vielleicht ein paar Vorschriften mehr sinnvoller gewesen wären, oder?«

Emmas Herz pochte wie verrückt unter all der Last, die sie ihm aufgebürdet hatte. »Es tut mir ehrlich leid, dass ich euch enttäuscht habe.«

Unverhofft sprang Papa auf und sah auf Emma herab. »Du und uns enttäuscht? Was redest du da? Wir sind verdammt stolz auf dich. Du bist hübsch, schlau, erfolgreich, hast einen treusorgenden Ehemann und machst dein Ding. Das ist es, was wir uns für dich gewünscht haben.«

Wir sind verdammt stolz auf dich. Wow. Vielleicht hätte

sie viel früher mit ihrem Vater sprechen sollen, um sich die Sorge zu ersparen, sie wäre dazu verdammt, alle zu enttäuschen.

»Hast du das etwa nicht gewusst, Emmi?«, fragte er ehrlich bestürzt.

Emma räusperte sich, zog das Bettlaken über die Beine, obwohl sie schwitzte. »Es gibt da etwas, das du wissen solltest, Papa.« Sie seufzte. Gerne hätte sie das Geständnis in Geschenkpapier gewickelt und mit einer Schleife versehen. Schlechte Nachrichten in hübscher Verpackung verkauften sich besser als die hässliche Wahrheit, das galt für Immobilien genauso wie für Gespräche. »Es hat zwar nichts mit deinem unglaublichen Angebot zu tun, aber mein Ehemann kümmert sich jetzt um eine andere.« Sie sah auf. »Ich bin frisch geschieden, seit ein paar Tagen erst.« Kaum waren die Worte heraus, atmete Emma tief durch. Ihr kam es vor, als hätte sie zu lange die Luft angehalten.

Papa setzte sich wieder auf seinen Platz und verharrte dort zunächst. Zwischendurch rieb er sich den Nacken, blies Luft aus, kratzte sich. Betroffenheit waberte durch den Raum wie der Nebel, der sich in den frühen Morgenstunden über die Heide legen würde. Papa wollte nur ihr Bestes, und für Emma war es doch noch etwas anderes, über die Scheidung zu sprechen, als nur darüber nachzudenken. Am schlimmsten war immer das Schweigen. Das Ringen um Worte, die im Kopf umherflatterten wie ein aufgescheuchter Schwarm Spatzen. Emma würde den Eltern klarmachen müssen, dass sie ihre größten Träume nicht erfüllen würde. Weder von einem Enkelkind noch von der Übernahme des Mühlenbüros. Letzteres war für sie nie eine Option gewesen und konnte niemals eine sein. Sie fand, dass sie Papas Vertrauen nicht verdiente, nachdem sie die Eltern im Stich gelassen und sich kaum um sie gekümmert hatte. Im Trübsinn versunken, sah sie irritiert auf, als Papa ihre Hand tätschelte. Peter Matthies verstand auch ohne Worte. »Ich hole dir die Forelle«, schlug er vor.

In dieser Nacht tranken Emma und ihr Vater das erste gemeinsame Bier ihres Lebens. Und selbst wenn einiges unausgesprochen geblieben war, hatte Emma bei Sonnenaufgang das Gefühl, einen vermissten Verbündeten endlich wiedergefunden zu haben.

So wie sich der gestrige Tag verabschiedet hatte, startete der neue: wolkenlos. Nach dem Frühstück, das aus Mamas selbst gebackenem Brot mit Erdbeerkonfitüre und Kakao aus frischer Milch bestand, schlüpfte Emma in das Scheidungskleid, denn sie hatte sich vorgenommen, dem sommerleichten himmelblauen Stoff ab sofort den Hauch des Negativen zu nehmen und es mit schönen Erinnerungen zu verzieren. Vielleicht würde ja Mark den Wert des atemberaubenden Ausschnitts zu schätzen wissen und sich versöhnlicher stimmen lassen – der Zweck heiligte schließlich die Mittel. Doch kaum begutachtete sie sich ein letztes Mal im Garderobenspiegel, keimten Zweifel in Emma auf. Mark würde sich von derlei Tricks nicht beeindrucken lassen, die Feindseligkeit, die er ihr entgegenbrachte, war dafür einfach zu tief verwurzelt – auch wenn er tags zuvor andere Gefühle hatte durchblitzen lassen. Seufzend zupfte sie ihre hochgesteckten Locken in Form, trug zartrosa glänzenden Lippenstift auf und schlüpfte in ihre Ballerinas. Zu guter Letzt versuchte Emma, ein entschlossenes Gesicht aufzusetzen, womit sie allerdings nicht wie eine erfolgreiche Businessfrau wirkte, sondern eher wie jemand, der kurz vor einer Wurzelbehandlung beim Zahnarzt stand. Auch Lilli schien das zu bemerken und sah sie mitleidsvoll an.

»Zu viel?« Die Hündin wedelte bestätigend mit dem Schwanz, Emma wiederum beugte sich hinunter und wuschelte ihr durch das Fell. »›Bettvorleger‹, so was. Dieser Leo Flemming hat doch keine Ahnung.«

»Woher kennst du denn Herrn Flemming?«

Emma schreckte hoch, während Lilli freudig bellend um Mamas Beine herumscharwenzelte. »Vielleicht sollten wir uns doch einen Hund anschaffen«, murmelte sie. »Der bringt wenigstens Leben in die Bude.«

»Du meinst, weil eure Tochter keine Enkelkinder liefert?«, entgegnete Emma schärfer als beabsichtigt.

Mama schenkte ihr einen verletzten und gleichermaßen betrübten Blick, woraufhin Emma sich wieder ihrem Spiegelbild zuwandte und die Frau darin vorwurfsvoll ansah. »Wenn Papa jetzt in Rente geht, habt ihr doch Zeit.«

Mama erhob sich. »Er hat es dir also gesagt? Es fällt ihm sehr, sehr schwer«, erklärte sie, ohne näher zu definieren, ob sie das Gespräch mit Emma oder die Geschäftsaufgabe im Allgemeinen meinte. »Nimm dir für deine Entscheidung alle Zeit, die du brauchst. Du musst nichts überstürzen. Wir wissen, dass es auf den ersten Blick nicht einfach scheint, schließlich hast du ein Leben, das du dir aufgebaut hast.«

Emma öffnete den Mund, um sich zu verteidigen – nur um festzustellen, dass man sie überhaupt nicht angegriffen hatte. Im Gegenteil. Mama lächelte, streckte die Hand nach ihr aus, jedoch ohne sie zu berühren. Ganz so, als wäre sie gegen eine unsichtbare Mauer gestoßen, die zwischen ihnen stand.

Als Emma das Haus verließ, zwang sie sich, weder über ihre Eltern noch über das Mühlenbüro nachzudenken, sondern nur über den Verkauf, von dem sie Mark überzeugen musste.

Dieses Mal entschied sie sich dafür, das Auto stehen zu lassen und zu Fuß zur Pension zu gehen – auf diese Weise würde Lilli zu ihrem Spaziergang kommen. Mit Sonnenbrille auf der Nase und Mut im Herzen, schritt Emma den rot gepflasterten Gehweg entlang, während die Hundedame an Steinmauern und Gartenzäunen schnüffelte und vor einem Eichhörnchen erschrak, das unerwartet über die Straße huschte. Sie selbst hielt automatisch vor Haus Nummer drei inne, dessen Grundstück zur Straße hin von einem Friesenwall umgeben war, einer aus Findlingen aufgerichteten Mauer, die mit kunterbunten Blütenkissen bedeckt war. Vorsichtig strich sie mit den Fingerspitzen über die rosafarbenen Zwergastern, die zwischen weißem Steinbrech und gelbem Mauerpfeffer die Köpfchen herausstreckten. Vor vielen Jahren hatte Emma von ebendieser Mauer eine

Handvoll Astern gepflückt und sie im elterlichen Vorgarten eingepflanzt in der Hoffnung, sie würden für immer bleiben. Sie erinnerte sich noch genau daran, wie Mama sie wenige Tage später hatte trösten müssen, weil die geliebten Blumen eingegangen waren.

Auf der gegenüberliegenden Straßenseite trat aus der Telefonzelle, die jetzt rot angestrichen war und als Buchtauschbörse fungierte, eine hochschwangere Frau mit einem Stapel Bücher unter dem Arm. Sie nickte Emma kurz zu und hievte sich kurz darauf in einen zerbeulten Renault Clio. Unwillkürlich fasste sich Emma an ihren flachen Bauch und wandte sich ab. Nach wie vor schmerzte es sie, eine Schwangere zu sehen; ein Gemisch aus Bitterkeit und Neid ergriff dann regelmäßig von ihr Besitz.

Rasch rückte Emma die Sonnenbrille vor ihren brennenden Augen zurecht und setzte sich wieder in Bewegung. An der Bushaltestelle neben der Hauptstraße entdeckte sie eine winzige Frau, die dort, auf ihren Rollator gestützt, scheinbar reglos auf die nächste Abfahrt wartete. Als Lilli sich ihr neugierig bellend und schnuppernd näherte, hob die Grauhaarige den Kopf. Emma erschrak. Unglaublich, wie sechzehn Jahre einen Menschen so verändern konnten.

»Frau Sander? Sind Sie das?« Sie schob ihre Sonnenbrille ins Haar, um die Frau besser sehen zu können.

Fast hätte Emma die ehemalige Dorfbäckerin nicht erkannt, die sie nun mit trüben graublauen Augen anblinzelte.

»Ich warte hier«, murmelte sie und starrte wieder auf

die Straße. »Mein Herbert wird gleich kommen.« Frau Sanders Stimme klang kraftlos, überhaupt nicht mehr so resolut wie zu der Zeit, als sie die Dorfbäckerei geführt hatte – gemeinsam mit ihrem Mann Herbert, der schon lange bevor Emma aus Moorbach fortging, verstorben war.

»Darf ich Ihnen dabei Gesellschaft leisten?«, fragte Emma die verwirrte Frau aus einem Impuls heraus.

»Kennen wir uns?«

»Ich bin Emma. Emma Matthies«, antwortete sie mit klopfendem Herzen.

»Emma Matthies? *Sie* sind Emma Matthies?«, fragte Frau Sander unerwartet lebhaft und riss die Augen auf. Emma verzog unangenehm berührt das Gesicht. Musste sie das derart herumposaunen?

»Emma Matthies«, fuhr Frau Sander fort. »Kenn ich nicht.«

Unschlüssig, ob sie sich darüber freuen sollte oder nicht, lächelte Emma. Die Erinnerung an die Zeit in der Backstube, der Apfelkuchenduft, der auf einmal wieder präsent war, zuckte durch ihr Herz. Es hatte wohl wenig Sinn, der alten Dame zu erklären, dass ihr Mann längst tot und die Hauptstraße der falsche Ort für sie war.

»Warum warten wir nicht bei Ihnen zu Hause?«, schlug Emma stattdessen vor.

»Ich bleibe hier.« Wie ein trotziges Kind reckte Frau Sander das Kinn und flüsterte verschwörerisch: »Sonst findet er mich nicht.«

Angestrengt grübelte Emma über eine Lösung nach,

während die Alte ihr bloßes Handgelenk beäugte. »Schauen Sie doch bitte mal nach der Zeit, ich kann so schlecht lesen.« Sie hielt Emma den uhrlosen Arm hin.

»Gleich halb eins«, schätzte Emma aus dem Blauen heraus.

»Halb eins. Sind Sie sicher?« Ein trauriger Schatten legte sich über Frau Sanders faltiges Gesicht. »Dann hat Herbert vermutlich den Bus verpasst.«

Emma wusste nicht, was sie darauf erwidern sollte, und zuckte nur überfordert mit den Schultern.

»Also schön, bringen Sie mich nach Hause, Fräulein«, verlangte die ehemalige Bäckerin daraufhin.

»Zum Mühlenhof?«

»Wohin sonst? Setzen Sie den Hund in den Korb. Der hat auf der Straße nichts verloren.«

Emma gehorchte, schließlich konnte sie die desorientierte alte Dame nicht einfach so stehen lassen. Während Frau Sander vorwegschlurfte, erwiderte sie keinen der Grüße, die ihr von Fahrradfahrern, Bauern auf Traktoren und Fußgängern zugeworfen wurden wie Süßigkeiten beim Kölner Karneval. Emma nickte stets höflich und dankte dem Schicksal, dass offenbar niemand sie erkannte. Als sie das pfeilförmige Holzschild mit der Aufschrift *Tierpension im Mühlenhof* entdeckte, braute sich ein Cocktail aus böser Vorahnung und Betrübtheit in ihr zusammen. Sie schloss zu Frau Sander auf, die auf den Hof zuhielt, in dem sie groß geworden war und später mit ihrem Mann gelebt hatte. Auf den ersten Blick schien sich nicht viel geändert zu haben. Die Wassermühle drehte sich nach wie vor, und auch sonst sah das dreigeschossige Fachwerkhaus genauso gepflegt aus wie früher. Die prachtvollen Hortensien im Garten stammten sicher noch aus der Zeit, als Herbert Sander den Hof bewirtschaftet hatte.

Gerade wurde eine junge Frau von vier Hunden aus dem Haus gezogen. Sie lachte und grüßte mit der freien Hand, während Lilli aus dem Korb sprang und sich über die unverhoffte Spielgelegenheit freute.

»Na, Frau Sander? Kleiner Spaziergang?«, erkundigte sich die Frau laut und langsam, damit die alte Bäckerin sie verstand. Trotz der hochsommerlichen Temperaturen trug sie ein Strickkleid, die Dreadlocks hatte sie auf dem Kopf verknotet. »Und Sie sind die Enkeltochter?«, fragte sie und strahlte Emma an. »Wie schön, dass sich endlich jemand aus der Familie um unsere Frau Sander kümmert.«

Emma räusperte sich. »Nein, nein. Ich bin nicht die Enkelin. Wir sind uns eher zufällig begegnet. Matthies. Emma Matthies.«

»Matthies? Gehören Sie etwa zu Peter Matthies, dem Immobilienmakler? Der hat uns nämlich vor fünf Jahren dieses Haus verkauft.«

»Peter Matthies ist mein Vater, mit seinen Geschäften habe ich jedoch nichts zu tun.«

»Dann kennen Sie unsere Frau Sander also von früher.« Sie wandte sich an die Greisin. »Und Sie wollen der Emma wohl Ihr altes Zuhause zeigen.«

Emma versteifte sich. »Eigentlich wollte ›die Emma‹ Frau Sander nur nach Hause bringen, was eindeutig nicht mehr hier ist, nehme ich an?«, fragte sie und ärgerte sich im nächsten Moment selbst über ihren harschen Tonfall.

»Nein, Frau Sander wohnt im Moorbachstift in der Wiesenstraße. Sie kriegt das nur nicht mehr auf die Reihe. Jetzt muss ich aber los, die Hunde werden ganz verrückt. Heute ist Badetag.« Sie zwinkerte Emma zu und ließ sich von den beiden Labradoren, einem Rehpinscher und einem Schäferhundmischling davonzerren.

Emma wandte sich nun etwas hilflos Frau Sander zu, die mit stumpfem Blick auf den mit Efeu bewachsenen Brunnen des Hauses starrte. Vorsichtig berührte sie die alte Dame am Arm, und als diese nicht reagierte, hakte sie ihn bei sich unter. »Wissen Sie was, Lilli und ich begleiten Sie jetzt in die Wiesenstraße.«

»Herbert kommt mich doch abholen, oder nicht?«

»Wie wäre es, wenn wir das bei Ihnen zu Hause besprechen, Frau Sander?«

Die Alte schüttelte energisch den Kopf. »Ich weiß ganz genau, dass er herkommen wird. Er hat es versprochen.«

Emma lächelte traurig und versuchte, die Frau behutsam vom Hof weg und in Richtung Hauptstraße zu lenken, doch diese blieb unbeirrt stehen. »Ihr Herbert weiß doch, wo Sie wohnen. Wenn Sie weder an der Bushaltestelle noch hier auf ihn warten, wird er sofort in die Wiesenstraße kommen. Ganz sicher.«

Frau Sander presste die Lippen zusammen und sah nicht so aus, als ob sie Emmas Worten traute. Ob diese Verbohrtheit in Moorbach zum guten Ton gehörte?

»Wie wäre es damit: Lilli und ich bringen Sie in die

Wiesenstraße. Sie legen sich ein wenig aufs Ohr, und danach sieht die Welt wieder ganz anders aus.«

»Lilli? Wer ist Lilli?«

»Der kleine weiße Hund, der dort drüben auf dem Acker buddelt«, stöhnte Emma. »Lilli! Aus, lass das!«

»Und wann kommt nun mein Herbert?«

Das meinten die Leute also, wenn sie sagten, im Alter werde man oft wieder zum Kind. Emma atmete aus, ihr Magen zog sich schmerzhaft zusammen. Was, wenn Mama und Papa eines Tages ihre Hilfe benötigten? Sie wohnte viel zu weit weg, um spontan bei ihnen vorbeizuschauen. »Möchten Sie, dass ich jemand anderen bitte, Sie nach Hause zu begleiten, bis Herbert kommt?« Sehr witzig, beantwortete sie ihre Frage selbst. Wer sollte dieser Jemand bitte schön sein?

Mit einem Mal schien in Frau Sanders Kopf etwas ganz anderes abzulaufen: »Soll ich uns einen Tee aufgießen? Hagebutten, den magst du doch so gerne.«

Emma öffnete den Mund, um etwas zu erwidern, brachte jedoch keinen Ton hervor. Frau Sander konnte sich erinnern. Sie war damals tatsächlich die Einzige aus der Clique gewesen, die den Hagebuttentee getrunken hatte. Mit einem Stück Würfelzucker.

»Wo ist eigentlich Mark?« Die alte Frau sah sich plötzlich unruhig um.

»Mark?«

»Der Junge wollte Hagebutten vorbeibringen.«

Emma biss sich auf die Unterlippe und musste sich zwingen, die aufsteigenden Tränen zu unterdrücken. Jetzt war keine Zeit für Sentimentalitäten.

»Wo bleibt der Junge?«

»Soll … ich ihn für Sie anrufen? Ich könnte … ich könnte ihn bitten, sich zu beeilen.« Ohne nachzudenken, angelte Emma das Handy aus ihrer Handtasche und tippte mit zittrigen Fingern die Telefonnummer ein, die sie sich vorsorglich von der Homepage der Pension notiert hatte.

»Pension *Dat Heide Hu…*«

»Mark. Ich bin's. Emma.«

»Du hast Nerven.«

»Ich brauche deine Hilfe.«

Er lachte auf. »Meine Hilfe. Soso. Ausgerechnet du …«

»Es geht nicht um mich, Mark. Es ist so, dass … Also Frau Sander wartet auf die Hagebutten. Am Mühlenhof. Du weißt schon.« Schweigen. »Mark?«

»Hast du was genommen?«

Emma entfernte sich ein paar Schritte, damit Frau Sander sie nicht hören, Emma sie jedoch noch beobachten konnte. »Wusstest du, dass sie an der Bushaltestelle auf ihren Mann wartet?«, flüsterte sie. »Ich habe ihr angeboten, sie nach Hause zu begleiten, aber wie sich herausstellte, ist der Mühlenhof jetzt eine Hundepension und …«

»Du hast sie zum *Mühlenhof* gebracht?« Er stöhnte genervt.

»Anstatt dich aufzuregen, solltest du die arme Frau besser dorthin bringen, wo sie hingehört. Von mir lässt sie sich jedenfalls nicht vom Fleck bewegen.«

»Ich kann hier gerade auch nicht weg.«

»Schön. Dann versuche ich, Frau Sander eben zu

verklickern, dass es keine Hagebutten von dir gibt und sie auf dem Mühlenhof bis zum Sankt Nimmerleinstag auf ihren verstorbenen Mann warten kann.«

»Den Tick mit den Hagebutten hat sie deinetwegen.« Emma hielt inne. »Du erinnerst dich daran?«

»Natürlich erinnere ich mich. Das Zeug schmeckte widerlich.« Er brummte. »Rührt euch nicht von der Stelle. Bin gleich da.«

Na also, ging doch. Zufrieden steckte Emma das Telefon ein, und tatsächlich fuhr Mark, einen Helm auf dem Kopf, kurz darauf mit einem rostigen Herrenfahrrad vor. Emma kam nicht umhin, bei seinem Anblick zu lächeln. Wie in alten Zeiten hob sie die Hand zum Gruß, und über Marks Gesicht huschte kurz ein jungenhaftes Grinsen, bevor er den Mund erneut zu einer dünnen Linie verzog.

»Spare dir jeden Kommentar«, mahnte er.

Statt zu antworten, verschloss Emma mit Daumen und Zeigefinger ihre Lippen und beobachtete Mark dabei, wie er seinen Drahtesel abstellte, den Helm an den Lenker hängte und zu der alten Dame trat. »Na, junge Frau, gehen Sie spazieren?«

»Hast du die Hagebutten?«, gab Frau Sander monoton zurück, ohne Mark direkt anzusehen.

Er beugte sich zu ihr hinunter. »Nein, noch gibt es keine, die kommen doch frühestens im September, wenn die Heide geblüht hat.«

Verwirrt schüttelte sie den Kopf, und ihre Hände begannen zu zittern. Erst jetzt fiel Emma auf, dass Frau Sander immer noch ihren Ehering trug.

»Wie wäre es, wenn ich Sie in die Wiesenstraße begleite, Frau Sander?«, schlug Mark nun vor.

»Und der Hund?«, wollte Frau Sander wissen.

»Der kommt mit«, warf Emma schnell ein und erntete dafür einen strafenden Blick.

»Der Hund soll wieder in den Korb«, bestimmte Frau Sander und war für ein paar Sekunden fast die Alte.

Nachdem sich Lilli auf dem Kissen eingerollt hatte, setzte sich der kleine Trupp mit dem Rollator an der Spitze gemächlich in Bewegung.

»Warum erinnert sie sich an dich?«, erkundigte sich Emma nach längerem Schweigen.

Es dauerte eine Weile, bis Mark antwortete: »Wir haben uns um sie gekümmert. Meine Mutter und ich.« Er hielt kurz inne. »Schätze, jetzt bleibe nur noch ich.«

»Deine Mutter …«, begann Emma.

»Wusstest du, dass sie bis zuletzt gehofft hat, dass du und ich eines Tages trotz allem zusammenfinden würden?«, unterbrach Mark sie. »Du und ich, für immer.« Er schnaubte bitter.

»Eine Weile waren wir wirklich …«

»Es war bedeutungslos, das mit uns.«

»War es nicht.«

Kurz betrachtete er sie von der Seite. »Stimmt, war es nicht.«

»Eigentlich war ich auf dem Weg zu dir, als die alte Dame dazwischenkam«, sagte Emma mutig. Irgendwann musste sie schließlich den ersten Vorstoß wagen.

»Wenn du über die Nacht damals sprechen möchtest …«

»Nein, ich möchte über die Gegenwart sprechen – und über die Zukunft.« Sie schnellte nach vorn, um eine Wespe zu verscheuchen, die um Frau Sanders Kopf herumflog.

Als die kleine Karawane in die Wiesenstraße einbog, die früher nicht viel mehr als ein ausgebauter Feldweg gewesen war, leuchtete ihnen zwischen den Eichen die pastellgelbe Fassade des topmodernen *Seniorenstifts Moorbach* entgegen, die so gar nicht in die Dorfarchitektur passte. Lange konnte sich Emma allerdings nicht mit dieser Veränderung befassen, da etwas anderes ihre Aufmerksamkeit erregte.

»Das gibt's doch nicht!«

Völlig perplex starrte sie auf das schwarze Pferd, das in aller Seelenruhe Äpfel vom Baum pflückte und vertilgte.

»Dieser verrückte Gaul«, grummelte Mark.

Lilli bellte erfreut, sprang aus dem Korb und sauste auf Elvis zu.

»Lilli!«, rief Emma. »Komm sofort her. Bei Fuß!« Kein Stück dachte der Hund daran, zu seinem Frauchen zurückzukehren.

»Nicht mal den Hund hast du unter Kontrolle«, pflaumte Mark sie an.

»Lilli! Lass Elvis in Frieden«, rief sie, woraufhin der Rappe den Kopf senkte und sich von der kleinen Hündin die Nase abschlecken ließ.

Mark drehte sich zu Emma um. »Den kennst du also auch schon?«

Emma zuckte gleichmütig mit den Schultern und konnte sich eine kleine Spitze in Marks Richtung nicht verkneifen. Offenbar konnte er es nicht ertragen, dass nicht jeder in Moorbach sie wie einen Sträfling behandelte. »Ich bin nun mal kontaktfreudig, du kennst mich doch.«

»Denk ja nicht, dass du so tun kannst, als wäre damals nie etwas gewesen.«

Sprachlos starrte Emma ihn an. Schließlich erwiderte sie: »Denk du ja nicht, dass ich das will.«

»Wenigstens darin sind wir uns einig.« Ohne ein weiteres Wort bugsierte Mark Frau Sander, die sich ebenso wenig wie er von Emma verabschiedete, in Richtung Stift.

Denk ja nicht, dass du so tun kannst, als wäre damals nie etwas gewesen, äffte Emma Mark in Gedanken nach. Was bildete sich diese Spaßbremse ein? Sie wollte sein Haus, nicht sein Herz.

»Moin, Frau Pfadfinderin.«

Überrascht wandte Emma sich um. An einer Laterne lehnte, die Hände lässig in den Jeanstaschen vergraben und ein Halfter über die Schulter gehängt, Leo Flemming. Er trug eine Sonnenbrille, die er jetzt abnahm und an die Knopfleiste seines Poloshirts hängte.

Emma deutete auf Elvis, der sich inzwischen die Äpfel geschwisterlich mit Lilli teilte. »Sie haben da etwas verloren. Ihr Riesenpferd hat einen sehr schlechten Einfluss auf meinen Hund.«

Leo stieß sich vom Laternenpfahl ab und schlenderte auf sie zu. »Er ist eben …«

»Ich weiß, ich weiß, ein Freigeist. Und ein Schwerenöter noch dazu, wie mir scheint.«

Er grinste. »Erzählen Sie mir lieber von sich. Ich habe läuten hören, Ihre Eltern hätten Sie vor die Tür gesetzt?«

»Dieses Dorf ist unglaublich. Wie hier immer alles verdreht wird. Die Couch kommt auf den Sperrmüll, das ist alles. Ich finde schon ein Plätzchen.«

»Man sagt, Mark hätte Sie abblitzen lassen und Ihnen ein Zimmer verweigert.«

»Soso, sagt man das.«

»Auf mich erweckt er allerdings durchaus den Eindruck, als gefielen Sie ihm«, meine Leo mit undurchdringlicher Miene.

»Offenbar kennen Sie ihn nicht gut genug.«

»Körpersprache lügt nicht.«

»Und Sie sind ein Fachmann für Körpersprache? Wenn Sie sich damit genauso gut auskennen wie mit freiheitsliebenden Pferden …«

»Menschen sind den Pferden nicht unähnlich.«

»Sie vergleichen mich also mit einem Pferd.«

»Möchten Sie, dass ich es tue?«

Emma strich sich eine Locke, die sich gelöst hatte, aus dem Gesicht. »Sie haben nicht zufällig noch eine Box frei, falls das mit dem Zimmer nichts wird?«, erkundigte sie sich spöttisch.

»Mit Verlaub, Sie machen auf mich nicht den Eindruck, als würden Sie sich mit einer Pferdebox als Domizil zufriedengeben.«

Emma verschränkte die Arme vor der Brust und löste sie sogleich wieder, als sie bemerkte, dass Leo sie von oben bis unten musterte.

»Und, wagen Sie einen zweiten Anlauf mit Mark?«, setzte er seine Befragung mit sichtlichem Vergnügen fort.

»Wie kommen Sie darauf, dass es mir wichtig ist?« Sie hielt kurz inne. »Ach so, verstehe. *Körpersprache*. Ich enttäusche Sie nur höchst ungern, aber zwischen Mark und mir ist alles geklärt.«

»Offensichtlich ahnen Sie nicht, was Sie mit einer einzigen Bewegung aussagen können. Oder mit den Augen.«

»Machen Sie sich um meine Augen bitte keine Sorgen, Herr Flemming. Mal was anderes: Stört es Sie eigentlich immer noch nicht, mit mir gesehen zu werden? Nach allem, was Sie über mich gehört haben?«

Er reckte sich, wobei ihm das Halfter von der Schulter rutschte. »Ich bin sozusagen das Schlusslicht in der Dorfhierarchie und kann mich somit unbehelligt mit Ihnen herumtreiben.«

Emma lachte. »Wenn wir noch länger untätig hier herumstehen, hat Ihr Freigeist den Baum kahl gefressen. Und ich bezweifle, dass Sie damit Punkte auf der Beliebtheitsskala sammeln werden.«

»Tja, für einen guten Apfel tut Elvis eben alles. Und ich stecke Beliebtheitsprobleme eigentlich ganz gut weg. Wie ist das bei Ihnen? Ich könnte mir vorstellen, dass man sich als Maklerin hin und wieder ziemlich unbeliebt macht. Auf der Suche nach einem geeigneten Hof hatte ich mit einigen Ihrer Kollegen zu tun – einer hat zwanghaft gelächelt und versucht, jede feuchte Stelle an den Wänden schönzureden. Der andere wollte unbedingt einen schäbigen Stall loswerden und setzte mich unter Druck, weil angeblich unzählige Interessenten nur auf den Zuschlag warteten.«

»Tut mir leid, dass Sie schlechte Erfahrungen gemacht und deswegen keine gute Meinung von Immobilienmaklern haben. Ich versichere Ihnen, dass …«

»Im Allgemeinen habe ich das nicht. Im Besonderen schon.«

Ohne auf Leos Kommentar einzugehen, rief Emma nach Lilli, die gerade das schaumige Maul ihres neuen Freundes sauber leckte.

»Ihr Hund geht ganz schön ran.«

»Ich würde eher sagen, Ihr Pferd ist leicht zu haben. Lilli, komm her!«

Leo nickte in Richtung der beiden Turteltauben. »Lassen Sie mich das regeln.«

Elvis wieherte erfreut, als Leo ihm auf das Hinterteil klopfte, und ließ sich bereitwillig das Halfter umlegen. Dann bückte sich Leo nach Lilli, klemmte sie unter den Arm und gab sie wie den Stab beim Staffellauf an Emma weiter. Elvis trottete hinter Leo her, *klack-klack, klack-klack*, und Emma, die nach wie vor jede Menge Respekt vor dem großen Pferd hatte, wich zurück.

Als Leo sie belustigt ansah, wusste sie, was ihm auf der Zunge lag, und sie kam ihm zuvor: »Kein Wort zu meiner Körpersprache, verstanden?«, fauchte sie.

Leo lachte. »Danke, dass Sie mein Pferd wieder einmal gefunden haben.«

»Ach, kein Problem. Diesmal waren Sie ja dicht hinter ihm.«

»Elvis ist zwar ein Freigeist, aber er hat auch seine Stammplätze. Von daher war die Wahrscheinlichkeit hoch, ihn hier anzutreffen.« Nach einer Pause fügte er hinzu: »Vielleicht geben Sie ihm ja irgendwann eine Chance und freunden sich mit ihm an.«

»So liebenswert Elvis auch sein mag – bei mir sind Pferde chancenlos.«

»Falls Sie und Ihr Bettvorleger allerdings doch mal wieder Sehnsucht nach ihm verspüren …«

»In Sachen Charme sollten Sie sich wirklich ein Beispiel an Elvis nehmen.«

»… oder wenn Sie sich auf dem Gebiet der Körpersprache fortbilden wollen …«

»Soll das ein unmoralisches Angebot sein, Herr Flemming?«

Körpersprache? Unmoralisches Angebot? Was war nur los mit ihr?

»Es steht mir nicht zu, Ihnen eines zu unterbreiten«, antwortete er überraschend trocken. »Aber wenn, dann würde ich es halten wie Elvis und nichts anbrennen lassen.«

Ein seltsamer Typ war er schon, dieser Leo Flemming. Vor allem, dass er befremdliche Gedanken in ihr wachrief, verwirrte Emma. Deswegen wünschte sie ihm schnell einen schönen Tag und strebte in die andere Richtung. Erst nachdem sie ihm den Rücken zugewandt hatte, erlaubte sie sich, das glühende Gesicht zu entspannen. Und zu lächeln. Denn Leo hatte, ohne es zu ahnen, die allererste Paillette auf ihr Kleid gestickt.

Kapitel 6

Es duftete nach Salbei und Lavendel, als Emma auf das Haus im Heidjerweg Nummer sieben zuging. Sie dachte über die Begegnung mit Leo nach, legte die Worte in die Waagschale, die sie gewechselt hatten, und fragte sich, was soeben zwischen ihnen geschehen war. Auch wenn Emma es nicht zugeben wollte, fand sie ihn auf eine besondere Art charmant. Er war direkt. Und sympathisch. Ganz im Gegensatz zu Mark, der ihr jüngstes Friedensangebot mit Kampfbereitschaft quittiert hatte. Emma ruckelte am Türschloss, bis die Holztür aufsprang. Ab sofort würde sie Mark wie jeden anderen Klienten behandeln – distanziert, professionell und zur Not auch rigoros. Wenn der feine Herr Streit wollte, sollte er ihn bekommen.

Während Lilli ins Wohnzimmer flitzte, schlug Emma ungehalten die Tür zu, woraufhin Mama aus der Küche trat, Omas alten Emailletopf in der Hand und ein Geschirrtuch über der Schulter.

»Das Gespräch mit Mark ist wohl nicht sonderlich gut verlaufen?«, fragte sie.

Emma stapfte an ihr vorbei, wohl wissend, wie albern sie sich aufführte. Sie riss den Küchenschrank über der Spüle auf, holte ein Glas heraus und füllte es mit Leitungswasser.

»Ich war wirklich nett zu ihm«, sagte sie und nahm einen großen Schluck. »Nenn mich naiv, aber ich hatte gehofft, wir könnten nach so langer Zeit endlich von vorn beginnen. Aber er will mir immer noch nicht glauben.« Erneut führte Emma das Glas an ihre Lippen. »Gerade er sollte wissen, dass ich niemals – niemals! – irgendjemandem hätte Schaden zufügen wollen. Doch er ist dermaßen verbohrt, und dabei ist ihm vollkommen egal, wie es mir dabei geht.« Sie trank zwei große Schlucke und betrachtete die Wellenbewegungen im Glas, die sich wie durch Zauberhand beruhigten, als hätte es nie einen Sturm gegeben.

Mama öffnete eine Schranktür und stellte den Topf hinein. Dann trocknete sie die Hände ab und fragte: »Kümmerst du dich denn darum, wie es ihm geht?«

Polternd stellte Emma ihr Glas ab. »Natürlich kümmere ich mich darum.«

»Hast du ihn gefragt, wie er die Geschichte damals empfunden hat?«

»Wie sollte ich, wenn er jedes Gespräch mit mir abwehrt?«

»Du weißt also immer noch nicht, warum er annimmt, dass du schuld bist.«

»Machen wir uns nichts vor: Es war für ihn die einfachste Lösung. Er war sauer auf mich, da kam der Zwischenfall gerade recht.«

»Hast du ihn gefragt, wie es ihm heute geht? Wie er mit dem Tod seiner Mutter zurechtkommt? Wie es mit seinem Vater läuft?«

Emma runzelte die Stirn und wollte etwas entgegnen, doch ihre Mutter legte gerade erst so richtig mit ihrer Gardinenpredigt los.

»All das muss schwierig für dich sein, Emmi. Du weißt, dass Papa und ich immer zu dir halten, gestern, heute und morgen. Dennoch musst du dich den Geistern der Vergangenheit stellen, denn auch du hast dir im Laufe der Jahre deine Geschichte zurechtgelegt.«

»Was willst du damit sagen?« Emma verschränkte abwehrend die Arme vor der Brust.

»Gar nichts, Emmi. Ich werde mich nicht in deine Angelegenheiten einmischen.«

Zornig stemmte Emma die Hände in die Hüften. »Siehst du, da haben wir es mal wieder. Du hast dich schon immer aus meinen Problemen herausgehalten und nie eine Meinung zu irgendetwas gehabt. ›Mama, mein Mathelehrer mobbt mich.‹ – ›Sprich mit ihm und finde eine Lösung, ich bin sicher, du schaffst das.‹ – ›Mama, ich brauche die Pille.‹ – ›Hier ist die Nummer von meinem Frauenarzt.‹ – ›Mama, ich werde mutterseelenallein nach Köln gehen, weil ich es hier nicht mehr aushalte.‹ – ›Wenn du meinst, dass es gut für dich ist, dann geh.‹« Sie holte tief Luft. »Hast du mal darüber nachgedacht, wie allein ich mich in all diesen Situationen gefühlt habe? Ich musste immer zusehen, wie ich mit meinem Kram zurechtkam. Dabei hätte ich mir so sehr gewünscht, dich an meiner Seite zu wissen. Als Mutter. Und als Freundin. Selbst jetzt hat sich nichts daran geändert. Im Gegenteil, du schlägst dich sogar auf Marks Seite!«

»Es geht nicht darum, sich auf eine Seite zu schlagen.« Mama fuhr sich mit der Zunge über die Lippen. »Es tut mir leid, dass ich dir das Gefühl gegeben habe, nicht für dich da zu sein. Und ich bin froh, dass du es mir jetzt sagst. Die Seele zu reinigen ist wichtig, damit du mit dir und deiner Umwelt im Reinen bist.«

»Deine esoterischen Theorien kannst du dir sparen. Sobald ich meinen Job erledigt habe, verschwinde ich. Nach Hause. In mein Leben.«

»Emmi, ich …« Mama streckte den Arm nach ihr aus, doch Emma wich zurück.

Die Enttäuschung im Blick ihrer Mutter lastete plötzlich so schwer auf Emma, dass es ihr für einen Moment den Atem raubte. Sie schämte sich für den Jähzorn, der sie fühlen und reden ließ wie ein aufmüpfiger Teenager. Sie hatte ihrer Mutter Dinge an den Kopf geworfen, die sie in dieser Form niemals hatte aussprechen wollen. Das war das Problem mit Gefühlen: Wenn sie einmal die Kontrolle übernahmen, überlisteten sie den Verstand. Dabei ließ sich ein gesprochenes Wort selten wiedergutmachen.

Resigniert ließ Emma die Schultern hängen und sagte: »Mark hat recht. Ich … gehöre hier nicht hin.« Dann hastete sie davon wie ein Kaninchen auf der Flucht, kopflos, schlug zuerst die Haustür und dann die Fahrertür des BMWs zu und rauschte los, aus dem Heidjerweg hinaus, am Ortsausgangsschild vorbei in irgendeine Richtung. Sehr erwachsen, Emma, wirklich, sehr erwachsen, schalt sie sich. Damit war der Traum der souveränen Singlefrau, die alles hinter sich ließ und neu durchstartete, endgültig ausgeträumt. Michaels Plan, sie in die Heimat zu schicken, entpuppte sich, wie erwartet, als Schnapsidee. Ihre Mission schien noch auswegloser als befürchtet.

Emma tippte seine Nummer, doch noch ehe das Freizeichen ertönte, legte sie auf. Kurz vor Lohnsdorf lenkte sie den Wagen auf einen Feldweg. Dort bremste sie ab, löste den Gurt und beobachtete ein Birkhuhn dabei, wie es davonflatterte. Fliegen zu können war auch ein Wunsch aus Emmas Kindheit, der sich nie erfüllt hatte.

Schwerfällig kletterte sie aus dem Auto, das nun nicht mehr schwarz, sondern mausgrau vom Staub war. In Richtung Moorbach versperrten mannshohe Maispflanzen die Sicht, nach Lohnsdorf hin erstreckte sich ein vertrocknetes Rapsfeld, das bestimmt bald abgeerntet werden würde. Nur zu lebhaft erinnerte sich Emma an die lästigen Rapsglanzkäfer, die, sobald die Welt nicht länger in leuchtendes Rapsgelb getaucht war, über alles herfielen, was nur annähernd denselben Farbton hatte. Hinter Emma raste ein Motorrad vorbei, während sie an das Maisfeld herantrat und einen Kolben abbrach. Langsam schälte sie die Blätter ab, bis die weißgelbliche Frucht nackt in ihrer Hand lag. Für Mais war es zu früh, für die Feldlerchen und -spatzen, die sich im Feld versteckten und oder flink umherflatterten und dabei Sommerlieder trällerten, gerade richtig. Wann hatte Emma eigentlich zuletzt in der Natur gestanden und Vogelstimmen gelauscht? Es war viel zu lange her. Ewig.

Betrübt warf sie den Maiskolben zurück ins Feld und

setzte sich ins Auto, in dem es so heiß war, dass ihr der Schweiß auf die Stirn trat. Eilig ließ sie die Fenster herunter. Dann schloss sie die Augen, drückte die Handballen auf ihre Lider, bis bunte Kreise darauf herumtanzten wie Diskolicht. Sie sehnte sich danach, mit jemandem zu sprechen. Jemandem, dem sie vertraute, der sie kannte und der sie auf den Boden der Tatsachen zurückholte. Der ihr den Kopf wusch oder ihr gut zuredete. Aber wie lange sie auch grübelte: So jemand existierte nicht. Allem Anschein nach hatte Emma es erfolgreich geschafft, sämtliche Menschen, die ihr zu nahekamen, aus ihrem Leben zu verbannen, inklusive Ehemann und Eltern. Trotz allem brachte Flucht keine dauerhafte Erleichterung. Damals nicht und heute schon gar nicht. In einem Punkt hatte Mama recht: Emma musste sich der Vergangenheit stellen. Sie lehnte sich zurück. Endlich meldete sich ihr Verstand zu Wort. Und der Magen auch. *Mit leerem Bauch trifft man keine brauchbaren Entscheidungen,* pflegte Jan zu sagen, womit er ausnahmsweise recht hatte. Dennoch verharrte Emma an Ort und Stelle, starrte auf das Feld hinter der Windschutzscheibe und blätterte in ihrem Gedankenfotoalbum mit Bildern von Mark, Mama und Papa, Jan, ihrer Ehe, der Scheidung und sich selbst. Emmi, die viel lachte und für jeden Spaß zu haben war, die sich zunehmend in einen lebhaften Teenager verwandelte, der frei und zufrieden war. Und manchmal traurig. Sie beobachtete, wie Mark Emmi küsste, wie sie sich liebten, zunächst zaghaft und mit der Zeit immer leidenschaftlicher, bis dunkle Rauchschwaden aufstiegen, die Emmi mitrissen. Binnen wenigen Wochen hatte sie sich in eine Frau verwandelt, die sie nie hatte werden wollen.

Ihr Blick fiel auf den Vogelschwarm, der über dem Rapsfeld tanzte. Vielleicht sollte sie sich öfter in den Stadtwald setzen und der Natur zuhören, sich umschauen. Und staunen.

Erst viel, viel später guckte Emma auf die Uhr, legte den Rückwärtsgang ein, löste noch die derangierte Frisur und fuhr zurück nach Moorbach. Jetzt war der richtige Zeitpunkt für ein Abendessen gekommen. Und eine beträchtliche Menge Alkohol.

Der *Dorfkrug* war eine Kneipe, wo der Gaststättenbesitzer noch jeden Gast namentlich kannte und sich früher am Donnerstagabend das halbe Dorf getroffen hatte. Zehn Tische, eine Bar mit Hockern und unzähligen Schnäpsen, Likören und Rum, Rüschengardinen, freiliegende Holzbalken und ein Wildschweinkopf über der Tür – ein großes Wohnzimmer eben, in dem man sich mit Freunden traf. Es duftete nach Leder und gebratenem Fleisch.

»Moin«, grüßte der glatzköpfige Mann hinter der Theke, als Emma den aufgeheizten Wirtsraum betrat – aufgeheizt durch die Temperaturen draußen, vor allem aber durch die Diskussion am Tisch neben dem Radio aus den Zwanzigerjahren. Dort unterhielten sich ein aufgebrachter Mann, dessen lockigen Hinterkopf Emma zu ihrem Leidwesen sofort erkannte, und eine Frau mit bravem Bobschnitt, die sich immer wieder nervös eine imaginäre Strähne hinter das Ohr klemmte. Emma musste unwillkürlich grinsen. Insa hatte sich in all den Jahren kaum verändert. Emma stellte sich vor, wie sie mit ihr vor ewigen Zeiten Gummibärchen geteilt hatte, vorzugsweise die roten, und wie sie im Kleiderschrankversteck Insas ersten Zahn gezogen hatte.

»Moin«, sagte sie nun mit fester Stimme, setzte sich an einen freien Tisch und blickte sich um. Eine Gruppe Männer musterte Emma argwöhnisch, unter ihnen Insas Vater, der den Kegelorden des Pumpenkönigs um den Hals trug und schnell wegsah, als sich ihre Blicke begegneten. Emma ahnte, dass ihr an diesem Abend ein Schnäpschen nicht reichen würde.

»Was darf's sein?«

In Gedanken versunken, hatte Emma den Wirt, der nun neben ihr stand, nicht bemerkt und erkannte ihn erst jetzt. Dankenswerterweise schien sich Christoph Breitschneider nicht an sie zu erinnern, obwohl sie ab der fünften Klasse gemeinsam die Schulbank gedrückt hatten. Schon damals hatte er lauthals prophezeit, den *Dorfkrug* eines Tages zu übernehmen. Alle hatten es für einen Scherz gehalten.

»Das Rumpsteak mit Pommes und Salat und dazu ein Mineralwasser bitte. Und als Vorspeise einen Heidegeist.«

Skeptisch musterte Christoph sie, dann nickte er.

»Das Steak medium rare, danke«, fügte Emma hinzu, als Christoph sich bereits abgewandt hatte.

Ihr Blick wanderte zurück zu Mark und Insa, die

Emma bemerkt hatte und die sich noch mehr versteifte, wenn das überhaupt möglich war. Sekundenlang geschah gar nichts. Emma und Insa starrten sich an, bis Mark sich umwandte und den Zauber brach.

Der Stuhl quietschte über den Holzboden, als Mark sich ruckartig erhob und zu Emma hinübermarschierte. Wortlos setzte er sich auf den freien Stuhl ihr gegenüber, stützte sich mit den Ellenbogen auf dem Tisch ab und fixierte sie.

Christoph brachte den Kräuterschnaps für Emma, und auch Mark stellte er einen hin. »Die gehn aufs Haus«, verkündete er und verschwand wieder.

Emma sah Mark unverwandt an und hob das Gläschen.

»Prost«, sagte sie und trank den Inhalt in einem Zug aus. Ahhh, wie das brannte! »Willst du deinen nicht?« Mark guckte ungläubig, Emma zuckte die Achseln und kippte seinen Heidegeist gleich hinterher. Diesmal erreichte der Alkohol nicht nur ihren Magen, sondern auch den Kopf. Ein schummriger Nebel durchwaberte die Gehirnwindungen und sorgte dafür, dass Emma sich einigermaßen entspannt zurücklehnte. »Du bist doch bestimmt nicht rübergekommen, um mir Gesellschaft zu leisten, oder?«

Er raufte sich die Haare. »Du machst mich wahnsinnig.«

Seine Worte klangen so ehrlich verwirrt und überhaupt nicht feindselig, dass Emma gar nicht nach ihrem Maklerlächeln suchen musste. Sie lächelte ganz von selbst. »Ist das gut oder schlecht?«

Mark stöhnte. »Emmi …«

»Was das betrifft, bist du hartnäckig.«

»Irgendwie habe ich das Gefühl, die Hartnäckige von uns beiden bist du.«

»Wir waren doch mal richtig gute Freunde, oder?«, fragte Emma.

»Kannst du das Thema nicht einfach lassen?«

»Irgendwann haben wir uns sogar mal geliebt, stimmt's?«

»Irgendwann, ja. Aber …«

»Warum hasst du mich dann so sehr?«

Mark öffnete den Mund, um etwas zu sagen, doch er brachte keinen Ton heraus. Stattdessen raufte er sich abermals die Haare. »Soll das ein Kreuzverhör werden?«

»Es ist eine einfache Frage. Warum hasst du mich so sehr?«

»Ich hasse dich nicht. Nicht sehr. Nur so, wie man eben unglaublich wütend auf jemanden ist, der …« Er unterbrach sich, setzte erneut an. »Ich frage mich die ganze Zeit: Was zum Geier willst du hier? Kehr doch einfach wieder in dein schönes Leben zurück.«

»Das kann ich nicht.«

»Warum nicht?«

»Weil …« Emma kaute auf ihrer Unterlippe herum, hin- und hergerissen zwischen ihrem Plan, sich ihm gegenüber nur mehr zielorientiert und professionell zu geben, und der Sehnsucht in ihrem Inneren, nicht zurückgewiesen zu werden. Mark war ein Geschäftspartner, den sie um den Finger wickeln musste. Gleichzeitig weckte er all diese widersinnigen Gefühle in ihr – Vertrautheit, Wut, Angst, Sehnsucht, eine Emotion stärker als die andere. Sie wollte ihm nicht sagen, dass es derzeit nicht viel in ihrem Leben gab, zu dem es wert war zurückzukehren.

»Hör bitte auf, alte Wunden aufzureißen«, sagte Mark und presste die Kiefer zusammen.

»Das will ich doch gar nicht«, sagte Emma erstaunt.

»Was willst du dann?«

Die Pension. Dich. Nach Hause …

Wo blieb nur das Essen? Und warum zum Teufel schweifte sie schon wieder von ihrem Plan ab? Zu allem Überfluss sagte sie: »Frieden schließen«, woraufhin Mark schwieg. Zeit für Emma, sich zu sammeln und ihr Hirn anzuflehen, dass es sich wieder einschaltete. Mark blinzelte, und Emma nahm wahr, dass die Unerbittlichkeit aus seinem Gesicht mit jedem Atemzug ein Stückchen mehr verschwand und etwas anderem Platz machte. Etwas, das Emma gleichermaßen überraschte und noch mehr aufwühlte. Es war die Zuneigung, mit der er sie gestern bereits bedacht hatte, wenn auch nur für einen Augenblick.

Mark rückte Salz- und Pfefferstreuer zurecht, bevor er aufsah und sagte: »Das kann ich nicht.«

Ohne ein weiteres Wort erhob er sich und verließ den *Dorfkrug*. Erst als Christoph das Steak und den mit Radieschenrosen garnierten Sommersalat brachte, wagte Emma es, sich zu rühren.

»Danke«, presste sie hervor. »Das duftet köstlich.«

Christoph nickte, verschwand und kehrte kurz darauf

mit einem Glas Wasser und einem weiteren Schnapsgläschen zurück. »Der geht auch aufs Haus, Emma.«

»Du hast mich erkannt?«, fragte sie überrascht.

Er zog die Brauen hoch, woraufhin Emma hilflos die Schultern hob. »Und trotzdem bist du nett zu mir?«

Christoph winkte ab. »Is' mein Job. Hau rein.«

Emma nickte. »Wer hätte gedacht, dass du wirklich mal hinter diesem Tresen stehen würdest.«

»Ich wollte es, also habe ich alles dafür getan, um es zu schaffen.«

Als Christoph sich dem nächsten Gast zuwandte, beäugte Emma das duftende Steak samt Ofenkartoffel und hausgemachter Sourcream. Der Appetit war ihr längst vergangen, den Hunger spürte sie kaum mehr. Dennoch schnitt sie in das saftige Stück Rind und schloss für wenige Sekunden die Augen, als sie davon kostete. Zart, fleischig, salzig und pfeffrig kitzelte der erste Happen ihre Sinne. Nach dem zweiten Bissen fiel ihr das Essen bereits leichter.

Anfangs ignorierte sie das Gefühl, beobachtet zu werden. Sie aß den Teller leer, spülte mit Heidegeist nach, legte den Rechnungsbetrag samt großzügigem Trinkgeld auf den Tisch und erhob sich. Kurz erwog sie, den *Dorfkrug* schnellstmöglich zu verlassen, aber schließlich entsann sie sich, dass Weglaufen eine Auseinandersetzung lediglich aufschob und nicht in Luft auflöste.

Zielstrebig ging sie also auf Insa zu, die noch immer wie festgeklebt am Tisch saß, nervös mit der Serviette spielte und die Lippen zusammenpresste.

»Hallo, Insa«, grüßte Emma mit mehr oder weniger

fester Stimme. »Darf ich mich setzen?« Insa nickte. »Wie geht's dir?«, war alles, was Emma noch einfiel. Mit einem Mal fühlte sich ihr Kopf an wie leergefegt.

»Es ist schön, dich zu sehen«, sagte Insa leise, ohne die Serviette loszulassen, von der nur noch ein Fetzen übrig war.

Emma klemmte ihre zittrigen Finger zwischen die Knie. »Es ist lange her.«

»Mark meint es nicht so, weißt du.«

Um einen munteren Tonfall bemüht, fragte Emma: »Und du? Wohnst du noch hier in Moorbach?«

»Ihm geht's echt nicht gut.«

»Erstaunlich, was sich in all den Jahren hier verändert hat und was nicht. Der Mühlenhof zum Beispiel«, plapperte Emma unbeirrt weiter. »Heute habe ich Frau Sander getroffen. Weißt du noch, wie sie früher Apfeltaschen für uns gebacken hat?«

»Mit weißer Puderzuckerglasur. Und Mandeln«, ergänzte Insa mit einem unverhofften Strahlen in den Augen.

»Die hast du immer rausgepult, auch wenn deine Apfeltasche anschließend ganz zerrupft aussah.«

»Weil du die Mandeln lieber mochtest als ich.«

»Aber nur, weil sie karamellisiert waren.«

»Weißt du noch, wie wir einmal versucht haben, selbst Mandeln zu karamellisieren? Bis die Pfanne in Flammen stand.« Insa kicherte zaghaft, Emma entspannte sich.

»Gott sei Dank war mein Vater gleich zur Stelle, sonst hätten wir die Feuerwehr rufen müssen.«

»Mit Feuer ist das eben so eine Sache«, sagte Insa und presste sofort die Lippen zusammen, als wollte sie die Worte wieder zurücknehmen.

Emma hingegen hatte nicht vor, die Stimmung mit trüben Gedanken zu vergiften, deswegen fuhr sie fort: »Ich habe ewig keine Apfeltasche mehr gegessen. Allerdings klappt das Karamellisieren mittlerweile ziemlich gut. Vielleicht besuchst du mich mal, und wir backen gemeinsam. Garantiert unfallfrei.«

»Meinst du, Frau Sander hat das Rezept noch irgendwo versteckt?«

»Wir probieren einfach so lange herum, bis wir die perfekte Apfeltasche gebacken haben.«

Christoph stellte ungefragt zwei Heidegeister auf den Tisch. Noch ehe Emma Einspruch erheben konnte, hob er die Hand. »Geht aufs Haus.«

»Der tut das, was er immer tun wollte«, stellte Emma mehr zu sich selbst als zu Insa fest.

»Stimmt. Und wer kann das schon von sich behaupten?«

»Ich.« Nicht. Die Erkenntnis traf Emma wie eine eiskalte Welle, die sich über sie ergoss. Sie schnappte sich eines der beiden Gläschen, prostete Insa damit zu und leerte es, ohne abzusetzen. »Zumindest glaubte ich das bisher«, murmelte sie.

Insa zerpflückte die nächste Serviette und fixierte dabei ihre Hände.

Obwohl der Schnaps von innen wärmte, fühlten sich Emmas Finger kalt und steif an. Ein schweres Gewicht schien sich auf ihre Brust zu legen, ihr Hals schnürte sich zu, die Augen brannten. Sie weinte. »Warum hast du damals nicht zu mir gehalten, als ich dich so dringend gebraucht habe?«

Insa wagte nicht, Emmas Blick zu erwidern. »Ich hatte keine Wahl«, nuschelte sie.

»Keine Wahl? Man hat immer die Wahl.«

Insa schnaubte. »Nicht wenn man in einem Kaff wie Moorbach wohnt und dableiben will.« Endlich hob sie den Kopf und sah Emma direkt an. Insas Haut wirkte schlaff und binnen Minuten um Jahre gealtert. »Ich wusste, dass du weggehen würdest. Und ich … ich würde bleiben. Ich musste also mit allen hier auskommen, verstehst du? Andernfalls hätte ich ganz allein dagestanden mit der Aussicht, dass das auf ewig so bleiben würde. Du weißt doch, wie die Leute hier sind.«

Emma starrte Insa an, wartete, bis all die Worte in ihrem Hirn versickert waren. Doch ihr Herz weigerte sich zu verstehen. Sie nickte, erhob sich schwerfällig und wischte die Tränen fort. »Danke für deine Ehrlichkeit.« Es war alles gesagt.

Kurz darauf startete sie den Motor des BMWs und fuhr davon. Das Adrenalin war stärker als der Heidegeist. Emma fühlte sich hellwach. Dennoch bremste sie am Ortsausgang, parkte am Straßenrand, sprang aus dem Wagen und lief in den Wald hinein. Erst an einer Lichtung hielt sie inne und stützte sich an einer Birke ab, die kaum höher war als sie selbst und die von Fichten und Kiefern weit überragt wurde, als stünden sie schützend um den kleinen Baum herum. Keuchend starrte Emma auf einen Fliegenpilz, der zwischen Gras und Tannenzapfen emporlugte. Wie konnte etwas so Schönes derart giftig sein? Emma lachte auf, als sie erkannte, dass der Pilz wie ihre Heimat war. Am Stamm der Birke sank Emma auf den Waldboden und kauerte sich wie ein verlassener Hundewelpe zusammen. Schließlich weinte sie sich das erste Mal seit sechzehn Jahren den Kummer von der Seele.

Die Dunkelheit war längst hereingebrochen und Emma zum Auto zurückgekehrt. Ihr Gesicht brannte, der Kopf dröhnte, der Brustkorb schmerzte vor Mutlosigkeit. Sie erschrak nicht einmal, als ein Lichtstrahl auf ihre geschlossenen Lider traf und sie nach einigem Blinzeln die verzerrte Silhouette eines Mannes wahrnahm, den sie erst erkannte, als er die Taschenlampe auf den Boden richtete. Sie entriegelte die Tür, er öffnete sie.

»Wildcampen ist hier verboten, wussten Sie das nicht?« Einen Arm auf den Türrahmen und einen auf das Autodach gestützt, beugte sich Leo Flemming zu Emma. Sein Grinsen erstarb, als er ihre verquollenen Augen bemerkte. »Na prima, Mark hat's also vermasselt.«

Emma schluchzte auf, woraufhin Leo sich vom Auto abstieß, die Tür zuwarf und sich wenige Sekunden später auf den Beifahrersitz fallen ließ.

»Himmel, wie viel hast du getrunken?«, fragte er vertraulich.

»Nur drei oder vier Heidegeister. Vielleicht fünf«,

meinte Emma und schnäuzte sich. »Ist Elvis etwa schon wieder ausgebüxt?«

Leo lachte. »Mittlerweile haben wir seine Ausflüge auf einen pro Tag minimiert.« Dann sah er sie ernst an. »Und warum bist du abgehauen?«

»Abhauen«, seufzte Emma, »ist meine Spezialität.«

»Womit meine These von heute Mittag bewiesen wäre.«

»These?«

»Mensch und Pferd sind sich gar nicht unähnlich.«

»Jetzt hör schon auf, mich dauernd mit einem Pferd zu vergleichen.« Emma lächelte schwach. Dann kamen ihr schon wieder die Tränen. »Ich habe seit sechzehn Jahren nicht mehr richtig geweint, und ausgerechnet jetzt mutiere ich zur Heulsuse.«

»Das soll hoffentlich ein Scherz sein.«

Emma schüttelte den Kopf. »Als ich von hier verschwand, habe ich mir geschworen, mich nie wieder derart schlecht zu fühlen. Nie wieder so verwundbar zu sein.«

»Kein Mensch kann so lange ohne Heulen auskommen.«

»Heulst du etwa?«

Leo kratzte sich das Kinn. »Egal, was ich sage, es lässt mich schlecht dastehen, fürchte ich. Aber … nun ja, manchmal heule ich schon.«

»Vielleicht hätte ich es auch tun sollen. Vielleicht … würde es dann weniger wehtun.«

»Ich fürchte, es tut immer gleich weh, Emma«, sagte Leo sanft.

»Sehe ich sehr schlimm aus?«

»Sehr.« Er lächelte.

Emma wischte die Tränen weg. »Und was treibt dich um diese Zeit hierher?«

»Weißt du … du heulst nicht, und ich schlafe nicht.«

»Das ist jetzt aber ein Witz, oder?«

»Leider nein. Und bevor ich vor Müdigkeit verrückt werde, gehe ich spazieren, miste die Ställe aus oder erledige, was sonst auf dem Hof so anfällt, das keinen Krach macht.«

»Warum schläfst du nicht, wenn du müde bist?«

»Warum weinst du nicht, wenn du traurig bist?« Er hielt einen Augenblick inne. »Wenn ich traurig bin und nicht gerade heule, spreche ich mit Freunden darüber.«

Emma winkte ab. »Ich habe keine Freunde.«

Verwundert runzelte Leo die Stirn. »Keine Freunde? Das gibt's doch nicht.«

Emma atmete tief durch. »Mein bester Freund – Mark. Er war mal mein bester Freund und außerdem meine erste große Liebe. Mark beschuldigt mich, einen Brand verursacht zu haben, den ich nie gelegt habe. Und meine beste Freundin drehte sich damals wie das berühmte Fähnlein im Winde, obwohl sie genau wusste, dass ich unschuldig war. Und zu Hause, also dort, wo ich derzeit wohne, gibt es meinen Mann oder besser gesagt Exmann, den ich mit der Nachbarin erwischt habe, von der ich dachte, sie wäre so etwas wie meine Freundin. Wir haben uns getrennt, Jan und ich, woraufhin sich herausstellte, dass all meine Freunde in Wirklichkeit seine Freunde waren. Die Frauen hielten noch eine Weile zu mir, aber du weißt vermutlich, wie das ist: Aus den Augen, aus dem Sinn. Jetzt bin ich hier, in meiner wunderwunderschönen Heimat, bei meinen allerallerliebsten Eltern, und meine Mutter schlägt sich neuerdings auf Marks Seite, der ja, wie wir vorhin gehört haben, immer noch behauptet, dass ich für das Feuer verantwortlich war, was überhaupt nicht möglich ist, jedenfalls nicht direkt, aber das erzähle ich dir ein anderes Mal. Außerdem bin ich, aus seiner Sicht, in einer Nacht-und-Nebel-Aktion von hier verschwunden, was er mir bis heute nachträgt.« Emma schnaufte. »Das ist meine Geschichte. Zumindest ein Teil davon.«

Leo betrachtete Emma schweigend, die hinzufügte: »Du bist übrigens der erste Mensch, dem ich das so erzähle.«

»Der erste Mensch?«

»Lilli weiß alles.«

Leos Mundwinkel zuckten, dann lehnte er sich im Sitz zurück und blickte nach vorn in die Dunkelheit. Auch Emma lehnte sich zurück und beobachtete die Schattenspiele, die das Mondlicht mit den Ästen der Kiefern und Fichten zauberte. Das Wetter schlug um, der Wind fegte böig über die Heide.

Als Emma an ihre Eltern dachte und daran, wie der Streit mit Mama eskaliert war, kullerten erneut Tränen über ihre Wangen. »Nicht Mark hat's vermasselt, sondern ich«, jammerte sie. »Und jetzt … jetzt habe ich nicht einmal einen Schlafplatz. Ich weiß gar nicht, wohin ich heute Nacht gehen soll. Die Couch meiner Eltern kommt auf den Sperrmüll, mit meiner Mutter habe ich mich überworfen, und ich wage zu bezweifeln, dass sie mich im Moment sehen will. Oder ob ich mich mit ihr auseinandersetzen möchte. Und Mark, tja, du weißt schon.«

Leo schaltete die Innenbeleuchtung ein und sah Emma aufmerksam an. Erst jetzt bemerkte sie die dunklen Ränder unter seinen Augen und die Leere, die hin und wieder wie ein Windhauch über sein Gesicht huschte.

»Ich stelle dir mein Gästezimmer zur Verfügung, wenn du magst«, sagte Leo.

»Das kann ich unmöglich annehmen.« Emma hob die Hände.

»Keine Sorge, du bekommst es nicht kostenlos.« Er zwinkerte ihr zu, und Emma wollte lieber nicht darüber nachdenken, was er damit meinte. »Wenn du ein wenig geschlafen hast, sieht die Welt schon anders aus«, versprach Leo und rieb sich die Augen.

»Wirst du auch schlafen?«, fragte Emma zaghaft.

»Auf mich wartet noch Arbeit.«

»Versprichst du mir, dass du es wenigstens versuchst?«

Als hätte er sie nicht gehört, fragte Leo: »Weißt du, wo es zum Höpenweg geht?«

»Machst du Witze? Ich bin hier aufgewachsen. Besser, du fährst, ich habe schon zu viel riskiert.«

Sie schwiegen, bis Leo den Wagen wenige Minuten später auf dem Hof neben einem Traktor parkte. Weiter weg donnerte es. Emma konnte nicht fassen, wohin Leo sie gebracht hatte.

»Du hast den alten Schafstall gekauft?«, fragte sie ungläubig.

»Ich fand, das hier wäre ein wunderbarer Ort für etwas Neues. Der Stall war ziemlich heruntergekommen, es war ein Haufen Arbeit, aber jetzt wohne ich darin«, sagte Leo stolz.

Emmas Hände begannen zu zittern, sie klemmte sie zwischen ihre Knie. »Du wohnst darin? Aber er war doch völlig heruntergebrannt.«

»Ein Berg Schutt und Asche – bis auf ein paar Balken.«

Emma räusperte sich, ihr Hals war plötzlich ausgetrocknet wie das Rapsfeld am Nachmittag. »Damals gehörte er Marks Opa.« Während sie sich darauf konzentrierte zu atmen, sah Leo sie abwartend an. »Das Feuer war … so schnell, und … die Flammen schlugen meterhoch.« Emma brach ab, dann holte sie tief Luft und sagte: »Ich habe mir die ganzen Jahre über einreden lassen, dass ich mit schuld bin, aber ich bin es nicht. Es war ein Unfall, der durch mich ins Rollen kam.« Sie wischte sich über die geschwollenen Augen. »Ach, vielleicht hat Mark doch recht, was weiß denn ich.«

Leo räusperte sich. »Du solltest dich ein wenig ausruhen, bevor du etwas aussprichst, was du hinterher bereust. Nachts scheinen die Dinge oft anders als am Tage. Erst recht nach zwei Uhr.«

»Warum ausgerechnet nach zwei Uhr?«

»Ich spreche aus Erfahrung.«

Sie nickte, ohne zu verstehen. »Vielleicht hast du recht.«

Als beide ausgestiegen waren, fegte ihnen ein heftiger Wind entgegen, und Leo hielt inne. Über das Autodach hinweg sagte er: »Meine Entscheidung, dir das Gästezimmer anzubieten, fällt übrigens aus dieser Regel heraus, schließlich kann ich dich schlecht allein im Wald zurücklassen. Und wer weiß, vielleicht kann ich mich sogar noch ein Stündchen hinlegen.«

Emma betrachtete ihn einen Augenblick, er sah wirklich erschöpft aus. Noch ehe sie sich weitere Gedanken machen konnte, schlug Leo die Autotür zu und bedeutete ihr mitzukommen.

Ihre Schritte hallten zwischen der Scheune, dem Wohnhaus und den Stallungen, als Emma Leo zum Hauseingang folgte. Ein Bewegungsmelder reagierte mit gleißendem Licht, irgendwo schnaubte ein Pferd, und Leo schloss die Haustür auf, an deren Milchglasfenster die Hausnummer eins eingraviert war. Die moderne Tür passte gut zum restaurierten Fachwerk.

Sie betraten den schwach beleuchteten Windfang, in dem es stockdunkel wurde, als der Bewegungsmelder erlosch.

»Entschuldige«, sagte Leo, warf die Tür hinter Emma zu und schaltete das Licht ein, das von warmweißen Wandstrahlern sanft den geräumigen quadratischen Eingangsbereich erhellte. Nichts erinnerte mehr an die ehemaligen Verschläge oder den unnachahmlichen Tiergeruch. Während Leo die Haustür verriegelte, fummelte Emma unsicher am Autoschlüssel herum, den Leo ihr zuvor in die Hand gedrückt hatte.

»Fühl dich wie zu Hause«, sagte er und öffnete den

Bauernschrank mit den aufgemalten Blumenmotiven darauf, um seine Schuhe hineinzustellen.

»Ein Erbstück?«, fragte Emma und berührte vorsichtig eine der abgebildeten Rosenblüten.

»Habe ihn vor Jahren vom Sperrmüll gerettet in der Hoffnung, ihn irgendwann irgendwo hinstellen zu können. Lass die Schuhe ruhig an, die Fliesen sind kalt.«

»Ich kann immer noch nicht glauben, dass du wirklich im alten Schafstall wohnst.«

Leo öffnete die doppelflügelige Fenstertür, die den Windfang vom Wohnflur trennte, und bedeutete Emma vorauszugehen. An der Stirnseite des Flurs, der so groß war wie Emmas Schlafzimmer in Köln, führte eine Holztreppe ins Obergeschoss. Rechter Hand gelangte man durch einen türlosen Durchgang, der von Holzbalken gestützt wurde, in die Küche. Auf der linken Seite befand sich das Wohnzimmer, dessen geöffnete Tür einen Blick auf den Kamin freigab. Es duftete unterschwellig nach Holz und Vanille.

»Morgen früh zeige ich dir alles«, sagte Leo. »Geh doch schon mal nach oben. Dein Zimmer findest du hinter der dritten Tür auf der rechten Seite. Das Bad ist gleich gegenüber. Ich hole rasch ein paar Handtücher und … was du sonst noch brauchen könntest.«

Er verschwand in dem Raum neben der Treppe, während Emma langsam Stufe für Stufe nach oben ging. Ihre Hand glitt über das Holzgeländer, an dem an einer Stelle der weiße Lack abgeplatzt war. Sie strich über den braunen Fleck und öffnete kurz darauf die Tür zu ihrem Schlafplatz. Das perfekt eingerichtete Zimmer wirkte, als ob Leo ständig Gäste bei sich beherbergte. Die Wände waren in warmen Braun- und Sandtönen gehalten, von denen sich die weißen Möbel wie Schaufensterpuppen abhoben. Über dem Bett lag eine zartrosafarbene Tagesdecke, die so glatt gestrichen war, als hätte jemand stundenlang daran herumgezupft.

»Ich habe dir alles ins Bad gelegt.«

Erschrocken fuhr Emma herum und erblickte Leo im Türrahmen.

»Falls etwas fehlt – ich schlafe gleich nebenan. Hier sind Shorts und ein T-Shirt von mir. Ich dachte ... das ist vielleicht bequemer als das Kleid. Also ... nur wenn du willst.« Auf einmal wirkte Leo richtig unsicher, als er Emma den Wäschestapel reichte. Ihre Finger berührten sich dabei.

»Danke für deine Gastfreundschaft. Und ... dafür, dass du mich vom Wildcampen abgehalten hast.«

Leo lachte leise.

»Ich hoffe wirklich, du findest zur Ruhe, Leo. Du siehst so aus, als könntest du sie sehr gut brauchen.«

Einen Moment lang blickten sie sich an, und Emma kam es auf einmal gar nicht mehr so vor, als hätte sie ihn gestern erst kennengelernt.

»Gute Nacht, Emma.« Leo hielt kurz inne, als wollte er noch etwas hinzufügen, doch dann wandte er sich ab. In der Tür drehte er sich noch einmal zu Emma um, die seine Sachen an sich drückte und ihm leise »Gute Nacht« wünschte. Dann war sie allein. Nachdem Leo die Tür hinter sich geschlossen hatte, schnupperte sie an dem schwarzen T-Shirt, das nach Waschmittel roch und sich kurz darauf weich auf ihre Haut legte. Sie schlug die Decke beiseite, kuschelte sich hinein und fiel binnen Sekunden in einen traumlosen Schlaf, der sie für wenige Stunden vergessen ließ, dass der Tag, nachdem man sich seinen Dämonen gestellt hatte, meist noch viel schmerzhafter war.

Kapitel 7

Wenn es nicht zurückgeht, musst du eben vorwärtslaufen, war Emmas erster Gedanke, nachdem sie die verquollenen Augen aufgeschlagen hatte und versuchte, in die Wirklichkeit zurückzugelangen. Ihre trägen Gedanken erinnerten sie an eine Stubenfliege, die immer wieder orientierungslos gegen eine Fensterscheibe prallte. Erst nach einigen Atemzügen kehrte die Erinnerung an den gestrigen Abend zurück, an Leo, der ihr sein Gästezimmer angeboten hatte. Und an Mark, Mama, Insa … einfach alles. Was im wirren Zustand zwischen Nacht und Tag logisch erschien, kam ihr im Wachzustand einfach unmöglich vor. Zumal sie keine Ahnung hatte, was sie als Nächstes tun sollte, weswegen sie beschloss, sich erst mal eine heiße Dusche zu gönnen.

Emma richtete sich auf und sah sich um. Bei Tage wirkte das Zimmer trotz der warmen Wandfarben merkwürdig kühl. Alles war perfekt eingerichtet: die Blumenvase mit den Gerbera, bei denen Emma erst als sie daran riechen wollte, erkannte, dass sie unecht waren. Die cremefarbenen Vorhänge, die wie stumme Diener die Sprossenfenster flankierten. Das postergroße Foto im weißen Bilderrahmen, das eine Heidschnuckenherde beim Schnökern zeigte. Nicht einmal das zerwühlte Bett hauchte dem Raum Leben ein. Und auch nicht das bunte Sommerkleid, das sie am Abend unachtsam …

Wo, bitte schön, war das Kleid? Verwirrt kratzte sich Emma am Kopf. Leo war doch nicht etwa … Sie trat ans Fenster und beobachtete ihn dabei, wie er just in diesem Moment mit großen Schritten vom Haus hinüber in den Stall ging, einen Eimer Möhren in der einen, die Reitkappe in der anderen Hand. Sie kippte das Fenster, um zu hören, was er mit den beiden jungen Reiterinnen besprach, die vor dem Stall ihre Ponys angebunden hatten.

»Hallo, Herr Flemming«, rief das rothaarige Mädchen, woraufhin Leo sich leicht verneigte und sagte: »Moin, verehrte Damen.«

Die Mädchen kicherten, Emma lächelte. Irgendetwas sahen die beiden in ihm, etwas, das die Rothaarige dazu veranlasste, den Arm ihrer Freundin zu packen, als könnte sie nicht fassen, was gerade geschehen war. Und was die beiden wild tuscheln ließ, nachdem Leo im Stall verschwunden war.

Vorsichtig öffnete Emma die Zimmertür einen Spaltbreit und lugte hinaus. Sie horchte, ob sich außer ihr jemand im Haus befand, doch es war mucksmäuschenstill. Erleichtert schlüpfte Emma in den Flur, der mit seinen vier verschlossenen Türen, die allesamt im Landhausstil gehalten waren, wie ein einsamer Büroflur wirkte.

Im Badezimmerspiegel, der genauso fleckenlos war wie der Rest des Hauses, begutachtete Emma schließlich das Ausmaß ihres Gefühlsausbruchs: zerzaustes

Haar, als hätte sie es tagelang weder gekämmt noch gewaschen. Rote Augenränder, geschwollene Lider. Sie brauchte dringend eine Totalerneuerung.

Auch jetzt entpuppte sich Leo als perfekter Gastgeber: *Glamorous*-Showergel, von dem Emma lieber nicht wissen wollte, wer das in Leos Dusche vergessen hatte, eine originalverpackte Zahnbürste, Zahnpasta, Honig-Ingwer-Shampoo und ein Stapel nach Weichspüler duftender Handtücher warteten auf dem Wannenrand auf sie. Im Zahnbecher steckte außerdem ein Tütchen Aspirin. Und am Handtuchhalter an der Wand hing, frisch gewaschen, ihr Kleid. Ob Leo regelmäßig Frauen dazu einlud, die Nacht bei ihm zu verbringen? Es war lange her, dass Emma mir nichts, dir nichts mit einem Fremden nach Hause gegangen war. Sehr lange. Um genau zu sein, waren es die Überreste von Emmi gewesen, die sie während der ersten Zeit nach ihrem Fortgang dazu gebracht hatten, unüberlegt einen Mann in ihr Bett zu lassen … oder in seinem Schlafzimmer zu landen. Jedes Mal hatte sie sich hinterher schäbig und einsam gefühlt und sich geschworen, endlich gänzlich mit ihrem alten Ich zu brechen.

Nach der glamourösen Dusche fühlte sich Emma fast wie neugeboren. Munter lief sie die Treppe hinunter und warf einen neugierigen Blick ins Wohnzimmer, dessen Mittelpunkt eine dunkle Wildledercouch bildete. Im Erker links stand ein massiver Esstisch, um den sich acht Freischwingerstühle versammelt hatten. Verstohlen wischte Emma mit dem Zeigefinger über die blitzblanke Holzplatte. Offensichtlich gehörte

Leo zu den Männern, die wussten, wie man einen Putzlappen benutzte – oder wo man jemanden fand, der es konnte. Sie schob den Gedanken beiseite und betrachtete die massiven Wildeichenmöbel, die der Größe nach sortierten Bücher, die hellen Wände. Leos Zuhause wirkte unnatürlich aufgeräumt, fast so, als befände man sich in einem unbewohnten Musterhaus. Auf den Fensterbänken standen blütenlose Orchideen und Grünlilien, die wiederum üppige Ableger trugen. Nur wenige Bilder hingen an den Wänden – Fotos, auf denen Leo zu sehen war, meist mit einem kleinen Jungen, der auf einem Foto grinste und dabei eine zwei Schneidezähne breite Lücke entblößte. Emma verengte die Augen zu Schlitzen und beäugte das Kind genauer. Der kleine Kerl hatte Leos graugrüne Augen. Und seine Lippen. Doch sosehr sie sich auf Leo und den Jungen konzentrieren wollte, fing das umwerfend natürliche Lächeln einer Frau, die auf einem einzigen Bild zu sehen war, Emmas Aufmerksamkeit ein. Es erinnerte sie an ein Werbefoto für einen Sommermodekatalog: Das weiße, mit gelben Blüten bestickte Sommerkleid hob sich von der gebräunten Haut ab und umschmeichelte den weiblichen Körper der Frau, die eine Hand auf die Schulter des Jungen gelegt hatte. Das blonde Haar fiel wie Seidenpapier über ihre Schultern, als hätte sie Stunden mit dem Glätteisen zugebracht und anschließend einen Topf *Super strong'n glossy Stylingmousse* darübergeschmiert. Emma schalt sich für ihre spöttischen Gedanken. Die Frau war wirklich schön. Hinter den beiden stand Leo, die Hände in die Anzughosentaschen gesteckt, und grinste. Er sah richtig glücklich aus. Emma bildete sich sogar ein, den Lavendel zu riechen, der sich bis an den Horizont erstreckte. Alle drei wirkten so sorglos, wie Emma selbst zuletzt vor vielen, vielen Jahren gewesen war. Warum hatte sie sich eigentlich noch nicht gefragt, ob Leo verheiratet war? Wenn ja: Wo war seine Frau?

Beschämt trat Emma zurück. Sie hatte kein Recht, in Leos Privatsphäre einzudringen. Vielleicht würde er ihr irgendwann erzählen, was es mit den Fotos auf sich hatte.

Als Emma vom Wohnzimmer zurück in den Flur trat, fiel ihr der gedeckte Tisch in der Küche auf. Sie betrat den mit magnolienfarbenen Landhausküchenmöbeln eingerichteten Raum, in dem es nach Kaffee und Brot duftete. Genau ein Gedeck stand auf dem Tisch, dazu ein Glas Brombeerkonfitüre, Butter, Käse, Salami und ein Zettel, auf dem in sauberen Druckbuchstaben stand: *Guten Morgen, Emma, ich hoffe, das reicht dir, sieh sonst gern im Kühlschrank nach. Wir sehen uns später. L.*

Jetzt kam sich Emma erst recht wie das Überbleibsel einer durchzechten Nacht vor. Sie trat an das Küchenfenster und blickte in den Garten, der, im Verhältnis zum Rest des Hofes, klein wie eine Briefmarke schien. Auf der Wiese stand eine Schaukel, die verlassen im Wind vor und zurück pendelte, so als übte ein unsichtbares Kind gerade seinen ersten Anschwung. Emma dachte an den Jungen und fragte sich, warum er nicht hier war.

Durch eine Tür, in die eine Katzenklappe eingebaut

war, gelangte Emma auf eine kleine Terrasse. Während sie den Duft von feuchtem Rasen einatmete, ging sie auf die drei Hochbeete aus Backsteinen zu, die zwischen dem mehr als knöchelhohen Rasen und dem Gartenhaus auf einer mit Natursteinen gepflasterten Fläche dicht beieinanderstanden. In kindlicher Schrift beschriebene Schiefertafeln wiesen auf Kräuter und Gemüsesorten hin, die angeblich zwischen dem Unkraut wuchsen.

Hinter einem verwilderten Grünstreifen, aus dem lilafarbene Distelblüten und Schafgarbe emporragten, grasten zahlreiche Pferde, einige galoppierten, wieder andere lagen schlafend im Gras. Mittendrin: Elvis, der sich genüsslich hin und her wälzte. Emma hatte ihn schon von Weitem an dem herzförmigen weißen Fleck auf der Stirn erkannt und an der stoischen Gelassenheit, mit der er sich das perfekte Fleckchen für das Bad in der Wiese ausgesucht hatte. Die Vielseitigkeit der Lüneburger Heide war wirklich erstaunlich – sie reichte von brachliegenden Heideflächen über ein violettes Blütenmeer zu Schnuckenherden, Rindern und Pferden, Teichen und Bächen. Gab es überhaupt irgendjemanden, der diese permanente Idylle ertragen konnte?

Als Emma nach dem Frühstück auf den Hof trat, waren die Temperaturen erheblich gestiegen, sodass sich kleine Schweißperlen auf ihrer Stirn bildeten und sie sich mit der Hand unwillkürlich Luft zufächelte. Diese drückende Hitze machte sie wahnsinnig, und sie hoffte, dass die gewölbten Gewitterwolken, die am Horizont aufzogen, die ersehnte Abkühlung bringen würden. Früher hatte sie es im Winter manchmal schneien lassen (man musste es sich nur fest genug wünschen), vielleicht würde das bei Regen ja auch funktionieren. Hoffentlich auch bei Erwachsenen. Als von irgendwoher der Motor eines Traktors zu dröhnen begann, setzte sich Emma auf eine der aus Baumstämmen gesägten Bänke und beobachtete die beiden Mädchen, die voller Hingabe ihre Ponys striegelten und Hufe auskratzten. Vor langer, langer Zeit hatte Emma, wie fast jedes Mädchen, auch von einem Leben als Reiterin geträumt. Nach wenigen Versuchen und dem Rippenbruch hatte sie ihre Reitkarriere allerdings frühzeitig an den Nagel gehängt.

Aus den Stallfenstern blickten diverse Pferde und Ponys. Die Paddocks wirkten wie kleine Terrassen, auf denen nur ein Liegestuhl fehlte. Auf dem Springplatz links vom Stall ritt eine junge Frau einen Schimmel, der mehrere Male kurz vor einem Hindernis bockte. Emma sah ihr ein paar Augenblicke zu, einmal flog die Frau sogar in einer eleganten Rolle kopfüber in den Sand, stand aber sofort wieder auf und rief den anderen Zuschauern lachend etwas zu. Das Areal war überraschend großzügig angelegt, Leo musste einen Haufen Geld investiert haben, um all das umzusetzen. Von den Eichen, die seit Jahrhunderten dort wuchsen, waren offenbar nur wenige gefällt worden. Eher sah es so aus, als hätte Leo den Hof um die Bäume herum bauen lassen. Die Blätter rauschten im Wind, als Emma sich langsam erhob. Heute duftete es hier nicht mehr nach Schafen, sondern nach Regen und Stroh. Und nach Pferd. Sie schlenderte zum Stall hinüber und nickte den Mädchen zu, die sie misstrauisch taxierten. Im Stall, den Emma durch ein doppelflügeliges Holztor betrat und in dem sich links und rechts der Gasse Box an Box reihte, intensivierte sich das typische Pferdearoma. Emma winkte Leo zu, der Elvis von der Koppel geholt hatte, ihn in die Stallgasse führte und lächelte, als er Emma erblickte.

»Guten Morgen«, grüßte er sie. Er sah ein wenig erholter aus als letzte Nacht, dennoch war der dunkle Schimmer unter seinen Augen nicht vollständig verblasst. Und doch war es schön, Leo wiederzusehen.

»Hey.« Verlegen wickelte sie eine Haarsträhne um den Zeigefinger und ließ sofort davon ab, als sie sich dieser mädchenhaften Geste bewusst wurde. »Danke für … alles. Du machst es einem Gast leicht, sich wohlzufühlen.«

Geschickt knotete Leo den Führstrick an den dafür vorgesehenen Ring, der am festen Teil der Schiebetür angebracht war. »Nicht jeder genießt bei mir das Komplettprogramm.«

»Das weiß ich wirklich zu schätzen.«

»Wie geht's dir heute?«, fragte Leo.

»Wie es einem *am Tag danach* so geht.« Emma zeigte auf ihre Augen. »Hast du geschlafen?«

»Das ist schon wieder eine Fangfrage, oder? Denk bitte nicht, ich wäre ein Irrer, der sich nachts heimlich in das Zimmer fremder Frauen schleicht.«

»Jetzt, da du es ansprichst …«

»Zu meiner Verteidigung möchte ich anführen, dass du gerufen hast.«

»Das wüsste ich.«

»Ich habe an deine Tür geklopft, gefragt, ob alles in Ordnung ist, doch du sagtest Nein. Immer wieder. Zuerst dachte ich, du telefonierst, aber dann fiel mir ein, dass du keine Handtasche bei dir hattest. Also habe ich wieder geklopft, es klang, als ob du wahnsinnig aufgebracht wärst.« Ungläubig starrte Emma ihn an, während er fortfuhr: »Kannst du dich nicht daran erinnern, was du geträumt hast?«

»Geträumt? Ich?« Emma knetete die Hände. Sie träumte fast nie.

»Du hast geweint und ständig Nein gesagt, doch als ich dich wecken wollte, warst du auf einmal ganz ruhig. Also habe ich dir noch eine Flasche Wasser hingestellt und dein Kleid mitgenommen, schließlich brauchtest du für heute etwas Frisches zum Anziehen, und ich bezweifle, dass dir meine Jogginghose gefallen hätte.«

Emma seufzte. »Glückwunsch, du hast bereits mein ganzes Repertoire an Gefühlsausbrüchen erlebt, obwohl wir uns gerade erst kennengelernt haben.« Sie strich sorgsam über das Kleid, obwohl es so glatt wie die Tagesdecke war.

»Gibt es eine festgelegte Reihenfolge, in der man sich einer neuen Bekanntschaft präsentiert? Falls es dich tröstet – ich gebe mir normalerweise auch etwas Zeit, bevor ich eine Frau zu mir nach Hause einlade.«

Mit einem Mal brannten Emma Fragen auf der Zunge, die sie nur mühsam hinunterschlucken konnte:

Wie schnell hatte er die Frau auf dem Foto zu sich eingeladen? Wo war sie jetzt? War das *Glamorous*-Duschgel von ihr? »Zuerst zeigt man sich doch von seiner Schokoladenseite, oder nicht?«, fragte sie stattdessen.

Leo verzog nachdenklich den Mund. Dann sagte er: »Schokolade mag ich nicht. Demnach hast du alles richtig gemacht.« Nach einer Pause, in der Emmas Gesicht bis in die Haarspitzen zu glühen begann, fuhr Leo fort: »Hättest du nicht dieses hübsche Kleid, sondern meine Jogger an, würde ich dich fragen, ob du mir mit den Pferden helfen möchtest. Mir gehören nur vier.«

Nur vier. Aber das war im Augenblick unwichtig. Viel interessanter war: »Du findest das Kleid hübsch?«

»Nicht nur das Kleid.«

Emmas Lippen zitterten, während sie sich bemühte, nicht glückselig zu grinsen. Mit Mitte dreißig verhielt man sich schließlich nicht wie ein Teenager, der zum ersten Mal von einem Jungen ein Kompliment bekam. Allerdings war es schon eine ganze Weile her, seit ihr ein männliches Wesen, von Papa abgesehen, derart geschmeichelt hatte. Das schmeckte wie gezuckerte Erdbeeren.

»Warum kommst du nicht näher? Man könnte meinen, du hast Angst. Angst vor Pferden.«

»Angst? Ich?« Emma schnaubte. »Lächerlich.« Schade, dass Leo das Thema gewechselt hatte. Er hätte sie gern mit noch mehr Liebenswürdigkeiten überschütten können.

»Prima, dann gebe ich dir eine Arbeitshose, die mir zu kurz ist, und …«

»Das meintest du also mit ›Du bekommst das Zimmer nicht kostenlos‹. Du willst mich als Stallhilfe engagieren.«

»Aus irgendeinem Grund verbringe ich gern Zeit mit dir, das ist alles.«

»Hör auf, mir Honig ums Maul zu schmieren, Leo. Ich helfe dir auch so.«

»Eigentlich war das ein Kompliment. Aber die behagen dir offensichtlich auch nicht.« Er sah Emma noch ein paar Sekunden lang an und begann schließlich damit, Elvis zu striegeln. Eine Weile beobachtete Emma ihn dabei und bewunderte die Hingabe, mit der er sich um das Tier kümmerte. Auf den ersten Blick hatte Emma Leo für einen Hänfling gehalten, vielleicht lag es an dem Vorurteil, welches sie gegenüber Reitern hatte und das sie nun revidieren musste. Seine Oberarme waren durchaus ansehnlich, sie fragte sich jedoch, woher der blutige Kratzer unterhalb des Ellenbogens stammte.

»Ist beim Abstecken des Weidezauns passiert, nichts Schlimmes«, sagte Leo, als hätte er ihre Gedanken erraten.

»Ich könnte Unkraut zupfen oder den Rasen mähen«, schlug Emma vor, ohne auf seine Anmerkung einzugehen. »Der Kräutergarten ist viel zu schade, um ihn verwildern zu lassen. Das wäre mein Gegenangebot.«

»Wir verhandeln also schon?« Leo schüttelte den Kopf. »Ich möchte nicht, dass du für mich arbeitest. Aus mir sprach eher die leise Hoffnung, du würdest

Elvis eine Chance geben, wenn du ihn ein bisschen besser kennst.«

»Ich glaube, ich habe es schon einmal gesagt – ich kann nicht.«

»Vielleicht solltest du dann besser das mit deiner Mutter in Ordnung bringen, damit ich dich heute Abend nicht wieder im Wald auflesen muss. Mir wäre es lieber, du kämst freiwillig hierher zurück.« Leo kämmte Elvis' Mähne, während das Pferd die Augen halb geschlossen und einen Hinterhuf angewinkelt hielt.

Entschlossen straffte Emma die Schultern. »Bitte lass mich etwas tun. Du hast mir aus der Patsche geholfen, ich möchte mich erkenntlich zeigen.«

Fragend sah Leo sie an, dann zuckte er die Achseln und sagte: »Werkzeug und Handschuhe findest du im Schuppen. Ich hatte eigentlich vor auszureiten, aber …«

»Bis du zurück bist, bin ich längst fertig.« Schwungvoll wandte sich Emma zum Gehen. »Wenn das meine Mutter sehen könnte – sie würde umfallen vor Freude. Gärtnern ist ihr Ding. Du müsstest ihre Hortensien sehen. Der ganze Garten ist …« Ein Traum, wollte sie sagen. Stattdessen wandte sie sich zum Gehen. Für Mamas Garten interessierte sich Leo bestimmt nicht. »Bis später also.« Auf einmal wollte sie ihm beweisen, dass mehr als die schicke Maklerin in ihr steckte. Aus irgendeinem Grund war ihr seine Meinung wichtig. Schnurstracks lief sie in den Kräutergarten, vorbei an der buschigen pinkfarbenen Klematis, die an der Giebelseite des Wohnhauses an Rankgittern emporwuchs, und ignorierte den Donner, der immer lauter wurde.

Wie war Emma nur auf die verrückte Idee gekommen, Leos Garten auf Vordermann bringen zu wollen? Zum wiederholten Male kratzte sie den Dreck unter den Nägeln hervor und wischte sich mit dem Handrücken den Schweiß von der Stirn. Das hatte sie nun von dem falschen Ehrgeiz. Es wäre wirklich besser, sie brächte ihr Leben in Ordnung statt fremde Gärten. Verärgert über sich selbst, umfasste sie mehrere Löwenzahnblätter, zog daran und hielt schließlich das Grün samt einer abgerissenen Wurzel in der Hand.

»Mist«, fluchte Emma und warf die unvollständige Beute in den Laubsack, der bereits zu zwei Dritteln mit Grünzeug gefüllt war.

»Bereust du dein Angebot bereits?«

Emma, die nach vorn gebeugt ein Büschel Klee zwischen dem Schnittlauch herauszupfte und mit der Handharke den Boden glättete, hob den Kopf und warf Leo einen grimmigen Blick zu. Er lehnte entspannt am Holzgartenzaun und grinste.

»Wie lange stehst du schon da?«, fragte Emma schärfer als beabsichtigt.

»Lange genug, um zu sehen, dass deine Laune minütlich sinkt.«

»Ich stehe zu meinem Wort.« Emma richtete sich auf und atmete tief durch, während eine altbekannte Welle der Wut in ihr aufbrandete. Wut auf ihn, weil er den schönen Garten verkommen ließ, während sein Haus aussah wie im Bilderbuch. Auf Mama und Mark. Und auf sich selbst.

»Na los, sag schon, was du denkst.« Leo kreuzte die Arme vor der Brust, woraufhin Emma die Harke in den halb vollen Grünabfallbehälter legte und Leo taxierte.

»Du bist doch der Fachmann in Sachen Körpersprache. Was glaubst du also, denke ich?«

»Der Gedankenlesekurs war leider ausgebucht.« Er hob besänftigend die Hände. »Warum gehen wir nicht ins Haus und …«

»Ich möchte aber nicht ins Haus.«

»Worum geht es hier eigentlich?«

Emma zog die Stirn kraus und widmete sich wieder dem Beet. »Ich mag nun mal nicht in anderer Leute Schuld stehen. Und außerdem hasse ich Gartenarbeit, ich weiß schon, warum.«

»Wenn wir uns beeilen, sind wir rechtzeitig vor dem Regen fertig.« Leo zog zwei Paar Gartenhandschuhe aus der Gesäßtasche und reichte ihr eines.

»Das bisschen Dreck stört mich nicht.«

Leo zuckte die Achseln und zog Handschuhe über. »Bitte, wenn du meinst … Am effizientesten sind wir, wenn einer den Boden lockert und der andere zupft. Und der Harker dann wieder von vorn beginnt. So haben Anton und ich das auch immer gemacht, wenn wir …« Er brach unvermittelt ab, und ein unsichtbarer Vorhang legte sich über sein Gesicht, als wollte er etwas dahinter verbergen, das nicht für die Öffentlichkeit bestimmt war. Einen Augenblick lang sah Emma ihm dabei zu, wie er umständlich die Gartenhandschuhe zurechtzupfte, dann reichte sie ihm wortlos die Harke. Auf einmal war ihr Ärger erloschen, als hätte jemand einen Eimer Wasser darüber ausgeschüttet. Sie zog sich die Handschuhe an, die Leo über den Zaun gehängt hatte, und beobachtete ihn dabei, wie er die Erde auflockerte. Energisch gruben sich die Zinken der Harke in die Blumenerde, entwurzelten Grasbüschel und andere Gewächse, die zwischen Schnittlauch und Petersilie nichts zu suchen hatten. Schließlich sammelte Emma das Grünzeug ein und verfrachtete es in den Sack. Erst als sie am Ende des Hochbeets und damit beim Dill angekommen waren, musterte Emma Leo verstohlen. Seine Gesichtszüge blieben angespannt, dennoch schien sich der Vorhang ein klitzekleines bisschen geöffnet zu haben. Als der Laubsack bis oben hin voll war, lief Emma zum Schuppen, um den nächsten zu holen. Dabei erblickte sie ein unter das Regal geschobenes Sandspielzeug. Mitfühlend sah sie zu Leo hinüber, der sich nun, in Gedanken vertieft, an Beet Nummer zwei verging. Der Junge auf dem Foto war also Anton. Leos Sohn.

Im dritten Hochbeet wuchsen Möhren, Lauchzwiebeln und ein paar Erdbeeren, an denen sich bereits die Vögel gütlich getan hatten. Mittlerweile harkte Leo etwas besonnener und blickte auf, als Emma die Schiefertafel für die Karotten vorsichtig zurück in die Erde steckte. Auf Leos Stirn glänzten Schweißperlen, über eine Schläfe zog sich ein erdiger Streifen. Emmas Mund formte sich zu einem Lächeln, und Leo erwiderte es. Aber so richtig von Herzen kam es nicht.

Wortlos zupfte sie die restlichen Gräser und warf sie in den Sack, dann hielt sie Leo auffordernd die Hand hin, damit er ihr die Harke aushändigte. *Zwei einsame Herzen*, ein wunderbarer Titel für einen Kitschroman vor der romantisch-verträumten Kulisse der Lüneburger Heide. Bloß nicht.

Besorgt guckte Leo gen Himmel, der nun fast anthrazit über ihnen hing. In der Zwischenzeit hatte sich Emma den Rasenmäher geschnappt, dessen Motor beim Start aufheulte.

»Das letzte Mal Rasenmähen ist ewig her«, rief sie. »In Köln habe ich keinen Garten, aber das macht nichts, schließlich ist Gartenarbeit nichts für mich.« Sie musste selbst lachen, denn Rasenmähen hatte ihr schon immer Spaß gemacht. »Früher durfte ich mit Papas Aufsitzrasenmäher fahren.«

Während sie um das Schaukelgerüst herummähte, spürte sie Leos Blick im Rücken, dennoch drehte sie sich nicht um. Vielleicht würde er wegsehen, was sie auf keinen Fall riskieren wollte. Sie mochte es, in seiner Nähe zu sein. Doch dann landeten die ersten schweren Regentropfen auf ihrem Arm.

»Komm ins Haus«, forderte Leo sie auf, zog das Kabel aus der Steckdose und winkte Emma zu sich.

»Aber …«

Er packte sie sanft am Arm, schob den Rasenmäher unter den Dachüberstand und führte sie in die Küche, wo er zwei Gläser und eine Flasche Wasser auf den Küchentisch stellte, während sie sich die Hände wusch. Schweigend betrachteten sie das gemeinsame Werk, während der Regen niederging und den Pflanzen Wasser gab, welches sie so dringend brauchten. Emma dachte daran, wie schade es war, dass sie bald von hier fortgehen würde, und als hätte Leo doch einen Gedankenlesekurs absolviert, sagte er:

»Bevor du gehst, sollst du wissen, dass du hier jederzeit willkommen bist. Falls du also mal wieder einen Schlafplatz brauchst ...« Er machte eine einladende Handbewegung.

»Vielleicht reise ich ab«, sagte Emma in die Stille hinein. »Die ganze Situation ist zu verfahren. Irgendwie hatte ich gehofft, dass ...«

»Dass alles vergessen ist?«

»Es ist, wie es ist: Ein Teil des Feuers geht zu meinen Lasten. Ich war zu impulsiv und unachtsam. Manchmal renne ich eben mit dem Kopf durch die Wand, meistens tut es ziemlich weh.«

Nachdenklich rieb sich Leo das Kinn. »Du weißt schon, dass Weglaufen selten eine Lösung ist?«

Emma trank einen Schluck Wasser. »Wie sieht's mit dir aus? Wovor rennst du davon?«

»Ich? Ich laufe doch nicht davon.«

»Stimmt, du guckst einfach nicht hin. Oder warum sah dein Garten aus wie ein Urwald?«

Leo stellte sein Glas in die Spüle und wischte mit einem Lappen über die Stelle auf dem Tisch, an der es gestanden hatte. »Du meinst, ich hätte mir damit nachts die Zeit vertreiben können?«

»Ich finde, du solltest nachts schlafen, Leo. Oder alles dafür tun, dass du es wieder kannst. Aber im

Grunde ist es egal, was ich denke, oder?« Emma verzog den Mund. »Ich würde mich gern frisch machen, bevor ich gehe.«

»Was immer du willst.« Leo lehnte am Kühlschrank und verschränkte die Arme vor der Brust. Er sah erschöpft, aber zufrieden aus. Im Vorbeigehen legte Emma automatisch eine Hand auf seinen Arm, ganz kurz nur, bis sie sich der vertrauten Geste bewusst wurde. Zum ersten Mal an diesem Tag zeichnete sich ein waschechtes Lächeln um Leos Lippen ab, das Emma nur allzu gern erwiderte. Sie registrierte die angenehme Mischung aus herbem Aftershave und Leo selbst, die sie an Holz und Salz erinnerte, an heiße Sommertage im Wald.

Eine halbe Stunde später trat Emma, dicht gefolgt von Leo, auf den Hof. Eine Maus huschte an ihnen vorbei in Richtung Stall, ein Hauch von Sommerniesel legte sich auf Emmas Haut, der sich der Wolkenfarbe nach zu urteilen bald in einen Platzregen verwandeln würde. Die beiden Mädchen waren längst verschwunden, doch die Reiterin auf dem Springplatz klopfte sich in diesem Moment erneut feuchten Sand von der Reithose, bevor sie sich zu ihrem Schimmel beugte und ihn auf die Nase küsste. Die hatte ja mal Geduld, alle Achtung.

»Also dann«, sagte Emma, nachdem sie sich zu Leo umgedreht hatte. »Richte Elvis liebe Grüße aus, ja?«

»Pass auf dich auf«, sagte Leo und sah sie dabei eindringlich an.

Emma nickte und hätte ihm am liebsten noch so viel

gesagt, dennoch wandte sie sich mit einem »Du auch« ab und ging zu ihrem Wagen. Auf halbem Weg wäre sie fast dem widersinnigen Drang erlegen umzukehren, doch sie zwang sich, weiterzugehen und Leo vom Auto aus zuzuwinken. Zuerst würde sie sich mit Mama versöhnen und sich anschließend gemeinsam mit Lilli auf den Weg machen. Als sie vom Hof fuhr, sah Emma ein letztes Mal in den Rückspiegel. Der Anblick von Leo, der immer noch vor seinem Haus stand und zu einem allerletzten Abschiedsgruß die Hand hob, rief ein warmes Gefühl in ihr hervor, ganz tief in ihrem Inneren. Und sie fragte sich, ob sie sich eines Tages bei Elvis dafür würde revanchieren können, dass er sie im Wald gefunden und ihr Leo vorgestellt hatte.

Die Strecke zu Emmas Eltern maß nur wenige Hundert Meter. Für Michael, der mal wieder sein unerklärliches Gespür für unpassende Moment bewies, reichte es allerdings, um Emma just in diesen vier Minuten über das Autotelefon zu erwischen.

»*Hello, my dear,* genießt du die Zeit in der Heimat? Wie geht's meiner Lieblingsmitarbeiterin?«

»Immer wenn du es so betonst, kommst du mit einer neuen Hiobsbotschaft daher.«

»Wir vermissen dich hier.«

»Danke. Wie laufen übrigens deine Vorbereitungen für England?«

»England? Wer denkt denn an England. In der Heide soll es auch sehr schön sein.«

Emma blinkte und bog eine Spur zu schwungvoll in

den Heidjerweg ein. Beinahe hätte sie das Eichhörnchen übersehen, das munter über die Straße hüpfte.

»Ich habe mit Mark gesprochen, falls du das meinen solltest.« Was letztendlich der Wahrheit entsprach.

»Spann mich nicht auf die Folter.«

»Er war *not amused*, um es mit deinen Worten zu sagen.«

»Weswegen du ihn mit deinem unnachahmlichen Charme …«

»Er hasst mich.«

»Oh. Nun ja. Verständlich.«

»Na, herzlichen Dank. So viel zu *home, sweet home*.«

»Man kann es ihm nicht so recht verdenken, oder?«

Emma seufzte. »Es ist nicht einfach, Michael, wirklich nicht.«

»Du musst deine Gefühle da heraushalten, Emma. Es ist ein Geschäft.«

Eben nicht. Für Emma war es weit mehr als das. Es war ihr Leben. »Ich bin dran, okay? Vielleicht brauche ich noch ein, zwei Tage …«

»Montag, *my dear*. Montag, und keinen Tag länger.«

»Du bist der Boss.«

Michael gluckste fröhlich. »Das darfst du gern öfter sagen. Man hört es ja sonst nie.«

Zu Hause hatte Michaels Frau Marita die Hosen an. Emma hatte schon oft gedacht, dass Michael und sein Hausdrachen ein seltsames Paar abgaben, aber aus unerfindlichen Gründen machte Marita Michael glücklich und umgekehrt. Und nur darum ging es.

»Also, halt die Ohren steif, Emma. Und hau ihn

um. Du hast gute Argumente und nicht zuletzt die unglaubliche Summe, die unser Hotellöwe bereit ist zu zahlen.«

Emma nickte, obwohl Michael es gar nicht sehen konnte. Sie kroch im Schneckentempo bis zur Hausnummer sieben, wo der Wagen schließlich zum Stehen kam.

»Ich verlass mich auf dich. *Bye*, Emma.«

Das Motto sollte sie sich auf ein T-Shirt drucken lassen: Emma wird's schon richten. Einmal ausgesprochen, stand Emmas Wort. Solange sie laufen konnte, erschien sie zuverlässig zur Arbeit. Nachdem sie Jan unter einer Nachbarin erwischt hatte, deren Name – Corinna – sich seither in ihr Gedächtnis eingebrannt hatte, obwohl sie ihn am liebsten für immer löschen würde, backte Emma ihr dennoch wie versprochen die Torte zum vierzigsten Geburtstag. Auf Emma war schließlich Verlass.

Nur in der Heimat funktionierte sie nicht so, wie andere und auch sie selbst es erwarteten. Hier war sie der wilden Emmi näher als jemals zuvor, was sich einerseits wie eine Heimkehr und andererseits wie ein Fehler anfühlte.

Sie schloss die Haustür auf und hoffte auf Lillis überschwängliche Begrüßung, aber der Hund war nirgends zu sehen.

»Mama? Papa? Lilli?« Keine Antwort. Emma zog die Ballerinas aus und stellte sie wie gehabt neben Papas Anglerstiefel. »Mama? Ich bin's, Emma.« Nichts. Zügig öffnete sie die Terrassentür und trat nach draußen, wo der Bachlauf plätscherte und Lilli auf einem Hundekissen unter einem blau-weiß gestreiften Sonnenschirm döste.

»Lilli!« Emma winkte der Hündin, die verschlafen das Köpfchen hob und mit einem Mal hellwach war.

Bellend und schwanzwedelnd preschte sie auf Emma zu, die in die Knie ging, um ihren Liebling zu begrüßen. »Hey, meine Süße, hast du mich vermisst?« Sie lachte, als Lilli ihre Hand abschleckte. »Und wo hast du Mama und Papa gelassen?«

Emma sah sich um, von den Eltern keine Spur. Sie erhob sich und schlenderte über die Wiese, vorbei am Sommerflieder, auf dem sich zahlreiche Tagpfauenaugen und Zitronenfalter niedergelassen hatten. Mamas Hortensien blühten in Rosa, Weiß und Lilablau, zwischen ihnen leuchteten gelbe Husarenknöpfchen und Lavendel, dessen Duft an die Mottensäckchen aus Seide erinnerte, die Emma in der Grundschule bemalt hatte. Kurz erwog sie, Hund und Reisetasche zu schnappen und abzureisen, als wäre sie nie da gewesen. Doch eine energische Stimme in ihr warnte sie davor, den Graben zwischen ihr und den Eltern noch tiefer zu ziehen. Bei den Apfelbäumen pickte Emma mit den Fingerspitzen ein Leinentuch auf, das mit bunten Farbklecksen übersät war und über der Lehne von Papas durchgelegenem Liegestuhl hing. Gedankenverloren wendete Emma den Stoff hin und her, als könnte sie ein seltenes Gemälde darauf entdecken, wenn sie nur lange genug suchte. Schließlich breitete sie das Tuch aus und erinnerte sich daran, dass Mama vor vielen Jahren eine Phase gehabt hatte, in der sie Malerin hatte werden wollen. Dafür hatte sie extra einen Kurs für Porträtmalerei absolviert, nach dem fortan jeder auf Leinwand verewigt wurde, der nicht spontan einen hässlichen Ausschlag bekommen oder fluchtartig das Land verlassen hatte. An Emmis sechstem Geburtstag hatte Mama ein Mädchen gemalt, das man nicht einmal mit viel Fantasie mit ihr in Verbindung bringen konnte. Der Kopf war groß wie eine Melone, die Augen klein wie die eines Meerschweinchens, die Lippen wie Luftkissenboote – und die Nase erst! Neben der Melonenkopf-Emmi hatte in krakeliger Pinselschrift *Emmi, mein Herz – in Liebe, Mama* gestanden. Vorsichtig strich sie über die ausgetrockneten Borsten des Pinsels, der neben dem Stuhl im Gras lag. Mama hatte schon immer einen Hang dazu gehabt, ihre Arbeitsmaterialien überall zu verteilen.

Erst jetzt bemerkte Emma, dass die Tür zum Gartenatelier sperrangelweit offen stand. Sie ließ den Anblick kurz auf sich wirken. Der Glasfensterbau mit den weißen Rahmen, an denen abgeplatzter Lack stellenweise Rostflecke entblößte, war einer ihrer Lieblingsorte gewesen. Der wilde Wein, den Mama vor Urzeiten vor dem Winter hatte schützen wollen und den sie seither nicht wieder nach draußen gebracht hatte, verdeckte jetzt die beiden Fenster links der Tür. Auf der anderen Seite versperrte eine deckenhohe Bergpalme die Sicht ins Innere. Im Sommer war es drinnen stickig-feucht wie im Urwald, ab Oktober musste man den Ofen anheizen. Die Holzdielen hatten einen Abschliff nötig, schon von außen sah Emma die abgewetzten Leisten, die jedoch zu Omas geblümtem Polsterstuhl passten, den sie entdeckte, noch bevor sie einen Fuß auf die Stufe setzte. Ein letztes Mal atmete sie durch, dann betrat sie das Atelier.

»Mama, ich …« Für wenige Sekunden hielt Emma reflexartig still, als hätte jemand auf *Pause* gedrückt. Jeden anderen hätte das Bild, das sie vor sich sah, zutiefst verstört. Sie jedoch fand nach dem ersten Schreck schnell die Besinnung wieder, schließlich war sie einiges von zu Hause gewohnt und hatte es immer spannend gefunden, Eltern zu haben, wie sie sonst keiner hatte. Ihr Vater hatte eine Weile lange Röcke angezogen, die Emmas Mutter ihm genäht hatte, weil es sich richtig für ihn angefühlt hatte. Mama hatte in dieser Zeit die Fußknöchel mit Glöckchenketten geschmückt, die Haare bis zum Po wachsen und sich ein Tattoo auf das Schulterblatt stechen lassen. *Petr und Emmily – in ewiger Liebe*. Heute konnte sie darüber lachen.

Und so schoben sich, ohne dass sie es verhindern konnte, auch jetzt Emmas Mundwinkel nach oben. Denn so bizarr der Anblick, der sich ihr bot, auch sein mochte, war es doch ein winzig kleines bisschen ihr Zuhause. Das Zuhause, von dem sie sich in letzter Zeit so oft gefragt hatte, wo und was es denn eigentlich sei.

Kapitel 8

Zu lachen, wenn andere vor Scham im Boden versanken, war eine Kunst, die Emma aus dem Effeff beherrschte. So hatten ihre Eltern sie erzogen: tolerant und vorurteilsfrei. Leider hatte sie in den letzten Jahren schlichtweg vergessen, dass sie mit dieser Gabe gesegnet war. Das Leben war um vieles einfacher, wenn man Dinge und Menschen so nahm, wie sie waren. Umso heftiger erinnerte sie die Pose ihres Vaters nun daran, diese Sichtweise mal wieder hervorzukramen.

»Papa, du hast einen Fisch gefangen!« Emma tat so, als wäre es alltäglich, ihren Vater so zu sehen – in der Haltung der Freiheitsstatue, nur anstelle der Flamme eine Forelle in der Hand. Und nackt. Splitterfasernackt. Bis auf den Fisch natürlich.

Überrascht ließ Papa die Hand sinken. »Ach, du bist's«, sagte er. »Ich dachte, deine Mutter würde mit der Farbe zurückkommen.«

Erst jetzt bemerkte Emma die Staffelei, die in einer Ecke hinter dem Heizofen aufgebaut war. Ringsherum leuchteten bunte Farbkleckse auf dem Bettlaken, das Mama über den Holzboden gelegt hatte. »Ich bin's nur, tut mir leid.« Sie grinste, denn Papa war die Situation genauso wenig peinlich, was Emma mit großer Bewunderung honorierte. »Darf ich mal gucken?« Sie zeigte auf den Holzrahmen.

»Du weißt, wie deine Mutter in solchen Dingen ist.«

»Aber sie ist nicht hier, weswegen wir ganz schnell …«

»Um ehrlich zu sein, habe ich Angst vor dem Ergebnis.« Papa zuckte entschuldigend die Achseln und schlüpfte in eine Unterhose, die auf Omas Sessel lag. Die Forelle legte er unachtsam auf den Tisch. »Der Fisch ist übrigens nicht echt. Nicht, dass du denkst …«

»Ich? Ich habe schon lange aufgehört, mir etwas bei euren Hobbys zu denken.«

Papa wies auf die Leinwand, woraufhin Emma und er sich vor das unfertige Gemälde drängten wie Kinder im Zoo, die unbedingt das Tigerbaby sehen wollten. Im Vergleich zu einem knuffelig-tollpatschigen Tierkind war dieses Kunstwerk allerdings eher …

»Hm«, machte Papa.

»Oh«, kommentierte Emma.

Papa zeigte auf den gemalten Fisch. »Der sieht … lebendiger aus, als er tatsächlich ist, findest du nicht auch?«

Emma neigte leicht den Kopf. »Dein Gesicht dagegen …«

»Deine Mutter ist gut im Forellenmalen.«

»Ziemlich gut.«

»Hm.« Papa spitzte die Lippen.

»Zumindest hat sie nicht an der Männlichkeit dieses Mannes gespart«, kicherte Emma. »Es tut mir leid, aber ich muss … ich muss immer wieder hinsehen. Das Teil ist … riesig.«

»Nicht wahr?« Papa streckte stolz die Brust vor, woraufhin Emma losprustete.

»Hauptsache, sie hat Spaß«, fügte Papa hinzu und stimmte in Emmas Gelächter ein. Für einen Augenblick loszulassen tat gut, und Lachen war doch immer noch die beste Medizin. Heutzutage konnte man Lachyogakurse besuchen, Mama und Papa hatten das früher einfach so getan: sich auf dem Boden einander gegenübergesetzt und losgelacht. Zuerst klang das immer ein wenig gestellt, aber dann, nach einer Weile, konnten sie sich vor Lachen kaum mehr halten. Emmi und Insa hatten das einmal versucht nachzumachen. Erst war gar nichts passiert, und dann hatte Emma Grimassen geschnitten und Insa sich vor Lachen sogar in die Hose gemacht, was zunächst in bitteren Tränen und schließlich in noch mehr Gelächter geendet hatte.

»Emmi?« In Erinnerung schwelgend, hatte Emma gar nicht bemerkt, dass sich Papa T-Shirt und Shorts übergezogen hatte. Jetzt saß er auf einer Holzbank, von der eine Armlehne abgebrochen war, und klopfte auf den Platz neben sich. »Sind wir sehr peinlich?«

Emma lachte leise und schüttelte den Kopf. »Nicht sehr.« Dann setzte sie sich neben ihren Vater, der mit einem Kopfnicken nach draußen wies.

»Wir bräuchten dringend ein paar Tage Dauerregen«, sagte er. »Sonst wird das nichts mit dem Gemüsebeet. Und du weißt, wie deine Mutter mit Dingen ist, die sie liebt.« Dabei tippte er auf Emmas Bein.

»Sie hat dir also erzählt, dass wir uns gestritten haben.« Er zuckte die Achseln, Emma lächelte. Papa hatte diese unnachahmliche Art, schwierige Themen anzusprechen, ohne ihr Schuldgefühle zu bereiten. »Das Ganze ist mir irgendwie entglitten, fürchte ich.«

»Es ist für alle nicht einfach.«

»Ich habe mich zurückgestoßen gefühlt. So als würde Mama mir auch nicht glauben.«

»Vielleicht … vielleicht war es deine Mutter, der das Ganze entglitten ist. Ich kenne sie ziemlich gut.«

Emma ergriff seine Hand und drückte sie liebevoll. »Ich fühle mich wirklich schlecht deswegen.«

»Das ist ein gutes Zeichen, meinst du nicht?« Er seufzte. »Ach, Emmi.« Dieses kleine »Ach« sagte so viel mehr, als er mit Sätzen hätte ausdrücken können. Für einen Moment lehnte sie sich an ihn.

Sie schwiegen. Emma beobachtete eine Amselmutter, die ihrem Küken einen Wurm in den Rachen steckte. Ob sie auch jemals so für jemanden sorgen würde oder jemand für sie? Wie würde Emma enden, wenn sie so weitermachte wie bisher?

»Ich habe Frau Sander getroffen. Sie hat auf ihren Mann gewartet. Ist sie schon lange so?«

»Die meiste Zeit, ja. Aber manchmal ist sie auch recht garstig. Wie früher eben.«

»Frau Sander war doch nicht garstig.«

»Dann hast du eine verschwommene Wahrnehmung, mein Schatz.«

»Sie hat uns immer Apfeltaschen geschenkt.«

»Aber nur, nachdem ihr Mehlsäcke geschleppt hattet.«

Na gut, Frau Sander war hin und wieder etwas miesepetrig gewesen. Trotzdem hatte Emma das Gefühl, sie verteidigen zu müssen. »Aber das war, bevor ihr über alles geliebter Hund starb und wir eine kleine Beisetzungsfeier für ihn organisiert haben. Wie hieß er noch gleich?«

»Irgendwas mit B.«

»Mit B? Nein. F?«

»Mit S?«

Erneut schwiegen sie, Lilli trottete unterdessen die Stufe zum Schuppen hinauf und sprang auf Papas Schoß.

»Sie mag dich«, stellte Emma fest.

»Könnte es sein, dass Lilli irgendwie … auf schwarze Pferde steht? Sie flippt jedes Mal aus, wenn sie eines sieht. Gestern Abend musste Mama unter einen elektrischen Weidezaun klettern, weil der Hund wie von Sinnen war.«

Emma lachte. »Lilli ist in Elvis verliebt.«

»Elvis? Doch wohl nicht etwa dieses Pferd, das andauernd die Gegend unsicher macht?«

»Andauernd … Einmal am Tag. Höchstens. Sag mal, Papa, was ist das eigentlich für ein Typ, dieser Leo Flemming?«

»Von dem kriegt man nicht viel mit. Kommt ursprünglich aus dem Nachbardorf, sein Vater macht was mit Finanzen, der Junge war wohl früher im Internat. Also … ich finde ihn ganz sympathisch.« Schweigen. »Und du?«

»Ich?«

»Du fragst doch nicht nur so.«

»Ich habe die Nacht bei ihm verbracht.« Schweigen. »Aber nur … du weißt schon. Weil ich nicht wusste, wohin. Wir sind uns schon ein paarmal begegnet. Er war zufällig da, hat mir sein Gästezimmer angeboten.«

»Er ist ein guter Kerl, denke ich. Etwas schweigsam. Das komplette Gegenteil von Jan. Zu ihm habe ich mir übrigens etwas überlegt. Was hältst du davon, wenn wir …«

Emma legte ihre Hand auf Papas Arm. »Lass gut sein. Das mit Jan ist eine lange Geschichte, die ich dir irgendwann einmal erzählen werde.«

»Und was ist mit dem Racheplan, den ich für uns ausgetüftelt habe? Mama und ich haben neulich einen Film mit diesem amerikanischen Schauspieler gesehen. Wie hieß der gleich … Irgendwas mit T. Oder L?«

Emma schüttelte den Kopf, und Papa sah sie eine Weile an, dann nickte er. Sie schwiegen, was sie früher schon gerne zusammen getan hatten. Währenddessen sprudelte etwas in Emma an die Oberfläche, gerade so, als hätte sie ein Mentos in eine Colaflasche geworfen.

»Was ist eigentlich mit dem *Heide Huus* los? Ich habe gesehen, dass Mark kaum ein Zimmer vermietet hat.«

Papa öffnete den Mund, ohne etwas zu sagen.

»Es ist nur … Dieses Projekt, für das ich derzeit arbeite …«, fuhr Emma fort. »Mein Auftrag lautet, eine Immobilie aufzukaufen. Eine bestimmte Immobilie.« Sie versuchte, die Worte hinunterzuschlucken, doch es war zu spät. »Ich soll Marks Pension kaufen, Papa.«

»Ach, Emmi.« Zuerst guckte er sie einfach nur an, dann rief Mama nach ihm.

»Verschaffst du mir mit der Mamasache noch ein bisschen Puffer? Bitte?« Emma sah ihren Vater flehend an.

»Du traust dich wohl nicht.«

»Doch. Schon.« Sie schluckte. »Nein. Tu ich nicht. Ich brauche ein bisschen Zeit.«

»Aber nur, wenn du mir versprichst …«

»Ich werde mit ihr reden, sobald ich mir darüber im Klaren bin, was ich eigentlich will.«

Papa sah Emma an, dann nickte er. Und als Emmas Handy einen unbekannten Anrufer ankündigte, sagte Papa: »Ich gehe und lenke deine Mutter ab«, und verließ gemeinsam mit Lilli das Gartenhaus, während Emma tief durchatmete und sich mit gedämpfter Stimme meldete.

»Ja?«

»Emmi.«

»Mark. Hallo.« Emma sank gegen die harte Rückenlehne und schloss die Augen. Von einer Sekunde zur anderen zog sich ihr Innerstes zusammen, und ihre Nerven fühlten sich an wie die ungestimmten Saiten einer Geige.

»Ich weiß alles, Emmi. Alles.« Alles? Oh nein.

Sie hielt das Handy so fest, dass ihre Fingerknöchel weiß hervortraten. »Was genau meinst du?«

»Du bist hier, weil du das Mühlenbüro übernehmen wirst.«

»Das stimmt nicht.« Emma richtete sich kerzengerade auf. »Mein Vater hat es mir angeboten, aber ich werde ablehnen. Ich gehöre nicht hierher.«

Mark schwieg lange. Viel zu lange.

»Wenn du mir nichts mehr zu sagen hast, lege ich jetzt auf.«

»Emma …« Mit einem Mal klang er richtig verzweifelt.

Jedes Schiff im Bermudadreieck verfügte über eine konstantere Navigation als das Gemüt dieses Mannes. Emma war es leid, Mitgefühl zu haben. Vor allem, wenn er sie weiterhin als Sündenbock für alles Mögliche missbrauchte.

»Hör zu, ich bin müde«, begann sie und rieb sich die Stirn. »Du hattest recht, ich hätte nicht herkommen sollen. Ich hatte niemals vor, dir oder irgendjemandem Schwierigkeiten zu bereiten. Auch wenn du es anders siehst.«

»Warum hast du mir verschwiegen, dass du Immobilienmaklerin bist?«

»Warum hätte ich es dir sagen sollen?«

»Du hättest offen mit mir sprechen können.«

Emma lachte auf. »Hey, Mark. Schön, dich wiederzusehen. Ich bin übrigens eine überaus erfolgreiche Immobilienmaklerin. Und was hast du so erreicht?«

»Ich hätte zumindest einen realistischen Preis von dir erwartet, um dieses Geschäft fair zu verhandeln.«

»Moment mal – Preis? Ich weiß schon wieder nicht, was du meinst.«

»Das Angebot, das vorhin im Briefkasten lag, natürlich«, sagte er erschöpft.

»Ich habe kein Angebot geschickt. Und die Immobilienfirma, für die ich arbeite, auch nicht.«

Einen Augenblick lang spürte sie den überwältigenden Wunsch, jemand zu sein, der sie nicht mehr war. Die gute alte Emmi, die ohne Wenn und Aber zu Mark hielt. Auf einmal meldete sich in ihr eine Stimme, die immer lauter rief: *Bring dich in Sicherheit, verschwinde in deine eigene Welt, bevor du rettungslos verloren bist.* Ihr Leben spielte in Köln, nicht hier. Stadtpflanze hin oder her – in der Domstadt hatte sie zumindest einen Job, den sie liebte und brauchte, um sich weiterhin die schöne Maisonettewohnung leisten zu können, von der aus sie bei gutem Wetter die Spitzen des Kölner Doms sehen konnte. Michaels Reaktion in Bezug auf ihr Versagen vermochte Emma sich nicht auszumalen. Doch welche Zukunft hatte ihr Vorhaben hier noch? Mama und Papa würde sie Bahncards schenken, damit die beiden sie besuchen kämen. Die Fahrt von Moorbach nach Köln war in etwa fünf Stunden erledigt. Alles andere ging Emma nichts an. Nicht mehr. Sie seufzte. Am besten, sie würde das Gespräch auf der Stelle beenden, Mark, wie er früher war, im Kästchen für schöne Erinnerungen ablegen und die restlichen Erinnerungsfetzen getrost zerreißen. Weder damals noch heute war sie Mark irgendetwas schuldig. Diese ständige Zerrissenheit zwischen Vernunft und Herz fraß sie auf. Emma war nicht für ihn verantwortlich. Punkt. Und dennoch berührte er etwas in ihr, was sie in Worten nicht beschreiben konnte. Und sie wünschte sich, dass er ebenso empfand.

»Ich komme nachher bei dir vorbei und sehe mir das Angebot an, wenn du möchtest. Dann können wir reden oder … was auch immer.«

»Du willst mir helfen?«, fragte er ungläubig, doch Emma antwortete nicht. Sie legte auf.

Einige Minuten verharrte sie reglos auf der Holzbank und starrte auf die Staffelei. Unzählige Gedanken krabbelten hektisch durch ihren Kopf wie eine in Aufruhr geratene Ameisenkolonie. Sie hatte Mark Unterstützung angeboten, obwohl sie eigentlich Lebewohl hätte sagen sollen, drei einfache Silben, die ihr eine Menge Ärger erspart hätten. Mit einem Seufzer erhob sie sich und verließ das Atelier.

»Schlechte Nachrichten?«, fragte ihr Vater, der mit Lilli auf der Wiese hockte. »Mama ist übrigens in der Küche. Ich habe mir ihre unnachahmlichen Waffeln gewünscht. Sie sagt, sie backt welche für dich mit, und hat versprochen, Stillschweigen zu bewahren. Sie weiß eben immer, was am besten ist.«

Ermattet setzte sich Emma neben ihn in die Wiese und pflückte ein paar Gänseblümchen. »Das war Mark. Am Telefon.«

»Wenn man vom Teufel spricht.«

»Würdest du deinen Job an meiner Stelle riskieren, Papa? Würdest du es tun?«

»Frag mich lieber, was ich nicht tun würde.«

Emma lächelte. »Du willst mir also keinen Rat geben.«

»Natürlich möchte ich das, Emmi.«

»Ich habe unsere Gespräche vermisst. Ich weiß auch

nicht, warum mir das erst jetzt aufgefallen ist … Weißt du noch, wie wir das Haus für die Weihnachtsgans gebaut und den ganzen Nachmittag über Märchen und Fabeln geredet haben? Damals haben wir uns die Geschichte vom Gänsekind Emmi ausgedacht.« Gedankenverloren nahm Emma Lilli auf den Arm.

Papa kratzte sich das Kinn. »Ich an deiner Stelle würde deine Mutter fragen, was sie tun würde. Du weißt, wie sie in solchen Sachen ist.«

»Furchtbar pragmatisch? Ist sie übrigens sehr böse mit mir?«

»Sie liebt dich.«

»Das eine schließt das andere ja nicht aus, oder? Ich habe Jan auch geliebt, trotzdem war ich böse mit ihm.«

»Hat er dir arg wehgetan?«

»Wir haben beide von der Torte gegessen.«

»Hast du ihm arg wehgetan?«

Hatte sie? Er war derjenige gewesen, der sie betrogen hatte. Sie allerdings hatte sich zunehmend in ihr Schneckenhaus zurückgezogen, vor allem nach dem Gespräch mit dem Arzt, der ihr bestätigt hatte, was sie längst geahnt hatte: Alle Versuche, ein Kind zu bekommen, waren vergeblich und würden es immer bleiben.

»Kann sein«, gab sie zum allerersten Mal zu.

»Und was machst du jetzt mit Mark?«

»Was würdest du *nicht* tun, wenn du an meiner Stelle wärst, Papa?«

Er lachte. »Jetzt hast du mich aber erwischt. Gut gemacht.«

»Und?«

»Was – und?«

»Die Antwort.«

»Ach so, die Antwort. Ich weiß es nicht.«

»Papa«, stöhnte Emma.

»Mama und ich sind wirklich stolz auf dich.« Jetzt war er es, der Emmas Hand ergriff und diese drückte.

»Auch wenn ich so niederträchtig bin?«

»Hast du Mark schon in irgendeiner Form bearbeitet, was einen möglichen Verkauf angeht?«

»Ich habe kein Wort darüber verloren. Aber er hat ein Angebot von einer anderen Immobilienfirma vorliegen.«

»Hast du etwas damit zu tun?«

»Natürlich nicht.«

»Weil du ein Profi bist. Deswegen stellst du dich persönlich vor, lotest die Möglichkeiten aus, besprichst die Fakten – die du zugegebenermaßen hier und da ein wenig strecken kannst –, machst unter Umständen ein faires, verhandelbares Angebot. Also, wo liegt das Problem?«

»Mark hasst mich.«

»Da wäre ich mir nicht so sicher«, murmelte Papa.

»Was hast du gesagt?«

»Tu, was du für richtig hältst.«

Obwohl Emma wusste, dass er log, ging sie nicht darauf ein. »Richtig und Falsch liegen manchmal viel zu dicht beieinander. Mein Chef wird mir den Kopf abreißen, wenn der Deal meinetwegen platzt.«

Papa nickte. »Zu Recht. Notfalls hast du allerdings

immer noch die Option, das Mühlenbüro zu übernehmen. Das weißt du, oder?«

Emma sah ihren Vater an, sagte schließlich nur: »Ich weiß«, und umarmte ihn.

Kapitel 9

Kritische Gespräche mit Müttern wurden absolut überbewertet. Vielleicht beschloss Emma deswegen, einen ausgedehnten Spaziergang mit Lilli zu unternehmen. Der Himmel war nur mehr von einem grauweißen Schleier überzogen, die Regenwolken hatten sich gänzlich verflüchtigt. Emma nahm denselben Weg wie an ihrem ersten Abend, nur dass sie Lilli diesmal nicht aus den Augen ließ. Obwohl Juli und August die Monate waren, in denen der Heidetourismus boomte, blieb das Land hinter Moorbach, ganz im Gegensatz zu den Touristenhochburgen rings um das Naturschutzgebiet, weitestgehend unbeachtet. Als die Sonne sich gegen das Grau durchsetzte und auf die Erde stach, lief Emma von einem Birkenschatten zum nächsten, so wie sie es als Kind schon getan hatte. Ein einsamer Wanderer studierte die Informationstafel zu den hiesigen Vogelarten, während ein Mann in Latzhose eine morsche Latte an dem Bienenzaun reparierte, bei dem Emma vorgestern in den Wald abgebogen war. Der Mann beachtete sie überhaupt nicht, er hatte nur Augen für seine Bienen. Für einen Moment beobachtete Emma ihn bei seiner Arbeit, bis Lilli sie mit der Schnauze anstupste. Kurz darauf hob und senkte sich der Kiesweg in ruhigen Wogen, und sobald die Steigung zunahm, beschleunigte Emma das Tempo. Lilli rannte eifrig voraus und entdeckte die Holzbank auf einem Hügel als Erstes. Und als hätte sie geahnt, dass Emma sich nach einer Pause sehnte, sprang sie auf die Bank und bellte, um Frauchen auf den Fund aufmerksam zu machen. Dankbar für den Rastplatz, an dessen Rückenlehne ein Messingschild mit der Aufschrift *Lieblingsplatz* angeschraubt war, setzte sich Emma neben Lilli. Gemeinsam bestaunten sie das violett-grün gefärbte Heidemeer, welches so viel Ruhe ausstrahlte, dass Emma mehrmals tief durchatmete, ehe sie sich entspannt zurücklehnte und endlich die letzten Stunden Revue passieren ließ.

Sie wünschte sich, mit ihrer Mutter zu reden, doch zwischen ihnen lag weit mehr als eine kleine Meinungsverschiedenheit. Seit Emmas Pubertät war ihr Verhältnis auf merkwürdige Weise angespannt, sie konnten einander grundsätzlich nichts recht machen. Bisher war sie der Auffassung gewesen, dass Mama diejenige war, die die Verantwortung dafür trug, doch nach dem gestrigen Streitgespräch musste Emma zugeben, dass sie selbst vielleicht nicht immer unschuldig gewesen war. Mama hatte recht mit dem, was sie gesagt hatte. Emma hatte Mark nicht gefragt, wie es ihm ging und wie er die Nacht damals und das, was danach kam, erlebt hatte. Mit dieser Erkenntnis kam Emma sich töricht und selbstgerecht vor. Und was ihre Mutter anging – sie hatte es Emma nie schwer machen wollen, ganz im Gegenteil. Hinter all der »fehlenden Unterstützung« stand der bloße Wunsch, eine selbstständige junge Frau aus Emma zu machen und sie nicht einzuengen. Warum hatte sie das bisher nicht gesehen? Nicht zuletzt dachte sie an ihren Vater, der sich über ihren Besuch sichtlich gefreut und sich Zeit genommen hatte. Sein Vertrauen in Emma schien grenzenlos zu sein, wenn er ihr sogar das geliebte Mühlenbüro anbot, was sich besser anfühlte, als Emma zugeben wollte. Sie, Emma Matthies, als Chefin ihres eigenen Immobilienbüros? Als würde sie eine Antwort formen, die sie ohnehin schon kannte, knetete sie die Hände. Papas Angebot würde alle beruflichen Träume Wirklichkeit werden lassen. Die Firma lief, und Emma würde alles tun, damit sie noch erfolgreicher werden würde. Dummerweise jedoch war das Mühlenbüro in Moorbach und ihr Zuhause das Rheinland.

Falls sie die Probleme mit ihrer Mutter aus der Welt schaffen konnte, würde es vielleicht auch mit Mark funktionieren. Sie spürte, dass da mehr war, was sie beide verband. Die meiste Zeit über wies Mark sie zurück, aber die winzigen Momente, in denen er sie ansah, als wäre nie etwas vorgefallen, und diese Verbundenheit in seinem Blick … die waren ihr nur zu vertraut. Und sie wünschte sich, dass er sich ebenso daran erinnerte. Mark und sie verdienten eine Chance, und Emma beschloss, sie ihnen zu geben. Es war mehr ein Impuls denn Gewissheit, das Richtige zu tun. Während sie Lilli auf dem Schoß hielt, rief sie Leo an und bat ihn um das Gästezimmer. Er klang ungewohnt kühl, ein wenig Freude hatte sich Emma doch erhofft. Aber wer war Leo Flemming schon? Er stellte ihr lediglich einen

Schlafplatz zur Verfügung, in dem sich Emma überraschend wohl und sicher fühlte. Und er bot ihn an, ohne nach dem Grund zu fragen. Einfach so.

Da Emma nicht viel Zeit blieb, um ihre Mission zu erfüllen, wollte sie die wenigen Tage umso dringlicher nutzen. Bevor sie zurückkehrte, blickte sie noch einmal über das Moorbachtal. Sie lächelte, als sie aufstand, um voller Tatendrang das Schicksal in die Hand zu nehmen.

Es wurde früher Abend, als Emma den BMW zum dritten Mal in diesen Tagen vor Marks Haus parkte. Trotz des Wetterumschwungs, der mit einer schwülen und dennoch kräftigen Brise einherging, lag nicht ein Rosenblütenblatt im Beet oder auf dem Schotterweg. Baron Girod de l'Ain, Albéric Babier und Albertine dufteten und leuchteten unerschütterlich, als wären sie zu ewiger Schönheit verdammt.

Mit einer Notfallflasche Heidegeist in der Hand schlenderte Emma möglichst unverkrampft an Oma Rüthers Rosen vorbei und auf die angelehnte Haustür mit dem Töpferschild zu. Kurz davor hielt sie an und atmete ein letztes Mal tief durch. Schließlich klopfte sie energisch und trat ein.

»Mark?« Sie betrachtete die Holztruhe, auf der bunte Flyer zu verschiedenen Themen der Lüneburger Heide ausgelegt waren: Kutschfahrten durch das Naturschutzgebiet, Führungen mit einem Schäfer, Wander- und Radfahrwege, Moore … Intuitiv griff Emma nach dem verblichenen Reklamezettel von Heinrich Hinnarck aus dem Nachbarort, dem Kutschfahrer, der auf der Vorderseite mitsamt seinen beiden Pferden und dem Gespann abgedruckt war. Es war Heinrichs Vater gewesen, der Emma und Insa einmal auf eine Heidekutschfahrt mitgenommen hatte, obwohl sie das Taschengeld am Vormittag in Eis und Apfeltaschen investiert hatten. Emma lächelte, bis Mark sich hinter ihr räusperte. Es war wohl ein neuer Trend, sich von hinten anzuschleichen.

»Hallo, Mark.«

»Emmi.«

Emma wertete das Zucken seiner Mundwinkel als Lächeln, und für einen Moment war es fast wie früher. Dann nickte er und ging in sein Büro. Emma fragte sich, ob dieser Kerl immer schon derart ungemütlich und sie vor rosaroten Herzchen zu blind gewesen war, das zu erkennen.

»Kommst du? Wir gehen durch mein Büro nach draußen«, rief er, woraufhin Emma den Flyer in ihre Handtasche steckte und Mark folgte.

Sein Büro, von dem aus ein Zugang zur Terrasse abging, war ähnlich aufgeräumt wie der Vorgarten. Die Ordner in Reih und Glied in den Regalen, die Stifte im dafür vorgesehenen Becher, die Papiere in Aktenfächern nach Datum sortiert. Kurz erschien ihr eigener Schreibtisch in Emmas Gedankenfotoalbum, ein Bild, bei dem sie rasch weiterblätterte, als ihr der riesige Ablagestapel ins Auge fiel, dem sie ein hübsches Plätzchen neben dem Bildschirm eingerichtet hatte, statt die Papiere gleich abzuheften.

»Meine Mutter war eben unglaublich pedantisch,

und ich bin es in vielerlei Hinsicht offenbar auch.« Mark war ihrem Blick gefolgt und räusperte sich. »Ich dachte, wir gehen ins Gartenhaus, damit wir vor meinem Vater Ruhe haben. Wenn ihm langweilig ist, schnüffelt er überall herum.« Er öffnete die Terrassentür und ließ Emma den Vortritt. Ihre Arme streiften sich kurz, die erste Berührung seit über sechzehn Jahren. Statt wie erwartet zurückzuweichen, folgte ihr Mark nach draußen, als wäre nichts gewesen. Auf der Terrasse, wo sie mit lautstarkem Froschgequake empfangen wurden, stoppte Emma ohne Vorwarnung, weswegen Mark geradewegs in sie hineinlief.

»Entschuldige«, sagte er und legte für wenige Sekunden die Hand auf ihren Rücken.

Emma genoss die Selbstverständlichkeit, die diese Geste innehatte, und bestaunte den Garten, der so viele Erinnerungen weckte.

»Es ist immer noch sehr romantisch hier«, rief sie verzückt. »Sag bloß, das ist der alte Pavillon, unter dem wir an dem Abend gegrillt haben, als dein Cousin in den Teich gefallen ist und sich mit den Beinen in den Seerosen verfangen hat.«

Auch wenn der Garten mit den unzähligen Stauden Lavendel, Gartensalbei, Sonnenhut, Lilien, Lupinen, Rittersporn und wie sie alle hießen auf den ersten Blick verwildert wirkte, sah man die Arbeit, die Mark in dieses kleine Paradies gesteckt hatte. Den Rasen hatte er fein säuberlich geschnitten, sogar an den Kanten. Die Buchsbaumkugeln bildeten einen stimmigen Kontrast zum Rest der Pflanzenvielfalt. Der Holzsteg, der über den Teich führte, war frisch gestrichen. Den Sinn für Gartengestaltung hatte Mark von seinem Großvater geerbt. Sein Vater war zwar handwerklich begabt, einen grünen Daumen besaß er hingegen nicht. Einmal hatte er es sogar geschafft, die Lieblingskakteen seiner Frau dahinsiechen zu lassen, während diese sich für mehrere Monate in Bayern um ihre kranke Schwester gekümmert hatte.

Staunend und dicht gefolgt von Mark, ging Emma über den mit weißen Kieselsteinen aufgeschütteten Weg in Richtung Gartenlaube, vorbei an einer blauen Holzbank, von deren Sitzfläche der Lack abgeplatzt war. Endlich etwas, das nicht perfekt schien. Auf der Bank stand eine Zinkgießkanne, aus der bunte Kresse wuchs.

Auch dem Gartenhaus hatte Mark einen neuen Anstrich verpasst: Aus dem nussbaumfarbenen Standardschuppen hatte er ein hellblaues Häuschen mit weißen Rahmen um die Sprossenfenster im nordischen Flair gezaubert.

Dennoch sträubte sich etwas in Emma, die Laube zu betreten, den Ort, an dem Mark und sie nicht nur gestritten, sondern auch unzählige romantische und leidenschaftliche Momente geteilt hatten. An dem sie zum ersten Mal miteinander geschlafen hatten. Plötzlich erinnerte sich Emma haargenau daran, wie es damals gewesen war … Sie hatten sich im Vorfeld alles genau ausgemalt. Wahrscheinlich ging deswegen so viel schief: Als Mark Emma gerade das Shirt ausgezogen hatte, stand plötzlich seine Mutter in der

Tür. Nachdem sie sich von dem Schreck erholt hatten, tropfte Regen durch eine undichte Stelle im Dach. Und dann waren die Kerzen niedergebrannt, noch bevor sie sich überhaupt aufeinander hatten einlassen können. Es war fast Morgen, als es passierte. Doch gerade deswegen war es eine der besten Nächte überhaupt gewesen, der Anfang von viel mehr.

Nachdem sie die Schuhe artig an der Fußmatte abgestrichen hatte, betrat Emma das Holzhäuschen, in dem es immer noch nach Möbelpolitur roch, die sich nun mit Marks herbem Aftershave vermischte. Im Laufe der Jahre waren die rüschigen Bistrogardinen gegen Rollos ausgetauscht worden, die vor der Sonne schützten. Das glatt geschmirgelte Holz der Kommode, die Mark mit seinem Vater gezimmert und mit rankenförmigen Schnitzornamenten versehen hatte, war stark ausgeblichen. Die beiden Ledersessel, deren Sitzfläche in der Mitte stark abgenutzt war, standen wie alte Freunde um einen abgesägten Baumstamm herum, der als Tisch diente. Früher hatte hier ein klappbarer Campingtisch gestanden.

Mark schloss die Tür und schaltete den Ventilator ein, während Emma Löcher in die Luft starrte.

»Ich habe Unterstützung mitgebracht«, sagte sie schließlich und reichte Mark den Heidegeist. »Für den Notfall.«

Mark nickte langsam. »Findest du, das hier ist einer?« Er sah sie durchdringend an.

Das hier war kein Notfall. Vielmehr der absolute Ausnahmezustand. Erdbeben. Überschwemmung.

Ohne weiter nachzufragen, holte Mark zwei Schnapsgläschen aus der Kommode hervor und füllte sie bis zum Rand, obwohl Heidegeist in der Regel gut gekühlt getrunken wurde. Mark wies auf einen der Sessel, in dem anderen ließ er sich nieder. Emma strich den Sommerrock glatt, der ihr mit einem Mal viel zu kurz vorkam, gleichwohl er die Knie halb bedeckte. Dennoch bemühte sie sich um eine halbwegs entspannte und graziöse Haltung, als sie sich zurücklehnte, ein Bein über das andere geschlagen, mit dem Ellenbogen auf die Armlehne gestützt.

»Es fühlt sich seltsam an, hier zu sein«, sagte Emma ehrlich, woraufhin Mark das Gesicht verzog und sein Gläschen hob.

»Prost also.«

Zunächst nippte Emma an der durchsichtigen Flüssigkeit, deren Kräutergeruch in der Nase brannte. An den ersten Schluck würde sie sich wohl niemals gewöhnen.

Sie hüstelte, fing sich und schlug vor: »Wie wäre es, wenn wir uns dem Geschäftlichen zuwenden?«

Mark verzog den Mund. »Natürlich. Schließlich sind wir nur deswegen hier, nicht wahr?«

Emma faltete die Hände, als sandte sie ein Stoßgebet zu Gott. »Hast du einen besseren Vorschlag?«

»Früher mussten wir jedenfalls nicht um Gesprächsthemen ringen.«

»Vielleicht haben wir damals einfach gemacht, was uns einfiel.« Emma leerte ihr Glas. Gott, wie das brannte! Aber es half ihr, zuversichtlicher zu sein.

»Zeig mir das Angebot.« Sie entknotete ihre Finger und nahm die Mappe entgegen, die Mark vom Boden aufhob. »König und König – nie gehört.« Emma blätterte konzentriert, studierte Texte und Zahlen. Dann sah sie auf. »Ohne die Immobilie bewertet und einen Gutachter befragt zu haben – mir würde nicht einmal im Traum einfallen, dir dieses mickrige Sümmchen anzubieten.«

»Und was würdest du bieten?« Er taxierte sie, und Emma war sich nicht sicher, ob dies der Stimmungswechsel war, der die soeben gewonnene Nähe wieder zerstören würde.

»Wie gesagt, die Immobilie wurde noch nicht bewertet und begutachtet«, krächzte Emma und kippte den nächsten Heidegeist hinunter. Je öfter sie kostete, desto intensiver schmeckte sie die Kräutermischung.

Mark kratzte sich am Hinterkopf, mit einem Mal wirkte er wie der sechzehnjährige Junge, der von seiner Mutter beim Rauchen erwischt worden war. »Angenommen, ich wollte verkaufen – was sollte ich deiner Meinung nach tun?«

Emma nahm sich Zeit für ihre Antwort. Sie wollte behutsam vorgehen, um das junge Pflänzchen des Vertrauens nicht gleich niederzutrampeln. Sie musste sich konzentrieren, Worte abwägen. Das Richtige sagen. Doch sie hatte die Rechnung ohne ihr Herz gemacht, das, hin- und hergerissen zwischen Wunsch und Verpflichtung, Worte formte, die ungefiltert über ihre Lippen glitten.

»Verkauf nicht.« Was redete sie da? »Wenn du es

nicht wirklich willst, meine ich. Oder musst. Willst. Und schon gar nicht zu diesem Preis. Du könntest mehr rausschlagen. Viel mehr.«

»Wie viel mehr?«

»Das Doppelte. Mindestens.«

»Das Doppelte.«

»Nur im Vergleich zu den Immobilienpreisen in der Region, versteht sich.«

»Das Doppelte?«, hakte Mark ungläubig nach, woraufhin Emma die Mappe auf dem Baumstamm vor ihr ablegte und Mark eingehend betrachtete. Heute schien es ihr, als vervielfältigten sich seine grauen Haarsträhnen minütlich. Um den Mund bildeten sich kleine Fältchen, die Mark älter wirken ließen, als er war. Seine Finger verkrampften sich ineinander.

Emma beugte sich zu ihm vor. »Musst du verkaufen?«, fragte sie, von ihrem sanften Tonfall überrascht.

Mark plusterte die Wangen auf und schaute Emma dann mit festem Blick an. »Wenn ich nicht in Schulden ertrinken will, sollte ich wohl.«

Emma sank zurück in den Sessel. Das war der Moment, ihre Chance, die auf einem goldenen Tablett vor ihr lag. Alles, was sie tun musste, war, Mark ihren Preis zu nennen, eine Summe, die vermutlich seine kühnsten Erwartungen und alle anderen Immobilienpreise übertreffen würde. Sie wusste nun, dass er das Geld dringend brauchte. Jenes Geld, das sie zur Verfügung hatte, um Marks Leben zu retten. Oder es zu zerstören.

»Ich bin übrigens seit Montag geschieden.«

Mark schwieg erst, doch in seinem Blick schwamm eine Woge der Verbitterung. »Tut mir leid.«

»Damit will ich nur sagen, dass auch bei mir nicht alles so perfekt läuft, wie du es dir vorstellst. Ich habe keinen Mann, keine Freunde, dafür ein merkwürdiges Verhältnis zu meinen Eltern, die ich über alles liebe, ohne es ihnen zeigen zu können. Außerdem bist da noch du, der in einem früheren Leben der wichtigste Mensch für mich war. Und der mich jetzt für den Dorffeind Nummer eins hält, obwohl ich …« Sie brach ab.

An ihrer Stelle ergriff Mark das Wort. »Meine Exfrau hatte keine Lust mehr auf all das hier, weil die Tourismusbranche jedes Jahr härter umkämpft wird und der persönliche Einsatz stetig zunimmt. Die Buchungen werden immer weniger, seitdem ich mein Budget für Werbung ausgeschöpft habe bis auf den letzten Cent. Ohne Werbung kaum Gäste. Mein Vater verkriecht sich seit Monaten in seiner Werkstatt und lässt mich mit alldem allein. Er soll mir nicht finanziell unter die Arme greifen, es wäre nur schön, wenn er mir ab und an zuhören und vielleicht einen Rat geben würde. Sieht so aus, als müsste ich da allein durch.«

Emma starrte auf ihre Füße und zupfte am Saum ihres Sommerrocks herum. »Du hast etwas Unbezahlbares«, sagte sie schließlich und sah auf. »Ein Zuhause. Du hast ein Zuhause.« Nach einer kurzen Pause fuhr sie fort: »Ein Zuhause, das du für richtig gutes Geld veräußern könntest, um dir von dem Erlös ein Häuschen oder eine Wohnung zu kaufen. Ich … ich könnte dir dabei helfen.« Ihr schlug das Herz bis zum Hals.

Jetzt hatte sie die Angel ausgeworfen, an deren Haken sie soeben den Köder gesteckt hatte. Es fühlte sich jedoch vielmehr so an, als hätte sich die Hakenspitze in Emmas eigenem Magen verfangen, aus dem nun ein Stückchen herausgerissen wurde.

Unruhig wippte Mark mit dem Bein, so wie er es früher schon getan hatte, wenn er angestrengt nachdachte. Die Stirn in Falten gelegt, starrte er auf etwas, das sich hinter Emma befand. Zuerst erwog sie, sich danach umzudrehen, doch irgendetwas in ihr hinderte sie daran, sich zu rühren.

Sie öffnete den Mund, um etwas zu sagen, aber die Worte versickerten auf ihrer Zunge wie Muscheln im Wattenmeer, wenn die Flut nahte. Bedrückend, diese Stille, die wie ein Fangnetz zwischen ihnen über den Holzstumpf gespannt war. Langsam richtete Emma sich auf, weil das Netz proportional zum Schweigen immer tiefer im Meer versank – und mit ihm Marks Stimmung.

»Was hältst du davon, wenn wir das Gespräch vertagen?«, fragte sie vorsichtig. »Du könntest … du könntest in Ruhe über mein Angebot nachdenken und …«

»Wie viel?«

»Was?«

»Du hast von einem Angebot gesprochen. Also mach mir eins. Wie viel könntest du für das Haus und den Garten rausschlagen?«

»Ich … ich kann das nicht einfach so sagen. Ich müsste …«

Mark stand auf, kramte in einer Schublade und

reichte Emma schließlich Blatt und Kugelschreiber. »Schreib die Summe auf diesen Zettel.«

»Auf … Nein.«

Mark ließ sich wieder in den Sessel ihr gegenüber fallen und lehnte sich scheinbar lässig zurück. Nur Emma wusste, dass er angespannt war bis in die Fingerspitzen. Seine Hände krampften sich um die Armlehne. Und das Unterlid seines rechten Auges hatte einmal gezuckt. Sie wendete den Kuli hin und her wie eine Münze, deren Wert sie bestimmen wollte. Dann drückte sie mit dem Zeigefinger die Miene heraus – *klick, klick* –, sah auf zu Mark, der sie ungerührt beobachtete. Sie atmete einmal tief durch und notierte die Zahl, die im Exposé stand, bevor der Hotellöwe die Summe erhöht hatte. Schließlich faltete sie den Zettel einmal und legte ihn auf den Stumpf. Ihr Maklerlächeln lag auf dem fernen Meeresgrund.

»Besser, du gehst jetzt«, sagte Mark schließlich, woraufhin Emma aufsprang, erleichtert fortzukommen. Sie drehte sich nicht mehr um. Aber als sie die Holztür hinter sich zuzog, schien es ihr, als hätte sie eine Pforte durchschritten, durch die es kein Zurück mehr gab.

Als Emma zu Fuß, die Reisetasche in der Hand, den Torbogen mit den beiden Hufeisen passierte, nieselte es. Der feine Tropfennebel legte sich auf ihre Haut, doch statt der erhofften Abkühlung brachte er ein klammes Gefühl des Versagens, obwohl das Treffen mit Mark besser gelaufen war als erhofft. Zumindest bis zu der siebenstelligen Zahl, die Emma auf den Zettel geschrieben hatte.

Überrascht stellte sie fest, dass auf Leos Hof auch nach zwanzig Uhr noch reger Betrieb herrschte. Ein paar halbwüchsige Mädchen saßen wie die Hühner auf dem Gatter des Reitplatzes und schmachteten einen jungen Kerl an, der mit seinem Pferd Sprungübungen vorführte. Sie kicherten verzückt, während ein bärtiger Mann sein Pferd aus einem Anhänger führte, Emma zunickte und das Tier in den Stall brachte. Eine Amsel saß auf einer der Bänke vor dem Fachwerkhaus, in dessen Türbalken drei Jahreszahlen eingraviert waren: 1904, 1999, 2014. Emma starrte auf die Zahl in der Mitte und stellte sich vor, wie es hier ausgesehen hatte. Vor dem Brand. Währenddessen. Und am Morgen danach.

Sie berührte die Messingklingel mit der Aufschrift *Willkommen bei Familie Flemming* und zuckte zurück, als sie die Bedeutung dieser vier Worte erfasste. Mit einem Mal fühlte sich Emma wie ein Eindringling, der in Leos Leben hineinpfuschte, in dem sie nichts zu suchen hatte. Dennoch klingelte sie, wartete, klingelte erneut. Würde Leos Familie hier leben, sähe das Haus ganz sicher nicht so kühl und aufgeräumt aus. Dann lägen überall Spielsachen herum. Es gäbe Fingerabdrücke an den Wänden. Und Sand im Eingangsbereich.

Als auch nach dem dritten Klingeln niemand öffnete, stellte Emma die Reisetasche auf der Fußmatte ab und umrundete das Haus, um den Ersatzschlüssel zu holen, der im Gartenhaus unter einem Blumentopf versteckt sein sollte. Auf der anderen Seite des Hauses duftete es nach frisch gemähtem Gras und Kamille. Sofort entdeckte Emma die rechteckige Rasenfläche, die immer noch viel höher war als der Rest. Sie bückte sich nach dem Schlüssel und stellte fest, dass das Sandspielzeug unter dem Regal verschwunden war. Für wenige Sekunden verharrte sie in gebeugter Position, überlegte, was das zu bedeuten hatte. Dann machte sie sich auf den Weg zum Haus.

Mit zittrigen Fingern schloss Emma die Tür auf, und als sie sich der Ballerinas entledigte, sie ordentlich neben dem Schirmständer, einer verzinkten Milchkanne, abstellte, fragte sie sich, was sie da eigentlich tat – bei einem Mann zu übernachten, den sie kaum kannte.

»Hallo?«, rief Emma. »Leo?« Sie stellte die Reisetasche auf den Fliesen in Holzoptik ab. »Leo?«

»Bin hier«, rief Leo abwesend.

Zuerst stutzte Emma, weil Leo tatsächlich zu Hause war und ihr trotz mehrfachen Klingelns nicht geöffnet hatte, doch schließlich spazierte sie demonstrativ fröhlich ins Wohnzimmer, in dem Leo mit dem Rücken zur Tür auf der Ledercouch saß.

»Hi«, sagte Emma, doch Leo rührte sich nicht. »Da bin ich also wieder.«

»Schön.«

»Ist noch ziemlich viel los draußen.«

»Freitag eben.«

»Danke noch mal, dass ich hier schlafen darf.«

»Kein Problem.«

Emma betrachtete den dunkelblonden Hinterkopf,

wartete darauf, dass Leo endlich mehr von sich gab, aber er schwieg. Seine Hände tippten in großer Geschwindigkeit etwas in die Tastatur eines MacBooks, und er hatte noch nicht einmal vom Bildschirm aufgeblickt, als sie eingetreten war. Langsam umrundete sie das Sofa. »Darf ich mich zu dir setzen?«

»Sicher.«

Sie sah ihn von der Seite her an, während er konzentriert auf das Gerät vor sich starrte. Leo wirkte im bläulichen Licht des Bildschirms noch erschöpfter als am Abend zuvor. Zusätzlich zu den Augenringen bildeten seine Lippen heute eine schmale Linie, die so gar nicht zu dem Mann passte, den Emma in den vergangenen Tagen erlebt hatte. Offensichtlich suchte sie sich immer die schwierigen Charaktere aus, wobei Leo natürlich nicht mehr als ein … kurzes Gastspiel war. Trotzdem verspürte sie den Wunsch, mit ihm zu sprechen, so einsam wirkte er in diesem Moment. Verstohlen schielte Emma auf den Bildschirm, doch als sie gerade den Namen einer Anwaltskanzlei hatte entziffern können, klappte Leo den Laptop zu.

»Ist alles okay bei dir?«, fragte sie.

Zum ersten Mal an diesem Abend sah er zu ihr auf. »Du riechst nach Alkohol. Was bist du, eine verkappte Trinkerin, sobald du schwerwiegende Probleme hast? Das hast du doch gar nicht nötig.«

Emma schluckte. Dann nickte sie langsam. Und wunderte sich, dass Mark sie zum Flüchten brachte, während sie hier nichts anderes fühlte als das Bedürfnis, den alten Leo wiederzufinden. Sie schwieg, als er sich erneut dem Laptop zuwandte. Emma schluckte Wut und Scham hinunter, weil sie spürte, dass es ihm heute Abend noch schlechter ging als ihr selbst.

»Hast du schon gegessen?«, wollte sie schließlich wissen.

Leo gab einen widerwilligen Laut von sich.

»Wie wäre Folgendes: Du bleibst hier sitzen, während ich schaue, was deine Vorräte hergeben. Dann kann ich mich mit einem Essen für deine Gastfreundschaft revanchieren.«

Ein paar Sekunden schwieg Leo, letztlich murmelte er: »Aber wage es ja nicht, mich zu vergiften.«

Emma schenkte ihm ein Lächeln für den halb garen Witz und machte sich auf den Weg in die Küche. Hoffentlich würden ihre Kochkünste seine miserable Laune heben, sonst könnte es ein sehr unangenehmer Abend werden.

Emma liebte es zu kochen. Etwas zu schaffen, womit sie sich und andere glücklich machen konnte. Kochen, das war die Kunst, viele Einzelteile zu einem wohlschmeckenden Ganzen zusammenzuführen.

Bevor sie sich daranmachte, seine Vorräte zu durchstöbern, strich sie mit den Fingerspitzen über die Knöpfe des Gasherdes, auf dem ein geblümter Teekessel stand. An die dazu passenden Tassen in den oberen Regalböden der Hängeschränke würde sie nur mit einem Stuhl heranreichen. Die Kaffeebecher hingen, gemeinsam mit Espressotassen, die Emma immer an Puppengeschirr erinnerten, an Haken über der italienischen Kaffeemaschine. Sie zog an einem verschnörkelten Messinggriff, um die erste Schublade zu öffnen, und fand penibel sortiertes und übereinandergelegtes Besteck. In der großen Schublade darunter waren Töpfe und Bratpfannen gestapelt, mit Filztüchern dazwischen, alle in der gleichen Farbe. Die oberste Pfanne war noch originalverpackt und die Folie leicht eingestaubt, als wäre hier länger nicht gekocht worden. Ein weiterer Hinweis darauf waren die Keime, die aus dem blau lackierten Kartoffeltopf aus Ton herausragten. Als Nächstes nahm Emma eine verlassene Flasche Merlot aus dem sizilianischen Cusumano aus dem Weinregal. Unschlüssig drehte sie den Wein in ihrer Hand, entschied sich jedoch, Leo nicht zu fragen, ob er ein Gläschen mit ihr trinken mochte. Stattdessen widmete sie sich dem Kühlschrank, in dem sie Joghurt und Milch beiseiteschob und in der oberen Schublade Schwarzbrot, Karotten, eine Gurke und Tomaten fand. Aus einem Impuls heraus griff Emma zum Parmesan und drückte die Kühlschranktür schwungvoll zu. Auf der Suche nach einer Reibe und Pinienkernen stieß sie glücklicherweise auf Olivenöl und Spaghetti. Barfuß lief sie in den Kräutergarten, in dem die Grillen zirpten, und pflückte ein Bund Basilikum. Nachdem sie die Tür wieder hinter sich geschlossen hatte, schnappte sie sich den Knoblauch, der mit geflochtenem Laub an der Tür zur Vorratskammer hing.

Schon bald köchelte das Nudelwasser, und würzig-grüner Duft zauberte einen Hauch Italien in Leos Küche. Nachdem sie Basilikum, Pinienkerne, Parmesan und Öl mit dem Stabmixer zerkleinert hatte, gab sie die zuvor geriebene Knoblauchpaste hinzu. Wenig später beobachtete sie Leo zufrieden dabei, wie er sich über seinen Teller beugte und genüsslich an dem Pesto roch.

»Du hast Glück, Rizinusöl war leider aus«, sagte Emma.

»Ich bin wirklich ein Glückspilz«, entgegnete er mit einer ordentlichen Prise Sarkasmus. Etwas milder gestimmt, fügte er hinzu: »Es schmeckt fantastisch. Ich hätte dich gleich hinter den Herd statt in meinen Garten schicken sollen.«

»Dann wäre er aber nicht so hübsch.«

»Du findest ihn hübsch? Ich finde ihn trostlos.«

»Was fehlt ihm denn, damit du dich darin wohlfühlst?«

Leo trank einen Schluck Wasser, dann sah er Emma an, die ihn aufmerksam betrachtete.

»Leben«, sagte er schlicht und räusperte sich. »Dein Tag war also erfolgreich, ja?«

Für den Moment ließ Emma von der Sache mit dem Garten ab, schließlich wollte sie den Abend, der eine so positive Wendung genommen hatte, nicht aufs Spiel setzen. »Das ist noch nicht ganz raus.«

»Hauptsache, du hast dich mit deiner Mutter versöhnt. Hast du doch, oder?«

Langsam, aber sicher erkannte sie den Mann wieder, der mit ihr am Tisch saß. Emma schwieg vielsagend.

»Was hast du diesmal angestellt?« Er trank einen weiteren Schluck Mineralwasser.

»Warum ich?« Aufgebracht drehte Emma einen Berg Spaghetti auf ihre Gabel.

»Du bist süß, wenn du dich aufregst.«

»Es freut mich, dass ich zu deiner Erheiterung beitragen kann.«

Unverrichteter Dinge legte Leo die volle Gabel zurück auf den Teller. »Das tust du tatsächlich«, sagte er ernst. »Mehr, als du glaubst.«

Verlegen tupfte sich Emma mit der Serviette die Mundwinkel.

»Du warst also bei Mark«, lenkte Leo ab.

»Ich hatte die naive Hoffnung, der Heidegeist würde mir die schlechten Momente erleichtern, dabei weiß ich, dass Schöntrinken nicht der richtige Weg ist.«

Leo aß einige Happen, Emma hingegen stocherte in ihrem Essen herum. Die angespannte Stimmung und die Erinnerung an den Tag waren ihr auf den Magen geschlagen. Sie trank einen großzügigen Schluck Wasser, aber auch die Kohlensäurebläschen lösten den Kloß in ihrem Hals nicht.

»Darf ich dich etwas fragen, Emma?« Auf den Spaghettiknoten konzentriert, der sich um ihre Gabel schlängelte, hatte Emma nicht bemerkt, dass Leo sie jetzt ungewohnt durchdringend ansah. »Hast du den Schnaps mit oder wegen Mark getrunken?«

Emma schluckte. Leo und seine komischen Fragen. »Beides.«

Er nickte. Dann sagte er gezwungen heiter: »Siehst du. Ein guter Anfang.«

Emma senkte den Blick und grübelte darüber nach, warum sich der vermeintlich gute Anfang plötzlich anfühlte wie etwas, das sich zwischen sie und Leo stellte.

Kapitel 10

Der Abend endete, wie er angefangen hatte: unangenehm. Nachdem Leo und Emma mit seichtem Geplauder über Kräuter und Pesto die Küche aufgeräumt hatten, war der Versuch, die Stimmung mit einem humorvollen Filmklassiker aufzulockern, kläglich gescheitert. Den ganzen Abend über hatte Emma gegen das nagende Gefühl angekämpft, dass sich Leo ihr gegenüber distanziert verhielt, und als er sich schließlich verabschiedet hatte und kurz darauf die Haustür hinter ihm zugefallen war, war Emma nur noch das einsame Gästezimmer geblieben. Leo sollte besser ins Bett gehen, als um diese Uhrzeit im Stall zu schuften.

Im Morgengrauen beschloss sie, ihn mit selbst gebackenen Brötchen zum Frühstück zu überraschen, und schlich in aller Herrgottsfrühe auf Zehenspitzen in die Küche, die in graugelbes Morgenlicht getaucht war. Ein Hauch von Basilikum und Knoblauch erinnerte an das erste gemeinsame Abendessen, das so gut begonnen hatte und letztendlich doch missglückt war. Emma hoffte, mit einer aufmerksamen Geste die Leichtigkeit zurückzugewinnen, die die Gespräche mit Leo ausmachten. Mit ihm war es so unkompliziert gewesen.

Sie hatte es nicht eilig, in ihr richtiges Leben zurückzukehren, wünschte sich, es wäre noch nicht

Samstag. Der Samstag nach dem Freitag, an dem Emma Mark Geld für sein Zuhause geboten hatte. Der Samstag vor dem Montag, an dem alles entschieden sein musste und Emma Moorbach verlassen würde. Endlich. Außerdem war es der Samstag, an dem auf einmal der Junge von den Familienfotos in der Küche auftauchte, als wäre er heimlich aus dem Bilderrahmen geklettert.

Emma erkannte ihn sofort. Die graugrünen Leo-Augen, aus denen der Junge sie fragend anguckte. Er klammerte sich an ein rotes Laserschwert aus Plastik, während Emma das Erdbeerkonfitüreglas an sich drückte, welches sie soeben aus dem Kühlschrank genommen hatte. Plötzlich fügte sich ein Puzzleteil an das andere: der Junge auf den Fotos. Das einsame Klettergerüst, das nicht so aussah, als würde oft damit gespielt werden. Die sterile Einrichtung des Hauses, die Emma bisher das Gefühl gegeben hatte, dass Leo etwas fehlte, dass es hier niemanden gab, der Dreck und Unordnung verbreitete, herumlärmte. Die handgeschriebenen Schiefertafeln. Anton. Vielleicht litt Leo unter Schlafstörungen, weil Anton nicht immer da war. Leo und diese Frau auf den Fotos waren ein Paar gewesen, doch jetzt war sie weg.

»Cooles Schwert«, sagte Emma einfallslos und schob mit dem Ellenbogen die Kühlschranktür zu. Sie stellte das Marmeladeglas auf den Tisch zu den frisch gebackenen Brötchen, Kaffee, Wurst und Käse und betrachtete schließlich den Jungen, dessen blonde Locken sich wild um seinen Kopf kringelten.

Sehnsüchtig musterte Anton den gedeckten Tisch, bevor er den Blick wieder auf Emma richtete, die nur zu gerne etwas Geistreiches, etwas Spaßiges gesagt hätte, um die merkwürdig angespannte Atmosphäre für beide zu lockern. Seit einigen Jahren jedoch ging Emma Kindern aus dem Weg, sie bereiteten ihr ein ähnlich mulmiges Gefühl wie Pferde.

»Ich bin Emma, und wer bist du?«, fragte sie schließlich, woraufhin der Junge Luft holte, als wollte er etwas Wichtiges sagen, doch er schwieg weiterhin beharrlich. Emma wischte sich die Hände am Geschirrtuch ab und hängte es anschließend an die Griffstange des Backofens, indem sie so lange daran herumzupfte, bis keine Falte mehr zu sehen war. Was machte das Kind schon um sieben Uhr in der Frühe hier? Wo kam es so plötzlich her? Hätte Leo sie nicht wenigstens vorwarnen können? Und wo steckte der eigentlich?

»Hast du Hunger?« Emma zeigte auf den Brotkorb, von dem nach Hefe und Salz duftender Dampf aufstieg. Anton blinzelte, und Emma registrierte, dass er hinter der verschlossenen Fassade doch nur ein kleiner Junge war, der sich am liebsten über all die Leckereien hermachen wollte. »Es ist genug da.«

»Ich darf nichts von Fremden nehmen«, entgegnete Anton und sah sie mit festem Blick an.

Wie dumm von ihr. Wie umsichtig von Anton. Sofort stellte Emma den Korb auf die Küchenablage. »Und wenn wir einfach deinen Papa fragen, solange die Brötchen noch warm sind?«

»Ist da Weizenmehl drin?«

»Weizenmehl? Nun … ja, schon.« Emma trat von einem Fuß auf den anderen. »Ist das ein Problem?«

»Ich habe Zöliakie, Glutenintoleranz.«

Langsam nickte Emma. Schwierige Worte für ein Kind. Wie alt mochte Anton wohl sein? Neun vielleicht? Er kam ihr auf einmal viel älter vor. Und erstaunlich verantwortungsbewusst. »Dann finden wir für dich etwas anderes. Vielleicht frage ich deinen Vater, was …«

In diesem Moment ertönte eine schrille Frauenstimme, die Haustür wurde zugeschlagen, und noch ehe Emma sichs versah, schwebte ein Topmodel, dicht gefolgt von Leo, in die Küche. Beruhigenderweise trübte die Realität bei näherer Betrachtung die Makellosigkeit ein wenig, die die Frau auf den Fotos ausgestrahlt hatte.

»Was ist denn hier los?«, rief sie und zeigte mit dem Zeigefinger, an dem der rote Nagellack an einer Stelle abgeplatzt war, auf Emma. »Wer ist das? Und was macht sie in unserer Küche?«

Unserer Küche? Emma warf Leo einen bitterbösen Blick zu. Das durfte nicht wahr sein, wie konnte er die beiden Frauen in eine derart unangenehme Situation bringen?

»Claudine, das ist Emma«, sagte Leo nur, den Blick auf die Blondine geheftet, als fürchtete er, sie könne einen Zauberstab aus der Handtasche holen und alle verhexen.

Emma verschränkte die Arme vor der Brust, als Claudine sie eingehend musterte. Claudine – was war das überhaupt für ein Name? Trotz des grauen Haaransatzes, des spitzen Kinns und des Lidschattens, der auf dem rechten Auge dunkler war als auf dem linken, wirkte sie so süß und weich, wie ihr Name klang. Zu allem Überfluss strahlte sie, sodass ihr wohl kaum ein Mann widerstehen konnte. Genauso wenig wie Emma. Dabei wollte sie die Frau an Leos Seite überhaupt nicht mögen, nein, das wollte sie nicht.

»Leo«, sagte Claudine überrascht. »Du hast mir gar nicht gesagt, dass du eine Freundin hast.« Sie hielt Emma die Hand hin. »Hallo, ich bin Claudine. Leos Frau.«

»Zukünftige Exfrau«, warf Leo eilig ein.

Claudine winkte ab. »Ich wollte nur dein Gesicht sehen, Leo. Nicht aufregen.« Sie lachte, stemmte die Hände in die Hüften und schüttelte ihr Haar, das sich in Wellen um ihr Gesicht legte. »Schön, dich kennenzulernen, Emma. Leo hat seine neue Freundin mit keinem Sterbenswörtchen erwähnt.«

Was daran liegen konnte, dass sie überhaupt nicht Leos Freundin war. Emma setzte an, um genau das richtigzustellen, als Claudine fortfuhr: »Ach, es freut mich wirklich, dass Leo endlich jemanden gefunden hat. Er ist nicht der Typ für flüchtige Bekanntschaften. Ich kenne ihn ziemlich gut, weißt du.«

»Ich bin weder das eine noch das andere«, versetzte Emma, woraufhin Claudine kicherte und Leo klarstellte:

»Mein Liebesleben geht nur mich etwas an.«

»Papperlapapp, mir macht ihr nichts vor. Ich mag kein Profi darin sein, eine Beziehung zu führen, aber sehen, sehen kann ich die Liebe.«

Offensichtlich war Claudine weniger treffsicher in Liebesangelegenheiten, als sie dachte. Doch anstatt genau das laut auszusprechen, sah Emma Leo auffordernd an. Claudine war schließlich seine Frau (Exfrau oder was auch immer), folglich sollte er das Missverständnis klären.

Leo aber tat nichts dergleichen. »Dies ist nun wirklich nicht der richtige Moment, um darüber zu diskutieren.« Er machte einen Schritt auf Anton zu und wuschelte ihm durch das Haar. »Hey, Großer, hast du schon gefrühstückt?«

Unterdessen war Claudine um den Küchentisch herumgegangen und beugte sich über den Brotkorb. Mit Daumen und Zeigefinger hielt sie eine Brötchenhälfte wie ein benutztes Taschentuch in die Luft. »Ist das etwa ein Brötchen?« Ehe Emma etwas erwidern konnte, fuhr Claudine unbeirrt fort: »Sie gibt Anton Weizenmehl, Leo. Gluten. Ihr solltet reden.« Sie wandte sich Emma zu. »Leo redet nicht viel, ich weiß. Die wichtigen Dinge verschweigt er. Außerdem packt er lieber zu.« Sie zwinkerte Emma zu, die sich der Zweideutigkeit von Claudines Aussage bewusst war und sich auf keinen Fall vorstellen wollte, was genau Claudine nun wieder meinte. »Am besten, ich schreibe dir alles auf, was du zu Anton wissen musst.«

Reflexartig schnappte sich Emma die Brötchenhälfte, legte sie in den Korb zurück und richtete sich vor Claudine auf. »Zöliakie. Ich weiß Bescheid«, sagte sie kurz und knapp.

Claudine befeuchtete ihre roten Lippen, die im Farbton auf die Fingernägel abgestimmt waren, strich die dunkelblauen Shorts glatt. Unwillkürlich zupfte Emma an ihrem eigenen Shirt, auf dem ein Lama mit Sonnenhut abgebildet war und das sie normalerweise nur zum Herumlümmeln auf der Couch trug. Und jetzt. Ausgerechnet.

Claudine trat zu Leo, legte die Hand auf seinen Arm. »Leo, sie ist bezaubernd, deine neue Freundin.«

»Ich bin gar nicht seine neue Freundin«, warf Emma ein, aber Claudine flatterte zurück zu ihr und hakte sich bei ihr unter. Perplex starrte Emma auf die Finger, die ihren Arm umklammerten.

»Leo verdient es, dass man sich gut um ihn kümmert«, sagte Claudine.

Und warum bist du dann gegangen?, wollte Emma fragen, schluckte die Worte jedoch hinunter, weil sie rein gar nichts über Leos und Claudines Geschichte wissen wollte.

»Viel wichtiger aber ist, dass du auf Anton aufpasst. Leo muss dich sehr mögen, denn er hat bisher keine seiner Bekanntschaften an Anton herangelassen.«

»Mir ist langweilig«, sagte der Junge wie auf Kommando. Das ganze Gerede war wirklich nicht für Kinderohren bestimmt.

»Wie wäre es, wenn du schon mal anfängst, Elvis zu füttern? Schaffst du das?«, fragte Leo ihn.

Strahlend drückte Anton ihm das Laserschwert in die Hand. »Papa, ich bin doch schon groß«, entgegnete er und stolzierte um mindestens zehn Zentimeter gewachsen aus der Küche. Als die Haustür zugefallen war, atmete Emma erleichtert auf. Sie befürchtete, dass diese Situation noch sehr unbehaglich werden würde, auch für sie, wenn sie Claudine nicht davon überzeugen konnte, dass diese sich in Bezug auf sie und Leo irrte. Und zwar gewaltig. Zumal Leo sich aus unerfindlichen Gründen nicht klar ausdrückte. Sie, Emma, war nur ein zufälliger Besucher, der sich für Leos Gastlichkeit mit frischen Brötchen bedanken wollte, die mittlerweile kalt waren.

»Ich gehe dann besser«, sagte Emma, doch Claudine streichelte ihren Arm, als wären sie schon ewig befreundet.

»Wir müssen unbedingt alle zusammen essen gehen. Mein Hugo wird sich bestimmt für euch freuen. Er hatte schon ein schlechtes Gewissen, dass Leo so allein ist. Und wenn wir erst in Frankreich sind …«

»Du gehst nicht mit Anton nach Frankreich«, unterbrach Leo sie schroff. »Das weißt du ganz genau.«

»*Mais non,* niemand spricht von sofort, Leo. Aber sobald Hugos Vertrag in Deutschland ausläuft … Wir werden uns ganz sicher einigen.«

»Ich denke, wir haben ausreichend darüber gesprochen. Du brauchst mein Einverständnis, das ich dir niemals geben werde. Damit erübrigt sich jede weitere Diskussion.«

Claudine schüttelte den Kopf und raunte Emma zu: »Dieser Hitzkopf. Man könnte meinen, er wäre sanft und zurückhaltend, aber in Wahrheit ist er viel mehr als das, nicht wahr?« Sie zwinkerte Emma schon wieder zu, deren Gesicht rot wie die Erdbeerkonfitüre wurde, die sie vorhin aus dem Kühlschrank geholt hatte. Sie versuchte, sich nicht vorzustellen, wie Leos wilde Seite war. Nein, das versuchte Emma nicht. Verstohlen beäugte sie seine Hände, mit denen er sich jetzt auf dem Tisch abstützte.

»Zeit für mich zu verschwinden, eure Angelegenheiten gehen mich nun wirklich nichts an«, wagte Emma einen zweiten Vorstoß, aber Claudine dachte gar nicht daran, sie freizugeben.

»Hat er dir erzählt, wie er seinen Bruder verhauen hat, als der einen schlechten Witz über meine Segelohren gemacht hat?« Claudine lachte, schob mit einer Hand ihre Haare beiseite und tippte an ihr Ohr. »Man sieht gar nicht, dass ich sie habe anlegen lassen, nicht wahr? Nach Leos Einsatz musste sein Bruder sich übrigens die Nase richten lassen. Traut man ihm überhaupt nicht zu, oder? Aber keine Sorge, nur für Menschen, die er wirklich liebt, überschreitet Leo hin und wieder Grenzen.«

Leo ballte die Hände zu Fäusten. Er hatte also einen Bruder, dem er die Nase gebrochen hatte. Und einen Sohn nebst zukünftiger Exfrau, für die er seinen Bruder vermöbelt hatte.

»Hast du Kinder?«, fragte Claudine.

Vom plötzlichen Themenwechsel überrumpelt, löste sich Emma ein wenig zu ruckartig von ihr. »Jetzt gehe ich aber.«

»Und was ist mit dem Frühstück? *Ah non*, ich wollte euch wirklich nicht stören. Aber Anton …«

»Heute früh wusste ich leider noch nicht, dass er

kein Weizenmehl essen darf. Ich habe die Brötchen nach dem Rezept meiner Mutter gebacken. Falls ihr beiden also Verwendung dafür findet …« Emma wandte sich zum Gehen, doch Claudine packte sie erneut und hauchte ihr links und rechts ein Küsschen auf die Wange.

»Es war sehr nett, dich kennenzulernen, Emma, und ich freue mich schon auf unser gemeinsames Essen. Du wirst meinen Hugo mögen. Er ist ein Goldschatz.«

Goldschatz hin oder her – Emma legte keinen gesteigerten Wert darauf, irgendeinen Hugo kennenzulernen. Und Leo sah auch nicht so aus, als wäre ein Essen mit ihm seine Lieblingsbeschäftigung. Aber darüber sollte er jetzt nicht nachdenken, viel wichtiger war, dass er ihren nicht vorhandenen Beziehungsstatus richtigstellte. Ohne sich noch einmal umzudrehen, eilte Emma in den Flur und, aus einem Impuls heraus, die Treppe hinauf, auf deren drittletzter Stufe ein T-Shirt von Leo lag. Er musste es vorhin verloren haben. Ohne nachzudenken, hob sie es auf.

»Was sollte das, Claudine?«, drang Leos Stimme zu Emma und dem Shirt hinauf.

»Ich weiß nicht, was du meinst, Leo. Aber vielleicht sollte ich dich dasselbe fragen.« Emma wollte weitergehen, aber ihre Beine gehorchten ihr nicht. »Ich muss dir vertrauen können, Leo. Es war nie die Rede davon, dass du Anton deine neue Freundin präsentierst.«

»Apropos Vertrauen«, warf Leo ein. »Das ist mein Wochenende mit Anton. Warum hast du gestern mal wieder spontan abgesagt?«

Emma drückte das T-Shirt an sich.

»Termine verschieben sich nun mal. Anton wollte gern mit Hugo zum Minigolf.«

»Vereinbart ist von Freitag bis Sonntag, alle vierzehn Tage. Nicht, wann es dir passt.«

»*Mon dieu*, wir sind doch da. Reg dich nicht immer so auf, Leo. Das ist ungesund.«

»Ich jedenfalls halte mich an unsere Absprachen.«

»Na, na, so ganz stimmt das nicht. Oder wolltest du Emma verstecken, solange ich hier bin?«

Leo schnaubte. »Lass Emma in Frieden.« Wie das klang. Als wäre Claudine doch eine böse Fee.

»Wann wolltest du sie mir denn vorstellen? Sie ist wirklich herzallerliebst.«

»Dir? Du hast nun wirklich nichts mit Emma und mir zu tun.«

»Hat sie Kinder? Ihre Reaktion eben war merkwürdig. Sind die etwa auch hier?«

»Ich möchte ein Wochenende, das mir zusteht, mit meinem Sohn verbringen, nicht mehr und nicht weniger. Emma hat damit überhaupt nichts zu tun.«

»Dafür, dass sie nichts mit dir zu tun hat, erwähnst du sie reichlich oft, finde ich. Aber das macht nichts, Leo. Dein Leben ist dein Leben, das akzeptiere ich, genau so, wie du es endlich bei mir akzeptieren solltest. Und was uns angeht, dich und mich, wir werden immer eine Regelung finden.«

Fahrig berührte Emma die Einkerbung im Treppengeländer, dem einzigen offensichtlichen Makel in diesem Haus. Bis auf die Unbehaglichkeit, die jetzt umso spürbarer durch die Räume waberte. Plötzlich begriff sie, warum hier keinerlei Kinderspuren zu finden waren. Aus eigener Erfahrung wusste sie, wie weh es tat, keine Kinder zu bekommen, obwohl man sich sehnlichst welche wünschte. Wie qualvoll musste es sein, eines zu haben, das man nicht immer sehen konnte? Etwas in ihr drängte sie, Leo beizustehen, während eine andere Stimme sie mahnte, die Finger von dieser verqueren Geschichte zu lassen und ihre Verstrickung nicht noch schlimmer zu machen. Leo war erwachsen, er sollte wissen, wie man sich gegen die Claudines dieser Welt und ihre Frankreichpläne wehrte.

In Gedanken versunken roch Emma an dem T-Shirt und fragte sich plötzlich, wie Leo wohl als Kind gewesen war. Claudine sorgte sich offenbar kein Stück um ihn und die Beziehung zu seinem Sohn. Wenn Anton einmal so richtig fort wäre, würde Leo höchstwahrscheinlich gar nicht mehr schlafen, dabei sah er jetzt schon leer und abgekämpft aus. Doch es war nun mal nicht ihre Aufgabe, auf ihn aufzupassen. War es nicht. Aber Leo hatte ihr gestern auch beigestanden, er war da gewesen, als sie nicht weitergewusst hatte.

Sie hängte das T-Shirt über das Geländer. Es war ja nur dieses eine Mal. Eilig lief Emma zurück in die Küche, in der Claudine am gedeckten Tisch saß und Leo wie festgetackert auf der anderen Seite stand, mit dem Rücken zum Flur.

»Emma, *chérie*, hast du etwas vergessen?«

Von ihrem eigenen Mut überrascht, legte Emma eine Hand auf Leos Rücken. Er versteifte sich, bevor er sich spürbar entspannte. Sie war zwar nicht seine Lebensgefährtin, aber sie spürte seine Verzweiflung. Vielleicht könnte sie ihm wenigstens eine gute Freundin sein.

In diesem Moment schob sich ein getigerter Kopf durch die quietschende Katzenklappe, dicht gefolgt von Anton, der wild gegen die Terrassentür trommelte. »Guckt mal, wer wieder da ist!«, rief er aufgeregt, nachdem Emma ihn hereingelassen hatte. »Es ist Moritz, Papa, Moritz ist zurück.«

Wie selbstverständlich schmiegte sich der Kater an Emmas Beine, die dieses Herumscharwenzeln nicht leiden konnte.

»Moritz mag dich«, stellte Anton fest. Allmählich schien er Emma nicht mehr für eine Außerirdische zu halten, die Glutenexperimente an ihm durchführen wollte.

»Moritz war seit Monaten wie vom Erdboden verschluckt«, erklärte Leo. »Zuerst habe ich ihr immer noch Wasser und Futter hingestellt, in der Hoffnung, dass sie irgendwann zurückkehren würde, aber …«

»Sie?«, hakte Emma verdutzt nach.

»Anton wollte die Katze unbedingt Moritz nennen.«

»Weil Moritz voll cool ist.« Anton streichelte das Tier zärtlich.

»Wir haben versucht, es ihm auszureden.« Claudine lachte, wohingegen Leo mit dem Kiefer mahlte. »Listenweise Vorschläge haben wir gemacht, aber … Kinder, du weißt schon. Man kann ihnen ja auch schwer etwas abschlagen.«

»Darf ich fernsehen?« Anton war wirklich gerissen.

»Siehst du, schon nutzt er es schamlos aus.« Claudine streichelte über seinen Kopf und sprang unvermittelt auf. »*Ouh*, jetzt muss ich aber wirklich los.« Sie wedelte mit der Hand. »Leo, wir kommen Anton wie verabredet abholen, ja? Morgen um vier. Nicht vergessen.«

»Wie könnte ich«, murmelte Leo.

»Auf Wiedersehen, Emma. *Au revoir!* Und willkommen in der Familie. Ich freue mich schon auf unser Rendezvous zu viert.«

Claudine verschwand mit demselben Trara, mit dem sie gekommen war. Sie ließ die Haustür hinter sich zufallen und brauste kurz darauf mit aufheulendem Motor vom Hof. Und selbst, als sie längst davongerauscht war, blieb ein Teil von ihr am Frühstückstisch sitzen.

Ein *Pling!* ihres Handys holte Emma auf den Boden der Tatsachen zurück. *Emma,* schrieb Michael, *hello. Die Heide noch friedlich?;-) Neuigkeiten? Zähl auf dich. M*

Emma schüttelte den Kopf. Hoffentlich zählte Michael nicht allzu genau.

Mit einem Schlag hatte Emma mehr über Leo erfahren, als sie zu träumen gewagt hätte. Sosehr sie sich auch bemühte, weigerte sich ihr Vorstellungsvermögen, ihr Leo und Claudine als Paar zu zeigen. Was diese beiden ungleichen Menschen wohl irgendwann einmal verbunden haben mochte?

Den Vormittag über hatte sich Leo von Emma ferngehalten und sich gemeinsam mit Anton auf dem Hof herumgetrieben, als ahnte er, dass seine vermeintliche Freundin nur bedingt begeistert von ihrer frisch erblühten Beziehung war.

Emma hingegen hatte erwartet, dass Leo das Missverständnis geraderückte. Als sie am frühen Mittag die Küche auf Vordermann gebracht und unverbindliche Nachrichten mit Michael hin- und hergeschrieben hatte, setzte sie sich auf eine der Bänke vor dem Haus, um Anton beim Skateboardfahren zuzusehen. Hoch konzentriert übte er Kunststückchen ein, Arme, Beine und Kopf in Schonern verpackt. Einmal stürzte er, Emma war bereits aufgesprungen, doch Anton rappelte sich sofort auf und machte weiter.

Dass Leos Sohn nun nicht mehr nur auf einem Foto abgedruckt war, sondern sich als ein quicklebendiger Junge erwies, stimmte Emma merkwürdig heiter. Es war ein Gefühl ganz ähnlich wie ein Brausebonbon, das auf der Zunge prickelte. Zum ersten Mal verschwendete sie keinen Gedanken an verpasstes Kinderlachen, sondern genoss es, an Antons Freude teilzuhaben. Sie lachte, als der Junge ihr zuwinkte. Doch je mehr er sich ihr gegenüber öffnete, umso dringlicher musste Leo seine Beziehung zu ihr ins rechte Licht rücken. Sie würde sich auf keinen Fall in die Rolle einer Ersatzmama drängen lassen, die dem Jungen, der vor Kurzem seine Familie verloren hatte, in naher Zukunft erneut das Herz brechen musste. Als Leo mit Elvis am Strick aus dem Stall trat, stand Emma auf und marschierte in seine Richtung. Sie musste ihm unbedingt klarmachen, dass weder Claudine noch Anton sie als Leos Partnerin ansehen durften. Dem Jungen zuliebe.

Leo nickte einem glatzköpfigen Mann zu, der am Paddock eines Pferdes stand, das im Vergleich zu Elvis wie ein Schaukelpferd wirkte. Anton rollte indessen auf Leo und Elvis zu und bremste lässig vor ihm, indem er das Board mit einem Fuß hinunterdrückte, um es mit der Hand aufzufangen. Elvis senkte den Kopf. Das Riesenvieh war unglaublich sanftmütig. Leo klopfte auf Antons Helm, woraufhin der Kleine lachte, Emma sich abwandte und gegen die Sonne blinzelte. Schließlich, von einem Potpourri aus Zuneigung, Ratlosigkeit und Verärgerung getrieben, näherte sich Emma den dreien. Fest entschlossen, den Liebesschwindel zu beenden, sagte sie: »Können wir reden?«

Leo wies mit einem Nicken auf Anton. »Wir bringen die Pferde auf die Weide, danach darf Anton ein paar Runden auf Elvis reiten. Anschließend habe ich Zeit für dich.«

»Ich will aber viel lieber mit dir Skateboard fahren, Papa. Biiitte!«, bettelte Anton.

»Nicht reiten?«, hakte Leo nach. »Sicher? Jetzt, wo ich Elvis gerade …«

»Skateboard! Skateboard! Skateboard!«

Emma räusperte sich. »Während du dir die Knie aufschlägst, hole ich Lilli bei meinen Eltern ab.«

»Wer ist Lilli?«, wollte Anton wissen.

»Ihr Bettvorleger«, warf Leo dazwischen.

»Mein Hund«, konstatierte Emma und warf Leo einen bedeutungsschweren Blick zu. Irgendwann würde auch er verstehen, dass ihre *Beziehung* auf sehr, sehr wackeligen Beinen stand.

»Du hast einen Hund?« Entzückt riss Anton die Augen auf.

»Einen ganz kleinen nur.«

»Oh toll, darf ich mitkommen?«

Überrumpelt öffnete Emma den Mund, ohne einen Ton herauszubringen.

»Ich dachte, du hilfst mir mit den Pferden? Dann geht's mit dem Skateboardfahren viel schneller«, sprang Leo geistesgegenwärtig ein. »Spätestens morgen lernst du Lilli dann kennen.«

»Du wirst sie mögen«, sagte Emma. »Sie hat ganz weiches Fell und kann sogar ein paar Kunststückchen. Bis nachher, also.«

Zum Abschied hob Emma die Hand und wäre fast über die Katze Moritz gestolpert, die hinter ihr herumstrich und aufgebracht fauchte, was Emma hartnäckig ignorierte. Lilli würde nicht sonderlich begeistert von dem Tier sein, aber grundsätzlich würde sie sich auf dem Hof wohlfühlen, allein schon wegen Elvis. Als sie das Tor erreichte, sah sie verstohlen zurück und fragte sich, warum sie es auf einmal so eilig hatte, von hier fortzukommen. Sie lächelte, als Leo Anton samt Skateboard auf Elvis Rücken hievte und das Pferd in Richtung Koppel führte. Als sich Leo zu ihr umwandte, drehte sie sich hastig weg. Er sollte ja nicht denken, dass sie sich für ihn interessierte, was sie ohnehin kaum tat, schließlich war sie mit ihren eigenen Problemen mehr als genug beschäftigt. Erneut huschte ein glückseliger Ausdruck über ihr Gesicht, gleich darauf verdrehte sie die Augen. Gut, sie mochte Leo. Dagegen sprach nichts, man konnte durchaus mit einem Mann befreundet sein. Konnte man.

Erst jetzt nahm sie bewusst den Duft von Kamille wahr, die bekanntermaßen beruhigend wirken sollte. Woran auch immer es lag, Emma verlangsamte das Tempo, geriet ins Schlendern. Sie wollte sich Zeit nehmen, für ihre Gedanken und für das, was um sie herum passierte. Wollte in die Gärten schauen, die linksseitig an den Höpenweg grenzten, roten Klee und Gräser pflücken, die die Feldmark säumten, bis der Weg an einer der ältesten Eichen Moorbachs in die Hauptstraße mündete. Der Baum war schon früher so breit gewesen, dass Insa und Emma ihn gemeinsam nicht hatten umfassen können, sosehr sie die Arme auch streckten. Auf der Bank vor der Eiche stoppte Emma, legte den Strauß aus Gräsern, Hahnenfuß, Kamille und Klee darauf ab und setzte sich daneben. Sie fühlte sich merkwürdig beruhigt, obwohl sie sich ein wenig albern dabei vorkam, Unkraut zu pflücken und jetzt den Verkehr zu beobachten, wie jemand, der nichts Besseres zu tun hatte. Und wie jemand, der sich wohlfühlte, dort, wo er gerade war. Sie lehnte sich zurück und blickte hinauf in den grünen Blätterhimmel, in dem einige Wespen umherflogen, ließ ihre Gedanken zu Leo schweifen, zu Lilli, Michael, Jan. Und zu Mark. Zu ihren Eltern. Zu sich. Sie war die Frau, die sich vorgestern noch hinter einer Sonnenbrille versteckt hatte und die sich jetzt nicht mehr bemühte, unerkannt zu bleiben. Ohnehin hatte sich Emmas Besuch längst herumgesprochen, schließlich befand sie sich in Moorbach, wo jeder Stein Augen und Ohren besaß.

Ein Blick auf das Uhrenmedaillon, welches sie um den Hals trug, verriet, dass sie unglaublicherweise eine knappe Stunde mit Gucken und Denken verbracht hatte. Mit einem Seufzer erhob sie sich und schlenderte am Zeitungskiosk und einem Blumenladen vorbei in Richtung Heidjerweg, wo sie erneut innehielt. Sie überlegte, womit sie Mama eine Freude machen könnte und was sich wohl als Friedensgeschenk eignen würde. Eine neue Leinwand? Farbe? Ein Töpferratgeber? Emma lächelte, als sie an Mamas Tassenausstellung im Keller und an Papas Zettelwirtschaft dachte. Sie musste die Angelegenheit mit ihrer Mutter schnellstmöglich aus der Welt schaffen.

Als sie die Menschentraube erblickte, die sich ein paar Hundert Meter die Straße hinunter vor dem Frischemarkt gebildet hatte wie ein aufgeregter Bienenschwarm, der seiner Königin Luft zufächelte, näherte sich Emma neugierig. Eine Frau rief schrill: »Du meine Güte!«, andere schüttelten den Kopf. Emma passierte das Eiscafé, ein winziges Holzhaus mit einem moosbewachsenen Dach, wo wie früher nur vier saisonale Eissorten angeboten wurden, hausgemacht, aus eigener Rohmilch und unfassbar lecker. Auch die Gäste, die an den eckigen Holztischen unter den Sonnenschirmen ihre Eisbecher schlemmten, reckten neugierig die Hälse. Ein Mädchen mit Gipsarm rannte an Emma vorbei und schrie: »Mama, Mama! Da steht ein Pferd im Geschäft!«

Emma legte einen Zahn zu, drängte sich an einem Mann in Sandalen und Kniestrümpfen vorbei, der unangenehm nach Knoblauch roch, und bat eine Frau, die Emma um einen guten Kopf überragte: »Entschuldigung, darf ich bitte vorbei?«

Erst als die Frau sich umdrehte, erkannte Emma Lucy Albright, die sich in der zwölften Klasse im Rahmen eines einjährigen Schüleraustauschs in einen von Emmas Mitschülern verliebt hatte und offensichtlich irgendwann zurückgekehrt war.

»Lucy Albrigt«, entfuhr es Emma, sie starrte auf das Tuch, in dem Lucy ein schlafendes Baby auf dem Bauch trug.

»Schneider«, sagte Lucy, wobei sich das *Schneider* eher wie *Sneidör* anhörte. »Du bist also wirklich zurück.«

»Genau wie du.«

»Man kommt nicht wirklich von hier los, was?« Lucy lächelte breit und küsste den kahlen Kopf des Kindes. »Mein Mann hat den Kutschbetrieb von Heinrich Hinnarck übernommen, falls du dich an ihn erinnerst.«

Natürlich erinnerte sich Emma, die Hinnarck-Kutschen trugen alle ein Herz auf dem Heck. Gestern erst hatte sie doch bei Mark einen Flyer in der Hand gehalten. »Und was gibt's hier zu sehen?«, fragte sie nun so beiläufig wie möglich.

»Angeblich soll ein Pferd im Laden stehen. Aber das kann ja gar nicht sein.«

»Oh doch.« Emma nickte Lucy noch einmal zu und arbeitete sich Stück für Stück vorwärts.

»Entschuldigung, darf ich mal …?«

»Verzeihung.«

»Bitte lassen Sie mich durch.«

»Na, hören Sie mal«, keifte eine korpulente Frau, die ihre Brille an einem Band um den Hals trug. »Ach nee, Emma Matthies. Sieh an. Ich habe ja schon gehört, dass du wieder da bist.« Adelheid Maack verzog das Gesicht, als hätte sie in eine Zitrone gebissen. Das Lockenwicklerhaar thronte wie eine Krone auf ihrem Kopf. Es war kaum verwunderlich, dass die Oberklatschtante im Dorf bereits bestens über alles Bescheid wusste. Wahrscheinlich kannte sie mal wieder jemanden, der jemanden kannte, der jemanden getroffen hatte, der gehört hat, wie jemand gesagt hatte … Wie das eben auf dem Lande so war. Vor allem in Moorbach. Adelheid setzte die Brille auf und blinkerte Emma über den Brillenrand mit ihren Schweinchenaugen an.

Emma konnte Tratscherei noch nie etwas abgewinnen, schon gar nicht, wenn man nach vorn freundlich tat und hinterrücks bereits die Messer wetzte. »Schön, dass Sie so gut informiert sind«, sagte sie, obwohl sie wusste, dass sie besser einen großen Bogen um die Frau hätte machen sollen, was wegen der Schaulustigen und auch prinzipiell nicht möglich war. Frau Maack war nämlich überall. Vergeblich versuchte sie, einen Blick in den Laden zu werfen.

»Deine Mutter hat sich ja so gefreut, dich zu sehen. Und, bleibst du länger?«

Emma kannte Leute wie sie. »Diesbezüglich werden Sie sich wohl oder übel ein klein wenig gedulden müssen, auch wenn das nicht gerade Ihre Stärke ist. Und jetzt entschuldigen Sie mich, ich muss das Pferd da rausholen.«

»Du?« Adelheid lachte. »Du hast doch Angst vor Pferden. Ich erinnere mich genau, als …«

Emma hörte nicht mehr zu. Obwohl sie insgeheim wusste, dass Frau Oberschlau recht hatte. Denn Elvis war einfach riesig. Zwischen den Obst- und Gemüseauslagen wirkte er noch viel imposanter als je zuvor. Und seltsam deplatziert.

»Er frisst die ganzen Möhren und den Salat!«, kreischte die Kassiererin, die auf einem Stapel Wasserkisten balancierte und sich unablässig das üppige Dekolleté rieb, welches schon ganz rot war. Ob sie ahnte, dass sie auf ihrem Turm noch absurder wirkte als Elvis in der Obst- und Gemüseabteilung? »Ist das Ihr Pferd?«

Elvis' Abenteuerlust hatte sich anscheinend doch noch nicht im ganzen Dorf herumgesprochen. Erstaunlich.

»Sie sind wohl nicht von hier«, sagte Emma und musterte unschlüssig das Pferd, das in aller Seelenruhe die Auberginen beschnupperte. Ein ungewöhnliches Tier, dieser Elvis. Irgendwie … verrückt. Er tat, wozu auch immer er Lust hatte.

»Ist das nun Ihr Pferd oder nicht?«, hakte die Kassiererin ungeduldig nach und ruderte mit den Armen, um das Gleichgewicht zu halten. Für einen kurzen Moment bewunderte Emma die Frau für ihren Gleichgewichtssinn, besann sich schließlich jedoch auf das Problem, das vor ihr stand und mit dem Schweif soeben ein paar Trauben von der Auslage fegte.

»Leo Flemmings Pferd ist das«, rief Adelheid abfällig. Sie hatte sich natürlich in die erste Reihe gedrängelt.

Eifriges Geraune summte durch den Bienenschwarm.

»Was, Leo Flemming?«

»Wer ist sie überhaupt?«

»Das ist die verschollene Matthies-Tochter.«

»Wer soll das sein?«

»Das ist doch Elvis.«

»Leo Flemming ist der mit dem alten Schafstall.«

Dieses Dorf war wirklich unmöglich. Wildfremde Leute tuschelten plötzlich über Elvis und Leo, als würde man sie schon immer kennen.

»Machen Sie das Pferd nun weg oder nicht?« Mittlerweile hatte das Gesicht der Kassiererin die Farbe der Tomate angenommen, die Elvis gerade mit der Nase auf dem Fliesenboden hin und her rollte.

»Sie hat Angst vor Pferden«, verkündete Adelheid.

Angst. Das war ja wohl das Allerletzte. Emma fixierte Elvis. Eigentlich war er doch recht friedfertig. Riesig, aber freundlich. Emma dachte an die ersten beiden Aufeinandertreffen und daran, wie Elvis völlig ungeniert am Apfelbaum von …

»Ich brauche Äpfel«, sagte Emma zusammenhanglos.

»Äpfel? Das soll wohl ein Scherz sein.«

»Viele Äpfel. Jetzt.«

Die Kassiererin starrte Emma an, als spräche sie eine

fremde Sprache, die kein Mensch außer ihr verstand. Letztlich stieg sie widerwillig von der wackeligen Aussichtsplattform herab. »Aber Sie zahlen den Schaden schon, oder?«

»Ich kann auch gehen, wenn Ihnen das lieber ist.«

Vor sich hin schimpfend stapfte die Verkäuferin durch den Süßigkeitengang am Knabberkram vorbei ins Lager, um kurz darauf mit einer Kiste Royal Gala zurückzukehren. »Reicht das, oder soll ich gleich eine ganze Palette holen?«

Emma las das weiße Namensschild mit der roten Schrift. »Sind Sie immer so unfreundlich zu Ihren Kunden, Frau Schilling?«

»Ich … Also … Nun bringen Sie den Gaul schon raus, bevor er noch mehr Schaden anrichtet«, schnappte sie.

Schließlich konzentrierte sich Emma auf das schwarze Pferd mit dem weißen Fleck auf der Stirn, das sein Gegenüber nun aufmerksam betrachtete. Emma hätte schwören können, dass Elvis ihr zugelächelt hatte, was die Anspannung, die sie bis in die Zehenspitzen hinein spürte, nur noch verstärkte. Jetzt bildete sie sich schon lächelnde Pferde ein, na wunderbar.

Hektische Bewegungen vermeidend, griff Emma nach einem Apfel. Ihr Plan war simpel: Sie würde sich Elvis bis auf eineinhalb Meter nähern. Einen Schritt. Noch einen. Und er … Er reagierte überhaupt nicht. Auch nicht, nachdem sich Emma einen weiteren Zentimeter an ihn herangepirscht hatte. Vor lauter Anspannung zitterte Emmas Hand, die Elvis nun neugierig beschnupperte. Sein Atem war warm und die Nüstern seidig, als er ihre Finger berührte. Emma zuckte nicht zurück, auch nicht, als Elvis mit den Lippen nach dem Apfel fischte. Erst als er hineinbiss, zog sie die Hand blitzschnell weg.

»Jetzt füttert sie ihn auch noch«, rief Frau Schilling hysterisch.

Emma ignorierte das boshafte, von Lästertante Adelheid hinterhergeschobene Lachen, nahm drei weitere Äpfel und hielt einen davon Elvis entgegen. »Na komm, du Riese. Lecker Apfel.«

»Sind Sie sicher, dass Sie sich mit Pferden auskennen?«, fragte Frau Schilling. Die unverhohlene Skepsis in ihrer Stimme ärgerte Emma.

»Sie kennt sich nicht mit Pferden aus. Ganz im Gegenteil.«

Emma fuhr herum. »Frau Maack«, zischte sie, atemlos vor Zorn. »Es tut mir außerordentlich leid, dass Sie ein derart vergrämtes Leben führen und Ihr einziges Glück darin besteht, andere Menschen zu verletzen, sich an deren Leid zu ergötzen und Lügen zu verbreiten. Im Gegensatz zu Ihnen stehe ich jedenfalls nicht untätig rum, außerdem ist es überhaupt nicht schlimm, wenn man Angst vor etwas hat.« Die Maack starrte sie mit offenem Mund an. »Und Sie«, wandte sich Emma an die blasse Frischemarktmitarbeiterin. »Sie packen mir bitte eine große Tüte voller Äpfel ein.« Emma zog ihre Visitenkarte aus dem Portemonnaie, hielt sie hoch und legte sie schließlich auf einem der Wasserkästen ab. »Schicken Sie die Rechnung dorthin. Und jetzt wäre ich Ihnen beiden sehr verbunden, wenn Sie …«

Von hinten stupste jemand Emma an die Schulter und schnaubte ihr zu allem Überfluss in den Nacken. »Er steht direkt hinter mir, oder?«

Der Bienenschwarm nickte einstimmig, Frau Schilling warf hurtig unzählige Äpfel in eine Tüte und reichte sie Emma, die sich sehr bedächtig nach Elvis umdrehte. Der schwarze Riese roch warm und süßlich. Und nach Heu. Er sah Emma gutmütig aus seinen dunklen Augen an. Emmas Herzschlag mäßigte sich ein wenig, als sie raunte: »Okay, du Riesenvieh, wir gehen jetzt ganz langsam nach draußen. Folge mir einfach. Und mach dir genauso wenig wie ich Sorgen darüber, dass ich plötzlich mit dir spreche. Das ist ganz … natürlich.« Sie trat zwei Schritte rückwärts und hielt Elvis den nächsten Apfel hin, was dieses Mal schon viel weniger Überwindung kostete. Das *Klack-klack, Klack-klack* von Elvis' Hufen im Rücken, stolzierte Emma durch die Menschentraube, die sich vor ihnen teilte wie das Meer einst vor Moses. Nur mühsam konnte Emma bei diesem Gedanken ein Kichern unterdrücken, sie fühlte sich ganz närrisch, womit sie sich eigentlich perfekt ins Dorf einfügte. Nur Elvis schien das alles nicht zu jucken. Er verzehrte genüsslich einen Apfel nach dem anderen und ignorierte die entsetzt-belustigten Blicke, die ihm folgten. Emma fühlte sich ungewohnt beschwingt. Ging sie gerade wirklich mit einem Pferd spazieren? Sie lugte über die Schulter und grinste, als sie Elvis' schaumiges Apfelmaul sah. Aus einem Impuls heraus zückte sie das Handy und schoss ein ziemlich unscharfes Selfie, das sie, ohne nachzudenken, an Michael und eine Kollegin schickte. Obwohl Emmas Augen auf dem Foto unnatürlich klein wirkten, erkannte sie etwas darin, wovon sie gar nicht mehr wusste, dass es ihr gefehlt hatte: Zufriedenheit. Ein Gefühl, das Emma wie eine kuschelige Decke umhüllte und ihr für kurze Zeit jeden Zweifel nahm.

Es gab nur einen Menschen, mit dem Emma jetzt über alles, was in den letzten Tagen geschehen war, sprechen wollte. Und zwar sofort.

Kapitel 11

Vorwärtszugehen statt zurück bedeutete nicht, alles hinter sich zu lassen, sondern mitzunehmen, was das Leben einem schenkte. Erinnerungen, Erfahrungen, Freude und Schmerz waren lauter Päckchen, verschieden groß und in buntes Papier eingewickelt. Geschenke, die man auspacken oder an einem sicheren Ort aufbewahren konnte. Emmas Päckchen bestand aus dem Auftrag, Marks Pension zu kaufen und sich mit ihren Eltern auszusöhnen. Die verlorene Zeit nachzuholen, die verbleibende auszukosten. Und dabei mit sich ins Reine zu kommen. Ihre Eltern würden staunen, dass ausgerechnet sie mit einem Pferd ankam! Sie führte Elvis von Papas gekärcherter Auffahrt über den schmalen Grasstreifen am Haus vorbei in den elterlichen Garten, in dem es nach Sommerlilien und Salbei duftete, einer Mischung, die sie daran erinnerte, wie sie im Sommer die Bienen auf den lilafarbenen Blüten gezählt hatte. Bienen liebten den Salbei, ganz anders als Emma, die den bitter-brennenden Tee aus den Blättern nur Mama zuliebe getrunken hatte.

Auf einmal konnte sie es kaum erwarten, ihre Mutter zu sehen, denn sie hatte ihr so viel zu sagen, dass sie gar nicht wusste, wo sie anfangen sollte. Sie entdeckte Mama im Gemüsebeet, auf allen vieren Unkraut zupfend und so in die Arbeit vertieft, dass sie den ungewöhnlichen Besuch zunächst nicht bemerkte. Mama hatte die kurzen Locken mit einem Haarreif nach hinten geschoben, ihr Körper steckte in einem Tanktop und ziemlich heißen Hotpants. Trotz des Graustichs im Haar wirkte sie jugendlich und gleichzeitig wie ein Mensch, der durch Erfahrung weise geworden war. Sie summte eine Melodie, die Emma nur entfernt bekannt vorkam, was daran liegen mochte, dass es um Mamas Gesangskünste ähnlich bestellt war wie um ihr Töpfertalent. Dennoch hätte Emma ihr ewig lauschen können, wenn sie nicht so viel auf dem Herzen gehabt hätte. Sie setzte zu einem Gruß an, doch im nächsten Augenblick raste ein bellendes weißes Fellknäuel auf sie zu, das sich vor Glückseligkeit, Elvis wiederzusehen, beinahe überschlug. Lilli leckte an seinem Bein, hüpfte auf und ab und schüttelte dabei das Köpfchen, als könnte sie nicht fassen, ihren Schatz endlich und ausgerechnet hier wiederzusehen. Der wieherte, und eine Millisekunde später stieß Mama einen spitzen Schrei aus, woraufhin Emma sich von den beiden Turteltauben löste und ihrer ungläubig dreinschauenden Mutter zuwinkte. Vielleicht war es doch eine Schnapsidee gewesen hierherzukommen.

»Heiliges Kanonenrohr«, rief Mama, die erstaunlich schnell ihre Sprache wiedergefunden hatte.

»Hallo, Mama.« Emma stellte die Tüte, die nur noch halb mit Äpfeln gefüllt war, neben sich ins Gras und strich ihr Shirt glatt, während sich ihre Mutter erhob und auf Elvis zeigte.

»Das ist ein Pferd«, sagte sie und bewies damit, von wem Emma ihren Scharfsinn geerbt hatte. Mama rieb sich die erdverkrusteten Hände an den Superhotpants ab und trat näher, während sich Lilli wie eine Katze an Elvis' Bein schmiegte. Peinlich, wie sie sich ihm aufdrängte.

»Ein Pferd«, wiederholte Mama. »Ein ziemlich großes Pferd. In meinem Garten.«

»Das ist Elvis.« Emma trat zur Seite, als hielte sich das stämmige Tier in ihrem Windschatten versteckt. »Es ist eine ziemlich lange Geschichte, die vielleicht etwas … verrückt klingt und in die ich eher zufällig geraten bin. Aber zuerst will ich dir sagen, dass ich …«

»Jaja, ich kenne Elvis. Aber dir ist schon klar, dass das ein Pferd ist? Und es futtert meine Kamille.«

»Ja, schon, aber …«, begann Emma von Neuem, doch Mama hatte sich längst abgewandt.

»Peter!«, rief sie und winkte Papa zu, der auf einem Apfelbaum herumkletterte, dessen Äste verdächtig wackelten. Ein paar Früchte kullerten auf den Rasen. »Peter, Emmi ist da. Und sie hat einen Freund mitgebracht.«

Ungeschickt kletterte Papa vom Baum auf die Leiter zurück und landete von der vorletzten Stufe aus wie ein Getreidesack auf dem Boden. Er fuhr sich durch das zerzauste Haar, rasiert hatte er sich auch nicht. Dafür grinste er breit und näherte sich mit großen Schritten.

»Sieh an, Elvis lebt.« Er legte den Arm um Mamas Schultern. »Die Gabe für verrückte Ideen muss sie von dir haben, Betti.«

Emma hob die Hand und sandte ein Stoßgebet gen Himmel, dass Mama ihr mehr als nur die abgenagten Kamillen verzieh. Jetzt oder nie. »Eigentlich wollte ich eine Kleinigkeit für dich besorgen«, plapperte Emma schnell. »Aber dann war zufällig Elvis im Frischemarkt, er ist nun mal ein Freigeist. Ich habe ihn spontan mitgenommen, obwohl er auf den ersten Blick wirklich furchteinflößend ist und … na ja, Pferde nicht so mein Ding sind. Auf unserem Weg zu Leo Flemming dachte ich auf einmal, dass ich trotzdem einen Abstecher hierher machen könnte, weil … weil dies nun mal der einzige Ort ist, an dem man nach einem ziemlich sonderbaren Vormittag zur Ruhe kommen kann. Außerdem wollte ich mich dafür entschuldigen, dass ich mich so schlecht um euch gekümmert und mich dann auch noch wie ein pubertierender Teenager verhalten habe. Und wenn ich schon mal dabei bin, kann ich gleich gestehen, dass ich Marks Pension kaufen muss. Obendrein bin ich seit dieser Woche geschieden.« Sie seufzte. »Wie gut, dass ich es endlich auch dir gesagt habe, Mama.« Erwartungsvoll sah sie ihre Eltern an.

Mama klammerte sich an Papas Arm, dann legte sie die Hand auf ihr Herz, während Papa leise auflachte. Typisch.

»Bin gleich wieder da, das Tier braucht schließlich ein Halfter«, sagte er und verschwand eilig im Schuppen.

»Ich will doch nur, dass ihr stolz auf mich seid«, fügte Emma leise hinzu.

»Du hast ein Pferd geklaut«, stieß Mama hervor.

»Geklaut habe ich es nicht«, wandte Emma ein. »Wir haben nur einen kleinen Umweg gemacht.«

»Und dann fällt dir nichts Besseres ein, als es hierherzubringen. In unseren Garten.«

Oh Gott, Mamas Augen füllten sich mit Tränen. Sofort wollte Emma etwas sagen, um sie aufzuheitern, während Mama sich mit dem Handrücken über die Wangen wischte, die nun mit gräulichen Lehmstreifen versehen waren.

»Nicht doch«, bat Emma und streckte die Hand nach Mama aus. Aber die schluchzte nur:

»Ich bin doch schrecklich stolz auf dich. Und es tut mir leid, dass ich dir das Gefühl gegeben habe, es wäre nicht so. Sieh dich nur an – du entschuldigst dich bei mir, obwohl es an mir wäre, dich um Verzeihung zu bitten. Und dann schleppst du auch noch ein Pferd an. Ich weiß ja, wie viel Angst du vor denen hast! Aber so ist sie, meine Tochter.« Sie breitete die Arme aus und zog Emma an sich, als hätte sie nie etwas anderes getan.

Mamas Haar duftete nach Zitronenmelisse, als Emma endlich dort ankam, wo sie seit viel zu vielen Jahren nicht gewesen war: zu Hause.

Emma war glücklich. So glücklich, dass sie sogar kurz vergaß, warum sie nach Moorbach gekommen war. Und dass sie in zwei Tagen wieder nach Köln zurückkehren musste, wo Michael auf Marks Zusage wartete. Solange es ging, wollte sie die Familienidylle auskosten, sich mit Mamas frisch gebackenen Herzwaffeln plus Sahne und heißen Kirschen umsorgen lassen – zum Teufel mit dem Kalorienzählen. Sie fragte sich, warum sie dieses Haus und den Garten nicht viel früher als Rückzugsort wahrgenommen und nie gesehen hatte, dass ihre Eltern sie so liebten, wie sie mitsamt den Päckchen, die sie im Laufe des Lebens gesammelt hatte, nun einmal war. Zwischen die Erleichterung mischte sich ein Quäntchen Schwermut, als Emma an all die verpassten Gelegenheiten dachte, sich auszutauschen und einander nahe zu sein. An die verdrängten Sorgen um ihre Eltern, die Ausreden, warum Weihnachten in einer anonymen Großstadt viel schöner war als in der Heimat. Als zu Hause.

Papa, Lilli und Emma nutzten den Nachmittag für einen Spaziergang, um Elvis auf dem Pferdehof abzuliefern, wo er von einem nicht sonderlich besorgt wirkenden Hofmitarbeiter in Empfang genommen wurde. Von Leo keine Spur.

Bei ihrer Heimkehr kniete Mama vor dem Teich und kescherte Algen aus dem Wasser, die wie fettige grüne Haarsträhnen aussahen. Emma hatte noch nie verstehen können, wie man das Zeug mit bloßen Händen anfassen konnte. Nicht auszudenken, wie viele Krabbel- und Kriechtierchen sich darauf tummelten. Ohne Mama zu begrüßen, tippelte Lilli beleidigt zu den Apfelbäumen, um dem Duft ihrer großen Pferdeliebe nachzuschnüffeln, von der sie sich nur sehr schwer hatte losreißen können. Das ließ Emma an das getragene T-Shirt denken, das Mark ihr ziemlich zu Anfang ihrer Beziehung geschenkt hatte. Es hatte nicht nur außerordentlich gut nach ihm gerochen, sondern auch einen Ehrenplatz neben ihrem Kopfkissen bekommen. Lillis Gebell und Gezerre an der Leine und Elvis' verträumter Blick hatten Emma ebenso an sie und Mark erinnert, daran, wie sie oft stundenlang händchenhaltend und knutschend vor der Haustür gestanden hatten, weil eine Trennung bis zum nächsten Morgen unvorstellbar schien.

»Na, Liebeskummer?« Zuerst sah Mama Lilli hinterher, dann lächelte sie Emma an.

»Es war herzzerreißend«, sagte Papa und ging kopfschüttelnd, die Leine in einer Hand, ins Haus.

Zum ersten Mal seit der großen Versöhnung war Emma mit Mama allein. Sie, Mama und der Frosch, der auf einem Seerosenblatt saß und die Wangen aufplusterte. Ihn interessierte wohl kaum, was Emma zu sagen hatte. Sie wollte über Jan sprechen. Darüber, dass sie keine Kinder bekommen konnte und dass dieser Umstand sie ihre Ehe gekostet hatte. Sie wollte Mamas Meinung zum Kaufangebot hören. Ihr sagen, wie sehr sie ihre Töpferei bewunderte und dass sie sich, wenn es sein musste, jedes einzelne Teil in die Wohnzimmervitrine stellen würde.

»So ein Abschied ist wie ein Regenguss«, sagte Mama, während sie mit dem Handrechen immer mehr Algensträhnen aus dem Teich fischte. »Manchmal braucht es eben einen ordentlichen Schauer, damit man die sonnigen Momente im Leben mehr zu schätzen weiß.«

»Lilli wird schon darüber hinwegkommen«, unterbrach Emma die philosophische Plapperei.

»Hm.« Mama füllte die Algen in den Eimer. »Und wie sieht's mit dir aus?«

»Mit mir?« Emma öffnete den Mund, aber die Worte wollten einfach nicht über ihre Lippen fließen, auch wenn sie sich Minuten zuvor genau das gewünscht hatte. Stattdessen zuckte sie die Achseln.

Mama hielt inne und sah zu ihr auf. »Reich mir mal den Kescher.« Emma bückte sich nach dem Netz. »Wichtig ist, dass du dir treu bleibst, egal, was die anderen sagen. Ihr werdet eure Gründe haben, Jan und du. Ich mische mich da nicht ein. Das liegt mir nicht, weißt du. Jeder soll nach seinem Gusto …« In scharfem Tonfall fuhr sie fort: »Es sei denn, Jan hat sich dir gegenüber schäbig verhalten, dann …« Mit ungeahnter Heftigkeit scheuchte sie eine Fliege weg, die benommen auf einem Stein landete.

In Emmas Herz wurde es ganz warm, sie kniete sich zu Mama ins Gras und sagte: »Es ist eine lange Geschichte. So viele Algen kannst du gar nicht fischen.«

»Dann zupfe ich eben Unkraut.«

Emma griff nach der Harke. »Das mit Jan und mir hat einfach nicht mehr gepasst. Wir … wir wollten Kinder. Zwei. Oder drei. Jan wäre ein guter Vater geworden.« Sie beugte sich nach vorn und brach eine vertrocknete Gauklerblume ab. »Dummerweise hat es mit dem Kinderkriegen nicht geklappt. Wir, oder besser gesagt, ich werde wohl für immer kinderlos bleiben.«

Mama fischte.

»Ich komme nicht so gut damit zurecht. Mit der Zeit haben wir uns dann verloren, aber wir sind im Guten auseinandergegangen. Irgendwie.«

Mama stopfte Algen in den Eimer.

»Jan hat mittlerweile eine neue Freundin. Die beiden werden mit Sicherheit wunderschöne Kinder in die Welt setzen. In der Zwischenzeit schaffe ich mir noch ein paar Haustiere an, das soll helfen.« Genau, Emma. Mit bebender Stimme fuhr sie fort: »Jan hat das Ferienhäuschen in der Toskana behalten, das wir vor einigen Jahren günstig erworben hatten, ich bleibe in der Wohnung. Mit meinem Job kann ich sie mir leisten, wenn ich dann und wann etwas zurückstecke. Zumindest hat es bisher funktioniert.« Emma berührte mit der Zeigefingerspitze die Wasseroberfläche und beobachtete die ringförmigen Wellen, die sich auseinanderbewegten, so wie Emma und Jan es getan hatten. »Ich komme prima allein zurecht, weißt du.« Wie erbärmlich das klang. Emma schluckte, zog mit dem Rechen einen Algenfaden ans Ufer. »Würdest du jetzt bitte auch mal was sagen?«

Mama schwenkte den Kescher, woraufhin der Frosch erschrocken davonsprang. Sie ergriff Emmas Hand, eine scheinbar selbstverständliche Geste, die so viel bedeutete. Vergeblich versuchte Emma, an etwas Lustiges zu denken, um nicht weinen zu müssen. Auf einmal hatte sie das Gefühl, dass sie sich seit Jahren im Kreis drehte: aufstehen, Lilli zum Hundesitter bringen, arbeiten, ab und an Sport, Lilli abholen, ins Bett … und wieder von vorn. Wann hatte sie aufgehört zu kochen? Auszugehen? Zu leben? Wo war die Energie geblieben, die sie seit einigen Stunden in sich spürte wie das aufgeregte Kribbeln im Bauch bei einer Achterbahnfahrt? Sie wollte mehr davon. Und sie wusste plötzlich, dass alles möglich war, denn egal, was kommen mochte: Emma war nicht mehr allein.

Bis die Beine schmerzten, hatten Emma und Mama am Teichufer gekniet, über Jan, Kinder, Töpferei und Fadenalgen geschnackt. Mama war der Meinung gewesen, dass Emma sich von einem anderen Arzt untersuchen lassen sollte, sie sparte auch nicht mit Empfehlungen. Eine Koryphäe auf seinem Gebiet sei, ihrer Meinung nach, immer noch Dr. Biermann, jener Gynäkologe, der schon bei Emmas Geburt dabei gewesen war. Die Frauen strömten angeblich in Scharen zu ihm, weil er so gut war. Am liebsten hätte sie gleich einen Termin für Emma vereinbart. Die wusste Mamas Bemühungen zwar zu schätzen, weigerte sich jedoch, neue Hoffnung zu schöpfen, um hinterher nicht noch tiefer zu fallen. Außerdem hegte sie leise Zweifel an Mamas Lobpreisungen, aber die meinte es ja nur gut.

Nachdem Mama ins Haus gegangen war, schlenderte Emma durch den Garten, beseitigte Elvis' Hinterlassenschaften und setzte sich in den Schatten eines Apfelbaums. Mit der flachen Hand strich sie über die feinen Spitzen der Grashalme, dachte an Jan, fragte sich, ob er manchmal noch auf ihre gemeinsame Zeit zurückblickte, wischte sich eine Träne aus dem Augenwinkel und lehnte sich mit dem Rücken gegen den Baumstamm. Die hellroten Äpfel hoben sich vom Blattgrün ab, kündigten den Herbst an. In zwei Monaten würde Papa die Früchte ernten und einen Großteil derjenigen, die nicht madig waren, zu Saft verarbeiten lassen. Aus dem Rest würde Mama Apfelmus einkochen und Apfelkuchen backen, mit Zimt und Zucker, Butterstreuseln oder Marzipan. Oder allem zusammen. Das Leben ging weiter, Monat um Monat, Jahr für Jahr. Wie würde es weitergehen, nachdem Mark eine Entscheidung über die Pension getroffen hatte? Was würde aus ihm werden?

Auch zu diesem Thema hatte Mama ihre eigene Theorie. »Trotz allem weiß Mark, dass er dir vertrauen kann. Er wird die richtige Entscheidung treffen, Emmi. Du wirst sehen.«

Mama und ihre kryptischen Andeutungen. Wer bestimmte denn, was Richtig und Falsch war? Und wie traf man eigentlich die eine Entscheidung, von der so viel abhing?

Erschöpft schloss Emma die Lider. Eben noch hatte sie sich stark gefühlt, jetzt war sie nur eine kleine Raupe. Sie öffnete die Augen und starrte in das Geäst. Ein Windhauch raschelte durch die Blätter. Irgendwo trällerte ein Vogel sein Liedchen. Der hatte es gut, konnte fliegen, wohin er wollte. Emma richtete sich auf, befühlte die raue Baumrinde, wog ab, wie stabil die unteren Äste wohl sein mochten. Sie sah zur Terrasse, auf der Mama den Gartentisch abwischte und Papa Sitzpolster auf die Holzstühle legte. Dann erhob sie sich gemächlich, klopfte das Gras vom Po. Eine Ameisenkolonie lief eilig den Stamm empor, etwas weiter oben saß ein Tagpfauenauge, das mit den Flügeln schlug und kurz darauf davonflatterte. Emma streckte einen Arm aus. Auf Zehenspitzen würde sie an die ersten kräftigen Äste heranreichen. Es war ewig her, seitdem sie das letzte Mal auf einen Baum geklettert war. Wahrscheinlich war sie ohnehin zu alt für derlei Aktionen. In ihrem Alter machte man Zumba und kletterte nicht auf Bäume. Dennoch umfasste sie einen Ast, zog daran, immer fester, bis sie die Füße vom Boden löste und am Ast baumelte. Sie lachte leise, bis sie wieder festen Untergrund spürte. Vor einigen Jahren war ihr diese Übung bedeutend leichter gefallen. Mutig geworden lief sie zur Gartenlaube und kehrte kurz darauf mit dem Holzhocker zurück, auf den Mama sich immer zum Malen setzte. Von dort aus schwang sie sich, zugegebenermaßen umständlicher als früher, auf den Ast. Dabei ratschte sie sich das Schienbein auf, was gar nicht mehr wehtat, als Emma endlich, auf dem Ast sitzend, die Beine herunterhängen ließ. Sie hatte vollkommen vergessen, wie es im Magen kribbelte, wenn man zum ersten Mal dort oben saß, konzentriert, das Gleichgewicht zu halten, was mit Mitte dreißig erheblich mühseliger war als mit elf Jahren. Lächelnd legte Emma den Kopf in den Nacken, während sie einen Arm um den Stamm geschlungen hielt. Erst als sich von unten jemand räusperte, zuckte sie zusammen.

»Was machst du denn hier?«, fragte sie verblüfft.

»Dasselbe könnte ich dich fragen.«

»Du warst ja noch nie dafür, dich schmutzig zu machen.«

»Stimmt.« Insa senkte den Blick. Von oben wirkte sie

noch kleiner, als sie ohnehin schon war. Anscheinend hatte sie im Laufe der Jahre noch mehr Selbstvertrauen verloren. So schade.

»Möchtest du vielleicht hochkommen?«, fragte Emma, obwohl sie die Antwort bereits kannte. Insa sah sie lange an. Die Fältchen auf ihrer Stirn ließen sie in Kombination mit dem biederen Pagenschnitt um Jahre älter aussehen.

»Mir wäre lieb, du kämst runter.«

»Es ist fast wie früher, findest du nicht?« Emma klang sarkastischer als beabsichtigt, weswegen sie seufzend Schwung nahm und unsanft neben Insa im Gras landete. »Das ging schon wesentlich besser«, ächzte Emma und rieb sich den Rücken, woraufhin Insa grinste und ihren Hab-ich-doch-gesagt-Blick aufsetzte. »Du bist sicher nicht hergekommen, um dabei zuzusehen, wie ich mir den Rücken verrenke.«

Insas Gesicht färbte sich apfelrot. »Typisch Emma. Immer geradeheraus.«

»Ich glaube nicht, dass du dir ein Urteil darüber erlauben kannst, wie ich jetzt bin.«

»Es ist nur … Kaum bist du wieder hier, ist alles wie früher.«

»Wie früher? Was soll das heißen?« Emma verschränkte die Arme vor der Brust.

»Durcheinander eben.«

»Wenn du gekommen bist, um mir das zu sagen, kannst du gleich wieder gehen.«

Insa hob beschwichtigend die Hände. »Es ist … schwierig. Für uns alle.«

»Uns alle? Schließt du mich darin ein, oder meinst du nur *euch*?«

Insa verkrampfte die knochigen Finger zu Fäusten. Das hatte sie früher schon gemacht, wenn sie nicht weiterwusste.

Emma sah sich in der Pflicht, ihr auf die Sprünge zu helfen. »Ich nehme an, es geht um Mark.«

»Nicht nur.« Insas Blick flackerte unsicher. »Vorrangig geht es um Mark.«

»Bisher kam es mir nicht so vor, als bräuchte er jemanden, der für ihn spricht.«

Insa hüstelte und trat von einem Fuß auf den anderen. »Wie bereits erwähnt, geht es um Mark. Und ein bisschen auch um mich, ich muss dir nämlich etwas sagen.« Sie presste die Lippen aufeinander, und Emma ahnte, worauf sie abzielte.

Ganz so leicht wollte sie es Insa allerdings nicht machen. Sie kickte einen wurmigen Apfel beiseite und fragte betont beiläufig: »Und, womit möchtest du beginnen?«

Insa zupfte am Dekolleté herum, bis sie überall nervöse Flecken hatte. »Emma«, stieß sie schließlich hervor. »Ich möchte mich bei dir entschuldigen. Dafür, dass ich mich damals so schäbig verhalten habe, obwohl ich wusste, wie schlecht es dir ging. Ich hatte schon befürchtet, dass ich dir das niemals würde sagen können. Und den Mut, dich anzurufen oder dir zu schreiben, hatte ich einfach nicht. Jedes Mal, wenn ich mir dann doch ein Herz gefasst hatte, redete ich mir ein, dass ich sowieso nicht in dein neues Leben hereinplatzen durfte.

Ich dachte … ich dachte, dass ich es nicht verdient habe, ein Teil davon zu sein.« Emma hielt den Atem an, bis ihr schwindelig wurde, während Insa eilig fortfuhr: »Du bist gegangen, aber ich hätte dich aufhalten können, indem ich die Wahrheit sage. Ich hätte erklären können, dass du das Feuer nicht gelegt hast, sondern dass ich es war, die die Zigarette hat fallen lassen. Und dass du mich und die Tiere gerettet hast.« Insa raufte sich die Haare, die anschließend in alle Himmelsrichtungen abstanden. »Dass ich mich nie bei dir bedankt habe, weil du für mich gelogen und mich nicht verraten hast, dafür … dafür schäme ich mich sehr. Dass sie dich fertigmachen, habe ich in Kauf genommen, weil ich unsagbar feige war.« Insas Stimme bebte. »Aber du … du warst halt Emmi, die Unerschütterliche. Man kannte dich, und bis zu dem Feuer hatte man dir keinen deiner Streiche oder verrückten Ideen nachgetragen. Ich hoffte, dass sich der Ärger schnell legen würde, weil man dir einfach nicht böse sein konnte. Doch dann verlief alles überhaupt nicht wie sonst. Die Situation entglitt mir und … und an einem bestimmten Punkt konnte ich einfach nicht mehr anders, als … zu lügen. Immer weiter, weil ich wusste, du würdest sowieso irgendwann gehen. Du wolltest studieren, die Welt sehen. Aber ich, ich würde hierbleiben. All das kann ich nicht wiedergutmachen, aber vielleicht … vielleicht kann ich jetzt etwas tun. Irgendetwas. Vielleicht kannst du mir eines Tages verzeihen, dass ich dich verraten und zugelassen habe, dass du gehst. Bitte vergib mir, Emmi. Meinst du, das geht irgendwann?«

Emma sank ins Gras, verharrte reglos, die Finger auf den Oberschenkeln ineinander verknotet, so fest, dass sie zu wummern begannen. Das Herz schlug ihr bis in den Kopf, in dem es ungewöhnlich leer war. Sie starrte Insa ungläubig an, die wie ein einsames Hundebaby zurückschaute. Nach über sechzehn Jahren hatte Emma mit allem gerechnet, aber nicht mit einer Entschuldigung. Sechzehn Jahre, in denen sie sich auf der Suche nach dem Warum unzählige schlaflose Nächte um die Ohren geschlagen hatte. Dabei lag die Lösung auf der Hand: Insa war schlichtweg davon ausgegangen, dass Emma zäh wie die Eiche am Höpenweg war.

Emma suchte nach Worten. Worte, die Insa die Schuld und ihr selbst den Schmerz nahmen. Vergeblich kämpfte sie gegen die Tränen an, die letztendlich schwer und erleichternd über ihre Wangen rannen. Sie hatte nie bereut, für Insa gelogen zu haben, auch wenn der Preis sehr, sehr hoch gewesen war. Den Kopf gesenkt, weinte Emma, von lautlosem Kummer geschüttelt. Vage spürte sie Hände, die sich um ihre schlossen, Tränen, die nicht ihre waren. Es war ein Tag voll von alten und neuen Gefühlen, Überraschungen und Erinnerungen.

Endlich löste Emma die verkrampften Hände und schlang stattdessen die Arme um Insa. Minutenlang saßen die beiden so da, und als Emma zu Ende geweint hatte, wunderte sie sich, dass immer noch helllichter Tag war. Sie schnäuzte in eines der Taschentücher, die jemand unbemerkt neben sie gelegt hatte. Insa erhob sich, strich den grauen Sommerrock glatt, wischte Tränen fort. Dann setzte sie sich Emma gegenüber und rieb sich über das verquollene Gesicht.

»So viel wie hier habe ich schon lange nicht geheult«, krächzte Emma.

»Tut mir leid«, sagte Insa.

»Hör endlich auf, dich zu entschuldigen.«

»Kannst du mir denn verzeihen?« Hoffnungsvoll linste Insa zu ihr hinüber.

Ein paar Sekunden ließ sich Emma Zeit für eine Antwort, die sie sich bisher selbst schuldig geblieben war. »Erinnerst du dich an den Tag, an dem ich dir deinen ersten Milchzahn gezogen habe? Du bist so lange jammernd herumgelaufen, bis ich es nicht mehr ausgehalten habe. Vor meiner zahnärztlichen Serviceleistung hast du mir das Versprechen abgenommen, dir nicht wehzutun. Ich hab's doch getan, du hast gebrüllt wie am Spieß.«

Insa kicherte. »Wir haben in meinem Kleiderschrank gehockt, ich musste in die gelbe Rüschenbluse schreien, die ich am nächsten Tag zur Hochzeit meiner Tante anziehen sollte. Meine Mutter hat getobt, als sie den Blutfleck entdeckte.«

»Nach besagter Hochzeit, auf der du dich zusätzlich noch mit Heringssalat bekleckert hast, wurde dir der Hausarrest deines Lebens verordnet, obwohl Sommerferien waren und wir keinen einzigen Regentag hatten.«

»Ich war stinksauer. Das einzige Mal in meinem Leben, dass ich so richtig wütend war. Gott sei Dank hast du mich jeden Tag besucht und mir zuliebe sogar aufs Freibad verzichtet. Schade, dass unsere Freundschaft am Ende so schlecht geendet hat.«

»Warum musstest du auch ohne mich rebellisch werden?« Emma schüttelte leicht den Kopf, durchlebte zum x-ten Mal den Moment vor sechzehn Jahren, in dem sie den Heuschuppen betreten hatte. »Wäre ich nicht überraschend reingeplatzt, hättest du dich nicht erschreckt und die Zigarette weggeworfen. Eigentlich ist es verrückt, wie dumm es gelaufen ist, oder?« Nach einer Pause fügte sie hinzu: »Es gibt da übrigens etwas, das ich gerne loswerden möchte. Denn ehrlich gesagt, bin ich nicht freiwillig hier. Mein Chef hat mir einen Auftrag aufgebrummt. Ich soll hier eine Immobilie aufkaufen. Eine Pension.« Sie schluckte. »Marks Pension.« Emma schnaubte. »Irgendwie hatte ich das Gefühl, dass das Verkaufsexposé nicht grundlos auf meinem Tisch gelandet war. Vielleicht hatte ich ja eine Mission zu erfüllen. Ich habe gehofft, anschließend nach Köln zurückzukehren, um dort weiterzumachen wie bisher. Aber dann habe ich gemerkt, dass mich mit Moorbach viel mehr verbindet, als ich bisher angenommen habe … Ich glaube, es soll so sein. Dass wir beide, du und ich, uns wiederfinden, was auch immer daraus werden wird. Und dass ich diejenige sein soll, die Mark aus seiner finanziellen Situation heraushilft. Er wird nie wieder so viel Geld für sein Haus bekommen wie von mir und keine Geldsorgen mehr haben.«

»Es ist also wahr, du willst die Pension wirklich kaufen.«

»Nicht ich will es. Mein Kunde. Und Mark würde

kein schlechtes Geschäft machen, ganz im Gegenteil. Glaub mir.«

»Was, wenn es nicht nur um Geld geht?«

»Worum sonst?«

Insa schwieg einen Augenblick. Dann sagte sie: »Erinnerst du dich an den Tag, an dem Marks Eltern beschlossen haben, nach Hamburg zu gehen? Und an das Versprechen, das du ihm sogar schriftlich gegeben hast? Wir haben unter der Buche gesessen, als du den Zettel geschrieben hast.«

Emma biss sich auf die Wange. »Versprechen? Welches Versprechen? Ich weiß nur noch, dass sie geblieben sind. Familienerbe und so weiter. Und damit Mark bei seinen Freunden bleiben kann.«

»Du konntest noch nie besonders gut lügen, Emma Matthies.«

»Na schön, vielleicht hat es dieses ominöse Versprechen gegeben. Aber das war 1989 oder so, also vor mehr als einem Vierteljahrhundert. Und eigentlich war es nur ein Zettel voll naivem Mädchengeschwätz, den ich Mark gegeben habe.«

»Dafür weißt du aber ziemlich genau, wann es gewesen ist.«

»Ich war eben schon immer gut mit Zahlen.« Was eine weitere schlechte Lüge war. Emma hatte den Mathematikunterricht so inbrünstig gehasst wie den Tausendmeterlauf im Sportunterricht. Oder Rosenkohl.

»Du hast geschworen, dass Mark für immer in Moorbach bleiben wird und du nicht zulässt, dass er von seinem Zuhause getrennt wird, das ihm alles bedeutet. Und das ist noch immer so. Bist du jetzt hier, um dein Versprechen zu brechen?«

»Können wir bitte auf das Wesentliche zurückkommen?« Emma zupfte am Taschentuch herum. »Ich will wirklich nur helfen.«

»Und wer profitiert davon – Mark oder dein Chef?«

Erbost richtete Emma sich auf. »Mark kann doch von Glück reden, dass ich es bin, die das Geschäft abwickelt. In diesem Fall hat jeder etwas davon. Ist doch perfekt, oder?«

»Bist du sicher?«

»Natürlich.« Obwohl … Seit der Sekunde, in der sie das Foto der Pension auf ihrem Schreibtisch entdeckt hatte, machten sich Zweifel in Emma breit, die sie zwischendurch mehr oder weniger erfolgreich verdrängt hatte. Es war eine Sache, das Haus eines Wildfremden zu akquirieren. In diesem Fall aber fühlte sich Emma persönlich verantwortlich, obwohl Mark und ihre gemeinsame Geschichte längst der Vergangenheit angehörten. Es war nun mal ihr Job, Immobilien zu verkaufen und zu kaufen, und so konnte sie zumindest dafür sorgen, dass jeder daran verdiente.

»Was machst du, wenn Mark ablehnt?«, fragte Insa, die schon immer pessimistisch gewesen war.

»Wie ich bereits sagte, ist das Budget horrend.«

»Und wenn es tatsächlich nicht um Geld geht?«

»Noch mal: Worum sollte es sonst gehen?«

Insa betrachtete Emma einen Augenblick, während sie wieder die Finger verschränkte. Auf einmal war es, als lägen keine langen Jahre zwischen den beiden Frauen, sondern als hätten sie erst gestern gemeinsam unter der alten Buche gesessen und rote Gummibärchen geteilt, den Bienen zugehört, Heidschnucken gezählt. Emma atmete flach, bemüht, nicht daran zu denken, was sie längst wusste. Wenn Geld für die Pension keine Rolle spielte, gab es nur eine Sache, um die es hier ging, die gewichtiger war als jede Summe, die Emma hätte zahlen können.

Marks Zuhause.

Kapitel 12

Es war bereits dunkel, als Emma auf Leos Hof zurückkehrte. Ohne die Frau und den Schimmel, die jungen Leute und die Stallarbeiter wirkte der Springplatz merkwürdig starr, die Hindernisse warfen tote Schatten auf den geglätteten Sand. Und doch hatte der Anblick etwas Rührendes an sich, vielleicht weil Emma wusste, dass der Hof morgen wieder mit Leben gefüllt sein würde.

Die Ruhe lag wie Abendnebel über dem Stall, aus dem nur ein einziges Pferd herausschaute: Elvis. Warum wunderte sie das jetzt nicht? Beinahe wäre Lilli vor lauter Freude, ihren Schatz wiederzusehen, von Emmas Arm gesprungen, die ein Monatsgehalt darauf verwettet hätte, dass Elvis ihnen im Schein des Bewegungsmelders zufrieden zugelächelt hatte. Die frische Luft in Moorbach bekam Emma nicht. Vielleicht brauchte sie aber auch nur eine ordentliche Mütze voll Schlaf, um sich von dem ereignisreichen Tag zu erholen.

Als sie leise die Haustür aufschloss, schlüpfte Moritz an ihr vorbei, Lilli knurrte kurz.

»Pst«, machte Emma, woraufhin die Katze demonstrativ maunzte und um Emmas Bein herumschlich, als diese sich ihrer Schuhe entledigte. Emma zog das

Bein weg, denn sie wusste, wie Katzen ticken. Erst einschmeicheln und dann die Krallen ausfahren. Hunde waren da viel vorhersehbarer.

Emma löschte das Licht, noch ehe sie vorsichtig die doppelflügelige Tür zum Flur öffnete. Im Haus war es mucksmäuschenstill. Im Wohnzimmer leuchtete ein kleines Licht, das schwach bis in den Flur schien, in dem ein Matchboxauto am Fuße der Treppe lag. Ein einsames Spielzeug, das Emma ganz unerwartet aufwühlte.

Nachdem sie Lilli abgesetzt hatte, tippelte diese zu Leo, der auf der Couch saß, den Hund begrüßte und sich schließlich zu Emma umwandte. Er lächelte. »Hey«, flüsterte er und zeigte auf etwas, das neben ihm lag.

Als Emma nah genug war, um über die Rückenlehne des Sofas zu blicken, hielt sie inne. Lilli hatte sich zur Linken von Leo zusammengerollt. Mit dem Kopf auf seinem rechten Bein und in ein Bettlaken gewickelt, schlummerte Anton.

Schlafende Kinder waren etwas ganz Besonderes. Sie wirkten so zerbrechlich und unschuldig, dass man sie einfach nur beschützen, im Arm halten und küssen wollte. Emma konnte nur erahnen, wie sich das für Leo anfühlen musste. Wie an jedem Tag sah er erschöpft aus, doch zugleich wirkte er stolz und zufrieden, als er auf seinen Sohn blickte.

»Magst du noch ein Glas Wein mit mir trinken, wenn ich Anton nach oben gebracht habe?«

Emma zeigte Richtung Zimmerdecke. »Ich gehe lieber ins Bett.«

Leo musterte sie, erwiderte jedoch bis auf ein kaum vernehmliches »Na dann, gute Nacht« nichts weiter.

Erst als Emma die Treppe erreicht hatte, rief er gedämpft: »Warte.«

Nachdem er sich von Antons Kopf befreit hatte, näherte er sich Emma mit großen Schritten. Wie zufällig legte er seine Hand auf Emmas, mit der sie sich am Geländer festhielt. Auch jetzt fühlte sie sich in dieser Berührung geborgen, obwohl zwischen ihnen so viel Unausgesprochenes lag. Emma zog ihre Hand nicht weg und sah Leo nur an. Wieder überkam sie eine Schüchternheit, die sie lange nicht an sich gekannt hatte. Ein Glück, dass man sich in ihrem Alter nicht mehr Hals über Kopf verliebte. Da sie in wenigen Tagen abreisen würde, lief sie kaum Gefahr, dass das Chaos in ihrem Bauch etwas zu bedeuten hatte. Außerdem war Leo überhaupt nicht der Typ Mann, für den Emma sich interessierte. Er war so anders als Jan und Mark und jene Männer, nach denen sie sich hin und wieder umdrehte. Dunkelblond – Emma stand auf südländische Männer. Er liebte Pferde – Emma fürchtete sich vor ihnen. Leo hatte Geheimratsecken, Emma mochte volles Haar. Allerdings gefielen ihr sein Lächeln und die Grübchen, die dabei entstanden. Sie verrieten, dass Leo gerne lachte, wenn er nicht gerade fürchtete, seinen Sohn zu verlieren. Die Art, wie er sprach – ruhig, charmant –, mochte sie auch. Ebenso seine Hände. Und …

»Bitte bleib. Nur für ein paar Minuten«, bat Leo.

Wie ferngesteuert ging Emma die beiden Stufen hinunter, bis sie ganz nah bei ihm stand, so dicht, dass sich ihre Fußspitzen berührten.

»Wie war dein Tag?«, fragte Leo. Seine Stimme klang sanft und offen, als interessierte es ihn wirklich, was Emma zu sagen hatte.

Und sie sehnte sich auf einmal danach, ihm alles zu erzählen. Es fühlte sich an, als befänden sie sich in einem Raum, der eigens für sie, für diesen Augenblick geschaffen worden war.

Leo nickte bedächtig, als Emma schwieg. »Dann fange ich an, aber was ich zu sagen habe, wird dir unter Umständen nicht gefallen.« Er hielt kurz inne. »Ich weiß, es kommt überraschend, aber irgendwie scheint es, als hätte ich neuerdings so etwas wie eine Freundin.«

»Eine Freundin. Weiß sie auch davon?« Emma bemühte sich, bierernst dreinzuschauen.

»Bist du mir sehr böse?«

Leos Frage überraschte sie und ihre Antwort noch viel mehr. »Ich bin überhaupt nicht böse.«

»Nein? Denn weißt du, es ist einfach so passiert.«

Emma schnalzte. »Das ist nun wirklich die billigste Ausrede, die dir hätte einfallen können. Nichts geschieht einfach so.«

Er sah sie an, in seinen graugrünen Augen schwamm etwas, das Emmas Herz zum Stolpern brachte, nur ein einziges Mal, aber sie hatte es deutlich gespürt.

Er räusperte sich. »Ich weiß nicht, warum ich es nicht gleich getan habe, doch ich werde Claudine morgen sagen, dass wir kein Paar sind.«

»Viel wichtiger ist, dass du es deinem Sohn sagst. Es ist unfair, ihn anzulügen. Ginge es nur um Claudine, würde ich den Spaß sogar mitmachen. Aber das Kind halten wir da raus, Leo, das ist mein Ernst. Wenn du es Anton nicht sagst, werde ich es tun. Er hat schon einmal seine Familie verloren, das müssen wir ihm nicht wieder zumuten.« Leo strich mit dem Daumen über Emmas Handrücken. »Und wenn du schon einmal dabei bist, Dinge geradezurücken, solltest du am Montag zu Frau Schilling gehen und die Apfelrechnung bezahlen.«

»Ich habe davon gehört, kann mir aber so recht keinen Reim darauf machen.«

»Aus sicherer Quelle weiß ich, dass sich ein unglaublich riesiges schwarzes Pferd an den Äpfeln im Frischemarkt vergangen hat. Es soll bis an die Decke herangereicht und Hufe groß wie Pizzateller gehabt haben.« Leo lachte, und sie fuhr fort: »Aber dann kam diese überaus tapfere und einfallsreiche Frau aus Köln, die das Tier aus der Obstauslage durch das Dorf in den elterlichen Garten gelotst hat, obwohl sie unter Umständen ein klitzekleines bisschen Angst vor Pferden hat.«

»Diesbezüglich habe ich etwas ganz anderes gehört.« Leo grinste. »Wie wäre es doch mit einem Gläschen Rotwein? Ich habe da einen ganz besonderen Tropfen in der Küche, den ich gern mit dir teilen möchte. Ich hole ihn schnell …«

»Geh jetzt nicht«, bat Emma. »Bitte.« Behutsam legte sie ihre Hand auf Leos Arm, was eine seltsame Aufregung in ihrem Bauch verursachte, vor allem, als Leo sich ihr nicht entzog. Sie wollte ihm so viel sagen. »Ich habe mich mit meiner Mutter versöhnt.«

»Das freut mich sehr für dich.«

»Natürlich musste ich schon wieder heulen.«

»Diese weiche Seite steht dir unheimlich gut, finde ich.«

»Weißt du, Leo, du kennst bereits mein halbes Leben. Aber ich, ich weiß fast gar nichts über dich.«

»Du weißt mehr von mir, als du ahnst.«

Sie wartete einen Augenblick, ob er noch etwas hinzufügen würde, und als er schwieg, gab sie sich vorerst damit zufrieden und sagte: »Irgendwann möchte ich dir erzählen, was in jener Nacht im Schafstall geschehen ist. Wenn du magst.«

»Irgendwann? Klingt perfekt.«

Sie schwiegen, aber ihre Blicke sprachen all das aus, was ihnen nicht über die Lippen kommen wollte. Eine winzige Berührung, ein schüchterner Wimpernschlag vermochten viel mehr zu sagen als jedes Wort. Leo klemmte Emma eine Haarsträhne hinter das Ohr, seine Fingerspitzen hinterließen ein warmes Prickeln auf ihrer Haut. Irgendetwas passierte gerade zwischen ihnen. Etwas, das keiner Worte bedurfte.

»Papa?«

Emma zuckte zusammen, Leo gab einen resignierten Laut von sich, trat zurück, als hätte er gerade etwas Verbotenes getan.

»Immer im falschen Augenblick«, sagte er mit rauer Stimme.

Emma versuchte, die befremdliche Enttäuschung zu

verbergen, indem sie in Richtung Wohnzimmer wies. *Geh nur,* wollte sie damit sagen, obwohl sie sich nach etwas anderem sehnte.

Leo zögerte noch einen Moment, doch als Emma nachdrücklich nickte, sagte er: »Großer, ich bin hier.« Ein letzter sehnsuchtsvoller Blick, und er ging zurück ins Wohnzimmer, während Emma, dicht gefolgt von Lilli, die knarrende Treppe emporstieg. Bloß weg, ehe Anton Fragen stellen konnte. Bevor Emma sich doch noch ernsthaft in Leo verliebte. Wenigstens würde Lilli heute Nacht wieder bei ihr sein. Alles war wie immer, bloß Lilli und sie. Komisch nur, dass es sich nicht so anfühlte, als sollte das so sein.

Als der neue Tag das erste schwache Licht durch die Schlitze der Vorhänge sandte, schreckte Emma aus einem Traum auf, atemlos, einsam. Sie hatte ein geschecktes Pony mit wilder Mähne und riesigen Hufen geritten, das Bocksprünge machte, um sie abzuwerfen. Kurz bevor sie im hohen Bogen eine Klippe hinabstürzte, konnte sich Emma losreißen und aus dem Traum fliehen.

Noch am Vortag war sie unverhofft optimistisch gewesen, wohingegen jetzt, in Leos kühlem Gästezimmer, alles über ihr zusammenzubrechen schien. Sie hatte sich auf ihre kleine Glückswolke gesetzt, um davonzufliegen, hatte die Probleme, die auf Lösungen warteten, ausgeblendet. Doch sie waren immer noch da: Mark, der sich nicht gemeldet hatte. Ihr schlechtes Gewissen, das durch Insas Worte nur noch verstärkt wurde. Dabei hatte sie wirklich vorgehabt, es allen recht zu machen. Eine Komponente hatte Emma dabei allerdings übersehen: sich selbst.

Plötzlich hellwach, setzte sie sich auf. Zu ihren Füßen hob Lilli träge das Köpfchen, um es gleich wieder abzulegen. Dieses Frauchen wurde immer wunderlicher, schien sie zu denken. Emma beugte sich zu ihr, streichelte über ihren Rücken, während Lilli die Vorderpfoten ausstreckte und sich auf die Seite legte. Das Fell war warm und weich … und voller Kletten. Emma vernachlässigte das Tierchen neuerdings, aber Lilli schien das nicht die Bohne zu interessieren. Im Gegenteil, sie wirkte seit der Begegnung mit Elvis ausgeglichener denn je. So war das, wenn man verliebt und die Welt in rosarote Watte gehüllt war. Emma seufzte. Hatte sie sich nach Mark eigentlich je wieder so richtig verknallt? So sehr, dass sie weder zu essen noch zu schlafen brauchte, ihr Herz ununterbrochen Purzelbäume schlug, sie ein ganzes Wochenende lang Sex hatte? Unwirsch schüttelte sie den Kopf. Als sie die Gerbera auf der Kommode entdeckte, schlug sie die Decke beiseite, womit sie sich ein Brummen von Lilli einhandelte, und tapste zu der Blumenvase, in der bis zuletzt – Emma berührte die roten Blütenblätter mit den Fingerspitzen, roch daran – noch keine frischen Blumen gestanden hatten.

Eilig zog sie die Vorhänge zurück, die Dämmerung färbte die aufziehenden Regenwolken goldgrau. Ein Hoffnungsschimmer, der jeden Morgen unermüdlich einen neuen Abschnitt ankündigte. Aus ihrer Reisetasche fischte sie eine Strickjacke, die sie über ihr Schlafshirt zog. Leos Shorts samt T-Shirt hatte sie über einen Stuhl gelegt. Irgendwie hatte sie es nicht mehr über sich gebracht, die Sachen ein weiteres Mal anzuziehen, jetzt, da sie ihre eigenen Klamotten bei sich hatte. Sie öffnete vorsichtig die Zimmertür und linste in den Flur, in dem ein fahles Nachtlicht in einer Steckdose glomm. Leos Schlafzimmertür war geschlossen, ebenso die Tür, hinter der Emma das Kinderzimmer vermutete. Unschlüssig lauschte sie, aber das Haus schlief tief und fest. Sie warf einen letzten Blick zu Lilli, die vom gestrigen Tag noch so erschöpft war, dass sie sich nicht rührte. Schließlich schlich Emma auf Zehenspitzen, vom eigenen Schatten verfolgt, zur Treppe, wo sie erneut innehielt, sich vergewisserte, dass immer noch alle Türen verschlossen waren. Die Stille beruhigte und enttäuschte sie gleichermaßen. Stufe eins knarrte. Stufe zwei ebenso. Möglichst leichtfüßig huschte Emma nach unten, wo sie sich den Hausschlüssel vom Schlüsselbrett schnappte und die Haustür hinter sich zuzog, ganz sacht, was um diese Uhrzeit immer noch viel zu laut war. *Klick!*

Draußen war es angenehm kühl, die ersten Vögel zwitscherten. Das große Stalltor war verschlossen, die darin integrierte Pforte war jedoch nur angelehnt. Emmas Füße setzten sich in Bewegung, ihre Finger schlossen sich um den Türgriff. Sie betrat den Stall, in dem nur jede zweite Halogenleuchte brannte. Eine einvernehmliche Stille lag über der sauber gefegten Stallgasse, hier und da schauten neugierige Pferdenasen zwischen den Gitterstäben aus ihren Boxen heraus. Es roch nach Stroh.

»Leo?«, rief Emma, ihre Stimme hallte seltsam, irgendwo wurde eine Beschwerde wegen Ruhestörung ausgeschnaubt. »Bist du da?« Langsam schritt sie an den Boxen entlang, von denen jede mit einem Namen, dem Besitzer, Geburtsort nebst Fütterungsanweisungen versehen war. »Leo?«

Aber Leo antwortete nicht. Wie auch? Vermutlich schlummerte er friedlich, schließlich war Anton da, kein Grund also für Schlafstörungen. Vor Elvis' Box hielt sie inne. Hier hingen keine Futterhinweise, dafür klebte ein Pappschild an der Schiebetür, das in derselben Kinderhandschrift geschrieben war wie die Täfelchen in den Gemüsehochbeeten. In bunten geschwungenen Buchstaben las Emma *Elvis*. Dahinter war ein Pferd gemalt, das mehr einem Elch glich. Und doch berührte die Zeichnung Emma auf eine Weise, als hätte jemand ein Licht in ihr eingeschaltet. Sie fuhr die Linien mit den Fingerspitzen nach und wünschte sich, mehr von Anton zu erfahren. Und von Leo.

»Hi, Elvis«, flüsterte sie dem schlafenden Pferd zu. Sie hatte nicht gewusst, dass sich Pferde zum Schlafen tatsächlich wie Lilli auf die Seite legten. Aber auch im Liegen wirkte Elvis immer noch mächtig und stark. Sie betrachtete das edle Tier, das gleichmäßig atmete und trotz seiner Größe ebenso unschuldig wie ein schlafendes Kind wirkte. Irgendetwas Faszinierendes hatte dieser Kerl an sich, das einen wachsenden Teil von Emmas Heidenangst in Neugier verwandelte.

Als hätte er die besondere Stimmung gespürt, öffnete Elvis träge die Augen. Er brauchte einen kurzen Moment, um sich aufzurappeln, die langen Beine zu sortieren. Schließlich musterte er Emma, die sich zaudernd die Haarsträhne hinter das Ohr strich, die Leo am Abend zuvor berührt hatte. Warum zum Teufel trieb sie sich um diese Zeit überhaupt im Pferdestall herum, statt sich in ein warmes Bett zu ihrem Hund zu kuscheln? Elvis schnaubte und drückte die Nase gegen die Gitterstäbe. Sein warmer Atem streifte Emmas Arm, die automatisch eine Hand hob, sie gegen das Gitter lehnte und Elvis daran schnuppern ließ. Das kitzelte, Emma lächelte.

»Was machst du da mit meinem Pferd?«

Erschrocken wirbelte Emma herum und stieß gegen Leo, der ihren Arm packte und sie stützte.

»Beim letzten Mal warst du weniger schreckhaft.« Für wenige Sekunden legte er eine Hand auf Emmas Rücken, lange genug, dass seine Wärme durch die Strickjacke auf ihre Haut floss. »Im Ernst, du hier im Morgengrauen – ich weiß nicht, was ich davon halten soll.«

»Ich … ich auch nicht.« Emma wich zwei Schritte zurück, obwohl sie am liebsten Leos Bartstoppeln berührt hätte, nur, um zu spüren, wie sie sich anfühlten. »Kannst du auch nicht schlafen?«

Leo sah sie eindringlich an, dann sagte er: »Diese Nacht konnte ich noch weniger einschlafen als sonst. Seltsam, oder?«

Emma presste die Lippen zusammen, um ein Lächeln zu unterdrücken.

»Wie ich sehe, freundest du dich gerade mit Elvis an, was mich zu dem Schluss bringt, dass er dich mit seinem unvergleichlichen Charme doch noch um den Finger gewickelt hat.«

»Ich hatte nur nichts Besseres zu tun.«

»Dann sollten wir die Gunst der Stunde nutzen.« Mit Schwung schob er die Tür zu Elvis' Box auf, fischte eine Möhre aus der Gesäßtasche seiner Jeans und reichte sie dem Pferd.

»Ich glaube nicht, dass mir gefällt, was du vorhast«, sagte Emma.

Leo beachtete ihren Einwand nicht, sondern hielt ihr eine Hand hin. »Komm schon. Du willst es doch auch.« Er zwinkerte ihr zu und hielt nachdrücklich die Hand hin. »Na los. Ich verspreche dir, dass du uns vertrauen kannst.«

Emma zögerte, woraufhin Leo die Hand sinken ließ. Insgeheim ärgerte sich Emma über die verpasste Möglichkeit, ihn zu berühren.

»Wenn wir gar zu aufdringlich werden, reicht ein Wort.«

Emma biss sich auf die Wange, konnte die Worte, die nun aus ihrem Mund purzelten, nicht mehr aufhalten. »Du gibst ja doch keine Ruhe.«

Leo grinste und deutete eine Verbeugung an, als Emma sich an ihm vorbeidrängte. Wäre doch gelacht, wenn sie die hautnahe Begegnung mit Elvis nicht mit links meistern würde – schließlich war er nur ein Pferd. Ein gigantisches, zugegeben, aber sie war ihm ja gestern auch schon sehr nah gewesen. Allerdings nicht auf so engem Raum, nicht in so einer Streichholzschachtel …

Das Stroh raschelte. Mit der Nase stupste Elvis Emma an, die auf einmal dastand, als wäre sie mit einem Erstarrungszauber belegt worden.

»Gib ihm die«, sagte Leo von hinten und hielt eine Karotte über Emmas Schulter. Zögernd griff sie danach. Elvis roch die Karotte, reckte den Hals näher – und Emma zog die Hand weg, noch bevor er sie mit seinem Maul berühren konnte. Ein paarmal schlug er mit dem Schweif und sah Emma dabei aus seinen aufmerksamen lieben Augen an. Sie wehrte sich nicht, als Leo ihre Hand ergriff und sie an Elvis' Nüstern führte. Der schnaubte, doch Emma war so fasziniert, dass es ihr keine Angst machte. Nicht nur das sanfte, gutmütige Tier überwältigte sie, sondern auch ihre Hand in Leos, der dicht hinter ihr stand, nah genug, dass sein Atem ihr Ohr streifte.

»Trau dich«, flüsterte er. Emmas Herz hüpfte Trampolin, nahm Schwung für einen Überschlag, für den letztendlich der Mut fehlte. Dennoch ließ sie sich vorwärtsschieben, bis sie Elvis' Wärme fühlen konnte, ohne ihn zu berühren. Und als Leo, der Emmas Hand immer noch mit seiner umschloss, gemeinsam mit ihr Elvis' Hals streichelte, das seidige Fell, durch das sie die Kraft des Tieres spüren konnte, fiel jegliche Anspannung von ihr ab. Mit Leo an ihrer Seite hatte sie sowieso fast gar keine Angst mehr.

Und als er Emma einen Kuss ins Haar hauchte, war es wie Magie, die in tausend kleinen Sternen glitzerte.

Draußen regnete es, während Emma unter der Dusche Mark Forsters *Chöre* in den Brausekopf sang, obwohl seit einigen Jahren ja nur noch Lilli in den Genuss ihrer Gesangseinlagen kam. Ob Leo bei Autofahrten wohl auch zum Popstar mutierte?

Emma mochte Regen. Und gerade heute hatte sie nicht übel Lust, barfuß darin umherzutanzen, selbst wenn sie inzwischen die ersten Tribute für den wenigen Schlaf zollen musste. Ein leiser Schmerz hämmerte in ihrer Stirn, doch sie war zu euphorisch, um sich davon gestört zu fühlen. Beim Frühstück warfen sich Emma und Leo verstohlene Blicke zu und lächelten, während Anton eine glutenfreie Stulle mit Honig in sich hineinstopfte, als müsste er den Wettkampf für den schnellsten Esser gewinnen, und sich anschließend auf den Boden zu Katze Moritz legte. Ob Leo das, was zwischen ihnen gewesen war, auch so empfunden hatte?

»Was hast du heute vor?«, fragte er schließlich unverbindlich und biss in ein Marmeladenbrötchen, das einen roten Erdbeerfleck an seinem Mundwinkel hinterließ.

Emma sah von ihrem Brötchen auf, das sie in Gedanken versunken bereits zum zweiten Mal mit Butter bestrich, und legte das Messer beiseite.

»Ich will reiten«, rief Anton fröhlich von unten. »Kommst du mit, Emma?«

»Das ist keine gute Idee«, sagte sie und schüttelte heftig den Kopf.

»Emma hat Angst vor Pferden.« Leo grinste schelmisch.

Sie funkelte ihn an und lehnte sich auf ihrem Stuhl zurück. »Hör nicht auf deinen Vater. Ich werde heute meine Eltern besuchen und vielleicht ein bisschen arbeiten.«

»Arbeiten? Am Sonntag?«, fragte Anton ungläubig. »Arbeitest du den ganzen Tag?«

»Nicht den ganzen, aber …«

»Cool, dann kannst du ja doch mit uns ausreiten.« Er klatschte in die Hände, und Leo hob unschuldig die Achseln.

Anton krabbelte zu Lilli, der Moritz' bloße Anwesenheit einen Heidenrespekt einjagte, weswegen sie sicherheitshalber im Flur vor der Treppe lag. Anton schmiegte sein Gesicht an Lillis Köpfchen, die ihm wie einem Welpen das Haar ableckte.

Emma beugte sich über den Küchentisch zu Leo und zischte: »Hör auf, dich über mich lustig zu machen.«

Leo lachte. »Sei doch nicht so. Ich mein's nicht böse.«

»Vorhin habe ich eine Grenze überschritten, was mir nicht leichtgefallen ist. Das … das schaffe ich kein weiteres Mal. Nicht so schnell.«

Er hob beschwichtigend die Hände. »Ich dachte lediglich, es wäre nett, wenn wir drei gemeinsam …«

Emma schüttelte den Kopf. »Du vergisst, dass es kein *wir drei* gibt.«

Leos Gesichtszüge verhärteten sich von einer Millisekunde zur anderen, und Emma bereute ihre Worte sofort.

»Ich meine …«

»Du hast recht. *Wir drei* – das ist absurd.«

»Eigentlich wollte ich sagen ...«

»Schon gut, Emma. Ich habe verstanden.« Eilig erhob er sich und begann, den Tisch abzuräumen, obwohl er noch gar nicht zu Ende gegessen hatte. Ehe sie das Missverständnis klären konnte, kündigte Emmas Handy einen Anrufer an, dessen Nummer sie nicht gespeichert hatte. Dennoch erkannte sie sie sofort. Leo nickte ihr zu, woraufhin Emma den grünen Displayhörer von links nach rechts schob.

»Hallo, Mark.«

Als wäre dies eine Zauberformel gewesen, erstarrte Leo auf einmal zur Statue, woraufhin Emma entschuldigend lächelte, ohne dass er reagierte.

»Können wir uns treffen?«, fragte Mark unumwunden.

Emma wandte sich von Leo ab. »Natürlich, kein Problem.« Wie sie sich anhörte – wie jemand, der ein sehr schlechtes Gewissen hatte. »Also ... heute Nachmittag ... vielleicht?«, fügte sie hinzu.

»Es ist wirklich wichtig, Emmi.« Er klang erschöpft.

Emma sah nach draußen in den Garten, in dem heute ein Fußball auf dem Rasen lag. Sie drehte sich zu Leo um, doch der Platz, an dem er eben noch gestanden hatte, war verwaist. Emma schloss die Augen. »Ich mache mich auf den Weg«, sagte sie zu Mark.

Eine halbe Stunde später bog sie zu Fuß und mit Lilli auf dem Arm in die Lütte Gasse ein, in der sich Marks Pension befand. An der Straßenecke passierte sie das alte Feuerwehrhaus, dessen Turmuhr seit zwanzig Jahren kategorisch sechzehn Minuten nachging, nachdem ironischerweise der Blitz in den Wetterhahn eingeschlagen hatte. So wie die Turmuhr nachging, hinkte Emma wohl auch ihrer Vergangenheit hinterher. Sie kickte eine Eichel in die Pfütze am Straßenrand und versuchte, nicht die Rillen der Pflastersteine zu berühren, während der Regen in dicken Tropfen auf den Darth-Vader-Schirm prasselte, den Anton ihr mit einer großzügigen Geste und den Worten »Aber nicht kaputt machen!« geliehen hatte.

Flemming-Männer hin oder her – jetzt durfte sich Emma nicht auf Leos verletzten Gesichtsausdruck konzentrieren, sondern musste an Mark denken, der auf einer Bank im Vorgarten saß und auf sie wartete. Überraschenderweise lächelte er annähernd freundlich, als er Emmas Blick auffing, die Lilli auf den Gehsteig herunterließ und sich selbst wieder in Bewegung setzte.

Auch Mark erhob sich, schlenderte ihr entgegen, als machte ihm der Regen, der unerbittlich sein T-Shirt durchnässte, überhaupt nichts aus. Neben der Rose Albertine, deren Blütenblätter traurig herunterhingen, trafen sie sich, und Emma hielt den Schirm über sie beide. Überraschenderweise ließ Mark die Nähe zu, und Emma fragte sich, was mit dem Mann, der sie bislang immer fortgeschickt hatte, geschehen war. Waren die graublauen Ränder unter seinen Augen neu, oder hatte Emma sie bisher einfach nicht bemerkt? Die Narbe an seiner Stirn wirkte heute weißrosa, als wollte sie darauf aufmerksam machen, dass sie nicht die einzige Wunde war, auf die man ein Pflaster geklebt hatte, obwohl man sie hätte nähen sollen.

»Danke, dass du so schnell gekommen bist«, sagte

Mark. Ein Regentropfen rann aus seinem Haaransatz über die Nase und landete auf seinem Kinn.

Statt auf den Mund sah sie ihm besser in die Augen, die zum ersten Mal eine Offenheit ausstrahlten, die Emma viel zu lange nicht bei Mark gesehen hatte.

»Sicher«, erwiderte sie nur, während er sie abwartend betrachtete.

»Wie wäre es«, schlug er vor, »wenn wir uns endlich ins Trockene verziehen? Das Wetter hält ja kein Schaf aus.«

Mark trat unter dem Schirm hervor, legte eine Hand auf Emmas Rücken. Lilli, die Regen noch nie etwas abgewinnen konnte, tippelte hinter ihnen her und schüttelte sich. Kurz musterte Mark Darth Vader, ehe er Emma die Wendeltreppe hinauf in seine privaten Wohnräume bugsierte, wo er früher mit den Eltern gelebt hatte.

Von der Eingangstür aus betraten sie einen holzvertäfelten Vorflur, der nicht größer als zwei Telefonzellen war. Von unerwarteter Nervosität gepackt, schob Emma eine Arbeitsjacke beiseite, die über einem Bügel hing. Erst als sie die eingeritzten Buchstaben entdeckte, die in all den Jahren nachgedunkelt und fast unsichtbar geworden waren, bemerkte sie, dass sie den Atem angehalten hatte. *M + E*. Gemeinsam starrten M und E auf den Beweis ihrer alten Liebe, für den Mark mächtig Ärger von seinem Vater bekommen hatte.

Als hätte er ihre Gedanken erraten, sagte Mark: »Meine Mutter hat dich immer gemocht.« Emma lächelte. »Warum, wusste wohl nur sie selbst.« Mark grinste spitzbübisch, was Emma ein wenig erleichterte. Sie folgte seiner Geste und trat ins Wohnzimmer, dicht gefolgt von Lilli, die den Raum vorwitzig durchstreifte.

Mark ging geradewegs in die Küche. Zeit für Emma durchzuatmen. Wer war dieser zuvorkommende Mann, der soeben den Kopf aus der Küchentür streckte und wissen wollte: »Ein Glas Wein? Weiß, rot?«

»Ich trinke nicht«, erwiderte Emma und musste beinahe lachen. Auch Mark verzog das Gesicht, als hätte sie ihm gerade einen schlechten Witz erzählt, verschwand dann allerdings wieder in der Küche. »Und der Hund?«, rief er.

»Der trinkt auch nicht, danke.«

Mark murmelte etwas, das Emma nicht verstand, doch sie beschloss, nicht darauf einzugehen. Neugierig beäugte sie die modernen Möbel, die in Weiß und Glas gehalten waren und sich von den rustikalen Holzdielen, dem letzten Überbleibsel vergangener Zeit, abhoben. In der Vitrine tummelten sich Medaillen, die Mark vor Jahren beim Tischtennis gewonnen hatte, dazu eine Sammlung Schnapsgläser von Hard Rock Cafés aus allen Teilen der Welt – London, Las Vegas, Boston, Santa Cruz, Neu-Delhi und einige mehr.

»Hast du diese Städte selbst bereist?«, fragte Emma, während Mark in der Küche mit den Gläsern klirrte.

»2002«, antwortete er, als er mit einem Tablett zurückkam, das mit einer Glaskaraffe, zwei Gläsern und einer Schale voller Himbeeren beladen war. Nach geschäftlichem Gedankenaustausch sah das nicht gerade aus.

»Damals habe ich einen Großteil meines Ersparten in eine Weltreise investiert, ich musste einfach mal raus.« Mark stellte das Tablett auf dem gläsernen Couchtisch ab, und Emma fragte sich auf einmal: Hatte Mark Kinder mit seiner Exfrau? Warum hatte er sich damals in sie verliebt? Wie hatten die beiden sich kennengelernt? Hatte er sich je etwas anderes gewünscht als dieses Leben?

»Warst du allein unterwegs?«

Einen Moment lang schwieg er, als wöge er die Antwort ab, dann schüttelte er den Kopf. »Zuerst nicht, später schon. War doch nichts Ernstes.«

Emma betrachtete die Zeitschriften, die übereinandergestapelt in einem Fach des Bücherregals lagen. Die oberste Ausgabe von *Mein schöner Garten* beschäftigte sich mit Rosen- und Hortensienpflege sowie Terrassengestaltung.

»Deine heimliche Leidenschaft?«, fragte sie und wandte sich zu Mark um, der, die Hände in den Jeanstaschen vergraben, neben der Couch stand. Er hatte sich unbemerkt ein trockenes T-Shirt übergezogen, was schade war, weil er ihr als begossener Pudel durchaus gefallen hatte.

»Ich habe meiner Mutter versprochen, mich um den Garten zu kümmern. Mein Vater ist nicht gerade mit einem grünen Daumen gesegnet, wie du dich vielleicht erinnerst.«

»Ich liebe deinen Garten.«

»Er wertet die Immobilie auf, meinst du.«

Emma befeuchtete die Lippen. »Warum genau bin ich hier?«

»Hast du Hunger? Soll ich uns was kochen?«

»Ist das dein Versuch, vom Thema abzulenken?«

»Es ist mein Versuch, höflich zu sein.«

Emma schluckte. »Das hier ist merkwürdig, Mark. Musst du dich wirklich dazu zwingen, höflich zu mir zu sein? Ich könnte besser damit umgehen, wenn du ehrlich wärst.«

Er wies auf die Himbeeren. »Greif zu, bevor sie matschig werden. Sind frisch gepflückt. Wer weiß, wie lange ich dir diesen Luxus noch bieten kann.«

»Mark, ich …«

»Sicher, dass du kein Glas Wein möchtest?«

»Absolut.« Unfug! Wein wäre super, literweise davon wäre perfekt. Emma zeigte auf die ihr wohlbekannte Mappe auf dem massiven Esstisch. Es war jener Tisch, den Mark mit seinem Vater geschreinert hatte. Damals, als Marks und Emmas Freundschaft noch jung wie der Lebensbaum gewesen war, der seit Emmas Geburt in Mama und Papas Garten wuchs. Noch vor dem Tag, an dem Mark von der Schnucke Berta angegriffen worden war und Emma ihn gerettet hatte, indem sie dem angriffslustigen Schaf eine Picknickdecke über den Kopf gestülpt hatte, während es wieder und wieder auf den am Boden liegenden Mark losgegangen war. Geistesgegenwärtig hatte Emma Bertas Verwirrung ausgenutzt und Mark aus dem Freilauf gezerrt. Er hatte aus einer Wunde an der Stirn geblutet, der Arm war gebrochen gewesen, und auf seinem weißen T-Shirt hatten zig Hufabdrücke geprangt. Trotzdem hatte Emma dem kleinlauten Mark eine ordentliche Standpauke über idiotische Mutproben und Angeberei gehalten, doch zu guter Letzt war sie ihm um den Hals gefallen und hatte ihn angefleht, ihr nie wieder einen solchen Schrecken einzujagen. Das war der Tag gewesen, an dem Emmas und Marks Liebe ihren Anfang genommen hatte, ein Plus für ihre Freundschaft, die alles überstehen sollte. Selbst die Liebe.

»Weißt du eigentlich, dass ich mir Berta als Schnuckenbratwurst in die Pfanne gewünscht habe, damit sie dir kein weiteres Haar krümmen kann?«, fragte Emma, den Blick auf den Tisch geheftet.

»Ich hatte doch alles im Griff.« Jetzt sah Emma ihn an. Zwar wirkte er ausgelaugt und etwas zu schlaksig, doch auf einmal schimmerte ein Teil von dem Mark hindurch, der er früher gewesen war. »Aber du, du warst wie von Sinnen, ich habe mich richtig erschrocken«, fügte er hinzu.

»Wie von Sinnen? Ich? Wer hat denn ›Sie bringt mich um! Sie bringt mich um!‹ gekreischt?«

»Das musst du dir eingebildet haben. Wie gesagt, ich war Herr der Lage. Zu jeder Zeit.« Er verzog das Gesicht. »Ich habe es doch nicht nötig, mich von einem Mädchen retten zu lassen.«

»Dein Kopf wurde wohl nachhaltig in Mitleidenschaft gezogen, was?«, gab Emma zurück.

Mark lachte. »Unter bestimmten Umständen wäre ich bereit einzugestehen, dass du im rechten Moment aufgekreuzt bist.« Er wedelte gönnerhaft mit der Hand. »Wobei ich es natürlich auch allein geschafft hätte.«

»Sicher.«

»Möchtest du dich setzen? Wir müssen nicht ungemütlich herumstehen.«

Ohne darauf einzugehen, sagte Emma: »Insa war bei mir.«

Mark nickte langsam. »Sie hat so etwas erwähnt.«

»Wir haben gesprochen«, fuhr Emma fort. »Auch über jene Nacht damals.«

»Aber ich möchte nicht darüber sprechen.« Er setzte sich auf das Sofa.

»Ich schon.«

Marks Körperhaltung versteifte sich, die Gesichtszüge wirkten plötzlich unnachgiebig.

Emma näherte sich ihm, sah auf ihn herab, nahm schließlich neben ihm Platz, weit genug weg, dass eine unsichtbare dritte Person bequem zwischen ihnen hätte sitzen können. »Hast du jemals mit Insa darüber gesprochen, was wirklich passiert ist?«

»Hör auf.«

»Du hast dich gekränkt gefühlt, weil ich dir irgendwann nicht mehr nachgelaufen bin. Hast du gedacht, dass ich betteln würde, damit du mich wieder beachtest? Ist es das?«

»Hör. Auf.«

»Neulich, als wir uns zum ersten Mal wiedergesehen haben, hast du so etwas angedeutet, Mark. Du hast gesagt, ich sei einfach abgehauen, aber das stimmt nicht. Ich habe gekämpft und darunter gelitten, dass sich alle gegen mich verschworen haben. Auch du. Wegen einer dummen Jugendsünde, einer Verkettung von unglücklichen Umständen.«

»Das ist mir egal.«

»Mir aber nicht. Ich möchte, dass du es weißt. Und ich wünsche mir, dass du mit Insa sprichst, dass sie dir sagt, was damals wirklich geschehen ist. Damit wir diese verfluchte Nacht endlich hinter uns lassen können. Mark. Bitte.« Emma rückte näher an ihn heran, legte ihre Hand auf seine. »Egal, was jetzt noch kommt – bitte sprich mit Insa und hör auf, mich zu hassen. All die Jahre habe ich es ertragen, dass ihr euch gegen mich gestellt habt, habe so getan, als wäre mir das egal. Aber du, du bist mir nicht egal – beziehungsweise das, was du über mich denkst. Obwohl ich versucht habe, es mir einzureden. Auch wenn wir uns seit einer Ewigkeit nicht gesehen haben, viele Jahre und Erlebnisse zwischen uns stehen und dazu auch noch mein Angebot … Ich wäre heute nicht zu dir gekommen, wenn du mir egal wärst. Ich erwarte nicht, dass wir so tun, als wäre nie etwas vorgefallen. Doch ich brauche einen Abschluss. Bitte … bitte lass dir von Insa erklären, was damals …«

Mark seufzte. »Sie war längst hier.«

Verdattert hielt Emma inne. »Was?«

»Sie war hier und hat mir alles erzählt. Ich weiß, dass sie geraucht hat, du sie erwischt hast, und sie aus dem Affekt heraus die Zigarette ins Heu geworfen hat.« Er richtete sich auf. »Du warst es nicht, und wir haben es dir zu verdanken, dass weder Insa noch eine von Opas Schnucken zu Schaden gekommen sind. Ich weiß es.«

Empört stemmte Emma die Hände in die Hüften.

»Du hast es die ganze Zeit gewusst und lässt mich trotzdem betteln, bis ich …«

»Ich wollte nur sichergehen, dass ich mich nicht geirrt habe«, sagte Mark ruhig.

»Geirrt? Was meinst du mit ›geirrt‹?« Emma rückte von ihm ab. Es war Mark, der nun ihre Hand ergriff. Er umschloss ihre Finger mit seinen, und als Emma den Blick auf ihrer beider Hände senkte, streichelte er sanft mit dem Daumen über ihren Handrücken. Auf einmal flackerte etwas zwischen ihnen auf, was viel mehr war, als Emma je erwartet hatte. Gedanken und längst vergessene Gefühle flogen wie bunte Libellen umher. Zugleich wunderte sie sich, dass Marks Hand auf ihrer sich nicht anfühlte, wie sie es in Erinnerung hatte, immerhin hatte er sie schon unzählige Male gehalten. Es fühlte sich fremd und gleichzeitig vertraut an, gut genug, um einfach weiterzuatmen und abzuwarten. Dennoch brauchte sie unbedingt eine Antwort auf ihre Frage, bevor der Zauber vorbei war.

»Ich wollte sichergehen, dass du es bist, Emmi. Du und kein billiger Abklatsch von dem Mädchen, das ich mal kannte.«

»Das Mädchen von früher gibt es nicht mehr.«

»Bis vor wenigen Tagen dachte ich das auch, aber jetzt weiß ich, dass es nicht stimmt. Du hast nur so getan, als hättest du dich in eine Karrieretussi verwandelt. Und es tut, ehrlich gesagt, verdammt gut, dass es nicht so ist. Sag mir nur, was läuft da zwischen dir und Leo Flemming?«

Emma verdrehte die Augen und machte sich abermals von Mark los. »Dein Fingerspitzengefühl für besondere Momente ist nach wie vor unübertrefflich.«

»Bitte erzähl es mir. Ich habe gehört, dass er und du …«

Emma sprang auf und trat zum Fenster, von dem aus sie über den Garten schauen konnte, der friedlich im Sommerregen badete. »Das ist so typisch für dieses Kaff. Jeder glaubt zu wissen, was ein anderer gesagt oder getan hat, und daraus entstehen Geschichten, an denen nichts, rein gar nichts dran ist.« Emma fuhr herum, Mark hob beschwichtigend die Hände und kam zu ihr. »Wenn du es wirklich wissen willst: Da ist nichts zwischen Leo und mir, nichts, was für dich oder irgendwen von Bedeutung wäre.«

Mark räusperte sich. »Ich werde es tun.« Emma öffnete den Mund, um etwas zu entgegnen, doch Mark fuhr fort: »Ich verkaufe das Haus und den Garten. Aber nur, weil ich dir vertraue. Ich habe lange darüber nachgedacht. Mir steht das Wasser bis zum Hals.«

Emma starrte ihn gebannt und zugleich erschrocken an.

Mark fing ihren Blick auf und sagte: »Nun schau nicht wie ein Küken, dessen Mutter von einem Traktor überfahren wurde.«

Emma ließ sich auf einen Stuhl sinken und fixierte die Mappe, die Mark aus einem Regalfach zog und auf den Tisch legte. Sie hatte den Deal im Grunde in der Tasche. *Congratulations* – Michael würde ausflippen vor Freude. Und sie konnte endlich nach Hause, in ihre Wohnung, ihr Leben zurückkehren. Mit einer fetten Provision in der Tasche. Perfekt.

»Du sagst ja gar nichts.«

Sie wollte Mark für sein Vertrauen danken. Die Abmachung per Handschlag besiegeln. Eine Flasche Champagner köpfen, feiern, wie man das nach einem besonderen Geschäft nun einmal machte. Emma sah zu Mark auf, der vorhin noch selbstsicher wie früher gewirkt hatte, doch jetzt flackerte etwas in seinen Augen, das Unterlid zuckte. Süß und traurig zugleich empfand Emma den Anblick des Mannes, dem sie sich auf einmal wieder so verbunden fühlte, mit dem sie wundervolle Erinnerungen teilte, die in diesem Augenblick viel mehr bedeuteten als … Geld. Etwas in ihr warnte sie davor, sich von all den aufkeimenden Gefühlen mitreißen zu lassen, die sie auf eine rosafarbene Wolke betteten, welche sie hinforttrug, dorthin, wo sie einfach das tun konnte, wonach ihr Herz verlangte.

»Sicher, dass du das tun willst?«, fragte Emma mit kratziger Stimme, die klang, als hätte sie eine ganze Flasche Heidegeist allein getrunken. Sie strich sich mit den Handflächen über die Oberschenkel.

»Was ist los mit dir, Emma? Du wolltest doch, dass ich verkaufe«, erwiderte Mark gereizt und fuhr sich mit der Hand durch die Locken. »Ob ich will oder nicht, steht nicht zur Debatte, denn ich muss, verstehst du? Und die Summe auf deinem Zettel genügt mir. Außerdem bin ich sicher, dass da noch mehr drin ist, oder? Du bist bestimmt ein Ass im Verhandeln. Ich meine, wenn ich schon mitmache – warum dann nicht so, dass wir alle etwas davon haben?«

Es war zum Verrücktwerden. Emma würde Mark mit der Pension eine immense Last nehmen. Und sein Zuhause. Dabei hatte sie doch versprochen, dass er für immer dortbleiben könnte.

Sie sprang auf. »Nein«, sagte sie bestimmt. »Zum Kuckuck noch mal, nein. So funktioniert das nicht.«

»Bist du jetzt völlig übergeschnappt?«

Sie schüttelte den Kopf und lief wie ein aufgescheuchtes Huhn zum Fenster. Es hatte aufgehört zu regnen.

»Wir müssen eine andere Lösung finden«, hörte sie sich sagen.

»Du *bist* übergeschnappt.«

»Komm, wir setzen uns zusammen und machen einen Plan. Uns fällt schon etwas ein, wie wir das Haus und den Garten retten können. Irgendetwas.«

»Deine Hingabe in Ehren, aber ich habe wirklich alles versucht.« Er machte Anstalten, sich ihr zu nähern, doch Emma hob abwehrend die Hand. Sie richtete sich kerzengerade auf, sah Mark geradewegs in die Augen und sagte mit erstaunlich klarer Stimme, die mehr denn je nach ihr selbst klang: »Ich kaufe dir dein Zuhause nicht ab, solange wir nicht über andere Maßnahmen gesprochen haben.«

»Andere Maßnahmen? Emma, mir läuft die Zeit davon. Und du, du solltest deine Energie wirklich nicht dafür verschwenden. Es ist okay, ich habe mich damit abgefunden.«

Aufgebracht ballte Emma die Hände zu Fäusten und rief: »Hast du mir überhaupt zugehört? Ich riskiere meinen Job für dich, du Esel. Und jetzt hol Wein, sehr viel Wein, bevor ich es mir anders überlege.«

Mark musterte sie einen Augenblick lang. Schließlich gab er sich ihrer Entschlossenheit geschlagen und ging. Aber nicht in die Küche, sondern mit großen Schritten auf Emma zu. Bei ihr angekommen, packte Mark ihr Gesicht und presste seine Lippen auf ihre. Nach einem kurzen Überraschungsmoment schlang Emma die Arme um seinen Hals, Mark zog sie an sich. Dieser Kuss fühlte sich an wie der Versuch, all die verpassten Augenblicke und die verlorenen Stunden innerhalb kürzester Zeit zurückzuholen. Emmas Herz raste, als Marks Hände unter ihre Bluse glitten. Ihre Berührungen waren auf merkwürdige Art wohlvertraut und doch so neu, dass Emma darin eintauchte, wie sie es schon lange nicht mehr getan hatte. Sie verlor den sicheren Boden unter den Füßen, weil Mark sie ansah, als würde es niemals eine andere Frau für ihn geben, ganz wie früher, als sie noch zusammengehörten. Sie lächelte und erkannte den Jungen wieder, der sich sorglos und mutig nahm, was er wollte, und gab, was Emmi brauchte. Der Mark, der er nur bei ihr sein konnte.

Atemlos löste sie sich von ihm und sortierte die derangierte Kleidung. Hand in Hand blickten sie hinaus in den Garten, und Emma fragte sich abermals, woran man erkannte, ob eine Entscheidung richtig war. Und der Mann auch.

Kapitel 13

Mark und Emma – Emma und Mark. Emmas Gefühle für ihn waren wie ein zugeklebter Briefumschlag gewesen, den sie sorgsam mit einem Messer öffnen wollte, bis zu jenem Moment, in dem etwas in ihr die Kontrolle übernahm, womit sie nicht gerechnet hatte. Ungestüm hatte sie den Umschlag aufgerissen und sich dem hingegeben, was ihr Herz sich wünschte. Es sehnte sich nun mal danach, begehrt zu werden und in einem innigen Kuss zu versinken. Es liebte das Gefühl, in einem Cocktail aus Erinnerungen und neu entdecktem Verlangen zu baden. Es wollte alles von Mark wissen – darüber, was er seit Emmas Verschwinden getrieben hatte, über seine Weltreise, seine Ehe, die Eltern, Moorbach … alles eben. Plötzlich zogen Emma und Mark wieder an einem Strang, als hätten sie nie etwas anderes getan. *Alte Liebe rostet nicht* – vielleicht stimmte der Ausspruch ja. Vielleicht war zwischen ihnen wirklich mehr als gedacht, und Emma hatte nur eine gute Stunde gebraucht, um das zu erkennen. Eine Stunde, in der sie, sich im Arm haltend, auf Marks Couch gesessen und geredet hatten. Mark wirkte auf einmal so … befreit und hoffnungsvoll. Und nicht gerade zurückhaltend.

»Würdest du bitte aufhören, ständig auf meine Beine

zu starren?«, mahnte Emma und schlug ebendiese Beine übereinander. »Wir haben zu tun. Dies ist eine …« Sie schob seine Hand weg. »Geschäftliche Unterredung.« Mit einem Bleistift tippte sie auf den Block auf ihrem Schoß, während Mark an ihrem Rocksaum zupfte.

»Es tut mir leid, ich weiß auch nicht, was mit mir los ist«, sagte Mark. »Am besten, du ziehst das aus.«

»Finger weg.« Emma erwischte Marks Hand mit der Bleistiftspitze. »Das hier ist wichtig.«

»Weiß ich doch.«

»Dann reiß dich zusammen, sonst wird das nichts mit unserem Masterplan.«

»Ach so, du möchtest, dass ich der Master bin.«

»Mark«, stöhnte Emma.

Er hob die Hände. »Schon gut, schon gut. Ich habe das Gefühl, ich sollte mein Glück nicht überstrapazieren.«

»Hinterher bleibt uns immer noch genug Zeit.« Emma lächelte aufmunternd.

»Hinterher?« Mark sank in die Couchkissen und raufte sich die Haare. »Bis dahin will ich nicht warten.« Er lehnte sich vor, zog wieder an ihrem Rocksaum und flüsterte: »Bis dahin werde ich nicht warten.«

Emma blinzelte und zwirbelte eine Haarsträhne um den Zeigefinger. »Also. Wir müssen genau ermitteln, wie hoch deine Schulden sind, dein Vermögen, die Buchungszahlen. Wie lange laufen deine Kredite? Abgesehen davon brauchst du einen Partner. Einen Geschäftspartner, Mark. Nimm die Finger weg!« Mark verdrehte die Augen und lehnte sich betont lässig zurück. »Außerdem müssen wir gucken, welche Gelder wir lockermachen können. Eventuell finden wir einen Investor. Einen, der die Pension nicht gleich kaufen will. Ich kenne jemanden, den wir als Finanzfachmann hinzuziehen könnten.« Abermals schob sie Marks Hand weg, die er unter ihren Rock schob.

»Ich kann nicht fassen, dass dich das alles kaltlässt«, sagte er.

»Kalt? Ich arbeite mich gerade erst warm.«

»Ich wüsste etwas, woran du noch arbeiten kannst.« Er sprang auf. »Zum Teufel, Emmi. Du machst mich wahnsinnig. Und auch jetzt meine ich es, wie ich es sage.« Er kniete sich neben sie, nahm ihre Hand und küsste sie. Küsste ihren Arm hinauf, legte die andere Hand auf ihr Knie.

»Erst die Arbeit, dann … das Vergnügen?« Emma klang überhaupt nicht mehr überzeugend, ganz im Gegenteil. »Ich meine … wir haben doch keine Zeit, weil …« Sie verstummte.

Mark liebkoste ihren Hals, seine Hand glitt langsam an ihrem Oberschenkel hinauf. Sie schloss die Augen, als sie Marks schweren Atem hörte, und ließ zu, dass seine Finger den Saum ihres Slips erreichten. Oh Gott, sie hatte ewig nicht mit einem Mann geschlafen. Sanft, aber bestimmt drückte Mark Emmas Schenkel auseinander. Sie konnte kaum atmen, wehrte sich nicht, sondern küsste Mark stürmisch, der sich nun direkt zwischen ihre Beine kniete, womit ihr nur blieb, sie zu spreizen, bis der Rock hochrutschte. Masterplan hin oder her – auf eine Stunde kam es nun wirklich nicht an. Oder auf zwei. Oder drei. Zärtlich küsste sich Mark von Emmas Knie an aufwärts. Das hatte er früher schon getan. Und er war ziemlich gut darin gewesen. Aller Wahrscheinlichkeit nach hatte er in den letzten Jahren genug Gelegenheit zum Üben gehabt.

»Komm schon, Emmi«, raunte Mark. »Du willst es doch auch.«

Emma öffnete die Augen, und die Spannung war auf einen Schlag vorüber. Sie sah auf seinen Schopf herab, der zwischen ihren Beinen steckte. Wollte sie? Wollte sie wirklich ein Liebescomeback mit Mark? Es war nicht so, dass sie seine Berührungen nicht genoss, dennoch fühlte es sich irgendwie falsch an, sich ausgerechnet ihm hinzugeben – oder dem, was sie in ihm sah. Einen Mann, den sie kannte, der sie kannte, mit dem alles ganz von allein laufen würde … Aber ganz so war es nicht, im Grunde genommen, mussten sie sich völlig neu kennenlernen. Unsicher, ob dies der richtige Weg dafür war, rutschte Emma auf dem Sofa möglichst weit zurück, legte die Hände auf Marks Kopf und krächzte: »Warte.«

Mark sah auf, aufgewühlt und unübersehbar erregt. »Alles okay?«, fragte er, während seine Hände nach dem Slipbund fassten.

Emma griff danach, schüttelte den Kopf. Ihre Wangen glühten. Doch nicht nur die – alles an und in ihr brannte. »Das geht nicht«, sagte sie, dieses Mal nachdrücklicher.

»Möchtest du dich selbst ausziehen? Oder ich mich zuerst?«

»Nein, nein. Du verstehst mich nicht. Ich … ich will das nicht. Nicht jetzt. Nicht so.«

Mark gab einen frustrierten Laut von sich und legte den Kopf in den Nacken. »Das kann nicht dein Ernst sein.«

Emma drückte die Schenkel zusammen und zwang Mark somit zurückzuweichen. »Es tut mir leid.« Sie stand auf, zog ihren Rock zurecht und strich ihn glatt. »Ich kann nicht. Das … das ist alles zu viel. Es geht zu schnell. Ich …«

»Habe ich etwas falsch gemacht?«

»Im Gegenteil. Ich möchte nur nicht.«

»Aber es fühlte sich überhaupt nicht so an.«

Sie kniete sich vor ihn, nahm sein Gesicht in beide Hände und küsste ihn. »Ich muss ein paar Dinge klären. In der Zwischenzeit kannst du dich etwas abkühlen …« Sie wedelte mit dem Bleistift. »Wie auch immer.« Sie legte die Hand an seine Wange, dann stand sie rasch auf, schnappte sich ihre Tasche und lief, so elegant es im erhitzt-verwirrten Zustand möglich war, zur Wohnungstür. Bevor sie ging, drehte sie sich ein letztes Mal zu Mark um und lächelte. »Treffen wir uns um vier im *Dorfkrug*, damit wir überlegen können, wer als Investor infrage kommt. Oder wo wir kurzfristig Geld auftreiben können. Ach, das ist fast wie früher.«

»Ja, fast«, hörte sie Mark murmeln. Sie pfiff nach Lilli und trat so schnell wie möglich aus der Haustür, um nicht doch noch der Versuchung namens Mark zu erliegen.

Was hatte sie getan? Der Job bei Michael war alles, was sie hatte. Sie liebte ihre Arbeit und das Team. Um Michaels Vertrauen zu erlangen, hatte sie viele Jahre lang hart gearbeitet, und jetzt wollte sie all das von einer Sekunde auf die andere hinschmeißen? Statt die Immobilie wie vereinbart zu kaufen, war sie plötzlich bereit, alles zu tun, damit genau das nicht passierte. Und all das nur, damit Mark, der komplett verschuldet war, mit ihrer Hilfe sein Zuhause behalten konnte. Und dazu noch dieses Chaos aus alten und neuen Gefühlen für ihn! In einem Liebesfilm hätten Emma und Mark den Rest des Tages in trauter Zweisamkeit verbracht. Sie wären im Bett gelandet, um es vor dem nächsten Morgen nicht wieder zu verlassen. Aber das Leben spielte nicht auf diese Weise. In Wahrheit war der Himmel nun mal geigenlos, man warf sich nicht ununterbrochen schmachtende Blicke zu, die Leidenschaft blieb auf der Strecke. Oder galt einer anderen, wie in Jans Fall. Wobei sie von Mark, zu dem sie sich zweifelsohne hingezogen fühlte, beides hätte bekommen können.

Auf dem kurzen Weg zu ihren Eltern hatte sie nicht annähernd genug Zeit, den Gedankensalat zu sortieren. Emma und Mark – Mark und Emma. Vor drei Tagen waren sie wie Hund und Katze gewesen, und jetzt fielen sie übereinander her, zumindest, wenn es nach Mark ging. Dabei war er derjenige gewesen, der am lautesten gebellt hatte. Mit Mark verband Emma unzählige Erinnerungen, die automatisch an Erwartungen geknüpft waren. Sie hatte gehofft, dass es sich mit ihm so anfühlte wie früher, vertraut und einfach, aber jetzt, wo sie raus aus seinem Bannkreis war, merkte sie, das tat es nicht.

Emma wusste nicht mehr, was richtig war. Es tröpfelte, und sie spannte Antons Regenschirm auf. Unter strenger Überwachung von Darth Vader lief sie die Straße entlang, ohne zu bemerken, dass sie stetig langsamer wurde. Auch Lilli schien zu spüren, dass Frauchen immer tiefer in Gedanken versank, denn sie schmiegte sich dicht an Emma. Am Denkmal für die Gründerväter Moorbachs, das aus einer Steintafel, bewacht von vier Messingtauben, bestand, blieb Emma schließlich stehen. Hätten sich die Inhaber der Romantikhotelkette für einen anderen Immobilienmakler entschieden, wäre sie nie in diese verquere Lage geraten. Von außen betrachtet, wirkte sie wie eine Frau, die konzentriert Namen und Jahreszahlen studierte. Niemand wusste, dass Emma auf den grauen Stein starrte, die Buchstaben vor ihren Augen verschwammen wie Wasserfarben, die man mit zu viel Flüssigkeit angemischt hatte. Emma wischte sich über die Augen. Sie musste irgendwohin, wo sie sich aufgehoben fühlte. Mit jemandem sprechen, der ihr nahestand. Sie musste nach Hause.

Emma setzte Lilli auf dem nassen Gehweg ab und rannte los. Sie lief durch Pfützen, wich Nacktschnecken aus. Hastete, den Schirmgriff fest umklammert und das Haus mit der Nummer sieben im Blick, den Heidjerweg entlang, bis sie atemlos die Einfahrt erreichte, wo sie sich auf einen Torpfeiler stützte und eine Hand in die Seite drückte. An den Beinen und auf den Schuhen klebten Dreckspritzer, doch was waren die schon gegen Emmas Plan, Marks Pension zu retten und damit ihre eigene Existenz aufs Spiel zu setzen?

Emma lief über den Kiesweg zur Haustür, wo Lilli sie bereits winselnd erwartete, und klingelte erschöpft, als wäre das nach einem Triathlon die letzte Anstrengung, die sie hatte auf sich nehmen können. Mama öffnete, guckte überrascht, und auch Emma hob irritiert die Brauen. Dann beschloss sie, nicht darüber nachzudenken, warum ihre Mutter ein bodenlanges Jane-Austen-Kleid trug, das unter der Brust mit einer orangefarbenen Schleife geschnürt war. Ihr Kleidungsstil war immer schon eigenwillig gewesen, aber er passte zu ihr.

»Huch, Emmi, ihr hier?« Mama stieß mit einer tonverkrusteten Hand die Tür auf und lächelte Lilli hinterher, die zielstrebig ins Wohnzimmer flitzte. Dann taxierte sie Emma, wie sie es früher immer getan hatte, wenn ihre Tochter heimlich eine Packung Schokoküsse gemopst hatte. »Stell dir vor, dein Vater ist mit dem Nachbarn angeln gefahren. Manchmal wundere ich mich wirklich über ihn.« Mit einer Geste forderte sie Emma auf einzutreten.

»Papa ist gar nicht da?«, fragte Emma enttäuscht.

»Du musst mit mir vorliebnehmen. Aber du hast Glück. Ich kann dir zeigen, wie du deine eigene Tasse töpferst. Das ist doch was, oder? Und frischen Schokoladenkuchen habe ich auch noch.« Ehe Emma gegen Mamas Redeschwall angehen konnte, lief diese in die Küche, von wo aus sie rief: »Kommst du, oder willst du zwischen den Schuhen Wurzeln schlagen?«

»Ich glaube, ich habe einen Fehler gemacht«, sagte

Emma ohne Umschweife, nachdem sie sich die Füße abgetrocknet hatte und barfuß in die Küche trat.

Mama streckte sich nach zwei Kuchentellern und hinterließ auf dem Holz der Küchenmöbel graubraune Fingerabdrücke. »Fehler sind dazu da, dass man sie macht.« Sie wandte sich um. »Du siehst verändert aus. Irgendwie … bunter.«

Bunter? Emma tastete nach ihren vom Küssen beanspruchten Lippen.

»Oh.« Mama lächelte und blickte Emma warmherzig an, so wie kurz vor dem ersten und letzten Aufklärungsgespräch, das nicht gerade hilfreich, sondern verstörend gewesen war. Mama war eben einfach zu ehrlich.

»Es ist nicht, wonach es aussieht«, sagte Emma schnell.

»Tja, also – das ist eine Überraschung. Aber er ist doch ein gut aussehender Mann, ich mag ihn. In den letzten Jahren hat er sich eine Menge aufgebaut, bei null angefangen. Und dann die Verantwortung. Ihr passt gut zusammen. Und wenn es nur um ein bisschen Spaß geht …«

»Ich habe nicht mit Mark … du weißt schon. Es ist kompliziert.«

»Mark? Wieso Mark?«

»Mit wem sollte ich deiner Meinung nach sonst ausgerechnet hier …« Emma stockte und formte ein stummes *Oh!* Oh. Sie meinte Leo! Mama hatte gedacht, Emma und er … Im Nu fühlte sich der vermeintliche Fehler noch katastrophaler an als zunächst befürchtet.

»GottoGottoGott«, murmelte sie und zuckte zusammen, als Mama eine Hand auf ihren Arm legte. Seitdem sie allein lebte, war sie offensichtlich zur Egoistin mutiert. Für sie zählte nur noch Mark, der sie ganz durcheinanderbrachte, mit der Folge, dass sie Leo fast aus ihren Gedanken verdrängt hatte und damit auch das, was zwischen ihnen geschehen war. Denn da war definitiv etwas passiert, etwas Kleines, Zartes, von dem sich Emma geweigert hatte, es anzunehmen.

»Ich habe gedacht, jetzt würde alles gut werden«, stöhnte sie. »Dabei habe ich es nur noch schlimmer gemacht.«

Mama führte Emma ins Esszimmer, parkte sie auf einem Stuhl und setzte sich neben sie. Sie nahm Emmas Hände, drückte sie liebevoll und sagte: »Ich glaube ja, dass dir das kleine Chaos gerade hilft, an dein Ziel zu gelangen.«

Mama nun wieder mit ihren komischen Andeutungen …

»Mein Ziel war es, Marks Pension zu kaufen.«

»Dein Ziel oder das deines Chefs?«

»Ist das nicht das Gleiche?« Emma seufzte. »Ich fühle mich wie ein pubertierender Teenager, Mama. Als wäre ich jahrelang dem Jungen meiner Träume nachgerannt, bis er mich endlich erhört. Nur um festzustellen, dass …«

»… er doch nicht so gut küsst wie in deiner Fantasie? Dass etwas fehlt, weil es nicht das ist, was du dir vorgestellt hast? Du ihm doch nicht die Kleider vom Leib reißen willst, weil …«

»Bitte nicht noch mehr Details. Eigentlich geht es gar

nicht so sehr um Mark, sondern darum, dass ich die Pension nicht kaufen will. Ich wollte es nie, und bisher hat sich nichts daran geändert. Alles andere ist einfach passiert.«

Das ist nun wirklich die billigste Ausrede, die dir hätte einfallen können, hörte sie sich zu sich selbst sagen und fragte sich, warum sie ausgerechnet jetzt an Leo dachte.

Über Mamas Gesicht huschte ein geheimnisvolles Schmunzeln.

»Was war das?«, fragte Emma.

»Hm?« Sie neigte unschuldig den Kopf.

»Du hast seltsam geguckt. Verschweigst du etwas?«

Mama räusperte sich. »Darüber wolltest du also mit Papa sprechen, über die Pension.«

»Ich wollte gerne hören, dass alles gut wird. Du weißt doch, wie Papa ist.«

»Hoffnungslos optimistisch?«

»Eben anders als ich.«

Mama streichelte Emmas Hand. »Ich finde dich durchaus zuversichtlich. Andernfalls hättest du wohl kaum diese Entscheidung getroffen.«

»Was hättest du denn an meiner Stelle getan, Mama?«

Mama spitzte die Lippen. »Dein Chef will, dass du die Pension kaufst.«

»Er denkt immer noch, ich tue es.«

»Aber du hast dich wieder in den Eigentümer verknallt und …«

»Hab ich nicht.«

»… und ihm versprochen, ihm sein Zuhause nicht wegzunehmen.«

»Ich habe ihm geraten, die Pension nicht zu verkaufen, bevor wir nicht alles versucht haben, sie zu halten.«

»Womit du deinem Chef in den Rücken gefallen bist.«

»Siehst du, deswegen spreche ich gern mit Papa. Er hätte es zumindest netter formuliert.«

»Schätze, du brauchst eine ziemlich gute Idee, um da heil herauszukommen.«

»Ich liebe es, wie du die Dinge auf den Punkt bringst.«

Mama hob entschuldigend die Schultern, dann verzog sie den Mund.

»Am liebsten wäre mir, ich könnte …« Ja, was? Mit einem Mal kam Emma eine Idee. »… ich könnte kurzfristig eine andere Immobilie auftreiben, um sie unserem Kunden anzudrehen! Aber ich kann wohl kaum Häuser oder Grundstücke aussuchen und dann fragen, ob der Eigentümer zufällig verkaufen möchte.« Emma fuhr sich durch die Haare, die sich aus Protest gegen die ruppige Behandlung verknoteten.

Nachdenklich legte Mama einen Finger an die Lippen. »So unprofessionell bist du nun auch wieder nicht.« Sie zwinkerte Emma zu, doch die hatte nur einen bösen Blick für diesen müden Scherz übrig. »Du brauchst jemanden, der den Immobilienmarkt hier oben im Blick hat. Dem du vertrauen kannst. Der alles tun würde, um dich glücklich zu sehen.«

»Und wer sollte dieser Jemand bitte schön sein?«

Mama schnalzte und schüttelte den Kopf. »Emmi, mein Schatz, das ist doch völlig offensichtlich.«

»Könntest du bitte Klartext sprechen? Ich habe keine Zeit zum Rätselraten.«

»Dann verstehe ich nicht, warum du es nicht einfach tust. Das Telefon liegt auf dem Esstisch.«

»Und wen sollte ich deiner Meinung nach anrufen? Gott vielleicht? Hast du einen Telefonjoker für mich? Oder soll ich Michael am besten gleich reinen Wein einschenken?«

Mama verdrehte die Augen und seufzte: »Manchmal bist du wirklich begriffsstutzig. Wozu hast du schließlich einen Vater, der Immobilienmakler ist?«

Natürlich. Warum war Emma darauf nicht selbst gekommen? Papa sah nicht immer nur in allem das Gute, er war auch richtig prima im Helfen. Selbst wenn er keine Alternative zu Marks Pension anbieten könnte, kannte er vielleicht jemanden, der eine passende Immobilie oder ein Grundstück zu verkaufen hatte. Eine Freifläche hatte viele Vorteile, die es lediglich schick zu verpacken galt – Emmas leichteste Übung. Sie müsste ebenso beschaulich und doch zentral an den Urlaubszielen liegen wie die Pension. Sie kannte die Kriterien. Im Grunde genommen hatte sie sich ohnehin von Anfang an gefragt, ob Marks Grundstück nicht viel zu klein war. Und überhaupt, ein Hotel hier in Moorbach? Niemals.

Zuversichtlich rief Emma bei Papa an, ein einziger Anruf, der ihr Leben wieder geraderücken sollte. Papas Angelteich allerdings befand sich an dem einzigen Fleck der Lüneburger Heide, an dem es keinen Handyempfang gab. Erst nach dem vierten Versuch ertönte endlich das erlösende Freizeichen.

»Em wie schn. I – *knacks* – Forell gefang.«

»Papa, wann kommst du nach Hause? Ich muss dringend mit dir sprechen.«

»Wa – *knacks* – Telefn – *knister* – *tuttuttut.*«

»Papa? Hallo?«

»Und, was sagt er?«, fragte Mama, die aus der Küche kam und rotgoldenen Heidehonig in einen Glasbecher voll Pfefferminztee rührte. Wie sie den freiwillig trinken konnte, war Emma immer schon schleierhaft gewesen. Seit einer Blinddarmoperation mit acht Jahren, nach der sie Unmengen von dem braungrünen Zeug hatte trinken müssen, rümpfte Emma jedes Mal die Nase, wenn sie nur in die Nähe der Verpackung gelangte.

»Kann Lilli hierbleiben?«, fragte Emma und sprang auf. »Wenn ich mich beeile, kann ich mein Auto auf dem Pferdehof abholen, mit Papa sprechen, mich mit Insa und Mark treffen und alle glücklich machen.« Emma blieben etwa vier Stunden.

Als hätte sie es geahnt, hielt Mama ein Kissen mit einem Hundeknochen darauf hoch. »Damit der Hund es auch ein bisschen gemütlich hat.«

Dankbar fiel Emma Mama um den Hals, nicht des Kissens wegen, sondern weil sie es viel zu lange nicht getan hatte.

»Und vergiss dein eigenes Glück nicht!«, rief Mama noch, kurz bevor die Haustür hinter Emma zufiel.

Sie rannte schon wieder, begleitet von Darth, der ungerührt auf Emma herabsah. Dicke Tropfen trommelten auf seinen Helm, und Emma stellte sich vor, wie er schnaufen würde, liefe er an ihrer Seite. Sogar den Nacktschnecken war es mittlerweile zu feucht auf dem Gehweg, auf dem das Wasser nur noch schlecht abfließen konnte mit dem Resultat, dass Emmas Füße ruck, zuck nass waren. Kurzerhand stoppte sie, zog die Ballerinas aus, deren Sohlen rutschig vor Nässe waren, und lief barfuß weiter, vorbei an der Telefonzelle mit den Büchern, dem nachbarschaftlichen Blütenmeer, dem der Regen die Farbe auswusch, bis zur Bushaltestelle, an der sie Frau Sander eingesammelt hatte. Dort wartete Emma, ehe sie die Straße überquerte, deren Gullys die unerwartete Regenmenge nicht schlucken konnten, bis das schwarze Auto von links an ihr vorübergerast war. Dieses jedoch machte kurz vor ihr einen unvorhersehbaren Schlenker, woraufhin sich ein Schwall Regenwasser über Emma ergoss.

»Vollidiot!«, schrie sie, nachdem sie den Schreck überwunden hatte, und sah an sich herab. Es war zum Heulen. Sollte dies die göttliche Rache für irgendeinen Verstoß sein, den sie längst verdrängt hatte?

Als sie bemerkte, dass der Touareg zurückgesetzt hatte und der Fahrer die Scheibe herunterließ, kam Emma erst richtig in Fahrt. »Haben Sie keine Augen im Kopf? Ich hoffe, Sie sind gut versichert, denn diese Bluse ist … oh.« Sie verzog das Gesicht zu einer wenig schmeichelhaften Grimasse und hoffte, dass das Wasser auf ihren glühenden Wangen nicht plötzlich zu dampfen begann. »Du?«

»Die richtige Antwort lautet nass«, gab Leo zurück.

Emma reckte das Kinn. »Ein Designerstück.« Sie lugte in den Wagen hinein. »Wo ist Anton?«

»Nicht da.«

»Ich dachte, er wird um vier …«

»Claudine hat es sich mal wieder anders überlegt und Anton früher abgeholt. Kindergeburtstag verschwitzt oder so. Also, willst du mitfahren? Schätze, ich habe etwas gutzumachen.«

Emma musterte Leo kurz. Die entspannten Züge, die sein Gesicht gestern Nacht und heute Morgen noch getragen hatte, waren verschwunden. Stattdessen trat die Sorgenfalte auf seiner Stirn deutlich hervor. Emma hätte zu gern gewusst, was geschehen war. Sie wünschte sich den unbeschwerten Leo zurück, der heute früh im Stall ihre Hand gehalten hatte.

»Los, Pferdeflüsterin, ich habe nicht ewig Zeit.« Er beugte sich über den Beifahrersitz und öffnete die Autotür.

Na gut, nur eine kurze Fahrt. Alles war besser, als pitschnass durch Moorbach zu hetzen.

»Pass ja auf, dass du das Auto mit deinen nassen Klamotten nicht schmutzig machst.« Noch bevor Emma etwas erwidern konnte, hatte Leo bereits Gas gegeben. »Wohin soll's gehen? Umziehen?«

Sie hielt kurz inne und dankte im Stillen für den Geistesblitz, der in diesem Moment in sie fuhr. »Weißt du was, du kommst wie gerufen. Du könntest mich nach Heitbeck zu meinem Vater bringen. So spare ich mir den Umweg über den Hof, und du kannst deine rüpelhafte Fahrweise gleich wiedergutmachen.«

Argwöhnisch linste Leo zu Emma hinüber. Dann steuerte er den Wagen in die nächste Seitenstraße und wendete. Eine Weile schwiegen sie. Emma beobachtete die wenigen Menschen, die bei dem Schietwetter mit ihren Hunden unterwegs waren, in Regenjacken, teils mit Schirm. Sie besah sich Urlauber, die die Eisdiele überfluteten, um Schutz vor dem Regen zu suchen. Es regnete wirklich ungewöhnlich viel in diesen Tagen. Kurz vor dem Ortsausgangsschild passierten sie die Rieseneiche, die mit hängenden Blättern dem Regen trotzte. Dem Baum würde Darth Vader, der zusammengerollt zu Emmas Füßen lag, auch nichts nützen. Der Scheibenwischer hatte allerhand zu tun, während dicke Tropfen gegen die Windschutzscheibe schlugen. Bis auf den Motor und den Wischer war es angenehm leise im Auto. Emma lehnte sich beruhigt zurück.

»Ich habe mit Anton gesprochen«, sagte Leo, während er nach rechts in einen Feldweg abbog. »Über uns. Dich und mich. Du weißt schon.«

Emma nickte langsam. »Vermutlich ist es besser so. Oder?« Leo reagierte nicht. »Das ist aber nicht der Weg nach Heitbeck«, fügte sie stirnrunzelnd hinzu.

»Du bist hier aufgewachsen und solltest die Schleichwege kennen.« Leo brauste durch eine Pfütze, die einen hässlichen Lehmfleck auf der Beifahrerscheibe hinterließ.

»Leo, ich …«

»Halt dich fest, es wird holprig.«

Emma landete unsanft wieder im Sitz. »Ich habe das

Gefühl, die Raserei steht für etwas ganz anderes. Achtung, da vorn – ein Feldhase!«

»Ein Feldhase? Du spinnst.«

Sie klammerte sich an den Türgriff. »Ich glaube, der Spinner von uns beiden bist du. Pass auf, eine riesige Pfütze!«

»Keine Angst, ich weiß, was ich tue.«

Emma schleuderte von links nach rechts und zweifelte an Leos Einschätzungsvermögen, was seine Fahrkünste anging.

»Und, wie war dein Tag bisher?« Leo bremste scharf, Emma kippte nach vorn in den Gurt. Sie rieb sich die Schulter und beäugte Leo einige Sekunden lang. Sein Kiefer mahlte. Dies schien nicht der beste Tag seines Lebens zu sein. »Warst du bei ihm? Bei Mark?«

Wie das klang! Als wären Leo und sie verheiratet, und sie hätte sich heimlich mit ihrem Geliebten getroffen. Unbeirrt bretterte Leo zwischen den Maisfeldern hindurch. Die Sicht wurde durch den stärker werdenden Regen und die Schlammspritzer auf der Frontscheibe immer schlechter.

»Fahr bitte langsamer«, bat Emma.

»Ich weiß, was ich tue.«

»Fahr. Langsamer.«

Er bremste vor einer Pfütze, nur um gleich wieder zu beschleunigen.

»Wenn du mir noch einmal sagst, dass du alles unter Kontrolle hast, schreie ich dir ins Ohr, bis du taub bist.«

»Ich habe …«

»Oh Gott, Leo, da steht … Stopp!«

Leo bremste, das Auto schlingerte, Emma betete, Elvis preschte los.

»Verflucht!« Ohne den Motor abzuschalten, sprang Leo aus dem Touareg in den Regen, dicht gefolgt von Emma, die rief:

»Leo, warte! Das bringt doch nichts!«

Doch Leo schien sie überhaupt nicht zu hören. Emma stieß einen nicht jugendfreien Fluch aus, zog den Schlüssel aus dem Zündschloss, schaltete pflichtbewusst den Warnblinker ein und rannte, so schnell es im rutschigen Sand-Lehm-Matsch möglich war, hinter Leo her, der bereits den Wald erreicht hatte. Regen und Weißgottwas rannen Emmas Nacken hinunter, sie biss die Zähne zusammen und setzte einen Fuß vor den anderen, obwohl sie längst keine Puste mehr hatte.

»Leo«, rief sie atemlos. Endlich hielt er inne, die Hände auf die Oberschenkel gestützt – krumm und schief wie ein Baum, der zu wenig Licht bekommen hat. Sein Rücken hob und senkte sich hektisch.

»Leo«, hauchte sie, als sie unmittelbar neben ihm stand.

Er wies sie mit einer Handbewegung von sich. »Lass gut sein, Emma.« Seine Stimme klang kalt und brüchig, überhaupt nicht nach dem Leo, den sie kannte. »Nimm das Auto und erledige, was immer du zu erledigen hast. Ich laufe zurück.«

»Kommt nicht infrage«, gab Emma zurück. »Ich lasse dich auf keinen Fall allein zurück.«

Leo sah auf, und es brach Emma beinahe das Herz, ihn so traurig zu sehen. Sie streckte die Hand nach ihm aus, wagte jedoch nicht, ihn zu berühren. Hier musste es um viel mehr gehen als darum, dass Elvis mal wieder ausgebüxt war, sie ihn gerade um ein Haar angefahren hätten und er sich vermutlich zu Tode erschreckt hatte. Um sehr viel mehr. Sie ergriff nun doch Leos Arm. »Komm, wir laufen bis zum Hochsitz da drüben. Dort überlegen wir, wie wir dein Pferd wiederfinden.«

Doch Leo war noch nicht überzeugt. »Ich muss ihn suchen!«

»Aber Leo, Elvis kann überall sein. In welcher Richtung willst du anfangen? Komm mit mir, von da oben haben wir eine gute Aussicht ins Dickicht und auf die Lichtung. Aber wenn du möchtest, dass wir loslaufen, teilen wir uns eben auf und …«

Er schüttelte den Kopf. »Du hast ja recht, wir werden ihn hier nicht finden.«

Emma lächelte ihm aufmunternd zu. »Los, dort ist es wenigstens trocken.«

Wortlos folgte Leo ihr über den nadeligen Waldboden, der bei jedem Schritt feuchtmoosig ausatmete. Nacheinander kletterten sie die rutschige Holzleiter hinauf, die zu dem kleinen Verschlag führte. Dort, wo es nach Holz und Gras roch, wrang Emma Haare und Bluse aus, die transparent wie eine Milchglasscheibe war.

Leo räusperte sich als Erster, während er angestrengt nach Elvis Ausschau hielt. »Du wunderst dich vielleicht, was das gerade sollte.«

Emma stellte sich neben ihn und suchte mit zu Schlitzen verengten Augen das Gebüsch um sie herum ab. »Mich wundert gar nichts mehr.«

Leo seufzte. »Vermutlich hat Anton vergessen, Elvis' Box …« Er winkte ab. »Meine Schuld. Ich habe nicht mehr nachgesehen. Und dieses Pferd findet immer einen Weg nach draußen. Verdammt, bei dem Mistwetter sieht man gar nichts!«

»Aber wo sollen wir suchen?« Emma wartete, ob Leo antworten würde, aber er schwieg. Den Blick gesenkt, kratzte er mit dem Zeigefinger an einem Astloch herum. Schließlich sagte er: »Ich habe das Gefühl, wir beide haben uns zu einem schlechten Zeitpunkt kennengelernt. Im Moment habe ich ja nicht einmal mein Pferd im Griff.«

»Als Pferdeexpertin muss ich dir leider zustimmen.«

Leo lächelte nur schwach, was Emma bei dem Sparwitz gut verstehen konnte.

»Weißt du, Leo …«

Auf einmal sah er sie unerwartet offenherzig an, was Emma verstummen ließ. »Elvis war mein Geburtsgeschenk für Anton. Es mag verrückt klingen, aber ich wollte, dass er versteht, wie groß Tierliebe ist, sobald er sie selbst fühlen kann. Anton ist alles für mich und Elvis auch, denn Anton liebt das Pferd, genau wie ich.« Er raufte sich die Haare. »Claudine und ich … Ach, egal, das tut nichts zur Sache.«

Tat es wohl. Emma musste es einfach wissen. Sie wollte alles über Leo erfahren.

»Sie will zurück nach Frankreich und Anton mitnehmen?«

»Ohne meine Zustimmung darf sie nicht mit Anton wegziehen, es sei denn, sie klagt vor dem Familiengericht. Ich möchte Streit vermeiden, aber Anton fehlt mir. Und Claudine ist … gutherzig, aber wankelmütig und unzuverlässig. Mit ein Grund, warum es mit uns nicht geklappt hat.« Er sah Emma direkt an. »Bestimmt hast du längst geahnt, mit was für einem verkorksten Typen du es hier zu tun hast.«

Emma lachte leise. »Du glaubst, du bist verkorkst? Guck mich an. Ich bin hier, weil ich meinem ehemaligen besten Freund das Zuhause abkaufen soll. Bis vor wenigen Stunden konnte ich mit meiner Mutter nicht reden, ich habe Geburtstage und Weihnachtsfeste verpasst, weil ich dermaßen verletzt war von allem, was damals geschehen ist. Und weil ich mein tolles Leben gefeiert habe, das ich mit einem Mann verbracht habe, dem ich keine Kinder schenken kann und der jetzt einer anderen Frau welche macht. Du hast dich vielleicht für eine Frau entschieden, mit der du nicht für immer und ewig zusammen sein kannst. Dafür hast du einen fabelhaften Sohn und diesen Hof, bei dem hinter jedem Stein ein Stückchen von dir steckt. Ich fühle mich sehr wohl bei dir, und ich glaube nicht, dass ich das könnte, wenn du so kaputt wärst, wie du meinst.«

»Ich bin zu feige, mein Recht einzuklagen, weil ich nicht will, dass Anton schlecht von mir denkt. Wenn es Claudine in den Sinn kommt …«

»Hast du ihr gesagt, wie das für dich wäre?«

»Unzählige Male. Hugo mit ü war mehrfach dabei. Wenn du mich fragst, hat er nicht sonderlich viel zu melden.«

»Demnach ist er der Verkorkste von uns dreien.«

Einen Atemzug lang hielt Emma inne. Schließlich schob sie hinterher: »Liebst du Claudine noch?« Diese Frage überraschte sie viel mehr als Leo, der sofort den Kopf schüttelte. »Hast du seitdem noch mal eine Frau geliebt?«

Leo sah sie an. Vergeblich versuchte Emma, in seinen Augen zu lesen, was in ihm vorging.

»Tut mir leid, dass ich deine Bluse ruiniert und deine Pläne durcheinandergebracht habe«, sagte Leo. Seine Art, ein Gespräch zu beenden.

Deutlich spürte Emma den Stich im Herzen, der sie daran erinnerte, dass dies nur eine Momentaufnahme war und dass Leo und sie sich ansonsten nicht nahestanden.

Sie strich sich eine nasse Haarsträhne hinter das Ohr, zog sie wieder hervor, wickelte sie um ihren Zeigefinger. Mit einem Mal fühlte sie sich nackt und verwundbar. Sie fröstelte, schlang die Arme um ihren Körper. Leo hatte bereits zu viel von ihr gesehen.

»Warst du bei ihm?«, wiederholte er seine Frage von vorhin, dabei sah er sie an, als könnte er in sie hineinschauen, was vermutlich sogar stimmte, so durchsichtig, wie sich Emma in diesem Moment vorkam.

Sie kratzte einen braunen Fleck vom Ellenbogen und sagte: »Ich stecke tiefer im Dreck, als du dir vorstellen kannst, Leo Flemming.«

Kapitel 14

Das Gespräch mit ihrem Vater hatte in dem Moment an Dringlichkeit verloren, als Leo erneut gefragt hatte, ob sie bei Mark gewesen war. Er hatte es mit Nachdruck wissen wollen, und Emma hätte am liebsten mit einem ebenso sicheren Nein geantwortet. Deswegen, und weil sie ihn in dieser Stimmung unmöglich allein lassen konnte, war sie mit Leo zum Hof zurückgefahren und saß nun auf dem Holzfußboden vor seinem Gästebett, die Beine gekreuzt, das Handy zwischen Ohr und Schulter geklemmt. Sie musste es nicht tun. Leo hatte sie nicht einmal um ihre Hilfe gebeten. Aber Emma wollte gern. Schließlich war es nur ein Anruf. Ein unbedeutendes Telefonat. Das war sie ihm schuldig – und sich selbst auch.

»Falk«, bellte Jan am anderen Ende der Leitung. Hoppla, Jan Falk, der Meister der Contenance, hatte schlechte Laune?

»Hallo, Jan«, sagte Emma. Sie stellte sich vor, wie ihr Exmann erstaunt die Stirn kräuselte, und befühlte ihre eigene, als sie sich dabei ertappte, ihn zu imitieren.

»Das bin ich. Und wer sind Sie, bitte schön?«

»Na hör mal, so lange ist unsere Scheidung nun auch wieder nicht her.«

Jan atmete hörbar aus. »Emma, du bist es.« Er klang

sofort milder, vielleicht sogar erleichtert. »Dich schickt der Himmel.«

»Ich weiß nicht, was ich von diesem Kompliment halten soll.« Emma lächelte, rieb sich getrocknete Dreckspritzer von den Beinen. Sie sah sich im Zimmer um und schob ein Paar Schuhe unter das Bett. Unordentlich war es, seitdem Emma hier wohnte. »Ärger in der Firma?«, fragte sie. Darüber, wie sie das Gespräch mit Jan anfangen würde, hatte sie im Voraus nicht nachgedacht. Obwohl ihr Herz ab dem Augenblick, in dem sie sich dazu entschlossen hatte, es zu tun, wie nach einem Fünfzig-Meter-Sprint raste, fragte sie sich erst jetzt, was sie getan hätte, wenn Jan sie nicht als überirdisches Geschenk empfunden hätte. Durch den Hörer hörte sie das Klicken einer Tür, Lederknautschen.

»Das auch, Ems, das auch.« Er seufzte, Emma verzog das Gesicht. »Erinnerst du dich an meinen Bruder, diesen Möchtegernfinanzexperten?« Jan machte eine bedeutungsschwere Pause. »Durchgebrannt. Mit meiner Sekretärin. Seine Frau sitzt da mit den drei Kindern, vom Chaos in der Firma ganz zu schweigen.« Die Firma. Jans Baby, seitdem sie kein gemeinsames hatten bekommen können. »Außerdem ist heute die Klimaanlage ausgefallen, und die Auszubildende hat sich die Hand gebrochen.«

»Kann es sein, dass du dringend einen ordentlichen Kaffee brauchst?« Ohne Kaffee war Jan unerträglich.

Er seufzte erneut. »Du kennst mich einfach zu gut, Ems. Willst du nicht den Posten meiner Sekretärin übernehmen?«

»Danke, ich bin zufrieden mit meinem Job.« Solange sie ihn noch hatte. Emma räusperte sich. »Ich brauche deine Hilfe.«

»Meine Hilfe? Ist etwas passiert? Wo steckst du überhaupt? Gerade habe ich mir eingebildet, Pferdewiehern gehört zu haben.«

»Du hast doch diesen Freund, den Anwalt. Benno irgendwas.«

»Ach ja, Benno. Mit dem sollte ich endlich mal wieder Tennis spielen.«

»Wenn du ihn schon anrufst, bitte ihn doch gleich um einen Gefallen. Nach deiner Super-Extra-Freundschafts-Rettungsaktion seiner Firma vor drei Jahren ist er dir bestimmt noch etwas schuldig, oder?« Emma betrachtete die frische Hortensienblüte in der Blumenvase. Pink, Emmas Lieblingshortensienfarbe.

»Bist du in Schwierigkeiten, Ems?«

Sie richtete sich kerzengerade auf. »Hör bitte endlich auf, mich Ems zu nennen. Ernsthaft, ich bin doch kein Fluss.«

Jan schwieg. Lange. Dann fragte er erneut: »Wo steckst du?« Er klang ernsthaft besorgt. Besorgt um sie. Er war eben nicht nur der treulose Ehemann, sondern auch jemand, der viele Jahre für sie da gewesen war. Obwohl sie verletzt und sehr wütend auf Jan gewesen war, wünschte sie sich in diesem Augenblick, dass er nicht gänzlich aus ihrem Leben verschwinden würde. Und dass sie ihm von dem Gefühlschaos erzählen könnte, in dem sie steckte. Aber das brachte sie einfach nicht über sich.

Schnell wischte Emma sich eine Träne aus dem Augenwinkel, doch es kamen immer nur noch mehr nach. Jan war der Einzige, der ihre komplette Geschichte kannte. Auch wenn es viele Jahre nicht so ausgesehen hatte, war er der Mensch, der Emma überhaupt am besten kannte, manchmal sogar besser als sie selbst. »Ich bin in Moorbach.«

Schon wieder schwieg Jan, klickte mit dem Kugelschreiber, wie er es immer tat, wenn er intensiv nachdachte. Schließlich sagte er: »Ich wusste nicht, dass dich die Scheidung dermaßen mitnimmt.«

Überrascht schnappte Emma nach Luft. »Du glaubst, ich bin deswegen hier?« Manchmal litt Jan wirklich an Selbstüberschätzung. Trotzdem tat es gut, dass sich nicht alles geändert hatte. »Ich bin beruflich hier. Aber das tut nichts zur Sache. Wirst du mir nun den Kontakt zu Benno herstellen oder nicht?«

»Was willst du mit einem Anwalt für Familienrecht?«, hakte Jan argwöhnisch nach.

»Nicht ich. Ein … ein Freund braucht ein wenig Beratung. Soweit ich mich erinnere, ist Benno doch *der* Fachmann, oder?«

Jans Kugelschreiber klickte abermals wild. »Auf die Gefahr hin, dass es gemeiner klingt, als ich es beabsichtige – du hast doch gar keine Freunde in Moorbach.«

Dieses Mal war es an Emma zu seufzen. »Das ist eine lange Geschichte. Ich glaube nicht, dass du dafür Zeit hast.«

»Ich nehme sie mir. Es ist ja nicht so, dass du mir jetzt egal bist, nur weil wir vor Gericht das Ende unserer Ehe bezeugt haben.« Perplex öffnete Emma den Mund, fand jedoch keine Worte. »Im Übrigen werde ich dir natürlich den Kontakt zu Benno herstellen und dafür sorgen, dass er sich um *deinen Freund* kümmert.«

»*Einen* Freund.« Emma wickelte eine Haarsträhne um den Zeigefinger. Leo war nur ein Freund. Punkt.

»Der es dir wert ist, mich anzurufen.«

»Macht man das nicht, wenn man jemanden mag?«

Jan schwieg, klickte nicht. »Wie geht es deinen Eltern?«

»Ich wünschte wirklich, wir wären öfter hier gewesen«, platzte es aus Emma heraus. »Vielleicht … vielleicht wäre mein Vater dann mit dir angeln gegangen. Oder du hättest dich doch an Mamas Kirschkuchen gewöhnt. Vielleicht hätten Mama und Papa aus meinem Zimmer kein Hobby-, sondern ein Gästezimmer gemacht. Und vielleicht … vielleicht wärst du heute mit mir hier.« Sie schluckte schwer, ihr Hals brannte, und sie vermochte die Tränen plötzlich nicht mehr zurückzuhalten. »Ich bin wütend und traurig, weil es mit uns nicht geklappt hat. Und ich hasse den Menschen, den der Brand, der Verlust meiner Heimat und unsere Eheprobleme aus mir gemacht haben. Dafür, dass du mich die letzten Jahre so mies behandelt hast, könnte ich dir, nebenbei bemerkt, den Hals umdrehen, und gleichzeitig verstehe ich, dass es deine Art war, mit dem Problem umzugehen.«

Jan schwieg, klickte jedoch immer noch nicht. Unterdessen weinte sich Emma leise Wut, Verzweiflung und Sehnsucht vom Herzen, das gerade so schwer wog, als hätte jemand einen Sack fauler Äpfel daran gehängt. Das Gespräch lief überhaupt nicht wie geplant.

»Bitte nicht weinen, Emma«, flüsterte Jan. »Ich konnte das noch nie leiden.«

»Trotzdem hast du mich immer getröstet«, schluchzte Emma.

»Es tut mir leid, dass ich uns im Stich gelassen habe«, fuhr Jan fort. »Dies ist vermutlich nicht der richtige Zeitpunkt, das zu sagen, aber ich habe mich oft gefragt, was gewesen wäre, wenn die Sache mit dem Baby funktioniert hätte. Obwohl es schon lange nicht mehr lief mit uns, fehlst du mir manchmal immer noch. Kaum zu glauben, oder?«

Emma schüttelte den Kopf und war sicher, dass Jan das wusste. Er räusperte sich, als wollte er noch mehr sagen, was er jedoch nicht tat. Stille trat ein. Einvernehmliche Stille. Bis draußen ein Pferd wieherte. Emma erhob sich und ging zum Fenster, um zu sehen, ob das Elvis gewesen war.

»Haben deine Eltern eigentlich neuerdings Pferde?«

Emma kramte ein Taschentuch aus ihrer Handtasche hervor und schnäuzte kräftig. Danach tupfte sie sich die Wangen ab, straffte die Schultern. »Ich bin nicht bei meinen Eltern. Wie gesagt, es ist kompliziert.«

»Ich schließe jetzt die Bürotür ab, lege mich auf die Ledercouch und höre dir zu.«

»Du hast dir nicht ernsthaft eine gekauft, oder?«

»Und ob.« Er lachte. Typisch Jan. Auch dass er am Sonntag im Büro hockte, während alle anderen den freien Tag genossen.

Emma warf einen Blick auf die Zeitanzeige des Handys. Gleich halb vier. In dreißig Minuten war sie mit Mark und Insa im *Dorfkrug* verabredet. Sie bewegte die schmutzigen Zehen. Ach, was sollte es. Auf die paar Minuten kam es nun wirklich nicht mehr an.

Zuerst hakte sie Punkt für Punkt ab – Auftrag, erstes Treffen mit Mark, Insa … Doch je mehr sie preisgab, desto ausschweifender wurden ihre Erzählungen. Sie erwähnte Mamas neues Hobby und die Gespräche, die sie mit ihren Eltern geführt hatte. Sie schwärmte von der lilafarbenen Landschaft und den hübschen Bauernhäusern, dem elterlichen Garten und sogar von Elvis. Sie gab damit an, auf einen Baum geklettert zu sein. Jan fragte nach den Details des Auftrags und danach, was sie nun plante zu tun. Er freute sich über Emmas Versöhnung mit den Eltern und mit Insa, bat sie, vorsichtig zu sein, was Mark anging.

»Wenn du einmal dein Herz an etwas gehängt hast, lässt du es so schnell nicht wieder los.« Dass Mark und sie bereits weiter gegangen waren als beabsichtigt, verschwieg Emma wohlweislich. Stattdessen erwähnte sie die Elvis-Rettungsaktion und, ganz beiläufig, Leo, der ihr ein Zimmer angeboten hatte. Nicht zu vergessen Anton und Darth Vader. Bald fiel ihr auf, dass sie in einen Monolog abgedriftet war, der, im Nachhinein betrachtet, wie eine Lobeshymne auf die Heimat geklungen haben musste. Mitten im Satz stoppte sie. »Jan, bist du noch da?«

Er nickte. Obwohl er über vierhundert Kilometer entfernt in seinem Büro auf der Couch lag, wusste

Emma, dass er nickte. »Kann es sein, dass du gar nicht nach Köln zurückwillst?«, fragte er schließlich.

Sie schnaubte. »Lächerlich. Da ist mein Zuhause.«

Darauf erwiderte Jan nichts.

»Weißt du, dass mich deine Art, Antworten zu geben, ohne zu sprechen, schon immer genervt hat?«, sagte Emma pampig, nur um gleich darauf versöhnlicher hinzuzufügen: »Sagen wir einfach, ich bin dabei, Frieden zu schließen. Mit meiner Vergangenheit und … mit mir. Ich kann nicht fassen, dass ich mich in diese dumme Situation gebracht habe. Das kommt davon, wenn man redet, ohne nachzudenken. Dabei hast du immer gesagt: Erst denken, dann sprechen. Wie wahr.«

»Hast du schon mal daran gedacht, dass gerade die Art, es anders zu machen, dich auszeichnet?«

Emma zog am Zipfel der Bettdecke herum, stand schließlich auf und ließ sich rücklings auf das Laken fallen, das immer noch nach ihrem Lieblingsweichspüler duftete, *Aprilfrisch*, nach Frühlingsblumen, Patschuli und Zedernholz (jedenfalls laut Verpackung), den sie Jan zuliebe nicht mehr verwendet hatte, weil er fand, *das blaue Zeug* stinke.

»Wie läuft's eigentlich mit dir und Lisa?« Einerseits fühlte sie sich verpflichtet nachzufragen, andererseits interessierte sie es tatsächlich, und zwar nicht aus der Hoffnung heraus, die beiden würden scheitern.

»Ich habe die Frauen noch nie verstanden, Emma. Wahrscheinlich werde ich es auch nie.« Das Leder knatschte. »Langsam weiß ich gar nicht mehr, was ich machen soll. Kaum bin ich frei, liegt sie mir damit in den Ohren, wie gern sie heiraten möchte. Ich bin zwar ein Mann, aber hinterm Mond lebe ich nicht. Mittlerweile weiß ich sogar, dass bei Brautkleidern der Trend zu Blush- und Nudetönen geht. Kannst du dir das vorstellen?« Sie lachten beide. Das tat gut. »Zusätzlich schleppt sie mich ständig wie zufällig an sämtlichen Reisebüros vorbei und schwärmt davon, wie gut dieses oder jenes Ziel sich für die Flitterwochen eignen würde. Oder an Brautmodegeschäften! Außerdem nimmt sie diese Sendung mit den Brautkleidern auf, die sie dann am Wochenende stundenlang guckt und mit Ahs und Ohs kommentiert. Dabei habe ich von Anfang an gesagt, dass ich nicht mehr heiraten werde. Nicht in naher Zukunft.«

»Jede Frau hofft nun mal, dass sie den Mann ihres Herzens verändern kann.« Emma lächelte, doch Jan nahm ihren Einwand überhaupt nicht wahr. Er kam erst richtig in Fahrt.

»Wenn sie nicht gerade vom Heiraten spricht, liegt sie mir damit in den Ohren, wie ein Baby unsere Liebe toppen würde. Keine Ahnung, was mit ihr los ist.«

Emma schluckte. »Du weißt doch, wie das ist, wenn man sich ein gemeinsames Kind wünscht. Es ist eben ... das Größte, was man durch Liebe zustande bringen kann. Der letzte Schritt, den man als Paar gehen kann. Nicht nur für den Partner Verantwortung zu übernehmen, sondern auch für ein neues Leben. Ein kleiner Mensch, den du mit keinem anderen hättest erschaffen können.«

»Tut mir leid, dass ich ausgerechnet mit dir darüber rede. Irgendwie hatte ich das Gefühl, wenn ich es jemandem sagen muss, dann dir.«

»Es wird Zeit für mich, darüber hinwegzukommen«, sagte Emma bemüht locker, doch sie hörte sich eher verwirrt an, wie ein Kind, welches erfahren hatte, dass es keinen Weihnachtsmann gab.

»Du bist die Frau, mit der ich Kinder haben wollte, Emma. Du wirst immer einen Schlüssel zu meinem Herzen haben.« Sie presste das Telefon ans Ohr, aus Angst, sie würde Jan, dessen Stimme jetzt wieder samtweich war, nicht mehr hören.

»So wie du meinen Wohnungsschlüssel?«, fragte sie.

»Er ist wie die letzte Verbindung zu uns. Wenn wir uns anders verhalten hätten und nicht so viel passiert wäre, würde ich es auch weiterhin mit dir probieren – es gibt viele Wege. Aber anscheinend sollte es nicht sein, deswegen … Ich möchte mir im Moment um Windelwechseln und Schlaflosigkeit keine Gedanken machen.«

»Vielleicht wäre es das Richtige, um zu heilen«, flüsterte Emma mit bebender Stimme.

Jan schwieg. Dann sagte er: »Du hast ein großes Herz. Jeder, der darin Platz findet, ist ein Glückspilz. Falls dich mein Rat interessiert: Vergiss den Job bei Michael und frag deinen Vater, ob er einen für dich hat. Es kommt mir so vor, als spräche ich zum ersten Mal nach vielen, vielen Jahren mit der lebenslustigen jungen Frau, die mir damals die Wohnung vermittelt hat. Die immer das Wohl ihrer Liebsten im Sinn hatte und darüber sogar manchmal ihr eigenes vergaß.«

»Und wenn ich die Pension nicht retten kann?«

»Sieh zu, dass du dich selbst rettest, Liebling. Und vertrau dir einfach. Ich bin ehrlich froh, dass es wieder einen Mann in deinem Leben gibt, der dich glücklich macht.«

So fühlte es sich also an, wenn eine Ehe nicht nur auf dem Papier, sondern auch im Herzen abgeschlossen war und etwas anderem Platz machte, das einen ebenso großen Stellenwert einnehmen könnte, wenn Jan und Emma es zuließen. Er war die meiste Zeit ein guter Ehemann gewesen. Manchmal vermisste sie ihn – zumindest den Jan, den sie einmal geliebt hatte. Aber es fühlte sich richtig an, nicht mehr mit ihm zusammen zu sein.

Ob zwischen Mark und ihr immer noch etwas war, würde sie sehen, sobald sie im *Dorfkrug* eintraf. Und als Emma zehn Minuten später den Feuerwehrturm passierte, hatte sie zum ersten Mal das Gefühl, zum rechten Zeitpunkt am rechten Ort zu sein.

Emma parkte den BMW über zwei Parkplätze, wie es sich für eine Städterin gehörte, die keinen Respekt vor dem Landleben hatte. Das zumindest warf ihr Adelheid Maack vor, während sie sich unter dem Vordach des *Dorfkrugs* aus einem quietschgelben, viel zu engen Friesennerz schälte. Emma grüßte freundlich und drängte sich an ihr vorbei ins Innere, wo die Gruppe der Landfrauen um einen runden Holztisch herum saß und bei ihrem Anblick augenblicklich verstummte. Die Menschen in Moorbach waren wirklich herzallerliebst.

Trotz des flauen Gefühls im Magen grüßte Emma auch hier freundlich, winkte Christoph, dem Wirt, und hielt zielstrebig auf den Tisch neben dem Radio zu, von dem aus Mark ihr entgegenkam. Es fühlte sich merkwürdig an, ihn wiederzusehen, obwohl sie gerade eben erst übereinander hergefallen waren – zumindest fast. Wie sollte sie ihm die Verspätung schonend beibringen – sorry, Mark, aber es gibt Dringenderes als dein Zuhause, und außerdem war es mir wichtiger, bei Leo zu sein und mit Jan zu telefonieren?

»Da bist du ja.« Mark nahm ihre Hand und küsste Emma auf die Wange, und Insa, die sich zu ihnen umgedreht hatte, riss die Augen auf. Emma, die sich mit Marks öffentlicher Zuneigung überfordert fühlte, zog sich zurück und setzte sich neben die Freundin.

»Es ist nicht das, wonach es aussieht«, flüsterte sie und band das Haar zu einem lockeren Zopf zusammen.

»Du und Mark? Ist das euer Ernst?«, zischte Insa, deren Nasenflügel sich aufblähten wie die Nüstern eines Pferdes. Das war wohl alles ein bisschen viel für sie, zumal sie mit Überraschungen noch nie umgehen konnte.

Mark ließ sich ihnen gegenüber auf einen Stuhl fallen, lehnte sich zurück und legte die Hände in den Nacken. »Fast wie früher, was?«

»Ihr seid wahnsinnig, alle beide«, versetzte Insa, die immer noch ungläubig zwischen Mark und Emma hin- und herguckte.

»Könnt ihr euer Schwelgen in Erinnerungen kurz unterbrechen und zum Wesentlichen kommen?«, fragte

Mark und zwinkerte den beiden Frauen zu. Wenn er wollte, konnte Mark richtig charmant sein. Er hatte sich sogar rasiert und das Haar zurückgegelt, was ihm erstaunlich gut stand. Er war ohnehin ein gut aussehender Mann, fand Emma. Nicht überdurchschnittlich schön, aber sie mochte das kantige Gesicht, die wachsamen Augen und die Narbe, die sie beide zusammengebracht hatte. Es war zum Mäusemelken – warum konnte sie diese neuen-alten Gefühle, die zwischen ihnen existierten, nicht einfach annehmen?

Christoph, der Wirt, stellte drei Heidegeister auf dem Tisch vor ihnen ab. »Die gehn aufs Haus.«

»Stößt du mit uns an, Christoph?«, fragte Emma.

»Im Geiste, Leute. Bin im Dienst. Prost, auf euch.«

Emma schob Mark ihr Gläschen hin. »Du kannst meins haben.«

Er blinzelte verblüfft. »Bist du krank?«

»Das könnt ihr hinterher klären, ihr beiden Turteltauben«, sagte Insa. »Jetzt sehen wir zu, dass wir Marks Pension retten.« Insa hob feierlich den Heidegeist, Mark tat es ihr gleich. Fest entschlossen, keinen Tropfen Alkohol anzurühren, linste Emma zu dem Gläschen, das sie so leichtfertig verschenkt hatte. Mark sah sie amüsiert an. Ach, was soll's, dachte Emma und beschloss gleichzeitig, diesen Satz in Zukunft nie wieder zu verwenden. Es brachte sie nur in Schwierigkeiten, und dieser Ort hatte mit ihr weiß Gott genug angestellt. Sie griff nach dem Glas, prostete den anderen beiden zu und verzog das Gesicht, als die kräuterige Flüssigkeit den Rachen hinunterglitt. Mark lachte, Insa zückte Stift und Papier. Wie immer war sie bestens vorbereitet.

»Eure Vorschläge bitte«, sagte Insa und tippte mit der Bleistiftspitze mehrmals energisch auf das Blatt vor ihr, sodass lauter silberfarbene Strichelchen entstanden.

»Ich habe mir schon Gedanken gemacht, was meinen Part betrifft«, verkündete Emma. »Es wird nicht ganz einfach sein, aber vielleicht kann mein Vater helfen, ein neues Objekt für meinen Chef zu finden. Er hat gute Kontakte und steht uns bestimmt zur Seite. Außerdem werde ich den Markt noch einmal genau ansehen – ich kann mir nicht vorstellen, dass es nicht doch eine bessere Möglichkeit für eine Hotelkette gibt, als eine kleine Pension in Moorbach zu kaufen.«

»Die werden schon wissen, was sie tun«, gab Insa zu bedenken.

»Dann müssen wir es eben besser wissen.« Emma verschränkte die Arme vor der Brust.

»In Heitbeck gibt es doch dieses Anwesen, das bis vor Kurzem verpachtet war«, sagte Insa und legte nachdenklich den Bleistift an ihre Lippen. »Ihr wisst schon, dieses riesige Fachwerkhaus. Gerade neulich habe ich in der Zeitung gelesen, dass das Ding über eintausend Quadratmeter Wohnfläche hat. Soweit ich weiß, war es mal ein Hotel.«

»Gute Idee, Insa. Schreib das auf. Ich mache mich da mal schlau. In der Zwischenzeit könnte Mark zu seiner Bank gehen und fragen, ob …«

»Hab ich schon«, unterbrach Mark Emma. »Keine Chance.«

Auf Emmas irritierten Blick warf Insa ein: »Guck nicht so verwundert. Du bist in Moorbach, Emma. Da kann man in besonderen Fällen auch am Wochenende mit seiner Bankberaterin sprechen.« Sie räusperte sich. »Ich werde am Montag noch mal mit meinem Chef reden, ob wir einen weiteren Kredit anbieten können. Oder diesen erhöhen. Oder die Ratenzahlung anpassen oder aussetzen können. Dafür müsstest du einen neuen Plan aufstellen, Mark. Aber ich fürchte, es sieht dieses Mal nicht gut aus.«

»Dann müssen wir eben eine andere Bank finden, die bereit ist, einen Kredit zu geben«, sagte Emma bestimmt. »Oder habt ihr eine bessere Idee?«

»Ich wüsste da was«, sagte eine kratzige Stimme in ihrem Rücken. »Wie wäre es, wenn das Fräulein Matthies sich ruck, zuck dahin verzieht, woher sie gekommen ist?«

Emma fuhr herum. Am Tisch hinter ihnen saß, gemeinsam mit drei anderen Männern, Matze Kleinschmidt, der schon früher von sich behauptet hatte, der Größte zu sein. Bürgermeister wollte er werden. Oder Jediritter. Diesen Berufswunsch hatte er bereits in der sechsten Klasse in jedes Freundschaftsbuch geschrieben. In jedes, bis auf Emmas. Darin hatte nämlich »Dich flachlegen« gestanden. Matze war noch nie die hellste Kerze auf der Torte gewesen und nach der zehnten Klasse mit Pauken und Trompeten vom Gymnasium geflogen, was nicht nur an seinen schulischen Leistungen gelegen hatte, sondern auch an seinem respektlosen Verhalten und dem Hang, sich durch Prügeleien fragwürdige Anerkennung zu verschaffen. Und durch Drogen. Was aus ihm wohl geworden war? Profikickboxer vielleicht. Oder gar nichts. Es überraschte Emma im Übrigen überhaupt nicht, dass er bis heute in Moorbach herumspukte und keinen Funken seines zweifelhaften Charmes eingebüßt hatte.

»Matze, immer noch wortgewandt wie eh und je«, entgegnete sie, die ihn zwar verabscheute, aber nie Angst vor ihm gehabt hatte.

»Was hast du hier zu suchen, Brandstifterin?«

»Lass gut sein, Matze«, mischte sich Mark ein.

»Rüther, du Flachzange, sag nicht, ihr macht es wieder.«

»Ach, komm schon. Sei nicht neidisch.« Emma wandte sich wieder Mark zu, doch Matze stand auf und zog einen Stuhl mit sich, der qualvoll über den Boden schabte. Er hatte eindeutig zu viel Schnuckenbräu intus.

Mark beugte sich über den Tisch. »Das reicht. Geh zu deinen Kumpels zurück und mach dich nicht lächerlich.«

»Hübsch bist du ja, Emmachen. Ich dachte zuerst, es wäre ein böser Scherz, dass du wieder da bist.« Er spielte mit einer ihrer Haarsträhnen.

»Was regst du dich auf?«, fragte Emma gespielt ruhig. In Wahrheit konnte sie sich nicht entscheiden, ob sie schreien oder Mitleid haben sollte, weil aus ihm nichts geworden war. »War doch nicht dein Stall, der abgebrannt ist.«

»Pah«, spuckte Matze. »Das ist eine Frage der Ehre.«

Emma runzelte die Stirn. »Du weißt doch gar nicht, wie man das schreibt.«

Insa zerrte an Emmas Arm. »Hör auf, Emma, das bringt doch nichts.«

»Die graue Maus ist auch da, ich habe dich gar nicht gesehen.«

»Matze, jetzt zisch ab und lass uns in Ruhe.« Marks Stimme hatte an Schärfe zugelegt. Dennoch gehörte es zu seinen Stärken, Konflikte mit Worten zu lösen. So aufbrausend er auch sein konnte, in Streitsituationen, die nicht ihn selbst betrafen, gelang es ihm, einen kühlen Kopf zu bewahren. Dafür hatte Emma ihn schon immer bewundert. »Trink noch ein Bierchen und kümmer dich um deine Freunde.«

»Genau, Matze. Geh spielen.« Emma wollte den Mund halten. Ehrlich. Sie wusste, jedes Wort war zu viel, und sie konnte es selbst nicht erklären, woher die Energie kam, sich gegen Baseballjacken-Matze aufzulehnen.

Matze beugte sich vor, sodass seine Bierfahne Emma in die Nase drang. Sie zwang sich, nicht zurückzuweichen. Im Augenwinkel sah sie, dass Mark seinen Stuhl zurückschob.

»Ich hätte dich immer noch liebend gern in meinem Schlafzimmer, Emma.«

»Gibt es hier ein Problem?« Ehe Matze seine schmutzigen Fantasien ausführen konnte, legte sich von hinten eine Hand auf seine Schulter. Lange, muskulöse Finger, die perfekt zu Emmas Hand gepasst hatten.

»Sieh an, der Herr Flemming«, sagte Mark und klang alles andere als begeistert.

Emma sah zu Leo auf, und als sich ihre Blicke trafen, begann es in Emmas Bauch zu kribbeln und zu flattern. Oje. Für den Bruchteil einer Sekunde blieb alles um sie herum still, bis Matze Emma wieder auf den Boden der Tatsachen zurückholte.

»Ich steh auch auf Vierer, kein Problem.«

In diesem Moment setzte sich eine Kette verschiedener Ereignisse in Gang. Emma holte aus, ihre Hand traf Matzes Gesicht, und obwohl es die Linke war, sah man den Abdruck deutlich. Insa quiekte, ein empörtes Raunen rauschte durch den Raum, Adelheid Maack rief: »Sie hat ihn geschlagen!« Mark ergriff Emmas brennende Hand. Und Leo packte Matze, zerrte ihn von seinem Stuhl und stieß ihn unsanft zu Boden, um kurz darauf von Christoph bei den Schultern gepackt und zur Bar eskortiert zu werden. Das Blut in Emmas Ohren pulsierte, während sie Leo dabei beobachtete, wie er Christoph auf die Schulter klopfte und zur Tür schritt. Matzes Kumpels halfen dem lädierten Sexgott auf die Beine, Emma erhob sich. Ihre Hand glitt aus Marks Hand.

»Bin gleich zurück«, murmelte sie. Ohne das Gefühl zu haben vorwärtszukommen, setzte sie einen Fuß vor den anderen. Erst als Regentropfen auf ihre Arme prasselten und Leo schon den Touareg erreicht hatte, rief sie:

»Leo!« Warum musste sie ihm heute eigentlich ständig nachlaufen?

Leo, der die Fahrertür bereits geöffnet hatte, hielt inne. Als Emma sich an Claudines Worte erinnerte, wurde ihr ganz schwindelig. *Nur für Menschen, die er wirklich liebt, überschreitet Leo hin und wieder Grenzen.*

»Geh zurück zu deinen Freunden, Emma. Ins Trockene.«

Als Emma ihn erreichte, tropfte Regen aus Leos Haar über seine Wange. Emma streckte die Hand nach dem Rinnsal aus, doch Leo ergriff sie sanft, ehe sie ihn berühren konnte. »Wir sollten dieses Rumgerenne im Regen nicht zur Gewohnheit werden lassen.«

»Warum bist du hergekommen?«

Leo schlug die Tür wieder zu. »Ich wollte mich sinnlos besaufen.« Er lächelte schwach. »Ich habe dein Auto gesehen. Weiter habe ich nicht gedacht.«

»Leo, ich ...«

»Geh zurück, Mark wartet bestimmt schon auf dich.«

»Es ist nicht das, wonach es aussieht.«

»Du bist mir keine Rechenschaft schuldig, Emma.«

»Und warum fühlt es sich dann so an?«

Leo nahm ihre linke Hand, für einen Augenblick sah es so aus, als wollte er sie küssen. »Erinnere mich daran, dass ich mich niemals mit dir streite.«

»Niemals? Das setzt voraus, dass wir uns zukünftig öfter sehen.«

Er strich mit dem Daumen über Emmas brennende Handfläche, was schon wieder den Schwarm Schmetterlinge in ihrem Bauch aufscheuchte. Zusätzlich breitete sich ein warmes Gefühl in Emma aus, bis in die Nasenspitze, wodurch sie sich auf einmal federleicht fühlte, als könnten ihre Füße jeden Augenblick vom

Boden abheben. »Eine letzte Nacht, die uns bleibt, ehe du morgen abreist.«

Wie er das sagte. Sehnsüchtig. Traurig. Aber an Abschied wollte Emma nicht denken. Nicht jetzt. Und schon gar nicht daran, was der morgige Tag mit sich bringen würde. Alles, was sie wollte, reduzierte sich auf einmal auf eine einzige Sache. Aber das wäre ein Fehler. Und es würde Emmas Misere noch viel komplizierter machen.

In der Nähe fiel eine Tür ins Schloss, die den Zauber jäh beendete. Leo ließ Emmas Hand los.

Als Mark fragte: »Kommst du, Emmi?«, machte Emma einen Schritt rückwärts. Leo lächelte traurig und stieg in das Auto. Als er vom Parkplatz rollte, fiel Emma das Telefonat mit Jan ein und dass sie Neuigkeiten für Leo hatte.

»Halt!«, rief sie und lief Leo schon wieder hinterher. Er ließ die Fensterscheibe herunter. In Leos Wagen roch es ledrig und neu. Und nach Leo. »Ich kenne jemanden, der dich beraten kann, was Claudine und Anton angeht. Für den Fall der Fälle.«

»Ich glaube nicht, dass ich …«

»Bitte. Es kostet auch nicht viel. Er schuldet jemandem noch einen Gefallen.«

»Jemand schuldet jemandem einen Gefallen? Das klingt dubios, oder was meinst du?«

»Vertrau mir einfach. Er ist der Beste.«

Leo sah sie an, und in seinen Augen las Emma, was sie längst befürchtet hatte. Er nickte und sagte leise: »Dir vertrauen – das ist leicht.« Dann schloss er das Fenster und brauste davon.

Emma dachte daran, wie er ihre Hand gehalten und was sie dabei empfunden hatte. Genau genommen spielten ihre Gefühle verrückt, sobald Leo sie auch nur ansah. Es wäre trotzdem ganz, ganz falsch gewesen, ihn zu küssen. Aber gewünscht – gewünscht hätte sie es sich schon.

Zwei Stunden und unzählige Notizzettel voller Ideen später, die allesamt leider nicht geeignet schienen, genug Einnahmen für Mark zu erzielen, fühlte Emma sich leer und ausgelaugt. Mark war besonders aufmerksam ihr gegenüber, er lächelte sie an, fragte, ob es ihr gut gehe, bestellte für sie alle zu essen, strich hin und wieder über Emmas Hand. Sie wagte unterdessen kaum, sich ihm zu nähern. Wann immer er sie ansah, lächelte sie unverbindlich und wandte sich ab, was sie selbst ziemlich unfair fand. Sie wünschte sich wirklich, dass sie beide eine Chance hätten, und hoffte, dass ihre Zweifel der Aufregung geschuldet waren, mit der sie sich auseinandersetzen musste. Doch je mehr Mark sich bemühte, desto größer wurde die Distanz zwischen ihnen. Auch das Angebot, bei ihm unterzukommen, lehnte sie ab. Zum Abschied küsste sie ihn auf die Wange und versprach, sich bald zu melden, ehe sie zum Pferdehof zurückkehrte, wo sie sich wie selbstverständlich zu Hause fühlte.

Leos Auto stand nicht vor der Tür, woraus Emma schloss, dass sie nicht nach ihm zu suchen brauchte, obwohl sie es gerne getan hätte. Nach einer ausgiebigen Dusche zog sie sich in das Gästezimmer zurück, packte ein paar Sachen in ihre Tasche – Schmutzwäsche, die Kulturtasche. Nur die Zahnbürste hatte sie im Bad stehen lassen. Als es dunkel war und Emma das Gedankenkarussell einfach nicht abschalten konnte, kuschelte sie sich in ihre Bettdecke und rief ihren Vater an, wobei es gar nicht mehr nur darum ging, ihn wegen einer Immobilie zu fragen, sondern auch darum, seine Stimme zu hören.

»Emmi, da bist du ja. – *Es ist Emma. – Ja doch, ich frage sie. – Später, Betti. – Ich glaube nicht, dass ich das fragen sollte.* – Emmi, deine Mutter will wissen, ob du ihren Rat befolgt hast.«

»Sag ihr, das habe ich nie getan, und es wäre komisch, ausgerechnet jetzt damit anzufangen.«

»Hat sie nicht, Betti. Und sie wird es auch nicht tun.« Telefonate mit Mama und Papa waren immer ein Abenteuer. *»Das werde ich ganz bestimmt nicht fragen.«* Er räusperte sich. »Deine Mutter fragt, ob du … Herrgott, diese Frau macht mich wahnsinnig. Sie will wissen, ob du nun herausgefunden hast, wer besser küsst. Es tut mir leid, Emmi, aber du weißt, wie Mama mit solchen Sachen ist. Sie hat damit gedroht, ihren gesamten Töpferkram im Wohnzimmer aufzustellen, wenn ich nicht frage.«

»Ich liebe euch.«

»Sie liebt uns, Betti!«, brüllte er, weil Mama vermutlich längst im Keller zugange war, um ihre Drohung wahr zu machen. »Wir lieben dich auch, Emmi. Du rufst bestimmt nicht an, um mir das zu sagen, oder?«

»Wie war's beim Angeln, Papa?«, wich Emma aus,

da sie noch nicht bereit dafür war, dass Papa unter Umständen doch keinen Rat wusste.

»Frag nicht«, stöhnte er. »Ich habe es nicht übers Herz gebracht, dem hilflosen Fischlein auf den Kopf zu hauen. Und dann das Wetter.«

Emma lächelte und rollte sich zusammen wie ein Igel. »Mama hat dir alles erzählt, oder?«

»Sie schweigt wie ein Grab. Kein Wort habe ich bisher aus ihr herausbekommen.«

Das überraschte Emma. »Mark will verkaufen«, platzte es aus ihr heraus. »Er will es, weil der Preis unschlagbar ist.«

»Klingt gut, Emmi. Glückwunsch.« Emma spürte genau, dass seine Worte nicht von Herzen kamen und er lieber etwas anderes sagen würde. Das sah Papa gar nicht ähnlich.

»Los, Papa. Sag schon, was du denkst.«

»Wenn es das ist, was dich glücklich macht …« Emma schnaubte, woraufhin Papa flüsterte: »Deine Mutter hat gesagt, ich soll mich nicht einmischen, du würdest schon wissen, was gut ist. Und wenn nicht, tja, dann müsstest du eben damit leben, sie mache sich da gar keine Sorgen um dich.«

»Ich kann nicht«, wisperte Emma zurück, als ob irgendjemand sie hören könnte. »Mark sein Zuhause wegnehmen. Das schaffe ich nicht.«

Papa schnaufte hörbar erleichtert. »Da bin ich aber froh. Du bist eben meine Tochter.«

»Dir ist schon klar, dass ich jetzt ein riesengroßes Problem mit meinem Chef habe?«

»Oho, und was für eins.« Na danke. Das war nicht der Motivationsschub, den Emma brauchte. »Aber«, fügte Papa hinzu, »du bekommst das schon hin. Und wenn gar nichts geht … Emmi, du weißt, ich bin überzeugt, dass das Mühlenbüro bei dir in besten Händen wäre.«

Das wusste Emma. Doch sie wusste auch, dass Papas Vorschlag unter keinen Umständen für sie infrage käme. »Ich habe überlegt, ob man nicht ein anderes Grundstück anbieten könnte. Ich verstehe ohnehin nicht, warum gerade Marks Land interessant sein soll. Für ein Hotel ist es viel zu klein.«

»Es muss ja nicht immer alles riesig sein«, erwiderte ihr Vater. »Ich kann mir schon vorstellen, dass es Pläne gibt, den Tourismus in Moorbach auszubauen.«

Emma setzte sich auf und strich die Decke glatt. Wenn sie nur eine Alternative hätte. »Du hast doch bestimmt ein Grundstück im Angebot, oder, Papa? Weißt du vielleicht mehr über das leerstehende Haus in Heitbeck?«, fragte sie hoffnungsvoll. Sie kniff die Augen zusammen und vertraute insgeheim auf die Gabe ihres Vaters, alles gut werden zu lassen. Oder ihr die Zuversicht zu vermitteln, dass alles gut werden würde. Alles.

»Grundstücke für derartige Projekte gibt es derzeit kaum. Nur für Einfamilien- und Doppelhäuser. Ich werde mich morgen aber trotzdem ein wenig umhören. Das Heitbecker Fachwerkhaus wird für altersgerechtes Wohnen umgebaut, da können wir nichts mehr machen.«

Emma seufzte. Sie hatte gehofft, Michael morgen früh bereits mit guten Nachrichten beglücken zu können.

»Und was ist, wenn du deinem Chef die Wahrheit sagst?«

Emma lachte auf. »Du meinst, dass ich Mark davon überzeugt habe, nicht zu verkaufen?«

»Du musst ja nicht gerade die geballten Tatsachen auftischen. Sag einfach, er verkauft nicht. Punkt.«

»Ich habe noch nie ein Geschäft nicht abgewickelt. Noch nie.«

Papa schnalzte und hörte sich dabei ein bisschen an wie Mama. »Dann solltest du langsam damit anfangen, Emmi.«

Wenig später lag Emma mit ausgestreckten Beinen auf der Bettdecke und starrte in die Dunkelheit. Während tausend Gedanken in ihrem Kopf umherschwirrten, horchte sie angestrengt, ob sich im Haus etwas regte. Aber es blieb still. So still, dass sie ihren eigenen Atem hörte – das erste Mal seit Langem, dass sie ganz bei sich war. Seit fünf Tagen war sie nun in Moorbach, und es schien, als hätte sich ihr Leben gänzlich auf den Kopf gestellt. Und ihr Herz auch. Ohne dass sie es wollte, hatte Emma sämtliche Prinzipien missachtet. Aus dem simplen Auftrag, ein Haus zu kaufen, war etwas Großes geworden, etwas, das sie so nicht geplant hatte. Normalerweise war sie gut im Planen. Auch was ihre Gefühle anging, schaffte sie es meistens, die Kontrolle zu behalten, was durchaus funktionierte, wenn man gewisse Regungen schlicht und einfach nicht zuließ. Diese Methode hatte Emma während der letzten Jahre perfektioniert. Doch dann hatte ihre eigene Sehnsucht sie überlistet. Als hätte sie den Kopf ausgeschaltet, agierte sie aus dem Bauch heraus, der, nebenbei bemerkt, derlei Aufruhr gar nicht mehr gewohnt war. Emma seufzte in die Nacht hinein. Sie musste ihr Leben unbedingt wieder in den Griff bekommen.

Dumm nur, dass sie sich auf einmal lebendiger fühlte denn je.

Kapitel 15

Kurz vor zwei Uhr nachts hatte der Schlaf Emma immer noch nicht eingeholt. Sie vermisste Lilli. Obwohl sie bei ihren Eltern bestens aufgehoben war, würde Emma die kleine Hündin morgen auf jeden Fall abholen. Sie blinzelte. Ihre Lider wollten einfach nicht geschlossen bleiben, das Herz pochte aufgeregt, sie fühlte sich hellwach, obwohl der Tag anstrengend gewesen war. An das kitzelig flaue Gefühl im Magen musste sie sich allerdings noch gewöhnen. Immerhin hätte sie beinahe mit Mark geschlafen, hatte mehrfach Leo hinterherrennen müssen und war nur knapp einer Schlägerei entkommen, an der er maßgeblich beteiligt gewesen war. Ihretwegen. Ohne mit der Wimper zu zucken.

Als Emma die Treppe knarren hörte, schreckte sie auf. Jetzt hatte sie so lange aufgepasst und beinahe doch Leos Rückkehr versäumt. Sie hielt die Luft an und regte sich keinen Millimeter. Wasser plätscherte, kurz darauf summte eine elektrische Zahnbürste.

Das war verrückt, Emma war verrückt. Irrational wie ein Teenager. Ein verknallter Teenager. Unmöglich in ihrem Alter. Besonders für sie.

Die Dielen im Flur verrieten, dass Leo das Badezimmer verlassen hatte. Beinahe geräuschlos schlüpfte Emma unter die Bettdecke, zog sie bis zur Nasenspitze und grinste dämlich. Jetzt war sie komplett übergeschnappt, dabei musste sie sich auf die Arbeit konzentrieren, brauchte dringend konkrete Lösungen, wie sie Mark helfen konnte, damit wenigstens er glücklich war, wenn sie schon ihren Job aufs Spiel setzte.

Angestrengt horchte sie auf weitere Geräusche aus Leos Zimmer. Nichts. Emma zog die Decke über das Gesicht und versuchte, die Lippen zusammengepresst, nicht aufzuspringen, bis es unter dem Oberbett zu warm wurde und sie es ruckartig zurückschlug. Sie setzte sich auf, berührte mit den Zehenspitzen den Holzboden. Schließlich zog sie sich eine Strickjacke über und beschloss, dass sie furchtbar durstig war. Leise öffnete sie die Zimmertür einen Spaltbreit, linste hinaus, atmete einmal tief durch und trat in den Flur, wo sie erschrocken aufschrie. Außer ihr stand noch jemand da, und dieser Jemand schaltete nun das Licht an. Geblendet kniff Emma die Augen zusammen, bis sie sich an die Helligkeit gewöhnt hatte, und realisierte, dass niemand Geringerer als Leo unmittelbar vor ihr stand, der seit Stunden in ihren Gedanken umherspukte.

»Ich dachte, du schläfst längst«, sagte er verdattert.

Emma zupfte am Knopf ihrer Jacke. »Du schläfst ja auch nicht.«

Schweigen.

Nervös trat Emma von einem Fuß auf den anderen, obwohl sie sich vorgenommen hatte, besonders entspannt zu wirken. Sie hasste es, um Worte verlegen zu sein.

»Und? Bist du in der Sache mit der Pension vorangekommen?«

Sie nestele an einem Faden herum, der sich von der Saumnaht am Hals löste. »Mark will verkaufen«, sagte sie. »Aber … aber jetzt will ich nicht mehr.« Leo zog verwundert die Augenbrauen hoch. Sie mochte seine Augen. Sehr sogar. Und sie wollte, dass Leo sie ansah, wie er es schon einmal getan hatte. Voller Wärme. Und Sehnsucht. Sehnsucht nach ihr.

»Was Mark nicht alles will.« Er rieb sich das Kinn. »Dich will er offensichtlich auch.«

Emma schluckte. Heute Nacht übte sich Leo nicht gerade in Zurückhaltung. Dabei musste es bereits nach zwei Uhr sein, eine Uhrzeit, von der Leo selbst behauptete, dass sie nicht gut für Entscheidungen und Handlungen sei. »Vielleicht. Leider kriegt man nicht immer, was man will.«

Leo musterte sie aufmerksam und wirkte auf einmal hellwach. Wie selbstverständlich klemmte er Emma eine Haarsträhne hinter das Ohr. Sie wollte seine Hand festhalten, wollte, dass er sie berührte, aber sie war wie hypnotisiert.

»Und was willst du?«, fragte Leo mit rauer Stimme.

Ohne es zu beabsichtigen, trat Emma einen Schritt rückwärts, zwang sich hinunterzuschlucken, was ihr auf der Zunge brannte. Bauchentscheidungen führten nur zu Schwierigkeiten. Sprechen, ohne nachzudenken, sowieso. Sie stieß gegen den Türrahmen, und der Gedanke, den sie eben noch zurückgehalten hatte, purzelte wie auf Kommando aus ihrem Mund.

»Dich.«

Ein einziges, winziges Wort, das so viel bedeutete. Mit dem sie sich Leo auslieferte. Das sich richtig anfühlte.

Er trat auf sie zu. Emma konnte ihn riechen, fühlte seine Wärme. Leo ahnte nicht, was er mit einem einzigen Blick anrichten konnte. Bauchkribbeln. Höhenflug. Unverhofft sanft berührten seine Lippen ihre, als kostete er, ob sie ihm wirklich schmeckten. Er legte die Hände auf Emmas Taille, beinahe schüchtern, was Emma, noch während sie sich zärtlich küssten, ein Lächeln entlockte.

»Was?«, raunte Leo, schlüpfte mit den Händen unter die Strickjacke und das Schlafshirt. Seine Finger hinterließen eine Gänsehaut auf Emmas Körper und ein Prickeln an der Stelle, an der er sie berührt hatte. Auf der Haut wie in ihrem Herzen.

»Ich habe gehört, du bist in Wahrheit viel mehr als sanft und zurückhaltend.«

Er sah sie an. »Tatsächlich.«

Emma hob entschuldigend die Schultern. Sie liebte es, wie Leo sie anschaute. Ernst. Wild. Da war nichts mehr, was zwischen ihnen stand.

Er schob die Strickjacke von Emmas Schultern, bis sie zu Boden fiel. Dabei fragte er: »Wenn ich dir jetzt schon alles gebe, was bleibt uns dann?« Leo küsste ihren Hals.

Sie schmiegte sich an ihn, konzentrierte sich auf seinen Atem an ihrem Ohr. Es war gar nicht typisch für Emma, sich blindlings fallen zu lassen. Sie streichelte Leos Nacken, fuhr mit den Fingern durch sein Haar. Emma. War. Nicht. Spontan. »Aber ich will alles«, hauchte sie. Und ließ sich fallen.

Leo packte sie, führte sie küssend in sein Zimmer, in dem es noch viel mehr nach ihm duftete und wo er den Kuss nur unterbrach, um Emmas Shirt loszuwerden und sich seines über den Kopf zu zerren. Sie berührten sich gegenseitig an jeder frei gewordenen Stelle, und als sich Emma gegen Leo presste, stöhnte er auf. Sie wollte ihn. Jetzt. Sofort. Mit allem Drum und Dran. Wie von selbst lagen sie plötzlich nackt in seinem Bett, eng umschlungen, und Emma wünschte sich, Leo würde sie endlich dort berühren, wo sie es gerade am dringendsten brauchte. Seine Finger auf ihrem Körper fühlten sich richtig an. In ihr noch milliardenfach besser. Überhaupt passte Leo perfekt zu Emma – neben ihr, auf ihr, hinter ihr. Überall. Emma schwebte. Sie fühlte sich frei und leicht, spürte, dass es Leo ebenso erging. Für den Augenblick verschmolzen sie zu einem Ganzen, hielten sich, so fest sie nur konnten, um am Ende die letzte Klippe gemeinsam hinunterzuspringen.

Erst im Morgengrauen, als das Dunkelblau des Nachthimmels langsam zu Goldblau wechselte, waren Emma und Leo eingeschlafen, eng umschlungen und erschöpft. Wie im Rausch hatten sie nicht genug voneinander bekommen können, als müssten sie jede einzelne Berührung auskosten aus Angst, es könnte die letzte sein.

Es war bereits taghell, als Emma zwischen schweren Lidern hindurchblinzelte und die durchwühlten Laken neben ihr wahrnahm. Sie tastete nach Leo, aber die rechte Bettseite war leer. Hatte sie die letzten Stunden etwa nur geträumt? Vorsichtig befühlte sie ihre geschwollenen Lippen, ein Beweis dafür, dass Leo und sie sich stundenlang geküsst hatten. Beim Gedanken an letzte Nacht lächelte sie und wünschte sich, auf der Stelle dort weiterzumachen, wo sie aufgehört hatten.

Schwerfällig richtete sich Emma auf, rieb die Augen und sah sich um. Leos Zimmer war, ebenso wie der Rest des Hauses, aufgeräumt. Die Vorhänge hatte er fein säuberlich zugezogen, die Wände in Weiß und Blau wirkten maritim und kühl wie eine frische Brise. Nach Emmas Kenntnisstand sorgte die Farbe Blau für perfektes Schlafklima. Nur die auf dem Fußboden verteilten Klamotten, Emmas Shirt, Strickjacke und ihr Slip, Leos Shorts und T-Shirt zeugten davon, dass sein Leben doch nicht so aufgeräumt war, wie Emma noch vor wenigen Stunden angenommen hatte. Ebenso wenig wie ihres. Sie erinnerte sich daran, wie es war, in einem fremden Bett aufzuwachen, früher, als sie frisch nach Köln gezogen war und sich eingebildet hatte, ihr neues Leben in vollen Zügen zu genießen. Einsam hatte sie sich damals gefühlt. Benutzt. Obwohl sie freiwillig mitgegangen war. Aber jetzt, obgleich Leos Bettseite verwaist war, spürte Emma nicht diese Leere, die ihre Einsamkeit wie mit einem grellgelben Leuchtstift markierte, sondern beseelt und befreit.

Sie zog sich an und lief nach unten in die Küche, wo ein gedeckter Tisch und ein Post-it auf sie warteten.

Guten Morgen, Emma, ich hoffe, das reicht dir, du weißt ja, wo alles steht. Wir sehen uns später. L.

Emma strich über den Zettel, grinste. Sie verdrängte die nagende Angst wegen des Gesprächs mit Michael, das ihr heute bevorstand. Später blieb genug Zeit für Sorgen. Leo hatte frisches Brot auf den Tisch gestellt, das vor Gesundheit und Kernen strotzte. Sie aß das fluffige Bauernbrot aus der Landbäckerei pur, schmeckte Dinkel, Walnüsse und Sonnenblumenkerne. In der Backstube von Frau Sander war das Brot eher durchschnittlich, dafür waren ihre Kuchen und Torten Kunstwerke gewesen, optisch wie geschmacklich. Vielleicht würde Emma der alten Dame später einen Besuch abstatten. Mit Hagebuttenkonfitüre aus Mamas Vorräten.

Nachdem Emma drei Brotscheiben vertilgt, den Tisch abgeräumt und mit der Hand die Krümel abgewischt hatte, sah sie sich in der Küche um, dem Ort, an dem sie zum ersten Mal Zeit mit Leo verbracht hatte. Zu diesem Zeitpunkt hätte sie es nicht für möglich gehalten, dass Leo und sie sich so nahekommen würden. Dabei verkomplizierte es die Situation für sie nur, immerhin würde sie bald abreisen. Und eine Fernbeziehung oder was auch immer sich da zwischen ihnen anbahnte, kam für Emma nicht infrage. Sie seufzte. Warum durfte sie nicht einfach nur glücklich sein? Das Leben genießen und sich ihren Gefühlen hingeben? Stattdessen fühlte sie sich schlecht Mark gegenüber, mit dem sie dringend sprechen musste. Er hatte eine Erklärung für ihr Verhalten verdient.

Im nächsten Moment schrillte im Gästezimmer ein

Handy. Sie hetzte zu ihrer Handtasche und lachte auf, als sie atemlos auf das Display schaute. Fast schien es, als hätte das Schicksal nur darauf gewartet, ihr einen weiteren Dämpfer zu verpassen. Der Anrufer war ausdauernd im Klingelnlassen, als ahnte er, dass Emma längst zugegen war. Sie schob das grüne Kreuz auf dem Display nach rechts und sagte mit fester Stimme: »Hallo, Mark. Wir müssen reden. Kann ich nachher bei dir vorbeikommen?«

Seit mehr als einer Dreiviertelstunde starrte Emma das Telefon an, das auf dem Kopfkissen lag. Schwarz, stumm, anklagend. Sie musste es tun. Jetzt. Gleich. Ihre Hand gehorchte nicht. Das Bett schien unter ihr hin und her zu schunkeln. Das letzte Mal war es im Mathematikunterricht in der Oberstufe passiert, dass der Boden schwankte, immer dann, wenn sie eine Klausur zurückbekam und betete, sich mit einem *Ausreichend* gerettet zu haben. Dieses Mal würde es jene Sechs hageln, um die sie all die Jahre herumgekommen war.

Emma blickte aus dem Fenster, vor dem es Bindfäden regnete. Sie atmete tief durch und richtete sich auf. Gäbe es doch nur jemanden, der sie jetzt halten würde. Sie nahm das Telefon, entsperrte das Display und suchte Michaels Nummer im Telefonbuch, obwohl sie jede einzelne Ziffer auswendig kannte. Die Augen geschlossen, horchte sie in sich hinein, doch in Kopf und Bauch herrschte heilloses Durcheinander. Sie tippte auf *Michael Büro*, überlegte, ob sie vorher noch eben einen Tee … Schluss. Jetzt oder nie. So schlimm würde es schon nicht werden. Das Freizeichen ertönte, schrill und viel zu laut. Dreimal.

»Emma, *hello*! Wie schön, von dir zu hören, ich hatte schon befürchtet, du hättest dich ins Ausland abgesetzt. *How are you*, Lieblingsmitarbeiterin?« Es war schlimm.

»Guten Morgen.« Um einen sorglosen Unterton bemüht, fuhr Emma fort: »Auch um fast halb elf wünscht man sich im hohen Norden einen guten Morgen, hier ticken die Uhren anders.«

»Solange du positive Neuigkeiten für mich hast, überhöre ich das.«

Emma schluckte. »Ich habe mit Herrn Rüther gesprochen. Er hat bereits ein anderes Angebot vorliegen. Weißt du etwas darüber?« Im Geiste sah sie, wie Michael seine Brille auf die Stirn schob. »Die gute Nachricht ist, unser Angebot ist besser.«

Michael schnaufte. »Bedenke mein Alter und jage mir keinen solchen Schrecken ein.«

»Ach, komm. Du hättest dir die Chance auch nicht entgehen lassen, mir einen kleinen Schrecken einzujagen.«

»Ich habe das Gefühl, der Heimaturlaub tut dir gut.«

»Und ich habe das Gefühl, du vergisst, dass das hier kein Urlaub ist.«

»War es schwer?«, fragte Michael ehrlich mitfühlend.

Wenn er wüsste, wie schwer. Wie schwer es Emma fiel, ehrlich mit ihm zu sein. Und mit sich. »Nicht nur«, sagte sie und entspannte die Schultern. »Zumindest habe ich mich mit meinen Eltern versöhnt, und das … das macht mich glücklich. Ich habe gar nicht gewusst, wie sehr sie mir gefehlt haben.«

»Wie schön, Emma. Wirklich schön. Du verdienst Glück.«

Warum musste er ausgerechnet jetzt nett zu ihr sein? »Michael«, setzte sie an. »Es ist alles ein wenig kompliziert.«

»Umso besser, dass die Sache eine derart glückliche Wendung genommen hat.«

Es hatte keinen Sinn, um den heißen Brei herumzureden. »Mark und ich …«

»*Jesus*, sag nicht, ihr habt eure Liebe neu entdeckt, und du wirst uns verlassen. Nicht dass ich es dir nicht gönnen würde, aber …«

»Das ist es nicht.«

»Ich kann und will nicht auf dich verzichten.«

Emma seufzte still. Wenn der wüsste. »Mark verkauft nicht.« Schweigen am anderen Ende der Leitung. »Es … es gibt Pläne, die Pension wieder zum Laufen zu bekommen.«

Michael nahm tatsächlich die Brille ab, sie konnte es hören. »Er verzichtet auf einen Haufen Geld, um sich noch mehr zu ruinieren? Der Typ ist dümmer, als ich dachte.«

»Ich suche Alternativen. Ein anderes Grundstück, in bester Lage und …«

»Aber unser Kunde will dieses Grundstück haben, Emma. Exakt dieses«, sagte Michael scharf.

»Es ist doch viel zu klein, und außerdem …«

»Warum werde ich das Gefühl nicht los, dass du mir etwas verschweigst?«

»Aber das tu ich doch nicht«, erwiderte Emma.

»Wieso kannst du ihn nicht überzeugen, das Geld zu nehmen?«

»Vielleicht geht es nicht um Geld.«

»Worum dann?«

Dieser Teil des Gesprächs kam Emma nur zu bekannt vor. Sie räusperte sich. »Es ist sein Zuhause.«

»Hast du etwa doch was mit ihm am Laufen?«

»Dass die Idee, mich herzuschicken, unglücklich ist, habe ich von Anfang an gesagt«, verteidigte sich Emma.

»Emma, ein Profi ...«

»Ich bin auch ein Mensch.«

»Und ich habe dir gesagt, dass du deine Gefühle nach hinten stellen musst.«

»Ach ja?« Emma richtete sich kerzengerade auf. »Hast du eine Ahnung, wie das ist, allein für deine bloße Anwesenheit gehasst zu werden? Du wolltest, dass ich hierherfahre. Weißt du wirklich, wie es sich anfühlt, wenn du an einem Ort bist, an dem du niemals sein wolltest, weil man dich von dort vertrieben hat? Wie soll ich also, deiner Meinung nach, meine Gefühle abstellen? Ich habe nun mal keine Start-Stopp-Automatik.«

Michael öffnete die Schreibtischschublade. »Dennoch hast du dich unprofessionell verhalten. Du hattest einen klaren Auftrag und hast dich offensichtlich nicht daran gehalten. Und das dulde ich nicht.«

»Bitte, dann kündige mir halt.«

»Rausschmeißen? Dich? Ich bin doch nicht geisteskrank.«

»Ich kann Mark nicht dazu bringen, die Pension zu verkaufen.«

»Du kannst es vielleicht nicht. Aber ich.«

»Was, du?«, fragte Emma ungläubig.

»Sorge dafür, dass dein Mark nichts von unserem Gespräch erfährt.«

»Vergiss es.«

»Hör mir genau zu, Emma. Ich verstehe, wenn du es nicht über dich bringst. Aber ich kann nicht auf diesen Deal verzichten, nur weil deine Hormone verrücktspielen. Damit wir uns richtig verstehen – ich schätze dich wirklich sehr, als Mitarbeiterin und als Mensch. In gewisser Weise ziehe ich sogar den Hut vor dir, denn was du tust, ist mutig und zeigt, wie viel Herz du hast. Allerdings geht es hier um eine Menge Geld, *my dear*, weswegen ich nichts unversucht lassen werde, es zu bekommen. Haben wir uns verstanden?«

Emma presste die Lippen zusammen. Verdammt!

»Haben wir uns verstanden?«, wiederholte Michael. Das sah ihm gar nicht ähnlich. Wie man sich in einem Menschen täuschen konnte.

»Ja«, schnappte Emma.

»Braves Mädchen. Ich melde mich, sobald ich einen Plan habe. Und bis dahin … Tu mir den Gefallen und verhalte dich ruhig, ja? Und Emma … bitte nimm es mir nicht übel. Ginge es um eine geringere Summe, würde ich das Ganze auf sich beruhen lassen, dafür achte ich dich zu sehr.«

Emma nickte, wütend, ohnmächtig. Michaels Schlusssatz machte es auch nicht besser. Sie wollte nicht, dass er herkam und in ihr Leben einbrach, sie liebte die kleine Welt, die sich ihr Herz hier geschaffen hatte. Aber das würde sie ihm auf keinen Fall sagen, ebenso wenig, dass er seine Brille in die Schreibtischschublade gelegt hatte.

Emma warf das Handy beiseite und trat aus dem Zimmer. Obwohl sie ihm mal wieder hinterherlief, war Leo der Einzige, den sie sehen wollte. Auf der vorletzten Treppenstufe nach unten knickte Emma um, fing sich jedoch am Geländer ab. Ohne Rücksicht auf ihren schmerzenden Fuß humpelte sie durch den Flur nach draußen auf den Hof, hielt schützend die Arme über den Kopf und eilte zum Stall, wo Leo eine Box ausmistete, in Stallschuhe, Jeans und T-Shirt gekleidet, frisch rasiert. Er lächelte und musterte sie aufmerksam, als sie schwer atmend vor ihm zum Stehen kam. Sie hatte sich nicht einmal angezogen, sondern trug immer noch das Schlafshirt, über das sie eine Strickjacke gezogen hatte. An den nackten Beinen begann sie zu frösteln.

»Guten Morgen«, sagte er und stützte sich auf der Mistgabel ab.

Ach, wäre das schön, wenn er das zukünftig öfter zu ihr sagen würde. Ihre Blicke verfingen sich ineinander, und Emma hätte das warme Gefühl so gern ausgekostet, das Leos Anblick in ihr auslöste. Sie wollte ihn berühren und küssen. Und die Realität wegschieben, aber das ging ja nicht.

Sie knöpfte die Strickjacke zu und schlang die Arme um sich. »Guten Morgen. Ich wollte mal nach Elvis sehen«, schwindelte sie, wobei ihr Herz noch schneller schlug, als Leo sie zärtlich ansah. So schwer es ihr fiel, sie musste unbedingt verhindern, dass sie sich in seinen Augen verlor. »Ich muss mit jemandem reden, sonst platze ich«, brachte sie also hervor.

Leo trat näher, lehnte das Arbeitsgerät an die Holzwand, hängte die Arbeitshandschuhe darüber. »Moment«, sagte er, beugte sich zu ihr und küsste sie. Doch ehe sie das richtig realisierte, war der Zauber auch schon vorbei. Allerdings fühlte sie sich gleich ein klitzekleines bisschen besser, obwohl es nicht so sein sollte.

»Mein Chef kommt her«, sagte sie und legte eine Hand auf Leos Brust. »Er kommt her, um das zu Ende zu bringen, was ich verbockt habe.«

»Verbockt? Meinst du den Deal mit Mark? Ich dachte, er will sowieso nicht verkaufen?«

»Mark will nicht verkaufen, weil ich nicht kaufen will. Er hätte es getan, aber ich … ich kann ihm doch nicht sein Zuhause wegnehmen.«

Leo sah sie auf diese merkwürdige Weise an, auf die er sie zuvor schon einmal angesehen hatte, gerade so, als könnte er durch ihre Augen bis tief in ihre Seele schauen. Dabei wirkte er souverän wie ein Mann, den nichts erschüttern konnte. Doch Emma wusste, dass Leo viel mehr war als das.

»Hast du schon mal darüber nachgedacht, dass er gerade das brauchen könnte? Keinen Druck, keine Verpflichtungen. Einfach nur leben?«

Emma machte einen Schritt rückwärts. Das Stroh pikste in ihre Fußsohlen. »Dann hätte er sich nicht auf meine Idee eingelassen. Ich kenne Mark.« Glaubte sie zumindest.

»Welche Idee?«

»Die Pension zu retten.«

»Und wie wollt ihr das anstellen?«

»Mit einem neuen Kredit und Investoren. Wobei das mit dem Kredit wahrscheinlich schwierig wird.«

»Und wen genau stellt ihr euch als Geldgeber vor? Welche Voraussetzungen muss derjenige erfüllen? Soll er mit der Touristikbranche zu tun haben oder einfach nur Geld haben und es machen wollen?«

Emma seufzte. »Siehst du, genau darin liegt die Krux: Ich habe keine Ahnung. Es war nur so ein Geistesblitz von mir, den ich ausgesprochen habe, ohne nachzudenken.«

Leo räusperte sich. »Nun. Ich wüsste da etwas.«

»Du?«

»Ich kenne jemanden, der dir helfen kann.«

»Du meinst Mark.«

»Ich meine *dir*, Emma. Mir geht's um dich.«

Emma fühlte sich, als zündete jemand eine Hand voll Wunderkerzen an.

Leo rieb sich den Hinterkopf. »Es geht mich ja nichts an. Ich meine … wir kennen uns kaum. Irgendwie. Verstehst du, was ich meine?« Er zog ein Taschenmesser aus der Hosentasche und durchtrennte das Band um einen Strohballen, ehe er fortfuhr: »Was ich sagen möchte, ist, du und ich … wir … verdammt. Ich rede mich um Kopf und Kragen.«

Und genau deswegen musste Emma ihn auf der Stelle küssen, was sich wie Erdung nach einem kurzen Stromschlag anfühlte.

»Folgendes«, sagte Leo dicht an ihren Lippen. Sie

liebte es, wenn er sprach, und noch viel mehr, wenn sein Atem sie dabei berührte. »Ich könnte ein wenig Kapital zur Verfügung stellen. Dafür möchte ich einen Teil der Pension fest mieten. Für meine Feriengäste. Zumindest bis das Gästehaus fertig ist, das ich nächstes Jahr auf dem Hof bauen lassen möchte.«

Emma blinzelte ungläubig. Und als Leo sie erneut küssen wollte, legte sie einen Zeigefinger auf seine Lippen. »Sag das noch mal.«

»Natürlich wird alles notariell beglaubigt, die Konditionen handeln wir aus, Mark und ich.«

Emma schüttelte den Kopf. Sie verstand nur Bahnhof.

»Es ist doch so, Emma. Mark braucht Geld. Und ich brauche einen Ort, an dem ich Feriengäste unterbringen kann, um mein Angebot auszubauen. Das ist eine Win-win-Situation, findest du nicht?«

»Wann hast du dir das ausgedacht?«

»Die vage Idee hatte ich schon länger. Ich habe viele Übernachtungsanfragen und muss diese dann an umliegende Pensionen und Hotels weiterleiten. Wenn ich aber selbst beteiligt bin, kann ich besser kontrollieren, wer tatsächlich bucht und ob mit der Unterkunft alles passt. Dass du Ärger mit deinem Chef haben wirst, kann ich leider nicht verhindern. Aber auf diese Weise kann Mark guten Gewissens Nein sagen, wenn es das ist, was er will. Die Pension behalten. Und ich hätte zugegebenermaßen auch etwas davon.«

Emma legte eine Hand auf Leos Wange. »Kann es sein, dass du total übergeschnappt bist?«

»Ich bin Geschäftsmann. Und ich mag das Haus und das Grundstück. Aber vor allem mag ich dich.«

Emma küsste ihn, sanft zuerst, dann schlang sie die Arme um ihn. Selbst wenn ihre Pläne scheiterten, war es der Gedanke, nicht allein mit all den Sorgen zu sein, der zählte.

Leo löste sich von Emma und sagte: »Wir können es auch anders machen. Ich kaufe alles und stelle Mark offiziell als Verwalter ein.«

»Ich glaube nicht, dass er das möchte.«

»Die Frage ist, womit ihm langfristig mehr geholfen wäre.« Er küsste Emmas Nasenspitze. »Ihr hängt daran, das verstehe ich. Doch ich bitte dich, in dieser Sache rational zu denken, Emma. Und nun ruft die Arbeit. Zieh dich um und hilf mir, Stroh reinzufahren.«

»Wo ich mich ach so gern zwischen all den Pferden aufhalte.«

Leo grinste. »Ach, komm, gib's zu, Elvis ist dir doch ans Herz gewachsen. Ansonsten konzentrierst du dich einfach darauf, dass du es mir zuliebe tust.«

Das war leicht. Jedenfalls viel leichter, als zu vergessen, dass heute ihr letzter Tag in Moorbach war.

Emma lief zum Wohnhaus zurück und erblickte eine fremde Person, die aus einem schwarzen Mercedes stieg und einen Regenschirm aufspannte. Doch nicht das Profil des Mannes oder der glänzende Anzug samt Lackschuhen veranlasste sie dazu, ruckartig stehen zu bleiben, sondern der goldene Schriftzug auf der Fahrertür, der ihr sofort ins Auge stach. Was machte ein Fahrzeug der *Romantikhotelkette Erholungsperle* hier auf Leos Hof? Als der Fremde sich zu Emma umdrehte, trafen sie seine graugrünen Augen, die so sehr an Leos erinnerten, mitten ins Herz.

»Frau Matthies?«, fragte der Mann überrascht, fasste sich jedoch rasch wieder. »Bernhard Flemming mein Name. Wie praktisch, so habe ich zwei Fliegen mit einer Klappe geschlagen. Ich warte, bis Sie sich manierlich angezogen haben, um über das Geschäftliche zu sprechen.« Er musterte sie abfällig. »Bis dahin unterhalte ich mich mit meinem Sohn.«

Kapitel 16

Bernhard Flemming war als knallharter Geschäftsmann berüchtigt, dem Emma früher ein paarmal begegnet war. Eine besondere Erinnerung verband sie mit der Einweihung der neuen Turnhalle, bei der Emma etwa zwölf Jahre alt gewesen sein mochte. Flemming hatte deren Bau mitfinanziert – aus Verbundenheit zur Gemeinde, was er in seiner gönnerhaften Ansprache mehrfach betont hatte. Dabei waren nicht alle Einwohner Moorbachs damit einverstanden gewesen, das charmante Bauernhaus einzureißen, in dem diverse Sportkurse und Bastelnachmittage stattgefunden hatten, und es gegen einen hässlichen Betonbunker auszutauschen. Flemming war aus demselben Material wie die zum damaligen Zeitpunkt topmoderne Turnhalle gefertigt: aus kaltem Stein.

»Worauf warten Sie noch?«, versetzte er und beäugte Emma wie ein missglücktes Gemälde neben da Vincis *Mona Lisa*. »Jede Minute, die ich vertrödele, kostet mich nicht nur Zeit, sondern auch Geld.«

Immer noch sprachlos verzog Emma den Mund zu dem zuckersüßen Maklerlächeln, das sie seit Tagen in der Schublade für aufgesetzte Mimik verstaut hatte, während sie versuchte, Leos Angebot und das plötzliche Auftauchen seines Vaters in Zusammenhang zu bringen – wenn es überhaupt einen Zusammenhang gab. Bernhard Flemming nutzte Emmas Sprachlosigkeit und entschied wohl, dass er genauso gut jetzt über »das Geschäftliche« sprechen konnte.

»Wie ich hören musste, gibt es einige Schwierigkeiten mit meinem Auftrag, was mich sehr enttäuscht. Schließlich wurden Sie mir als Beste empfohlen, weswegen ich ausschließlich Sie für diesen Job haben wollte.« Er musterte sie von oben bis unten. »Wenn ich von Ihrem *Stil* auf Ihre Arbeitsweise schließe, wundert mich allerdings gar nichts mehr.«

»Das eine hat mit dem anderen gar nichts zu tun, Herr Flemming«, war das Erste, was Emma zurückgeben konnte.

Bernhard Flemming schnaubte. Ungemütlicher Kerl. Sie wollte nicht glauben, dass Leo mit ihm verwandt war. Doch keiner der beiden konnte die Ähnlichkeiten leugnen: die Augen, die Geheimratsecken, ja, sogar die Grübchen am Kinn saßen an der gleichen Stelle. Sah Emma Gespenster, oder hatte Leo ihr seine Unterstützung bloß deshalb angeboten, um seinem Vater zu helfen? Angenommen, sie würde Mark zu dem Deal überreden, und Leo würde mit in die Pension einsteigen, hätte sein Vater leichtes Spiel, Mark loszuwerden. Vor allem, wenn Leo das komplette Anwesen kaufen würde. Aber nein. Nein! So war Leo nicht. Er hatte sie nicht um den Finger gewickelt und ins Bett gelockt, um sie am Ende für seine Zwecke zu missbrauchen. Oder war sein Vater doch hier, um sich zu holen, was er wollte?

»Hören Sie mir überhaupt zu, Frau Matthies? Sie haben wohl keine Ahnung, wer ich bin. Bisher habe ich immer mit zuverlässigen Geschäftspartnern zusammengearbeitet, so jemand wie Sie ist mir noch nicht untergekommen. Oder wollen Sie mir erzählen, dass ich nicht genug Geld geboten habe?«

Obwohl sie sich unsicher fühlte, nahm sich Emma vor, keinerlei Angriffsfläche zu bieten. »Besprechen Sie Ihre Bedenken gern mit meinem Vorgesetzten. Er wird in Kürze eintreffen.« Vom angestrengten Freundlichsein taten ihr die Wangen weh, außerdem fröstelte sie.

»Was soll das heißen?«

»Das heißt, dass ich den Auftrag abgegeben habe. Tut mir leid, dass Sie sich umsonst herbemüht haben.« Tat es nicht.

»Nichts im Leben ist umsonst, aber was wissen Sie schon davon, nicht wahr?« Flemming plusterte sich auf wie ein eingebildeter Gockel. »Ich führe mehrere Hotels und diverse Pensionen – meinen Sie, das wurde mir geschenkt?«

Emma hob das Kinn, fest entschlossen zu gehen. »Geschenke bekommt man, wenn man nett ist. Sie sind es offenbar nicht.«

»Damit kommt man im Leben auch nicht voran, das werden Sie schon noch merken. Fragen Sie doch meinen Sohn, wie er dazu steht. Sie beide scheinen sich ja sehr gut zu kennen.«

Das hatte Emma bis vorhin auch gedacht, jetzt war sie sich gar nicht mehr sicher. Warum fiel es ihr so schwer, Leo zu vertrauen? Bisher hatte sie keinen

Grund gehabt, an ihm zu zweifeln. Doch auf einmal fragte sie sich, ob sie vorsichtiger hätte sein sollen und ob es ein Fehler gewesen war, sich ihm zu offenbaren. Schon seltsam, dass Leo anbot, die Pension zu kaufen, und dass just in dem Moment sein Vater auf der Bildfläche erschien ... Wenn sie sich nur besser vorbereitet hätte, wäre sie vermutlich über den Namen Flemming gestolpert, wodurch sie sich diese Verwirrung hätte ersparen können.

»Ihnen ist schon klar, dass ich immer bekomme, was ich will, oder? Wenn ich diese Pension nicht über den offiziellen Weg kriege, werde ich eine andere Möglichkeit finden.«

»Sie meinen über Ihren Sohn? Er hat bereits sein Interesse an *Dat Heide Huus* bekundet, aber Mark Rüther wird nicht verkaufen. Weder an Sie noch an Ihren Sohn noch an sonst irgendjemanden.«

»An meinen Sohn?« Flemming lachte. »Wie kommen Sie denn darauf?«

»Was ist denn hier los?« Mit großen Schritten marschierte Leo auf die beiden zu.

»Leo, da bist du ja. Ich habe eben deine neue Freundin kennengelernt und festgestellt, dass ich gerade rechtzeitig gekommen bin, um über den Kauf der Pension von diesem Rüther zu sprechen.«

»Mit Ihnen spreche ich über gar nichts«, konstatierte Emma und ignorierte Leos fragende Blicke.

»Du hättest dich anmelden sollen, denn Emma und ich verhandeln gerade«, sagte Leo zu seinem Vater und warf ihm einen bedeutsamen Blick zu, der Emma nicht entging. Sie sah zwischen den beiden Männern hin und her.

»Ihr hättet euch besser absprechen sollen«, meinte sie schließlich. »Und übrigens: Niemand verhandelt hier mit irgendwem. Das Thema ist wie gesagt durch.«

Leo streckte die Hand nach ihr aus. »Warum gehst du nicht rein und ziehst dir etwas Trockenes an? Ich kläre das.« Er sah sie an wie ein kleines Mädchen, das er in sein Kinderzimmer schickte, weil es zu naiv für die Probleme der Erwachsenen war. Einen Augenblick lang sahen sie sich an, und Leo wies mit einem Nicken in Richtung Haus, um Emma noch einmal darauf hinzuweisen, dass sie störte.

»Okay«, schnappte sie. »Wie du willst.«

Leo guckte sie irritiert an, streckte erneut die Hand nach ihr aus, doch Emma formte ein stummes Nein, ehe sie sich abwandte. Sie hatte es nicht nötig, sich von ihm gängeln zu lassen. Obwohl sie insgeheim immer noch hoffte, dass sie sich irrte, wuchs in ihr die Gewissheit, dass Leo sie benutzt hatte, um an Mark und die Pension heranzukommen. Nur leider war sein Vater ein wenig zu früh aufgetaucht. Eigentlich hatte Emma Leos Vorschläge zumindest mit Mark besprechen wollen. Jetzt aber hatte sie genug von dem Theater.

»Also dann, sprechen wir über die Pension«, forderte Leo seinen Vater auf. Sein geschäftsmännischer Tonfall jagte Emma einen Schauer über den Rücken. Mit zittrigen Fingern schloss sie die Haustür auf und drückte sie hinter sich zu. Leo hatte vielleicht Nerven. Wie konnte er sie dermaßen bloßstellen? Sie ging ins Gästezimmer, starrte auf das nicht gemachte Bett, berührte die Bettdecke mit den Fingerspitzen. Möglicherweise steigerte sie sich in etwas hinein, was gar nicht existierte. Vielleicht war Leo jedoch ähnlich kalt wie sein Vater, und die beiden steckten unter einer Decke. Sie dachte an die vergangene Nacht und daran, wie Leo sie angesehen hatte. Wie fordernd er gewesen war, sich das zu nehmen, was er brauchte. Sie hatte gedacht, er brauchte sie. Dabei wollte er nur ein Geschäft abschließen, nachdem er ihr Vertrauen erschlichen hatte. So war es.

Emma schluckte. Was sollte sie tun? Ihr Herz plädierte dafür, mit Leo zu sprechen, aber ihr Kopf wies sie an, ihre Sachen zu packen und schnellstmöglich zu verschwinden. Langsam begann sie, ihre wenigen Habseligkeiten in die Reisetasche zu räumen. Nach der Trennung von Jan hatte sie sich geschworen, sich nie wieder von einem Mann verletzen zu lassen. Aus diesem Grund würde sie sich von ihren Eltern und von Mark verabschieden und nach Hause zurückfahren, ehe Leo ihr noch mehr wehtun konnte.

»Was machst du da?«, fragte Leo, der unbemerkt ins Zimmer gekommen war.

»Ich packe, siehst du doch.«

»Aber warum?« Leo kam auf sie zu, doch Emma hob abwehrend die Hand. »Hat es mit meinem Vater zu tun? Er schießt manchmal übers Ziel hinaus, ich weiß, aber ich habe das geklärt.«

»Mach dir meinetwegen keine Umstände. Ehrlich. Aber bitte halte mich aus euren Spielchen raus.«

»Spielchen? Ich verstehe nicht.«

»Ich hätte mit Mark über deine Ideen gesprochen, du hättest mich beinahe dazu gebracht.«

Er packte ihren Arm. »Emma, was ist los? Was hat mein Vater behauptet? Wenn es um den Kauf der Pension geht, kann ich nur sagen, dass …«

Emma riss sich los. »Du musst gar nichts mehr sagen.«

Mit festem Blick sah Emma Leo an. Er wirkte ehrlich verwirrt, doch für Mitleid war sie viel zu aufgebracht. »Hätte ich gewusst, dass dein Vater hinter der Romantikhotelkette steht – ich hätte dir niemals vertraut.«

Leos Blick verfinsterte sich. »Nur zu deiner Information: Auch ich hatte bis eben keine Ahnung, dass er es ist, der hinter Marks Pension her ist.«

»Ach, wirklich? Und wie kommt es, dass er genau in dem Moment auftaucht, als du mich fast weichgeklopft hast? Ihr haltet mich wohl für blöd, aber ich kann eins und eins zusammenzählen.« Sie drückte sich an Leo vorbei, um die Kosmetiktasche aus dem Bad zu holen.

Auf dem Rückweg versperrte er ihr den Weg. »Dann hast du dich wohl verrechnet.«

»Ach ja?« Emma drückte seinen Arm weg, seine Nähe tat ihr fast körperlich weh.

»Du legst es dir so zurecht, wie es für dich zusammenpasst, oder? Ich kann nicht fassen, dass du dich so kindisch verhältst.« Er folgte ihr ins Gästezimmer, wo Emma ihre Kosmetika in der Tasche verstaute und mit einem Ruck den Reißverschluss zuzog, leider nicht, ohne sich die Haut am Finger einzuklemmen.

»Aua! Verdammter Mist!« Dann war sie eben kindisch. Am meisten ärgerte sie sich über ihre Blauäugigkeit. Sie hatte ihr Vertrauen zu leichtfertig verschenkt. Nach allem, was zwischen ihr und Leo gewesen war, hätte sie ein wenig Ehrlichkeit von ihm erwartet, doch auch er schien nicht einlenken zu wollen.

Leo beugte sich zu ihr, als ob er sie küssen wollte, aber er sah sie nur an, wie er es bereits gestern getan hatte. Allerdings hatte sie jetzt nicht mehr das Gefühl, in seine Seele blicken zu können, gerade so, als hielte er eine Tür verschlossen, die Emma letzte Nacht noch aufgestoßen hatte. Unfähig, sich zu rühren, erwiderte sie seinen Blick. Ein Teil von ihr wünschte sich, ihn zu küssen, zu vergessen, dass sie kurz davor war, ihn zu verlieren. Der andere Teil hatte Angst davor, manipuliert zu werden. Am liebsten hätte sie Leo auf der Stelle vergessen. Sein Gesicht aus ihren Gedanken, den Geruch aus der Nase, das Gefühl seiner Hände auf ihrem Körper … den ganzen Mann aus ihrem Herzen gelöscht.

»Was ist passiert, nachdem du den Stall verlassen hast?«, fragte Leo. Er verschwamm vor Emmas Augen wie ein Traum, der kurz vor dem Aufwachen langsam verblasste.

»Ich … ich kann dir nicht vertrauen«, stammelte sie, obwohl das nicht die Antwort auf seine Frage war.

»Du kannst mir nicht vertrauen?«, hakte er ungläubig nach, trat zurück und raufte sich Haare. »So ehrlich wie mit dir war ich schon lange nicht, Emma.«

Einen Moment lang sah sie Leo an und wünschte

sich, sie könnte etwas anderes sagen. »Geht mir genauso«, flüsterte sie, nahm ihre Tasche und verließ das Gästezimmer, das ihr auf merkwürdige Weise bereits fehlte.

»Emma«, sagte Leo noch. »Wenn du jetzt gehst …«

Das war also sein letzter Satz für sie.

Emma verließ Leo, der die Wunden auf ihrem Herzen mit Pflastern verarztet hatte, um sie im nächsten Moment wieder herunterzureißen. Emma konnte von Glück reden, dass sie sich nicht mit Haut und Haaren in ihm verloren hatte. Sie war kurz davor gewesen. Möglicherweise war es an der Zeit, Lebenswege zu überdenken. Eine Auszeit zu nehmen, um zu verstehen, was sie sich in Zukunft vom Leben erhoffte. Wohin sie gehen wollte. Und vor allem: mit wem.

Vorwärts- oder rückwärtsgehen – was hatte das schon zu bedeuten? Emma zwang sich, Michaels BMW, den sie vermutlich heute zum allerletzten Mal fahren würde, unversehrt in den Heidjerweg zu lenken. Schon beim Ausparken auf dem Hof machte sie einen gefährlichen Schlenker in Richtung Traktor, als sie im Augenwinkel Elvis in seinem Paddock stehen sah. Sie bremste gerade noch rechtzeitig und blickte in den Rückspiegel. Leo war ihr nicht einmal gefolgt. Sie stieg aus und näherte sich Elvis zielstrebig, der jeden ihrer Schritte genau überwachte. Er erwartete sie am Gatter seines Auslaufs, nickte zweimal heftig mit dem Kopf.

»Ich glaube, ich werde dich vermissen«, sagte Emma und streckte die Hand nach ihm aus, streichelte über seine Nüstern, die so weich waren, dass Emma all ihren Mut zusammennahm, sich vorbeugte und Elvis einen Kuss auf die Nase hauchte. Er duftete süß nach Stroh und strahlte eine Ruhe aus, von der Emma nicht einmal zu träumen wagte. »Tschüss, Elvis. Pass gut auf Anton auf, ja?«

Elvis schnaubte, woraufhin Emma erneut mit den Tränen kämpfte, die sie seit ihrem Abgang mühevoll zurückgehalten hatte.

Nachdem Emma den Hof verlassen hatte, flitzte ein Eichhörnchen vor ihr auf den Höpenweg, was sie ein weiteres Mal dazu veranlasste zu bremsen. Und dann, am Bushäuschen, stand Frau Sander dort, auf ihren Gehwagen gestützt und in einen knallroten Regenmantel gehüllt, in dem sie fast versank. Auch das noch. Emma zögerte, eigentlich wollte sie nur weg, aber ihr Gewissen setzte sich durch. Sie stoppte einige Meter vor der Haltestelle und näherte sich der alten Dame vorsichtig. Unter Emmas Füßen knackten grüne Eicheln, die Wind und Regen vom Baum gefegt hatten. Frau Sander sah erst auf, als Emma unmittelbar vor ihr stand, und sagte: »Hallo, Frau Sander. Schön, Sie zu sehen.«

Frau Sander verzog das Gesicht, wodurch es noch faltiger wirkte als ohnehin schon. »Kennen wir uns?«

»Flüchtig nur«, erwiderte Emma und lächelte. »Warten Sie auf den Bus?«

»Auf meinen Mann, ich warte auf meinen Herbert. Können Sie mal nach der Zeit gucken? Ich kann so schlecht lesen.« Frau Sander hielt Emma das bloße Handgelenk hin, was sich wie ein Déjà-vu anfühlte.

»Gleich halb eins«, sagte Emma.

»So spät schon? Kommt denn noch ein Bus?«

»Der letzte ist vor einer halben Stunde gefahren«, log Emma. »Wenn Sie mögen, bringe ich Sie nach Hause.«

»Das bisschen Regen.« Die alte Dame gab einen verächtlichen Laut von sich. »Ihr jungen Dinger von heute seid verwöhnt. Zu meiner Zeit gab es nicht einmal …« Mitten im Satz hielt sie inne. »Ich habe Durst.«

»Kommen Sie, ich fahre Sie heim.«

»Aber wie soll mein Herbert mich finden?«

»Sie wissen doch, wie das mit der Liebe ist: Sie findet einen immer.« Emma wandte sich kurz ab, damit Frau Sander nicht sah, dass sie schon wieder kurz davor war, in Tränen auszubrechen. Das war allein Leos Schuld, der ihr eingeredet hatte, dass Nichtweinen ungesund für die Seele sei.

»Ich kenne Sie von irgendwoher«, sagte Frau Sander und neigte leicht den Kopf, was zur Folge hatte, dass ihr die Kapuze ins Gesicht rutschte. Beherzt griff Emma nach dem roten Stoff, zupfte ihn zurecht.

»Verzeihung«, murmelte sie. Was war bloß los mit ihr? Sie sollte längst die letzten Momente in Moorbach mit ihren Eltern genießen und bei Lilli sein, stattdessen verplemperte sie ihre Zeit mit einer alten Frau, die …

»Ich bin müde«, seufzte Frau Sander, die von jetzt auf gleich ganz eingefallen wirkte und so erschöpft, als hätte jemand vergessen, ihre Batterien aufzuladen.

Emma packte sacht ihren Ellenbogen. »Kommen Sie, ich fahre Sie eben rum.«

Überraschenderweise ließ sich Frau Sander widerstandslos ins Auto verfrachten. Die Fahrt zum Stift verlief schweigsam. Erst als Emma den Wagen vor dem Gebäude parkte, an dessen Anblick sie sich nie gewöhnen würde, sagte Frau Sander:

»An vieles erinnere ich mich nicht.« Sie starrte leer geradeaus. »Nur von ganz früher, da weiß ich alles.«

Emma schwieg und fixierte die geschwungenen Buchstaben auf dem Schild des Seniorenstifts vor ihr: *Ihr Leben, Ihr Zuhause*. Wobei sie wieder einmal bei der Frage hängen blieb, was Leben und ein Zuhause ausmachte. Woran man erkannte, ob man beides war – lebendig und zu Hause.

»Der Junge, der mich oft besucht.«

»Mark?«

»Ein guter Junge. Er erinnert mich manchmal an früher.«

»An Ihre Zeit als Bäckerin?«

»An die Zeit, in der ich mich an alles erinnern konnte.«

»Vielleicht ist es manchmal gut, das eine oder andere zu vergessen.«

»Unsinn«, entgegnete Frau Sander, als wäre ihr Akku nun aufgeladen. »Alles, was man erlebt, prägt die Persönlichkeit.« Sie fummelte am Gurtschloss, bis es nachgab. »Alles, was du erfährst, macht aus dir, was du bist. Und das ist auch gut so.«

Emma umrundete das Fahrzeug und half der ehemaligen Bäckerin auszusteigen.

»Danke, Frau Sander«, sagte Emma.

»Danke? Wofür denn?«

»Für Ihre Apfeltaschen und die ehrlichen Worte.«

»Klingt nach Abschied.«

»Ich verlasse Moorbach heute.«

»Manchmal muss man gehen, um wiederkommen zu wollen.«

Aus einem Impuls heraus umarmte Emma die dürre Dame im roten Regenmantel. Und als sie zurück ins Auto kletterte, setzte ihr Herz für einen Schlag aus. Denn sie meinte gehört zu haben, wie Frau Sander Tschüss gesagt hatte: Tschüss, Emma.

Holterdiepolter war Emma nach Moorbach gekommen, und es schien, als würde sie auf ebendiese Weise von dort verschwinden. Aber nicht, ohne einen Berg der Verwüstung zu hinterlassen. Wenn Emma etwas machte, dann richtig.

Die Lütte Gasse, in der Mark wohnte, wirkte noch schmaler als sonst. Emma hatte Mühe, den BMW zwischen den Bordsteinkanten zu manövrieren. Abgelenkt von Mark und dem Mann in Anzug und Krawatte, der, mit dem Rücken zu ihr, Mark die Hand reichte, bremste Emma so plötzlich, dass der Schotter lautstark kratzte. Der Mann wandte sich um, woraufhin Emma nach Luft schnappte. Das durfte doch nicht wahr sein! Wutschnaubend sprang sie aus dem Auto. Die Menschen in Moorbach waren wirklich alle jeck, wie die Rheinländer sagten.

»Moin«, grüßte Matze Kleinschmidt und reichte Emma die Hand, die seine Geste nicht erwiderte.

»Mein zukünftiger Bankberater«, sagte Mark.

»Sag bloß, wir haben dich sprachlos gemacht.« Matze kratzte sich am Hinterkopf. »Hast gedacht, aus dem Matthias wird nie was, stimmt's?«

»Hoffentlich bist du in Geldangelegenheiten geschickter als im Umgang mit Frauen«, versetzte Emma, woraufhin Matze die Achseln zuckte.

»War wohl nicht clever, gerade dich anzubaggern.«

»Das sollte ein Anmachversuch sein? Mark, sag mir bitte, dass er nicht dein Bankberater ist und du eben gerade nur einen Witz gemacht hast«, stöhnte Emma.

»Sparkasse«, entgegnete Matze mit stolzgeschwellter Brust. »Gott ja, ich habe ein, zwei über den Durst getrunken. Vielleicht bin ich dann ein klitzekleines bisschen …«

»Abstoßend? Respektlos? Grob?«

»Aufdringlich.«

»Wie wäre es, wenn ihr die alten Angelegenheiten einfach ruhen lasst?«, mischte Mark sich ein, ergriff Emmas Hand und zog sie zu sich. »Schließlich haben wir das auch geschafft.«

Mark als handzahmes Schoßhündchen? Emma schüttelte den Kopf und besann sich darauf, weswegen sie hier war. Ihr Plan beinhaltete auf keinen Fall, mit Matze Kleinschmidt die Friedenspfeife zu rauchen, nicht nachdem er ihr immer wieder nachgestellt und sie beleidigt hatte. Irgendwann war auch Emmas Großherzigkeit ausgereizt.

Zu Mark sagte sie: »Passt es dir, wenn wir kurz reden?«

»Ich wollte sowieso gerade gehen«, versicherte

Matze und tätschelte Mark zum Abschied den Oberarm. »Und überleg's dir, ja? Tschüss, Emma.«

Argwöhnisch sah Emma ihm nach, wie er lässig an Albertine, Baron und Albéric vorbeischlenderte. Wie ein Anzug einen Mann verändern konnte. »Was sollst du dir überlegen?«, fragte sie Mark, noch während sie Matze beobachtete, der auf den Gehweg abbog.

»Ach, nichts Besonderes.« Er drückte Emmas Hand. »Komm, lass uns reden.«

»Er ist nicht wirklich ein echter Bankberater – mit Berufsausbildung und Abschluss und so, oder?«

»Glaubst du, ich lasse mich auf windige Geschäfte ein?«

Emma zuckte die Achseln. »Wenn einem das Wasser bis zum Hals steht …«

Mark wandte sich zu ihr um und sah sie voller Zuneigung an, bis Emma, gebeutelt vom schlechten Gewissen, wegsehen musste. »Nenn mich irre, aber auf einmal kann ich wieder schwimmen.«

»Du bist irre.«

»Und du mein Rettungsring.«

»Ich bringe Unglück.«

Er küsste ihre Stirn. »Emmi, du machst das Leben bunt, das ist alles.«

Betrübt sah Emma zu ihm auf. »Ach, Mark. Ich tue allen um mich herum weh. Und mir selbst auch. Glaub mir, es ist besser, wenn ich gehe.«

»Du willst gehen? Aber durch den Bankwechsel bekomme ich einen neuen Kredit, wodurch wir ungeahnte Möglichkeiten haben werden. Nach dem Zwischenfall im *Dorfkrug* ist Matze noch zu mir gekommen, Flemmings Angriff hat ihn wohl mit einem Mal nüchtern gemacht. Er hatte unser Gespräch mitbekommen und schon gehört, dass es bei mir derzeit nicht so gut läuft. Aber das Wichtigste ist: Ohne dich wäre ich immer noch perspektivlos.«

Emma rieb sich die Stirn. Ausgerechnet sie hatte den Stein ins Rollen gebracht, und jetzt musste Mark sehen, wie er mit dem Schlamassel allein zurechtkam. Nicht wirklich allein. Sie würde eben nur nicht mehr bei ihm sein.

»Es wird weitergehen, stimmt's, Emmi?«, hakte Mark nach.

Emma schluckte mehrfach schwer, ehe sie den Mund öffnen konnte, um etwas zu erwidern. »Weitergehen. Ja. Nein. Vielleicht.« Sie schluckte abermals. »Es war nicht sonderlich schlau von mir, an dein Heimatgefühl zu appellieren, ohne zu wissen, wie es weitergehen könnte. Was du brauchst, ist eine dauerhafte Lösung, Mark, keinen Kredit, der womöglich nur einen Bruchteil deiner Schulden abdeckt oder nicht ausreicht, um mit einem neuen Konzept durchzustarten.« Als Mark zur Widerrede ansetzte, legte Emma eine Hand auf seinen Arm. »Was nicht heißt, dass ich meine Meinung geändert habe, was den Verkauf an meinen Kunden – Ex-Kunden – angeht. Seien wir ehrlich, der hat dieses wunderschöne Land überhaupt nicht verdient. Solltest *du* aber verkaufen wollen …«

»Ich verkaufe nicht. Wollte ich nie, will ich immer noch nicht.« Er schob Emmas Hand beiseite und verschränkte die Arme vor der Brust. »Ich hätte allerdings nicht erwartet, dass du so plötzlich wieder verschwindest. Aber bitte, ich schaffe das auch allein.«

Emma schnalzte mit der Zunge. »Gerade benimmst du dich wirklich albern. Erstens helfe ich dir, zweitens …« Sie kniff ihn in den Oberarm. »Jetzt guck nicht wie ein Junge, dem man das Spielzeugauto weggenommen hat. Ich bin immer für dich da. Nur eben von Köln aus. Das ist doch kein Problem.«

»Für mich schon.«

Emma seufzte. »Ach komm, jetzt sei nicht so.«

»Hilfst du mir oder nicht?« Mark sah sie herausfordernd an.

»Hörst du mir überhaupt zu?«, hakte Emma nach.

»Ich brauche eine Antwort.«

»Fragst du mich ernsthaft, ob ich dir helfe, wo ich meinem Chef bereits gesagt habe, dass wir uns nicht einig geworden sind?«

»Ich möchte doch nur wissen, ob ich nach wie vor auf dich zählen kann.«

Auf einmal durchfuhr es Emma wie ein Blitz, der von der Zimmerdecke aus auf sie niederschlug. »Jetzt mach mal halblang«, sagte sie und tippte ihm dabei auf die Brust. »Ich riskiere hier meinen Job für dich. Und du fragst mich, ob du auf mich zählen kannst?«

»Dein Chef wird dich wegen eines gescheiterten Auftrags schon nicht gleich feuern.«

»Ich habe hart dafür gearbeitet, um da zu stehen, wo ich heute bin. Mein Chef vertraut mir, weil ich ihn bisher nie enttäuscht habe. Noch nie! Ich riskiere also meinen guten Ruf für dich, Mark. Hast du immer noch nicht kapiert, was das heißt?«

Mark verzog das Gesicht. »Ich bin schließlich nicht blöd. Dein Chef hat dir den Auftrag gegeben, meine Pension zu kaufen. Er vertraut dir. Aber du kannst das nicht durchziehen, weil du weißt, wie sehr ich an meinem Zuhause hänge.«

»Vergiss nicht, dass ich dir außerdem irgendwann einmal versprochen habe, dass du niemals aus Moorbach weggehen musst.«

»Emmi, du kennst mich. Ich bin manchmal etwas raubeinig, weswegen ich hin und wieder nicht richtig reagiere. Ich bin dir wirklich dankbar für alles. Aber ich kenne dich auch, und deswegen weiß ich, du …«

»Dann weißt du ja auch, dass ich heimfahren muss. Aber ich habe da jemanden, der sich mit Businessplänen auskennt. Er wird uns bestimmt helfen, eine Strategie für einen Neuanfang zu finden.« Sie legte die Hand auf Marks Brust, die sich unruhig hob und senkte. »Lass dich auf gar keinen Fall vom alten Flemming bequatschen. Und …« Sie konnte nicht fassen, dass sie das wirklich sagte: »Auch nicht von Michael Bergstedt, hörst du? Ruf mich an, wenn … egal wann.« Für wenige Sekunden schloss sie die Lider, ließ die Hand sinken. »Mehr kann ich im Moment nicht für dich tun.« Sie wagte einen letzten Blick in seine Augen. »Du hast dich sehr um mich bemüht, es tut mir leid, dass es umsonst war.« Sie wandte sich ab. Ihr Leben war ein heilloses Durcheinander. Sie konnte kaum auf sich aufpassen und hatte das Gefühl, jetzt auch noch für Mark verantwortlich zu sein.

»Du gehst seinetwegen, habe ich recht?«

Emma schaffte es nicht, sich zu ihm umzudrehen. War sie wirklich so durchschaubar? »Ich hatte so gehofft, dass es mit uns klappt.« Sie presste die Lippen zusammen.

»Ja«, stimmte Mark wehmütig zu. »Doch es ist auch gut zu wissen, woran man ist. Ist ja nicht so, dass wir jetzt wieder zwanzig Jahre nichts voneinander hören.«

»Sechzehn.« Emma lächelte schwach, obwohl ihr zum Weinen zumute war. Wie es aussah, war keiner der Männer, die sich derzeit in ihrem Leben tummelten, ihr Mr. Right. Jan, den sie dafür gehalten hatte, liebte eine andere. Mark, der etwas wiedererweckte, was lange in ihr geschlummert hatte, vermochte das Feuer jedoch nicht am Brennen zu halten. Das konnte nur jemand anders. Aber Leo verdiente ihr Herz nicht.

»Vielleicht passen wir als Freunde ja besser zueinander, wenn schon nicht als Liebespaar, was meinst du, Emma?«, fragte Mark hoffnungsvoll, woraufhin sie endlich die Kraft aufbrachte, sich ihm zuzuwenden.

Emma erreichte Mark nach drei langen Schritten und umarmte ihn. Sie schloss die Augen, und er hauchte einen Kuss auf ihren Scheitel. Sie hielten sich innig umschlungen wie zwei Menschen, die nicht ohne einander sein wollten in dem Wissen, dass es kein Zurück mehr gab.

»Ich kann nicht von dir erwarten, dass du meine Probleme löst. Aber ich hoffe, dass du nicht wieder ganz aus meinem Leben verschwinden, sondern mich hin und wieder unterstützen wirst. So wie ich auch für dich da sein werde, wenn du mich brauchst«, flüsterte Mark in Emmas Haare.

Emma weinte leise. Je schwerer ihr Herz wog und je trauriger sie sich fühlte, desto heftiger sehnte sie sich danach, den Abschied möglichst lange hinauszuzögern.

Sechzehn Jahre hatte Emma gebraucht, um in ihre Heimat zurückzukehren, aber nur sechs Tage, um nicht wieder fortgehen zu wollen. Während sie jede Pflanze, jeden Stein in Papas Vorgarten studierte, näherte sie sich einem Rosenstrauch, wagte jedoch nicht, die zerbrechlich wirkenden Blüten zu berühren. Von den acht Blüten der pinkfarbenen Rose hingen drei schlaff herunter, und vier trugen nur noch wenige Blütenblätter. Eine einzelne Rose reckte sich stolz den schweren Wolken entgegen, getreu dem Motto *Mit mir nicht*.

»Die Rose ist wie du«, sagte Papa von hinten. Emma schreckte herum. Ihr Vater, dessen Regenmantel bis über den Rand der Gummistiefel reichte, grinste. An der Leine führte er einen Hund, der freudig von einem Pfötchen aufs andere tippelte und der kein bisschen wie das Tier aussah, das Emma in die Obhut ihrer Eltern gegeben hatte.

Belustigt zeigte Emma auf Lilli beziehungsweise auf das gepunktete Regenmäntelchen, das sie trug, woraufhin sich Papa verlegen im Nacken kratzte.

»Mama hat es im Hökerladen entdeckt. Du weißt, wie deine Mutter mit solchen Sachen ist. Niedlich, oder?«

Emma bückte sich zu ihrer tierischen Freundin, die ihr während der letzten Jahre durch unzählige einsame Abende geholfen hatte. »Hallo, meine Süße, dir geht's gut hier, das sieht man.« Sie sah zu Papa auf. »Danke, dass du dich um sie gekümmert hast.«

Ihr Vater dachte nach, was Emma daran erkannte, dass er die Lippen spitzte. »Deine Mutter hat übrigens ihre Töpferkarriere beendet«, meinte er zusammenhanglos. »Sie häkelt jetzt. Mützen.« Er schob die Kapuze beiseite und entblößte ein unförmiges Maschengeflecht aus rotblauer Wolle. »Für dich häkelt sie auch eine. Ehrlich gesagt, ist es viel zu warm, aber du weißt ja …«

»… wie Mama damit ist«, fuhr sie fort.

Ihr Vater seufzte. »Ach, Emmi. Es gefällt mir gar nicht, dass du uns verlassen willst.« Auf einmal guckte er richtig bedröppelt.

Emma richtete sich auf. »Mir auch nicht.«

»Es ist wegen der Pension, stimmt's?«

Mit den Füßen schabte sie ein Schotterhäufchen zusammen, während Papa schweigend Lilli ableinte. »Mein Chef rückt persönlich an. Aber ich komme zurück. Und ihr, ihr könnt mich auch besuchen.«

»Das Haus wird furchtbar still sein ohne dich und Lilli.«

»Wart's ab, bis Mama Häkelpartys veranstaltet.«

»Das ist nicht lustig.«

»Stimmt, ist es nicht.« War es doch.

Papa sah Emma an, lange, liebevoll, bedrückt, woraufhin Emma ihn in seinem tropfnassen Regenmantel umarmte.

»Es ist so gut, dass du hergekommen bist«, raunte er. »Heute verbringe ich also die Mittagspause mit meinen drei Lieblingsdamen – was könnte schöner sein?« Mit Lilli auf dem Arm, die sich selig an Papas Brust schmiegte, folgte er Emma ins Haus. Verblüfft beobachtete sie, wie ihr Vater dem Hund das Mäntelchen auszog und Lillis Köpfchen und Pfoten mit einem flauschigen Handtuch abtupfte, woraufhin das weiße Fellbüschel ins Wohnzimmer lief, als hätte es nie etwas anderes getan. An der Stelle, wo das alte Sofa einen Abdruck auf dem Parkett hinterlassen hatte, saß Mama auf einem Sitzkissen, umgeben von diversen Wollknäueln, und häkelte.

Als Papa neben ihr Platz nahm und Lilli auf seinen Schoß krabbelte, sagte Mama, ohne von ihrer Arbeit aufzusehen: »Emmi, du kommst gerade recht. Ich brauche deinen Kopf.«

»Lieb von dir, aber ich bin allergisch gegen …«, erwiderte Emma lahm, doch ihre Mutter guckte wie ein Rehkitz, das nach seiner Mami suchte. Seufzend setzte Emma das Maschengebilde auf und begutachtete sich im Glas der Vitrine. »Die ist ja richtig kuschelig«, stellte sie überrascht fest. Weißblaue Streifen waren zwar nicht gerade ihr Lieblingsmuster, aber es kam von Herzen.

»Häkeln ist geradezu entspannend«, sagte Mama. »Damit kann ich so viel Gutes tun. Mützen und Schals für Pinguine herstellen zum Beispiel.«

»Oder für Neugeborene auf einer Frühchenstation. Da gab es neulich eine Aktion«, schlug Emma vor.

»Oder Decken. Decken kann man nie genug haben.«

»Wie wäre es mit Schlüsselwärmern? Ich hasse es, wenn der Hausschlüssel im Winter eiskalt ist.«

»Umschläge für Wärmflaschen.«

»Und für Blumentöpfe.«

»Und …«

»Ihr seid doch beide übergeschnappt«, unterbrach Papa den Ideensturm.

Mama warf ihm einen tadelnden Blick zu. »Emma und ich sind nun mal die kreativen Köpfe der Familie.«

»Genau«, sagte Emma. »Wenn's mit den Immobilien nicht mehr klappt, steige ich in Mamas Häkelgeschäft ein.«

»Und was wird dann aus dem Mühlenbüro?«, fragte Papa.

Mama beugte sich zu ihm, legte eine Hand auf seinen Arm. Was auch immer sie ihm damit sagen wollte – sie blieb ihm die Worte schuldig.

»Was das Mühlenbüro angeht«, sagte Emma und zwang sich, ihren Vater anzusehen. Sie wünschte sich, ihre Eltern würden ihr die Entscheidung abnehmen, aber das hatten sie nie getan, wofür Emma ihnen in diesem Augenblick seltsamerweise dankbar war. »Momentan kann ich mir einfach nicht vorstellen, wieder für immer hier zu sein.« Sie rieb sich die Stirn, während ihre Eltern einen weiteren undeutbaren Blick tauschten, ehe sie nickten, bereit, ihr Kind erneut ziehen zu lassen. Emma starrte auf Lilli, ihren einzig beständigen Lebensinhalt. »Könntet ihr … könntet ihr euch denn vorstellen … Ich meine …«, druckste sie herum und knetete dabei ihre Hände. »Ich meine, der Crosstrainer ist sperrig, aber …« Endlich wagte sie, Mama und Papa anzusehen, die erwartungsvoll wie zwei Kinder vor der Bescherung wirkten, dass sich Emma fast schämte, ihre Bitte zu äußern. »Könntet ihr euch vorstellen, ihn beiseitezurücken, um mir ein wenig Platz einzuräumen?« Eilig fügte sie hinzu: »Für ein-, zweimal im Jahr. Höchstens drei. Oder …«

»Sie fragt, ob sie ihr altes Zimmer wiederbekommen kann«, übersetzte Mama für Papa, der bedächtig den Kopf schüttelte.

»Den Aufstand für höchstens dreimal im Jahr?«

»Ich brauche nur Platz für eine Luftmatratze«, versicherte Emma eilig.

»Luftmatratze.« Mama verdrehte die Augen, hakte sich bei Papa unter. »Was sagst du dazu, Peter?«

»Ich finde«, begann er und ließ sich mit der weiteren Ausführung absichtlich viel Zeit. »Ich finde, so ein Fitnessgerät wird völlig überbewertet.«

»Du hast ab sofort immer einen Platz bei uns«, sagte Mama. »Du und deine kleine Lilli.«

Kapitel 17

Es war stickig in Emmas Büro, das seit Tagen niemand mehr gelüftet hatte. Die Ordner und Ablagepapiere stapelten sich immer noch genauso auf dem Schreibtisch, wie Emma sie hinterlassen hatte – farblich sortiert. Dem Aktenberg, der neben dem Monitor aufragte, schenkte sie keinerlei Beachtung, denn sie konnte sich nicht vorstellen, ihn je wieder unbefangen ansehen zu können. Es waren Seiten, die Erinnerungen weckten, welche hier keinen Platz hatten. Ohne weiter nachzudenken, wandte sich Emma ab und marschierte zielstrebig in Michaels Büro mit dem Gefühl, über die glänzenden Marmorfliesen des Flurs zu schlittern, statt sicheren Fußes auf ihr Ziel zuzuhalten. Obwohl sie nur wenige Tage fort gewesen war, erging es Emma wie bei ihrer Ankunft in Moorbach – alles vertraut und doch fremd. Während der Autofahrt nach Hause hatte sie Zeit gehabt nachzudenken. Viel Zeit. Über die vergangenen Tage, Mark, Mama und Papa. Über sich. Und wie es mit ihr weitergehen sollte. An Leo hatte sie keinen Gedanken verschwendet, jedenfalls fast nicht. Vor allem hatte sie sich überhaupt nicht gewünscht, mit ihm zu sprechen, obwohl er mehrmals angerufen hatte. Sie hatte alles gesagt. Alles und nichts.

Die Tür zu Michaels Büro stand offen. Ein letztes Mal

holte Emma tief Luft, dann war es zu spät, um umzukehren.

»Hallo, Michael.«

Ihr Chef setzte seine Brille auf, die er im Haar getragen hatte, blinzelte, als könnte er nicht glauben, dass Emma leibhaftig vor ihm stand.

Sie winkte mit dem Autoschlüssel. »Überraschung«, sagte sie und legte den sichelförmigen Schlüsselanhänger auf Michaels Tastatur ab. »Vollgetankt und unversehrt.«

»Ich habe dich nicht erwartet. Nicht gleich.« Michael lehnte sich zurück und betrachtete Emma prüfend.

Sie schwieg.

»Ich nehme an, du hast keine guten Neuigkeiten im Gepäck.«

»Kommt darauf an, was du als gut empfindest«, entgegnete Emma.

Michael neigte den Kopf und legte die Brille auf den Schreibtisch.

»Also?«, fragte sie.

Michael wies mit der Hand auf einen Sessel vor dem Tisch und schlug ein Bein über das andere. Während Emma angespannt die Hände zwischen die Knie klemmte, musterte Michael sie wie eine Skulptur, die er noch nie gesehen hatte. Dies war nicht die Reaktion, mit der Emma gerechnet hatte. Sie räusperte sich, doch Michael blieb weiterhin stumm. Nicht einmal sein Gesichtsausdruck ließ erkennen, ob er gleich lospoltern würde oder nicht. Unbehaglich rückte Emma auf der Sitzfläche herum.

»Möchtest du noch etwas sagen?«, fragte Michael wie ein Anwalt, der die Integrität seines Mandanten überprüfen wollte.

»Nein«, erwiderte Emma wie aus der Pistole geschossen, verblüfft darüber, wie energisch das kleine Wort klang.

»*Oh dear*«, seufzte Michael, »was haben sie mit dir gemacht? Was hast *du* gemacht? Flemming steht kopf.«

Die bloße Erwähnung des Namens sorgte dafür, dass sich Emmas Magen schmerzhaft zusammenzog und sie Bilder heraufbeschwor, die sie nur betrachtete, wenn sie allein war. Sie vermisste Leo und hasste, was er aus ihr gemacht hatte. Eine Frau, die Gefühle zuließ. Ohne die wäre alles halb so schlimm.

Emma räusperte sich und bemühte sich um einen möglichst gleichgültigen Tonfall. »Tut mir leid.« Tat es nicht. Tat es überhaupt nicht. Sie schluckte. »Bernhard Flemming ist ein profitgieriger Kotzbrocken.« Michael hob die Brauen. »Sein Sohn übrigens auch. Stecken alle unter einer Decke.«

Michael spitzte die Lippen, öffnete die Schreibtischschublade und legte seine Brille hinein. Endlich. Endlich Normalität. Dass Emma von *normal* meilenweit entfernt war, erkannte sie erst, als Michael fragte: »Kann es sein, dass eher du mit dem Sohn unter einer Decke gesteckt hast – und das nicht nur im sprichwörtlichen Sinn?«

Erbost reckte Emma das Kinn. »Mit wem ich meine Decke teile, geht dich nun wirklich nichts an.«

Michael drehte abwägend die Hand, schwieg jedoch,

woraufhin sich Emma erhob und ihn mit festem Blick anschaute.

»War's das?«, fragte sie kühler als beabsichtigt. »Ich weiß, du hast dir viel von diesem Auftrag versprochen.« Michael setzte an, etwas zu erwidern, doch Emma fuhr unbeirrt fort: »Allerdings habe ich dich mehrfach gebeten, einen Kollegen zu schicken. Als hätte ich es geahnt, nicht wahr?« Sie lächelte traurig, wandte sich ab und ging zur Tür.

Erst kurz bevor sie auf den Flur trat, dessen frisch polierte Fläche in der Sonne glänzte, ergriff Michael das Wort. »Als dein Chef muss ich mir natürlich überlegen, wie es nun weitergeht. Denn ich werde das Gefühl nicht los, dass du mir etwas verheimlichst. Als dein Freund allerdings …«

Emma hielt inne und starrte die Frau auf den Teamfotos an der Wand gegenüber an, unter deren Porträt *Emma Falk* stand und die ihr entfernt bekannt vorkam.

»Wenn du mein Freund wärst«, flüsterte sie, »hättest du mir vertraut. Aber das hast du nicht. Nicht richtig.«

Die Maisonettewohnung in der sechsten Etage einer Wohnanlage in Frechen bei Köln, in der der Fahrstuhl mal wieder defekt war, empfing Emma aufgeräumt und leise, so wie ihr Zuhause eben war. Sie schloss die Tür hinter sich, nachdem Lilli an ihr vorbeigelaufen war, und betrachtete den schmalen Flur, von dem aus sich rechts Bad und Küche befanden und links das Zimmer, das Jan früher als Büro genutzt hatte. Jetzt war es nicht viel mehr als eine Abstellkammer, die irgendwann einmal ein Kinderzimmer hatte werden sollen. Dieses Vorhaben schien plötzlich ewig her zu sein. Nachdem Emma die Reisetasche abgestellt und ihre Pumps ausgezogen hatte, suchte sie zum ersten Mal, seit sie in dieser Wohnung lebte, nach einem anderen Adjektiv für die rechteckigen kaltweißen Bodenfliesen. Würde sie die Räume vermieten wollen, hätte sie den Bodenbelag als modern und zeitlos angepriesen. Dabei war er schlicht und ergreifend kalt. Kalt, langweilig und fleckenempfindlich. Lilli stupste Emmas Bein mit der Nase an, woraufhin sie den Hund auf den Arm nahm und sich an das weiche Fell kuschelte.

»Du riechst nach Heimat«, wisperte sie und inhalierte die Duftmischung aus Papas Aftershave, feuchtem Gras und Lilli.

In der Küche füllte sie den Napf ihrer kleinen Freundin, die daran schnupperte, um sich davorzusetzen und Emma fragend anzusehen.

»Du bist also auch traurig«, seufzte Emma. »Da haben wir uns was eingebrockt, hm?« Lilli ließ ein zaghaftes *Wuff* verlauten, woraufhin Emma den Kopf schüttelte. »Findest du es auch merkwürdig, dass ich mich mit dir unterhalte, als wärst du ein Mensch?« Sie goss sich ein Glas Wasser ein, stellte es unverrichteter Dinge auf den Küchentisch, auf dem die Rosen die Köpfe hängen ließen. Eilig klaubte Emma den Strauß zusammen und stopfte ihn in den Mülleimer. Gleiches geschah mit dem angefaulten Apfel in der Obstschale. Ob sie Papa zur Apfelernte helfen sollte? Es wäre ein guter Grund, um nach Moorbach zurückzukehren. Und um …

Die Zweifel an ihrer Entscheidung, Leos Anrufe nicht zu erwidern, wurden immer lauter in ihr. Vielleicht hätte sie weniger verbohrt sein sollen. Vielleicht … möglicherweise hätten Leo und sie doch eine Chance gehabt. Zornig wischte sich Emma Tränen aus den Augenwinkeln. Was grübelte sie über Eventualitäten nach – sie hatte sich entschieden. Ende. Sie blinzelte heftig, bis ihr schwindelig wurde, und forderte Lilli auf, ihr zu folgen, indem sie auf ihren Oberschenkel klopfte.

»Auf geht's, Lilli. Wir lassen uns von keinem Mann die Laune vermiesen, oder? Und von einem Pferd schon gar nicht!«

Nur halb so tapfer, wie sie vorgab zu sein, marschierte Emma mit Lilli im Schlepptau die ersten der vierundachtzig Stufen hinunter ins Erdgeschoss. Ein bisschen frische Luft und leckeres Essen in ihrem Lieblingsrestaurant würden sie bestimmt auf andere Gedanken bringen. In der vierten Etage des Hauses wurde lautstark gestritten, mit Schimpfwörtern, die Emma nicht einmal kannte. Auf Ebene drei stank es nach fauligen Kartoffeln, weil die alte Frau Weber den Bioabfall mal wieder stundenlang vor der Wohnungstür deponiert hatte, anstatt ihn sofort nach unten zu bringen. Emma hob die Papiertüte, die sich an einer Stelle bereits auflöste, vom Boden auf und hastete los, um nicht den halben Kompost im Treppenhaus zu verteilen. Im zweiten Stock stieß Emma beinahe mit dem mannshohen Ficus zusammen. Sie vergaß jedes Mal, dass die Pflanze dort stand. In der rechten Wohnung auf derselben Etage klimperte Josefine Smiderski, die seit Jahren von sich behauptete, bald als Starpianistin die Welt zu bereisen, auf ihrem Keyboard. Emma hatte es längst aufgegeben, sie davon zu überzeugen, dass ein lebendiger Klavierlehrer hilfreicher wäre als YouTube, aber Josi gab nichts auf gut gemeinte Ratschläge und spielte auch nach vier Jahren immer noch miserabler als Emma, die irgendwann einmal ein paar Unterrichtsstunden genommen hatte. Auch die Hoffnung, dass die selbst ernannte Nachwuchsmusikerin in naher Zukunft aufhören würde, die Nachbarschaft mit ihrem Lärm zu terrorisieren, hatte Emma begraben.

Den mit Fahrrädern zugestellten Eingang hinter sich gelassen, atmete Emma tief durch, ehe sie Frau Webers Müll entsorgte. Auch im Rheinland begannen die Abende angenehmer zu werden, sodass Emma den Kapuzenpulli überzog, den sie sich spontan von der Garderobe geschnappt hatte. Was machte es schon, dass sie herumlief wie ein Schlumpf, in sportlichen Sneakers, Sommerrock und Pullover – hier gab es niemanden, dem sie gefallen wollte.

Am Ende der Kastanienallee stoppte sie vor dem *Vino Rosso*, einer kleinen Trattoria. Ein Familienbetrieb, in dem *la mamma* Maria noch selbst hinter dem Herd stand und nach altehrwürdigen Familienrezepten kochte. Die Karte bestand aus einer Schiefertafel, auf die Inhaber Antonio persönlich in schnörkeliger Schönschrift die Wochenangebote notierte. Die vier Gerichte, die er grundsätzlich anbot, nannte Antonio seinen Gästen bei Tisch: Lasagne alla Nonna (Emma war süchtig nach der fruchtig-würzigen Tomatensoße und der geheimen Käsemischung, die die Lasagne goldbraun krönte), Pizza al Antonio (mit toskanischer Bergsalami, die Marias Bruder selbst herstellte), Tiramisu al Nonno und Bruschetta alla Maria. Die ganze Famiglia Montigliani war überaus begnadet, wenn es darum ging, andere mit Essen glücklich zu machen. Aber auch in Sachen Gastfreundschaft wusste Antonio genau, wie er die Menschen entzücken konnte. Wie auch immer er es schaffte, überall gleichzeitig zu sein – er empfing und bediente jeden Gast persönlich, und nach dem zweiten Mal hatte er sich sogar den Namen gemerkt. Bald würde Antonio die Windlichter rechts und links der Eingangstür anzünden und eine Truhe voller Kuscheldecken für kühle Abende hinausstellen.

Ungeduldig zerrte Lilli an der Leine. Kein Wunder, sie vergötterte Antonio, der ihr jedes Mal ein Scheibchen Carpaccio zusteckte.

Die schwere Holztür öffnete sich und entließ einen Mann und eine Frau in den kühlen Frühabend, aber nicht, ohne ihnen einen Hauch von italienischen Kräutern und frisch gebackenem Brot hinterherzuschicken. Der Mann legte zuerst seine Jacke und dann einen Arm um die Schultern der jungen Frau, die sich an ihn schmiegte und ihn mit irgendetwas zum Lachen brachte. Emma spürte einen Stich in ihrer Brust. Sie erinnerte sich daran, wie Jan und sie an unzähligen Abenden, angesäuselt von zu viel Chianti, gutem Essen und Liebe die Trattoria verlassen hatten, händchenhaltend, Arm in Arm, den Duft Italiens im Haar. Jetzt teilte

Jan diese Momente mit einer anderen, und Emma … Emma fragte sich, ob sie je wieder bereit sein würde, ihr heiß geliebtes Tiramisu für einen Mann zu opfern. Und wie es wäre, in Leos Arm nach Hause begleitet zu werden. Fast meinte sie, ihn zu riechen, diese süßsalzige Nuance, die sie an einen windigen Herbsttag am Meer erinnerte. Obgleich sie nur kurz zusammen gewesen waren, hatte sie sich alles haargenau eingeprägt. Wie er sie ansah, wenn er dachte, sie bemerke es nicht. Die kitzelige Stelle hinter seinem Ohr. Das Gefühl, wenn er auf ihr lag. Den kleinen Leberfleck auf seiner Schulter. Die Intensität, mit der er sie angeblickt hatte, als er …

»Komm, Lilli, wir gehen«, sagte Emma entschieden. Was sollte sie allein an einem Tisch sitzen, an dem der leere Platz ihr gegenüber sie ständig daran erinnerte, dass jemand fehlte?

Lilli jedoch mochte sich mit dem Entschluss überhaupt nicht abfinden. Sie weigerte sich, Emma zu begleiten, indem sie sitzen blieb, bis Emma leise aufschluchzte. Wunderbar. Nun brach sie schon wieder in der Öffentlichkeit in Tränen aus. Schnell rieb sie mit dem Pulloverärmel die Augen, winkte Antonio, der in diesem Moment aus seinem Restaurant trat, und schnappte sich Lilli, um schleunigst zu verschwinden. Nach einem Abstecher an den Feldrand und zum Supermarkt um die Ecke, in dem Emma eine Packung Toast, Frischkäse und Tomaten kaufte (für das Gefühl, etwas halbwegs Gesundes zu essen), kuschelten sich Emma und Lilli auf die Couch in dem Wohnzimmer, in dem die Bodenfliesen so viel Kälte ausstrahlten, dass sich Emma in eine Decke einwickelte. Sie zählte mehrfach Leos Anrufe. Einmal nahm sie einen sogar entgegen, aber da hatte Leo schon aufgelegt. Emma zappte durch das mäßige Fernsehprogramm, schaute einen Film nach dem anderen, bis sie am nächsten Morgen übermüdet in einen neuen Tag startete. Denn geschlafen hatte sie in dieser Nacht nicht.

So zu tun, als wäre gar nichts geschehen – darin war Emma gut. Sehr gut sogar. Deswegen hatte sie sich Papas Worte wieder und wieder vorgebetet: *Dann solltest du langsam damit anfangen, Emmi.* Dieser Spruch passte zu allen möglichen Lebenslagen, fand Emma. Besser wäre allerdings, sie würde nicht nur damit beginnen, Misserfolge auszuhalten. Vor allem sollte sie wieder in den Sportverein eintreten, neue Freunde finden. Radfahren, kochen. Die Welt bereisen. Dinge tun, die Freude bereiteten. Sich mit Menschen umgeben, die sie mochte. Schätzte. Liebte. Auf welche Art auch immer.

Auf der Straßenbahnfahrt vom Frechener Rathaus zum Kölner Neumarkt, vorbei am Lindenthaler Tierpark und an der Kirche, in der Jan und Emma geheiratet hatten, tippte Emma eine Nachricht an Mark, für die sie die kompletten vierunddreißig Minuten Fahrzeit benötigte.

Lieber Mark, hi. Es ist gut. Das mit uns. Du weißt schon. Für alles gibt's eine Lösung. Bis bald. Emma

Und auch wenn es nur eine WhatsApp war, hätte sie gerne noch länger nach den perfekten Worten gesucht, statt ihm diesen Stotterhaufen an Gefühlsausbrüchen zu senden. Dennoch antwortete Mark prompt, noch bevor Emma bei *Bergstedt Immobilien – Unser Team. Ihre Immobilie* angekommen war.

Ich habe eine Lösung für mein Problem. Später mehr. Wirst dich wundern.

Nachdem sie die Nachricht mehrfach gelesen hatte, steckte Emma das Telefon zurück in ihre Handtasche. Kein Hallo, kein persönliches Wort, als ob nichts gewesen wäre. Bitte, dachte Emma. Ihr konnte es nur recht sein.

Als sie das mehrstöckige Gebäude betrat, das sich wie ein angelecktes Bonbon an die anderen Häuser der Reihe klebte und sich äußerlich nur durch die Glasüberdachung über dem Gehweg von den übrigen unterschied, winkte Emma Herrn Schmidt zu. Der hagere Schnurrbartträger führte im Erdgeschoss das Brillengeschäft, in dem Michael Stammkunde war, weil er seine Brillen nicht nur im Schreibtisch, sondern auch überall sonst vergaß. Herr Schmidt schien in seinem Laden zu wohnen – anders konnte sich Emma nicht erklären, warum sie ihn zu jeder Tageszeit dort antraf. Der passionierte Fliegenträger – je bunter, desto besser – war grundsätzlich gut gelaunt. Wenn er ein besonders hohes Stimmungsniveau erreicht hatte, sang er, statt zu sprechen. Emma mochte den komischen Kauz, und sie freute sich jedes Mal aufs Neue, wenn Michael sie bat, Brillenputztücher zu besorgen.

Auf der Treppe kam ihr Chef ihr entgegengeeilt, hektisch zwei Stufen auf einmal nehmend, das Gesicht weiß wie der Milchschaum auf Emmas allmorgendlicher Latte to go.

»Michael. Guten Morgen«, sagte Emma, als er an ihr vorbeigesprungen war. »Was ist los?«

Er stoppte schlagartig, sodass er beinahe das Gleichgewicht verloren hätte. Am Geländer hängend, linste er zu Emma hinauf. »Marita«, japste er.

Erschrocken riss Emma die Augen auf. Michaels Frau war doch hoffentlich nichts passiert? »Oh nein, was ist mit ihr? Kann ich helfen? Soll ich dich fahren?« Unvermittelt legte Emma ihre Hand auf seine. Er atmete so schnell, dass sie fürchtete, er würde hyperventilieren. »Also«, fuhr sie fort. »Wir atmen mal, siehst du? Ein. Aus. Ein. Aus. Los, mach mit.« Sie atmete, während Michael das Gesicht verzog, als hätte eine Jury Emma für den Preis für die zuverlässigste Immobilienmaklerin nominiert.

»Hä?« Er schüttelte den Kopf und schnaufte.

Emma nahm eine Stufe abwärts und ergriff Michaels Arm. »Warte hier, ich besorge dir ein Glas Wasser. Und dann erzählst du mir, was mit Marita ist und was ich tun kann.« Sie bemühte sich um einfache Worte.

»Marita?«

»Deine Frau.«

»Ist sie hier?«

»Was? Nein!«, rief Emma und ruinierte sich die komplizierte Steckfrisur, indem sie mit der Hand durchs Haar fuhr. »Ich meine – Himmeldonnerwetter.« Sie sank auf die erstbeste Treppenstufe. »Du hast gesagt, es ist etwas mit Marita.«

»Mit Marita? Ach, mit ihr ist alles bestens. Aber ich, ich habe ein Problem. Wenn ich nicht sofort meine Brille wiederfinde, reißt Marita mir den Kopf ab. Das ist nun schon die fünfte in diesem Jahr.« Michael setzte sich neben sie. »Du hast also gedacht … und du wolltest …« Er lächelte. »Ach, Emma. Gut, dass du wieder da bist. Bist doch meine liebste Mitarbeiterin, mein bestes Pferd.«

»Komm mir nicht mit Pferden«, stöhnte Emma und stupste die Erinnerung an Elvis mit einem imaginären Finger an, woraufhin das Bild wie auf einem Floß davonsegelte. »Hast du in deiner Schreibtischschublade nachgesehen?«

»Ich bitte dich. Natürlich.«

»In deiner Aktentasche?« Er nickte. »Auf dem Kopf?« Emma reckte sich. »Im Kühlschrank?«

»Wie, bitte schön, soll meine Brille …«

Eine Braue hochgezogen, sah Emma ihren Chef vielsagend an.

»Na gut, ja. Eventuell habe ich sie dort ein-, zweimal … Aber jetzt, jetzt ist sie nicht dort.«

»Um was wetten wir, dass doch?« Emma sprang auf.

Michael blinzelte sie angriffslustig an. »Wenn ich recht habe, erzählst du mir, was in der Heimat passiert ist. Wenn du gewinnst, erwähne ich die Sache nie wieder.«

Emma schlug ein. »Deal. Ich freu mich schon auf dein Gesicht.«

Gemeinsam gingen sie zügig in die Büroräume, wo Michael und Emma wie immer die Ersten waren. Heute lief es sich viel sicherer auf dem Marmorboden, was Emma wohlwollend zur Kenntnis nahm. Michael deutete eine Verbeugung an, als er Emma in die Miniküche eintreten ließ, in der es nach frischem Kaffee duftete und wo jeder Mitarbeiter seine Tasse an einem Nagel an die Wand hängte. Emma knetete die Hände, ehe sie die Kühlschranktür öffnete. Längst ging es nicht mehr nur um die Brille, sondern vielmehr darum, dass immer noch etwas zwischen Michael und ihr stand. Und als Emma das Gestell triumphierend hinter dem Glas Erdbeerjoghurt hervorfischte, kümmerte es sie gar nicht, dass Michael sich nicht an die Vereinbarung zu halten gedachte. Denn vielleicht, aber nur vielleicht, würde es helfen, endlich das auszusprechen, was Emma insgeheim längst ahnte.

Der Vormittag verging wie im Nu. Emma hatte die Fensterbank freigeräumt und einen der Order so auf ihrem Schreibtisch platziert, dass er zwar zu viel Platz einnahm, gleichzeitig jedoch den Papierstapel verdeckte, den sie noch nicht bereit war anzusehen. Zwischendurch erwog sie, Mark zu antworten, aber jedes Mal, wenn sie nach dem Handy greifen wollte, klingelte das Telefon. Folglich hatte Emma gar keine Zeit, lange an ihn zu denken. Und an Leo schon gar nicht, den hatte sie gänzlich aus ihrem Kopf gestrichen. Bis auf die paar Male, in denen sie den Telefonhörer in die Hand genommen hatte, um ihn anzurufen. Denn ihr Herz, das verräterische Ding, wollte sich nicht an das Redeverbot halten, das Emma ihm auferlegt hatte.

Gegen Mittag lehnte Michael im Türrahmen, die Brille auf der Nase. Emma grinste.

»*Well*«, setzte Michael an, öffnete den ersten Knopf des Hemdkragens und entblößte damit eine Druckstelle am Hals. Marita kochte und backte einfach zu gut. Und zu viel. Obwohl Michael immer noch wie ein Strich in der Landschaft wirkte, hatte sein Bäuchlein während der letzten Monate sichtlich zugelegt, und zwar, seitdem Marita ihn kulinarisch auf seine Englandreise vorbereitete. »Mein Koffer ist gepackt. Morgen fahre ich in die Heide.«

»Fein«, erwiderte Emma. »Gute Fahrt.«

»Möchtest du mir noch ein paar Informationen mit auf den Weg geben?«

Sie sah Michael lange an, dann sagte sie schmallippig: »Vergiss den Fotoapparat nicht. Um diese Zeit soll es dort sehr schön sein.«

Er steckte die Hände in die Taschen seiner Anzughose. »Möchtest du mich begleiten?«

»Was?«

»Du solltest in Ordnung bringen, was dich quält.«

»Mir war nicht klar, dass du neuerdings unter die Hobbypsychologen gegangen bist«, schnappte Emma und lehnte sich im Bürostuhl zurück.

»Ist nicht schwer zu sehen, dass es dir nicht gut geht. Du hast dunkle Ränder unter den Augen, wie ich sie zuletzt gesehen habe, nachdem …«

»Ich komm schon zurecht. Habe gleich einen Besichtigungstermin, auf den ich mich vorbereiten muss.«

»Ich möchte nur, dass du voll da bist, Emma. Du nützt mir nichts, wenn du gedanklich noch woanders bist. Oder bei jemand anderem.«

Emma blinzelte. »Wie gesagt, mir geht's prima.«

»Soll ich jemanden von dir grüßen?«

Sie seufzte. »Ich habe mit meiner Vergangenheit abgeschlossen, okay? Bemüh dich gar nicht erst, mehr aus mir herauszukitzeln.«

»Wie hoch habt ihr verhandelt?«

»Wie bitte?«

»Dein alter Freund und du. Wo seid ihr gelandet?«

»Jedenfalls nicht im Bett, wenn du das meinst.«

Michael lachte. »Wusste ich's doch. Dabei meinte ich das diesmal wirklich nicht.«

Emma schluckte mehrfach und richtete sich in ihrem Stuhl auf. »Dann … dann ist ja gut. Wir … ich … bin mit eins Komma zwei eingestiegen. Aber dann … dann …« Sie rieb sich die Stirn, die auf einmal juckte.

Michael stieß sich vom Türrahmen ab, zog einen Klappstuhl mit sich, der an einem Ordnerregal lehnte, und positionierte sich unmittelbar vor Emmas Tisch. »Dann ist dein Mark ausgeflippt und hat kein Wort mehr mit dir gesprochen, weil die Summe zu niedrig war.«

Emma presste die Lippen zusammen und senkte den Blick. Michael hatte ihr die Lüge wie ein Stück Kuchen auf den Schreibtisch gelegt, sie musste nur noch hineinbeißen. Emma sah auf. »Dann habe ich plötzlich Gewissensbisse bekommen und gesagt, dass ich ihm die Pension nicht abkaufen werde.«

Michael sah sie reglos an.

Emma beugte sich vor, stützte sich mit den Unterarmen auf dem Schreibtisch auf. »Ich kann es mir selbst nicht erklären. Ab diesem Moment habe ich die Kontrolle verloren. Über Mark, das Geschäft … über mich.« Sie seufzte. »Eigentlich sollte ich dir das gar nicht erzählen, schließlich bist du mein Chef. Andererseits … so ist das Leben, oder? Ist ja nicht so, dass ich nur Mark gegenüber ein schlechtes Gewissen hatte. Als mir klar wurde, was ich getan hatte …« Aufgewühlt klickerte sie mit dem Kugelschreiber. »Ich liebe meinen Job hier. Dich schätze ich als Chef sehr und auch als … Auf eine merkwürdige Art verstehen wir uns einfach. Deswegen habe ich natürlich dir gegenüber auch furchtbare Schuldgefühle. Mir ist schon bewusst, was die Provision für uns bedeutet. Und was es für meine Stelle hier heißen könnte, dass ich mich dir gegenüber nicht loyal gezeigt habe.«

»Darum ist das Geschäft also geplatzt.« Wenn Michael es so sagte, konnte man meinen, dass Emma die schäbigste Mitarbeiterin Deutschlands war. Aber das war sie nicht. Sie war eben einfach nur ein Mädchen, das geliebt werden wollte.

»Ich ersetze dir den Verlust«, hörte sie sich sagen.

Michael schnappte nach Luft. »Wie bitte?«

»Sechs Prozent von Flemmings erstem Gebot macht zweiundsiebzigtausend Euro. Wenn ich die Wohnung verkaufe …«

»Warte – was? Bist du verrückt geworden?« Michael schob die Brille ins Haar, legte sie auf den Schreibtisch, setzte sie wieder auf. Er hatte wirklich ein Problem mit Brillen.

Auf einmal sah Emma alles glasklar vor sich. Dass sie nicht gleich darauf gekommen war!

Voller Tatendrang sprang sie auf und erklärte mit großen Gesten: »Es ist ganz einfach – ich verkaufe meine Wohnung. Oder noch besser, du verkaufst sie. Ich entrichte die Provision komplett, der Käufer muss an dich keinen Cent zahlen. Ich mache mich gleich daran, ein paar Daten zu sammeln, schieße ein paar aussagekräftige Fotos. Vielleicht …« Sie legte den Zeigefinger an die Lippen. »Vielleicht besorge ich auf dem Heimweg ein paar hübsche Blumen, das lässt die Räume belebter wirken. Und dann kann ich noch …«

Unerwartet stand Michael vor ihr, packte ihren Arm. »Jetzt mach aber mal halblang. Meinst du nicht, du gehst etwas zu weit? Oder … sag nicht, du ziehst zu deinem Mark. *Everlasting love?* Das ist ein Scherz, oder?«

Emma starrte Michael verdattert an. »Mark? Wieso Mark?«

Jetzt reckte der arme Michael die Hände gen Bürodecke. »*Help me!*«, rief er. »Oder sollte ich besser sagen: Hilf ihr?« Er nahm die Brille ab, rieb sich die Augen, legte die Brille auf Emmas Schreibtisch neben den Blumentopf mit der Orchidee. »Jetzt hör doch mal auf mit dem Geklicke, du machst mich damit ganz nervös.«

»Aber ich …«

»Feierabend, Emma Matthies. Schluss aus. Die Wohnung verkaufen. Pah. Man darf sich nicht wundern, dass ich meine Brille im Kühlschrank vergesse, bei allem, was ihr mir hier zumutet.«

Kleinlaut zuckte Emma die Achseln. Als Michael auf ihren Bürostuhl zeigte, setzte sie sich ohne Widerrede.

Mit einem Schlag fühlte sie sich klein und schwach. Dabei hatte sich die Idee mit dem Wohnungsverkauf vor drei Minuten gar nicht so übel angefühlt.

»Ich möchte es gerne wiedergutmachen«, murmelte sie, woraufhin Michael sich zu ihr vorbeugte.

»Es gibt nun mal Dinge im Leben, die du nicht ungeschehen machen kannst«, erklärte er ruhig. »Ach, Emma, ich weiß auch nicht. Du hast mich ganz weich gespült mit deiner Story. *Bloody hell!*«

»Flüche hast du schon ziemlich gut drauf«, versetzte Emma und lächelte schwach.

»Wenn du nur nicht auf die Idee kommst abzuhauen, um bei deinem Mark einzuziehen.«

Emma schüttelte energisch den Kopf und versicherte: »Ich bin doch nicht verrückt.« Jedenfalls nicht nach Mark.

Es dämmerte, als Emma erschöpft und mit einer Taschenlampe bewaffnet zur extralangen Gassirunde mit Lilli aufbrach. Die frische Luft, die Ruhe und hin und wieder ein freundliches Hallo zu einem anderen Hundebesitzer wirkten unverhofft beruhigend. Nach der Mittagspause hatte das Telefon ununterbrochen geklingelt. Bezahlbarer Wohnraum in Köln war rar gesät, und die Dreizimmerwohnung im Severinsviertel, die Michael neu ins Portfolio aufgenommen hatte, war heiß begehrt. Und lag zufällig direkt gegenüber von der Wohnung, die Emma Jan damals vermittelt hatte. Letztendlich hatte ein älteres Ehepaar den Zuschlag bekommen, ein erster kleiner Erfolg, den sie auf ihrem Maklerkonto verbuchen konnte, seitdem sie das Geschäft mit Mark hatte platzen lassen. Nicht jeder Auftrag war nervenaufreibend wie der letzte.

Emma schlenderte mit Lilli über einen breiten Sandweg, der eine Schrebergartenkolonie von einem Zuckerrübenfeld trennte, das mindestens so groß wie vier Fußballplätze war und auf dem Lilli im Herbst Rüben ausbuddelte und annagte. In wenigen Wochen würden sich meterhohe Rübenhaufen an den Feldrändern türmen, die über Nacht plötzlich verschwanden. Im Gegensatz zu Jan mochte Emma den braunen Geruch nach Zuckermelasse, der sich ab Oktober über die Region legte, sobald die Bauern ihre Rüben in die Fabriken brachten. Jedenfalls war das so gewesen, bevor die meisten geschlossen worden waren. Am Zaun des Schrebergartens mit den meterhohen Sonnenblumen lehnten zwei Männer, einer von ihnen beklagte sich lautstark über eine Einbrecherbande, die derzeit ihr Unwesen trieb. Dabei gestikulierte er wild und rauchte eine Zigarette, deren Glut wie ein rotes Glühwürmchen im Halbdunkeln umhersurrte.

Emma mochte den Dialekt der Männer – ein weicher Singsang, der gute Laune machte, weil er in Emmas Ohren auch dann noch freundlich klang, wenn es gar nicht so gemeint war. Überhaupt hatte sie sich im Rheinland stets heimisch und willkommen gefühlt und sich für lange Zeit nicht vorstellen können, jemals von dort wegzugehen. Bis zu dem Tag, an dem sie Jan gebeten hatte auszuziehen. Danach hatte sie ab und zu darüber nachgedacht, wie es wäre, neu anzufangen. In einer anderen Stadt, eventuell sogar in einem fremden Land. Die Lüneburger Heide war fast wie Ausland.

Emma blickte sich nach Lilli um, die einer Maus hinterherjagte, indem sie einen Katzenbuckel machte und vorwärtshüpfte, um ihr Näschen in den Dreck zu drücken, dort, wo die Maus im Erdreich verschwunden war. Voll konzentriert konnte sie sich stundenlang damit beschäftigen, ohne jemals Erfolg zu haben.

Auf einmal überkam Emma das Bedürfnis, jemandem von ihrem Tag zu erzählen. Jemandem, der ihr antworten konnte, statt nur treu zu gucken, mit dem Schwänzchen zu wedeln und nasse Küsschen zu verteilen. Sie zog ihr Mobiltelefon aus der Pullovertasche und atmete die feuchtkühle Abendluft ein, ehe sie den Eintrag im Telefonbuch suchte.

Mamas Stimme klang wie warmer Kakao, als sie in den Hörer rief: »Emmi, wir haben gehofft, dass du anrufst. *Peter, komm her, Emmi ist dran!*« Flüsternd fügte sie hinzu: »Papa sucht gerade bei Amazon nach einem Hundekorb. Er hat gemeint, dass ein Hund jetzt gut zu uns passen könnte.«

»Hat er?« Ihre Eltern waren wirklich süß.

»Du weißt doch, wie dein Vater mit solchen Dingen ist. Und … na ja …«, druckste sie. »Ich finde, er hat recht. Es ist so still im Haus. Und außerdem sind die Tierheime voll von Hunden, die dringend ein Zuhause suchen.«

»Die beste Idee, die Papa seit Langem hatte«, sagte Emma. »Neben den anderen guten Einfällen natürlich.«

»Stell dir vor, die Pläne mit der Pension haben sich

wie ein Lauffeuer im Dorf rumgesprochen. Endlich passiert mal was.« Mama klang ganz aufgeregt, wohingegen Emma die Stirn kräuselte.

»Pläne?«, fragte sie alarmiert.

»Es ist wie ein Wunder. Jahrelang stand alles still, und kaum ist mein Mädchen mal wieder hier, geht's rund«

»Welche Pläne, Mama?«, wiederholte Emma nachdrücklich. Erst jetzt bemerkte sie, dass die beiden Herren gespannt lauschten. Zügig ging Emma zurück in Richtung Straße, die Lust auf einen ausgiebigen Spaziergang war ihr mit einem Schlag vergangen.

»Mark ist euphorisch wie lange nicht. Ich werde das Gefühl nicht los, dass es mit dir zu tun hat.« Nach einer Pause fügte sie hinzu: »Dein Vater ist so in seine Hundesuche versunken, dass er nicht mitbekommt, was um ihn herum geschieht. Ich werde ihn später von dir grüßen, ja? Nimm's ihm nicht übel. Du weißt, wie er ist, wenn …«

»Was heißt, es geht rund, Mama? Was ist los mit Mark?«

»Na«, Mama schnalzte. »Mark und der Herr Flemming ziehen das jetzt ganz groß auf.«

Emma hielt jäh an. In ihren Ohren rauschte es. »Was genau?«, hakte sie atemlos nach.

»Ich glaube, Herr Flemming mag dich wirklich, Emmi. Ich habe vorhin kurz mit ihm gesprochen. Er hat richtig von dir geschwärmt.«

Zu viele Informationen, die Emma unmöglich auf einen Rutsch verarbeiten konnte. »Wir reden schon von Leo Flemming, oder?«

»Von welchem denn sonst?«

Emma schüttelte den Kopf. »Und … was haben die beiden ausgeheckt?« Eigentlich wollte sie es gar nicht wissen. Mark und Leo waren schließlich erwachsen. Auf keinen Fall würde sich Emma ein weiteres Mal in diese Angelegenheit einmischen.

»Soweit ich weiß, war es Leo Flemmings Idee. Mark war allerdings zuerst dagegen. Die beiden sind sich nicht sonderlich grün, würde ich sagen. Was vielleicht auch an dir liegen könnte, mein Schatz. Du hast ihnen ganz schön den Kopf verdreht.« Mama kicherte.

Auf keinen Fall würde Emma einschreiten. Mit belegter Stimme warf sie ein: »Ich wünsche den beiden viel Erfolg.«

»Nach dem Umbau wird die Pension nicht mehr wiederzuerkennen sein.«

»Umbau?«, krächzte Emma. Hatte Mark im Lotto gewonnen? Oder sich etwa auf den fragwürdigen Matze eingelassen? Oder, noch schlimmer, auf einen der Flemmings?

»Soweit ich weiß, werden die Zimmer komplett renoviert. Außerdem steht ein Anbau im Raum und …«

»Sie werden schon wissen, was sie tun«, unterbrach Emma ihre Mutter. »Ich werde mich jedenfalls nicht darum kümmern.« Würde sie doch. Und sie wusste es, gleich nachdem sie das Telefonat beendet hatte. Irgendjemand musste Mark schließlich vor einem großen Fehler bewahren.

Kapitel 18

In dem Moment, als Mark Emmas Anruf entgegennahm, ertönte im Hintergrund lautes Gegröle, das Mark zum Lachen brachte und Emma stutzen ließ. Sie fühlte sich kein bisschen ausgeschlossen. Und auch nicht einsam in ihrer stillen, leeren Wohnung, in der sie alle Rollläden bis auf die im Wohnzimmer heruntergelassen hatte. Sie starrte in die Richtung, in der schemenhaft die Spitzen des Kölner Doms am Horizont leuchteten.

»Emmi!«, rief Mark beschwingt. »Mein Augenstern.«

»Augen … Mark, du bist ja betrunken.«

»Unsinn, wir feiern nur ein bisschen. Schade, dass du nicht hier bist. Hat Insa auch schon gesagt. Und Matze.« Etwas gedämpfter fügte er hinzu: »Und Leo auch, obwohl der nicht so aussieht, als hätte er viel Spaß.«

»Tatsächlich«, versetzte Emma gereizter als beabsichtigt. »Können wir kurz reden?«

»Aber klar, Emmi, schieß los.«

»Geht's vielleicht ein bisschen ruhiger?«

»Ich bin ruhig. Sehr sogar. Wie schon lange nicht mehr.«

»Was feiert ihr?«

»Stell dir vor, nachdem du weggefahren bist, ging

alles Schlag auf Schlag. Ich – *für mich bitte auch noch einen, oder besser gleich zwei. Du auch, Leo?* –, also, wo war ich?«

Emmas Herz überschlug sich vor Frust und dem Gefühl, überflüssig zu sein. Offensichtlich hatte Mark ihren Rat nicht ansatzweise ernst genommen. »Schön, dass ihr euch amüsiert.« Ohne mich.

»Hört mal!«, rief Mark. »Ich hab Emma dran.«

Von weiter weg schallte es *Hallo, Emma*. Ironie pur. Alle taten so, als wäre Emma eine von ihnen. Aber sie war es nicht. Sie gehörte weder hierhin noch dorthin, steckte irgendwo dazwischen.

»Deinetwegen visiere ich neue Ziele an. Und nicht nur Leo hilft mir dabei.«

Emma presste die Lippen zusammen, wusste nicht, was sie denken, geschweige denn sagen sollte. Mark und Leo – *best friends forever*? Lächerlich.

»Emma, bist du noch dran?« Mark verstand sie einfach nicht. »Emma?«

»Freut mich für dich«, sagte Emma mit heiserer Stimme.

»Möchtest du denn gar nicht wissen, was wir planen?«

»Natürlich.« Nicht. Doch. Nein.

»Leo wird ein paar Zimmer fest mieten, bis der Neubau steht. Wenn es gut läuft, weiten wir unseren Deal aus. Und das Beste kommt jetzt: Wir liefern den Gästen das Komplettprogramm. Frühstück, Schlafen, Reiten. Bei der Organisation der Ausflüge sind wir ebenso behilflich. Nun rate, wer den Transfer zum Reiterhof macht.« Emma hatte keine Lust zu raten, weswegen Mark triumphierend hinzufügte: »Lucy Schneider und ihr Mann. Du weißt, wer Lucy Schneider ist?«

Selbstverständlich wusste Emma, wer Lucy Schneider oder besser gesagt, Sneidör war. Sie vergaß nie etwas, es sei denn, sie wollte es. Darauf war Emma stets stolz gewesen, wobei ihr just umso klarer wurde, dass sie sich etwas vorgemacht hatte. Denn es war nicht das Vergessen, das sie perfekt beherrschte, sondern das Verdrängen. Deswegen hatte sie viele Jahre lang beiseitegeschoben, dass sie tief in ihrem Herzen das Dorfleben mochte. Und wie gut es tat, einer Gemeinschaft anzugehören.

Emma schluckte mehrmals kräftig, dann sagte sie: »Du weißt schon, dass Leo Flemming der Sohn desjenigen ist, der um jeden Preis dein Grundstück kaufen will?« Du weißt schon, dass du das nicht hättest ausplaudern dürfen?, fügte sie gedanklich an sich gerichtet hinzu.

»Können wir später darüber sprechen? Deine Eltern sind gerade gekommen.«

Ihre El… »Sicher«, presste sie hervor.

»Ich weiß jetzt, was ich tue, Emmi«, sagte Mark mit einem Mal sanft.

Emma atmete flach. Alles in ihrer Brust schmerzte, die Hände zitterten. Im Gegensatz zu Mark wusste sie gar nichts mehr.

»Emmi. Geht es dir gut?«

Sicher, wollte sie abermals sagen, hauchte jedoch ein kaum vernehmliches »Nein« und beendete das

Gespräch. Unsanft landete das Telefon auf dem Couchtisch, von dem Emma nun mit einer ruckartigen Bewegung den Stapel Frauenzeitschriften hinunterfegte. Dabei stieß sie einen Schrei aus, der von irgendwoher zu kommen schien, nur nicht aus ihrer Kehle. Die Magazine wirbelten wild durcheinander, blieben mit teils geknickten und teils ineinandergeschlagenen Seiten liegen, als ob sie sich bei den Händen fassten, um sich nicht wieder zu verlieren. Lilli sprang auf, schaute Emma fragend an und huschte in ihr Körbchen.

Eilig sammelte Emma, auf den Fliesen kniend, die Zeitungen ein, stapelte sie und sah zu Lilli. »Keine Sorge, ich verliere die Nerven kein weiteres Mal.« Die oberste Zeitschrift rutschte vom Stapel und fiel zurück auf den Boden. »Verdammt!«, fluchte Emma und warf die anderen hinterher. Gleich darauf trat sie gegen den Papierhaufen und wischte Tränen weg, die in dicken Tropfen über ihr Gesicht rannen. Sie dachte an das Gespräch mit Mark; daran, wie verstoßen sie sich fühlte und wie albern das war. Und sie verfluchte Leo, was einfacher war, als die Schuld bei sich zu suchen. Leo war auch nur einer der Männer, die Frauen zu ihrem Vorteil benutzten. Er hatte sie belogen und mit ihr gespielt, nur um sich jetzt an Mark heranzumachen und seinem Vater das zu beschaffen, was er wollte – oder etwa nicht? Sie war so zornig! Auf Mark, auf Leo, auf ihre Eltern. Auf Jan, ihr Leben. Und am allermeisten auf sich selbst.

Schluchzend sank sie auf die Knie und sorgte sich nicht darum, dass die Seiten der *Cosmopolitan* ihre Tränen aufsaugten und sich wellten. Emma war es egal, dass sie sich kindisch benahm, es fehlte ihr an Kraft, aufzustehen und daran festzuhalten, wofür ihr Herz schlug und was sie mal wieder verloren hatte. Emma sehnte sich nach Hause, aber dort gehörte sie nicht dazu. Sie schaffte es gerade noch, sich auf das Sofa zu hieven, wo sie sich zusammenrollte und irgendwann einschlief, als wäre tief in ihr ein Licht ausgegangen.

Der Morgen danach begann, wie Morgen danach nun einmal starteten: mit Kopfschmerzen, steifen Gliedern und verquollenen Augen. Und mit jeder Menge Kaffee sowie damit, sich am Optikerladen vorbei ins Büro zu schleichen und vorzuspielen, alles wäre in bester Ordnung. Das Alltags-Make-up fiel an solchen Tagen etwas üppiger aus, und zwar in dem Maße, dass Emma die Frau im Spiegel kaum erkannte. Immerhin wies das Kunstwerk weder Tränensäcke noch rote Stressflecken an Wangen und Dekolleté auf.

Zu ihrem Auswärtstermin, einer Hausbesichtigung in Hahnwald, einem der exklusivsten und teuersten Viertel Kölns, verspätete sich Emma um fünfzehn Minuten, ein absolutes No-go, wie auch die Dame im Pelzmantel lautstark verkündete. Emma setzte ihr Profilächeln de luxe auf, welches sie für besonders betuchte Kunden bereithielt, und entschuldigte sich überschwänglich, bis ihr von der aufgesetzten Freundlichkeit ganz schlecht wurde. Im Garten des emotionslos-modernen Stadthauses, einem rechteckigen weißen Kasten ohne Seele, stellte sich Emma vor, wie sie den Garten ihrer Eltern anpreisen würde. Sie hätte zu jedem Baum etwas zu erzählen, würde die traumhafte Lage inmitten der Heide loben, die im Sommer zu ausgedehnten Spaziergängen einlud und für jeden etwas bot, der sich auf sie einließ.

Am Ende der Besichtigung hatten sich die feinen Herrschaften regelrecht in die Immobilie verliebt, während Emma, zurück im Auto, erleichtert aufatmete. Sie fuhr die B51 in Richtung Innenstadt, lauschte stumm dem Blabla im Radio und zuckte zusammen, als unverhofft das Telefon klingelte. Ohne nachzudenken, nahm sie den Anruf über die Freisprechanlage entgegen.

»Ich dachte schon, du würdest nie antworten.«

Emma blinzelte und übersah beinahe die rote Ampel, die vor wenigen Sekunden noch grün gewesen war. »Claudine?«, fragte sie ungläubig.

»Du wirst es nicht glauben, *ma chère*, aber ich habe mich fast strafbar gemacht, um an deine Telefonnummer zu kommen.« Claudine lachte. »*Mon dieu*, ich dachte schon, Leo erwischt mich mit seinem Handy in der Hand.«

Kurz hinter dem Schokoladenmuseum verpasste Emma die Abfahrt nach links. Stadtverkehr war so anstrengend.

»Du musst mir helfen«, fuhr die Französin unbeirrt fort. »Sicher kannst du dir denken, worum es geht.«

»Wie soll ausgerechnet ich dir helfen?« Warum sollte sie Claudine überhaupt helfen?

»Leo hat seit zwei Tagen nicht angerufen«, sagte Claudine.

»Und was habe ich damit zu tun?«

»Das ist doch offensichtlich. Du bist schuld.«

Emma hüstelte. »Wie bitte? Ich wüsste nicht, warum ich …«

»Er ruft Anton normalerweise jeden Abend an, Emma. Hörst du? Jeden. Abend. Aber jetzt hat er es zweimal nicht getan.«

»Tut mir wirklich leid für Anton, aber ich weiß wirklich nicht, was ich damit zu tun habe …?«

»Du sollst zu ihm zurückgehen.«

»Bitte was?«, japste Emma. Besser, sie hätte nicht gefragt.

»Der Arme ist völlig durch den Wind, seit du weg bist. Und ihr seid doch ein süßes Paar.«

»Wir sind überhaupt kein Paar«, beharrte Emma und hupte das Fahrzeug vor ihr an, dessen Fahrerin den Lippenstift im Rückspiegel korrigierte, anstatt der grünen Ampel zu folgen.

»Jaja, das habe ich schon gehört.« Claudine schnalzte. »Wie dem auch sei. Ich war bei ihm. Und du warst weg. Das ist ein Problem.«

Emma lachte auf. »Ich wüsste nicht, was dich das angeht.«

»Leo hat es nicht verdient, unglücklich zu sein.«

»Ich hatte nicht das Gefühl, dass es ihm sonderlich schlecht ging. Zumal du diejenige bist, die es ihm schwer macht.«

»Ah, du meinst den Umzug. Er redet nur noch davon. Glaubst du ernsthaft, ich werde meinem Kind den Vater vorenthalten? Ich möchte nur, dass Leo endlich mal aus seiner Komfortzone herauskommt. Zugegeben, ich habe es übertrieben. Ihm anzudrohen, dass ich mit Anton ins Ausland gehe, war wohl doch ein bisschen zu viel. Doch das soll uns heute nicht interessieren. Jetzt geht es ihm deinetwegen schlecht, dagegen musst du als seine Freundin etwas tun.«

»Leo und ich – wir waren kein Paar, sind es nicht und werden auch niemals eines sein.«

»Er vermisst dich.«

»Das hat er gesagt?«, hauchte Emma und ärgerte sich, dass ihr verräterisches Herz auf diesen faulen Trick reingefallen war. Das Ding ließ sich viel zu leicht manipulieren.

»Nicht direkt. Aber er ist verrückt nach dir. Ich erkenne die Liebe, wenn sie vor mir steht, das habe ich dir schon mal gesagt. Und weil du ihn genauso angesehen hast wie er dich, solltest du besser *tout de suite* – das bedeutet sofort – zurückkommen.«

»Vergiss es«, entgegnete Emma. »Er hat meine Gefühle schamlos ausgenutzt, um Geschäfte für seinen Vater zu akquirieren.«

»Für seinen Vater?« Claudine lachte schallend. Die war doch genauso irre wie der Rest der Familie, wenngleich sie nur noch indirekt dazugehörte. Emma wartete geduldig, bis Claudine sich beruhigt hatte, und ergatterte in der Zwischenzeit eine winzige Parklücke vor einem Baustellenschild. Manchmal kam ihr Köln wie eine einzige Baustelle vor, weswegen sie perfekt hierherpasste. Apropos perfekt, Claudine gluckste immer noch, was so süß klang, dass Emma den Mund verzog.

»Leos Vater«, setzte Claudine schließlich an. »Leos Vater und Leo machen alles, aber keine Geschäfte. Du musst dich irren.«

»Ach ja? Und wie erklärst du dir, dass Bernhard Flemming just in dem Moment auf dem Hof auftaucht, in dem Leo mir ein Angebot macht?«

»Leo und sein Vater sehen sich nur ein einziges Mal im Jahr – zum Geburtstag seiner Mutter. Bernhard Flemming hat sein Kind bisher nicht gerade mit Liebe überschüttet. Deswegen hat Leo entschieden, dass es ihm besser geht, wenn er aufhört, um Bernhards Gunst zu buhlen. Ich kann dir also nicht erklären, warum er da war, denn da ist nichts, was die beiden verbindet.«

Das war nun wirklich nicht das, was Emma erwartet hatte. Überhaupt nicht. Sie klimperte mit den Fingern auf dem Lenkrad, als spielte sie Bachs *Wohltemperiertes Klavier*. Ihr Gehirn weigerte sich, das eben Gehörte in die richtige Schublade zu sortieren.

»Also, Emma, wie sieht es aus – wann bist du hier?«, fragte Claudine, als wäre jetzt alles klar.

»Äh.« Auf einmal wies Emmas Sprachzentrum erhebliche Lücken auf. Angenommen, Claudines Geschichte wäre wahr, und Emma hätte die Situation falsch eingeschätzt. War es nicht längst zu spät, es sich einzugestehen?

»Emma, bitte«, schnurrte Claudine. »Ich bin sicher, da ist etwas Großes zwischen euch, das es wert ist, den Sprung zu wagen.«

»Sprung?«, echote Emma.

»Nenn es, wie du willst, Hauptsache, du kommst

zurück. Er hat dein Bett nicht gemacht. Du weißt, was das bedeutet.«

»Nein?«

Abermals gab Claudine einen missbilligenden Laut von sich. »*Mon dieu*, hast du denn gar keine Ahnung von Männern?«

»Genug, um zu wissen, dass Leo sich nicht gerade über meinen Besuch freuen wird.«

»Vielleicht nicht gleich«, räumte Claudine ein. »Männer, du weißt schon.«

»Vergiss nicht, dass ich von denen keine Ahnung habe.«

Claudine lachte. »Du bist süß. Jetzt muss ich weiter, Anton wartet im Garten auf mich. *Allez, petite* Emma.«

»Und wenn es zu spät ist?« Emma schloss die Augen und hörte Claudine genau zu, als diese sagte: »Für die Liebe ist immer die richtige Zeit.«

Wenn Emma Matthies einen Fehler beging, dann richtig. Sie hatte Mark falsche Hoffnungen gemacht, Michael enttäuscht und Leo verletzt – drei Menschen, die ihr auf unterschiedliche Weise viel bedeuteten. Aus Gründen, die sie nicht verstand, glaubte sie Claudine jedes Wort, und hoffte, die Französin schätzte Leo richtig ein. Ungeachtet dessen, dass Emma nicht wusste, was sie erwarten würde, war sie fest entschlossen, sich Claudines Satz zu Herzen zu nehmen – schließlich waren die Franzosen berühmt für ihr Gespür in Sachen *l'amour*.

Zurück im Büro meldete Emma sich zum ersten

Mal krank, obwohl sie putzmunter war. Michael setzte seine Brille auf, musterte Emma argwöhnisch und ließ sie schließlich ziehen. Ein klitzekleines bisschen unwohl fühlte sich Emma wegen der Lüge schon, aber nicht schlecht genug, um es sich anders zu überlegen. Schließlich hatte sie eine lange Autofahrt vor sich. In ihrer Wohnung angekommen, rannte sie ins Schlafzimmer und fand ganz unten im Kleiderschrank drei lässige Shirts und eine Jeans aus alten Zeiten, die sie in ihre Reisetasche stopfte. Normalerweise würde Emma das Haus so leger nicht verlassen, aber was war derzeit schon normal? Der Kulturbeutel, den sie nicht einmal ausgepackt hatte, landete samt Unterwäsche und Socken ebenfalls in der Tasche, und bevor Emma den Reißverschluss zuzog, kramte sie die Jeans und ein Shirt wieder hervor. Rasch wechselte sie von ihrem Makleroutfit zum neu-alten Emma-Style und befand, dass sie sich gut fühlte, während sie sich vor dem Spiegel drehte. Dann huschte sie ins Bad und wusch sich die Schminke vom Gesicht. Nachdem sie ihre Haut mit kaltem Wasser erfrischt hatte, griff sie erneut zur Wimperntusche, entschied sich jedoch dafür, nur ein wenig pinkfarbenen Lippenstift aufzutragen. Anschließend sammelte sie Lilli bei der Hundesitterin ein, tankte den Fiesta und reihte sich in den zähfließenden Verkehr auf der A1 in Richtung Bremen ein. Erst nach ewig dauernden zwei Stunden löste sich die Verkehrssituation am Kamener Kreuz, wo Emma auf die A2 wechselte – allerdings nicht, ohne sich zwischendurch einen großen Milchkaffee zu kaufen und Lilli Auslauf zu gönnen.

Auf ihrer letzten Fahrt nach Moorbach hatte sie sich zwingen müssen, nicht bei nächster Gelegenheit umzukehren. Dieses Mal konnte es Emma nicht schnell genug vorwärtsgehen. Das Radio dudelte leise im Hintergrund, während Lilli im Beifahrerfußraum immer wieder fragend das Köpfchen hob. Auch sie spürte die besondere Stimmung und fragte sich gewiss, was Frauchen nun wieder ausgeheckt hatte. Solange Lilli ruhig blieb, fuhr Emma. Sie wurde überhaupt nicht müde, im Gegenteil. Je näher sie Moorbach kam, desto größer die Anspannung. Emma sang nicht, hörte dem Radiomoderator nicht zu. Für die Pferde an der Aller, die wie immer in ruhigen Wogen unter der Autobahn entlangfloss, hatte sie lediglich einen kurzen Blick übrig. Als das Werbeschild mit dem Pferdekopf für den Megastore hinter einer Biegung auftauchte und erst recht bei der Ausfahrt Moorbach raste Emmas Herz, sodass sie Mühe hatte, gleichmäßig zu atmen. Alles sah genauso aus wie bei ihrer Ankunft vor einer Woche. Hatte sie ernsthaft etwas anderes erwartet? Vielleicht weil nichts mehr war wie zuvor. Emma erkannte sich selbst kaum wieder.

»Gleich sind wir da«, war der erste Satz, der ihren Mund seit der Abfahrt verließ.

Hinter dem Ortseingangsschild bog Emma scharf nach rechts ab, zu spät, um weich abzubremsen, damit Lilli sich nicht erschreckte.

»Sorry«, murmelte Emma, bog auf den Parkplatz ab und starrte auf den verglasten Megastore, vor dessen Eingang eine lebensechte Pferdeskulptur aus Kunststoff stand. Bevor sie es sich überlegen konnte, betrat Emma das Geschäft, in dem es nach Leder und Pferdefutter roch. Erschlagen vom reichhaltigen Angebot an Helmen, Sicherheitswesten, Schuhen, Kleidung und Reiterzubehör, wandte sie sich an eine Verkäuferin, die einen Stapel Schuhkartons auf den Armen balancierte. Für einen kurzen Augenblick zögerte Emma, als ob etwas Großes, Einmaliges bevorstünde, etwas, das einer Menge Fingerspitzengefühl bedurfte. Vergeblich suchte sie ihr Geschäftslächeln, schließlich ignorierte sie das Rumoren im Magen und sagte: »Ich … ich hätte gern eine komplette Reitausrüstung für … für mich.«

Es schüttete schon wieder wie aus Eimern, als Emma den Fiesta auf dem Hof neben Leos Auto parkte, das überhaupt nicht so aussah, als hätte es vor Kurzem an einer wilden Feldwegfahrt teilgenommen. Verstört darüber, dass die Spuren dieses Tages wie weggewischt schienen, starrte Emma das Fahrzeug an und fragte sich, ob wenigstens der Abdruck ihrer dreckverkrusteten Schuhe noch auf der Fußmatte zu sehen war. Auf einmal roch sie das Leder, auf dem sie erst vor wenigen Tagen nass und durchsichtig gesessen hatte, sodass Leo in ihre Seele hatte blicken können. Sie erinnerte sich daran, wie er sie angesehen hatte, bevor er den Wagen auf dem engen Feldweg wendete. Und an ihre Hand auf seiner, als Zeichen dafür, dass sie für ihn da sein wollte. Sie spürte immer noch seinen Atem auf ihrer Haut, als er sie später an sich gezogen, sie geliebt hatte.

Emma schüttelte den Kopf, öffnete die Autotür und

trat in den Regen hinaus, wohl wissend, dass es ihr binnen weniger Augenblicke ergehen würde wie neulich, wenn sie sich nicht beeilte. Die Tüte mit der Reitausrüstung an den Körper gepresst, rannte sie zum Stall, direkt zu Elvis' Box, die leer war wie der Topf Mut in Emmas Herzen. Schwer atmend umfasste sie mit der Hand einen Gitterstab, musterte das Stroh, das noch frisch und unberührt war. Emma sah sich um. Stille. Wie immer also. Aber etwas war nicht, wie es an anderen Tagen war. Etwas … fehlte. Etwas, das Emmas Verstand nicht greifen konnte. Vorsichtig trat sie in die Pferdebox, das Stroh gab raschelnd nach.

»Du bist hier«, sagte Leo hinter ihr.

Emma erstarrte. »Hallo, Leo.« Sie wagte nicht, sich zu ihm umzudrehen. Zwischen die Angst, zurückgewiesen zu werden, und die Euphorie darüber, hier zu sein, mischte sich eine große Portion Besorgnis. Emmas Magen zog sich zusammen, ihre Arme, in denen sie immer noch die Tüte hielt, wurden schwach. Endlich traute sie sich, Leo anzusehen. In der nächsten Sekunde ließ sie die Tasche ins Stroh fallen, die bisher alles war, woran sie sich klammern konnte, lief zu Leo, der Emma aus matten Augen ansah, die dunklen Ränder darunter schwarz, als hätte er tagelang nicht geschlafen. »Was ist passiert?«, fragte Emma und legte eine Hand auf Leos Brust, die sich schwach hob und senkte, als atmete er kaum.

»Er ist weg«, entgegnete Leo tonlos.

Emma riss die Augen auf. »Nein.«

»Wie vom Erdboden verschluckt. Seit gestern. Normalerweise kommt er immer nach ein paar Stunden zurück, aber diesmal …«

»O Gott, nein. Leo. Wie furchtbar. Was sagt die Polizei dazu? Die suchen doch nach ihm, oder?«

»Polizei? Die sperren mich ein, wenn ich eine Vermisstenanzeige für ein Pferd aufgebe.«

»Oh.« Emma schnaufte. »Du sprichst von Elvis.«

Leo zuckte hilflos die Achseln. »Es fühlt sich an, als würde es mit Elvis anfangen und mit Anton aufhören.«

Emma streichelte seinen Arm.

»Du erwischst mich mal wieder zu einem ungünstigen Zeitpunkt, Emma. Kein guter Tag für ein Wiedersehen.« Traurig verzog er den Mund, woraufhin Emma energisch den Kopf schüttelte.

»Es ist gerade gut, dass ich hier bin.«

»Darf ich dich daran erinnern, dass ich dich angeblich an meinen Vater verraten und mit deinen Gefühlen gespielt habe?«

»Wenn du es schon ansprichst – inzwischen weiß ich, dass ich mich … geirrt habe und …« Sie räusperte sich. »Schon komisch, dass du dich plötzlich so gut mit Mark verstehst.«

»Das mache ich doch nur deinetwegen. Du solltest sehen, dass ich es ernst meine, und außerdem hatte ich gehofft, wenn Mark dir erzählt, dass wir jetzt …« Leo raufte sich die Haare und sagte: »Also gut, lass uns Elvis suchen. Ich glaube zwar nicht, dass ausgerechnet wir ihn jetzt finden, aber …«

Er half Mark ihretwegen. Für sie. Weil er es ernst meinte. Mit ihr.

»Wie können wir sicher sein, wo wir suchen sollen? Er kann überall sein«, fügte Leo noch hinzu.

Emma hob die Achseln. »Ich weiß es nicht, aber ich würde da suchen, wo ich ihn das erste Mal getroffen habe. Nur so ein Gefühl.«

»Versuchen wir's. Eine seiner Lieblingsstellen, weil am Waldrand Apfelbäume wachsen.«

»Außerdem habe ich jemanden im Auto, der uns helfen kann.«

»Du meinst doch nicht etwa den Bettvorleger? Ach, Emma, glaubst du nicht, wir verschwenden unsere Zeit?«

»Für die Liebe ist immer Zeit, oder nicht?«, erwiderte Emma und fügte, vom ruhigen Tonfall ihrer eigenen Stimme überrascht, hinzu: »Vertrau mir, Leo. Du weißt doch, wie das ist, wenn man verliebt ist. Das ist wie … wie Magnetismus.« Zwar wusste sie nicht, was sie da redete, aber es klang einleuchtend.

Ehe sie in den Regen hinaustrat, zog Leo sie am Arm zurück. »Du weißt schon, dass das verrückt ist, oder? Vor allem die Sache mit dem Hund.«

»Willst du dein Pferd nun wiederhaben oder nicht?«, fragte Emma ungeduldig. »Aus irgendeinem Grund begegnen Elvis und ich uns immer wieder. Warum sollte es nicht ein weiteres Mal passieren?«

Mehrere Sekunden lang sah Leo sie skeptisch an. Aber was blieb ihnen übrig? »Na los, worauf wartest du noch, Pferdeflüsterin?«

Sie liefen gemeinsam zum Auto, wo Lilli sich vor lauter Freude kaum beruhigen konnte. Sie bellte und hüpfte und drehte sich um die eigene Achse, sodass Leo Mühe hatte einzusteigen. Erst jetzt wurde Emma gänzlich bewusst, wie töricht ihre Idee gewesen war, Lilli als Spürhund einzusetzen. Schließlich war sie nicht Lassie. Aber alles war besser, als untätig zu warten. Während der Fahrt in den Heidjerweg, wo Emma den Wagen vor dem Haus der Eltern parkte, sprachen weder Emma noch Leo ein Wort. Emma versuchte, das Gedankenpuzzle zu sortieren, aber die Teile waren winzig und ähnelten einander zu sehr, sodass sie es aufgab. Unmittelbar nachdem sie den Motor ausgestellt hatte, sprang sie aus dem Wagen, pfiff Lilli zu sich, die blitzschnell über den Fahrersitz nach draußen hopste, schlug die Tür hinter sich zu und beobachtete Leo dabei, wie er sich ihr mit schnellen Schritten näherte.

»Ich kann nicht glauben, dass ich das tue«, sagte er und lief los in Richtung Feldmark, dicht gefolgt von Emma.

»Warum renne ich dir eigentlich andauernd hinterher?«, rief sie und hielt an, als sie die Buche erreichten, auf der Insa und sie Gummibärchen geteilt hatten. Emma legte den Kopf in den Nacken, schloss die Augen, während der Regen auf sie niederprasselte. Vielleicht war es an der Zeit, die Vergangenheit endlich ruhen zu lassen und an die Zukunft zu denken. Zum ersten Mal überkam sie die Sicherheit, dass sie Papas Rat, nach vorn zu sehen, befolgen konnte. Emma betrachtete Leo, der ein paar Meter vor ihr ebenfalls angehalten hatte, durchnässt, die Stirn mit

Sorgenfalten überzogen. Doch da war etwas Neues, das in Leos Blick schwamm. Hoffnung. Vertrauen. Er hatte nicht eine Sekunde an ihr gezweifelt, war ihrer Schnapsidee vorbehaltlos gefolgt. Jetzt kam er zu ihr, sah sie an.

»Es tut gut, dass du da bist«, sagte er ruhig, als ob er sich gerade auf einem gemütlichen Sonntagsspaziergang befände.

Emma nickte nur, obwohl tief in ihrem Inneren bunte Luftballons flogen und sie ihm am liebsten um den Hals gefallen wäre. Längst hatte sie es geahnt, aber in dieser Sekunde konnte sie sich endlich eingestehen, weshalb sie nach langer, langer Zeit wieder vorwärtsgehen wollte. Der Grund stand direkt vor ihr.

Sie wies in Lillis Richtung, die bellend neben einem Findling stand, auf dem die Himmelsrichtungen aufgemalt waren.

»Es fühlt sich richtig an, hier zu sein«, sagte Emma und lief voraus, nass bis auf die Haut, aber es kümmerte sie nicht. Hier ging es längst nicht mehr nur darum, Elvis zu finden. »Wo bleibst du, Herr Flemming?«

Obwohl der Regen die Heideblüten niedergedrückt hatte, wirkte das Lila immer noch wie ein fröhlicher Farbklecks auf einem in Grau und Braun gehaltenen Gemälde. Als Emma und Leo den Bienenstock erreichten, an dem Emma vor einer Woche in den Wald abgebogen war, hielten sie erneut. Atemlos. Seitenstiche.

»Wir finden Elvis nie«, sagte Leo.

»Wenn du nicht daran glaubst, dann … dann kann es

auch nicht passieren. Du kannst gehen, wenn du willst. Ich … ich gebe jedenfalls nicht auf. Nicht wegen … wegen des bisschen Regens.«

»Wir finden ihn nicht.« Hilflos breitete Leo die Arme aus.

»Wir *müssen* Elvis finden, damit du wieder schlafen kannst, damit du nicht mehr wie eine leere Hülle umherirren musst. Ich weiß genau, wie viel dir an ihm liegt. Und was mich angeht … Es war eine spontane Idee herzukommen, weil … weil man das eben macht, wenn man …« Sie seufzte. »Ich bin ziemlich weit gefahren, um … um Elvis zu sehen, und … deswegen … Er kann ja nicht weit sein. Außerdem ist er bekannt wie ein bunter Hund, die Leute im Dorf werden sicher die Augen offen halten und uns helfen.«

»Eigentlich hat niemand seine Hilfe angeboten.«

»Was, niemand? Das kann ich nicht glauben.«

Leo zuckte die Achseln.

»Hast du denn um Hilfe gebeten?«

Leo schwieg. Lange. Viel zu lange. »Für sie ist er eben nur ein Pferd.«

Emma stemmte die Hände in die Hüften. »Das ist ja wohl das Allerletzte«, schnaubte sie und fischte das Handy aus der Gesäßtasche.

»Emma, lass gut sein. Ich denke nicht, dass ich …« Zu spät.

»Mark. Ich bin's Emma. Wie war das noch – jeder für jeden und so? Elvis ist seit gestern verschwunden, und keiner von euch fühlt sich verpflichtet, bei dem Sauwetter nach dem armen Tier zu suchen?«

»Du bist hier?«, fragte Mark verblüfft.

»Ich kann nicht glauben, dass du dir von Leo helfen lässt und dann nicht einen Finger krumm machst, wenn er dich braucht. Moorbach ist doch eine große Familie, oder stimmt das etwa nicht? Seit dem Feuer habt ihr mir das Gefühl gegeben, dieser Gemeinschaft nicht würdig zu sein. Immer mehr glaube ich, dass ihr es seid, die unwürdig sind. Ihr alle. Immer schön auf andere zeigen. Ein Armutszeugnis.«

Nach einer kurzen Pause ließ sich Mark zu einem trockenen Kommentar herab: »Wow, Emmi. Endlich. Und jetzt bring um Himmels willen die Sache mit Leo ins Reine, allein seid ihr nicht auszuhalten. Um den Rest kümmere ich mich.« Aufgelegt. Frechheit!

Wutschnaubend stopfte Emma das Telefon in die Gesäßtasche. »Warum bin ich dem eigentlich so lange nachgelaufen?«

»Ich nehme an, das ist eine rhetorische Frage.«

»Ohnehin ist es total verrückt, jemandem hinterherzurennen. Wenn der andere wollte, dass man ihn einholt, würde er schließlich warten. Ich habe das doch gar nicht nötig.« Emma zupfte das nasse Shirt von ihrem Bauch. Igitt.

»Du meinst, ein weiteres Mal würdest du mir nicht hinterherkommen?«

»Wie bitte?« Emma neigte den Kopf.

»Was, wenn ich verspreche, beim nächsten Mal auf dich zu warten?«

Emma blinzelte den Regen weg, Leo lächelte. So jungenhaft und ehrlich, dass seine Augen glänzten.

Und Emmas Herz erwärmten. Verdammter Mist, sie war dermaßen in diesen Mann verknallt, dass sie überall dorthin gehen würde, wo er war. Aber das musste sie ihm ja nicht gleich verraten.

Emma war nicht spontan. War. Sie. Nicht. Punkt. Trotzdem stand sie mitten in der Heide. Auf der Suche nach einem Pferd. Pudelnass. Und bis über beide Ohren verliebt. Es wäre ja nur ganz kurz. Nur ein klitzekleines bisschen impulsiv. Eine Minute. Vielleicht zwei. Emma holte Luft, um etwas zu sagen, doch jedes Wort schien ihr zu viel. Und als Leo die Hand nach ihr ausstreckte, küsste sie ihn einfach. Seine Lippen waren feucht vom Regen. Emma konnte gar nicht genug davon bekommen. Zärtlich, fordernd, vergebend. Ein Anfang. Nur widerwillig lösten sie sich voneinander, Emma umfasste Leos Gesicht, lehnte ihre Stirn an seine.

»Danke fürs Stehenbleiben«, hauchte sie, was Leo mit einem letzten Kuss erwiderte, ehe er zurücktrat, Emma sein Handy reichte, auf dem vor wenigen Augenblicken ein Foto eingegangen war. Ein Foto von einer Pferdebox, in der ein schwarzes, sehr großes, sehr nasses Pferd in aller Seelenruhe Heu futterte. An der Schiebetür hing eine weiße Tüte, aus der einer der Reitstiefel ragte, die Emma vorhin gekauft hatte.

»Das gibt's doch nicht«, entfuhr es Emma. »Er hat uns an der Nase herumgeführt und ist längst zurück. Schade, die Theorie, dass Elvis und ich dazu bestimmt sind, uns immer wieder zu finden, hat mir gefallen«, sagte Emma und führte das Display so nah an ihr

Gesicht, dass sie die Augen zusammenkneifen musste. »Sag mal – grinst der?«

Leo ergriff ihre Hand. »Los. Zeit, nach Hause zu gehen, Pferdeflüsterin. Und vergiss den Bettvorleger nicht.«

Mittlerweile hatte sich der Regen in Niesel verwandelt, der Emma die Welt wie durch einen milchigen Vorhang sehen ließ. Oder war es das ungewohnte Gefühl, dass Leo ihre Hand hielt, als ob es so sein müsste?

»Warum regnet es dieses Jahr überhaupt so viel? Und was hast du eigentlich mit den Reitsachen vor?«, fragte Leo und wich einer tiefen Pfütze aus.

»Ich dachte, es wäre an der Zeit, Elvis eine Chance zu geben.«

Leo nickte, nach einer Pause sagte er: »Habe ich dir schon gesagt, dass du, was deine Bestimmung anbelangt, doch recht hattest?«

»Du meinst diese Begegnungssache? Wenn ich Elvis schon nicht gefunden habe, sollte ich zumindest ein Hühnchen mit ihm rupfen. Er muss endlich aufhören, sich Schlupflöcher zu suchen und einfach zu verschwinden. Auf Dauer würden meine Nerven das nicht aushalten.«

Leo hielt an und stellte sich vor Emma, sodass sie ihn direkt ansehen musste. Er blickte sie so offenherzig an wie in den wenigen besonderen Momenten, die sie miteinander geteilt hatten. »Vielleicht geht's gar nicht so sehr um Elvis.«

Als er ihre Hand an seine Lippen führte und diese

fast schon intime Geste Emmas Seele erreichte, flüsterte sie: »Was meinst du, worum geht es dann?«

Abermals blickte Leo Emma an, als ob er in sie hineinsehen könnte. Ein wunderbar warmes, behagliches Gefühl. Ein Gefühl von Ankommen. Er zog sie an sich, küsste sie und hauchte an ihre Lippen: »Um uns.«

Epilog

Lüneburger Heide, im August 2018

Es war der Sommer, in dem die Heide am Himmel blühte.

Zumindest für Emma, die kopfüber am dicksten Ast eines Apfelbaums hing und sich fragte, wie sie da jemals wieder herunterkommen sollte, während sich Anton neben ihr bereits flink auf den Ast zurückgeschwungen hatte.

»O Gott«, stöhnte sie, woraufhin Anton durch den Garten brüllte:

»Papa, Emma kommt nicht mehr vom Baum runter!«

»Na, vielen Dank auch«, brummte Emma. »Verräter.«

Wie ein Äffchen sprang Anton auf den Rasen und sah grinsend auf Emma. Seitdem seine Eltern die Sorgerechtsfrage gelöst und Claudine und ihr Hugo sich ein Häuschen im Nachbarort gekauft hatten, war der Junge wie ausgewechselt. Er verbrachte einen Teil der Sommerferien bei Leo und Emma, die im Frühjahr bei Leo eingezogen war und dafür gesorgt hatte, dass das Haus nicht länger wie eine Exposévorschau, sondern wie ein Heim aussah – einen nicht unerheblichen Teil trug ehrlicherweise Anton bei, der neuerdings sein halbes Kinderzimmer im Haus verteilte. Und Schuhabdrücke auf den Fliesen. Und staubige Handabdrücke an der Wand im Flur.

Ein zweites, viel größeres Paar Schuhe trat in Emmas Blickfeld.

»Interessant«, sagte Leo und stützte Emma, während sie sich mit seiner Hilfe ächzend auf den Ast zurückhievte.

»Geht Opa jetzt mit zum Bach?«, fragte Anton und warf eine imaginäre Angel aus.

»Lauf und frag ihn. Dann ist's für Emma nicht so peinlich, wenn ich ihr helfe.« Leo und Anton boxten die Fäuste aneinander, und Leo sah seinem Sohn nach, wie er ins Haus zu Opa Peter rannte.

»Ich komme super allein zurecht«, schwindelte Emma und schätzte verstohlen die Entfernung zum sicheren Boden ab.

Leo grinste. »Es ist ja nicht so, dass ich daran zweifle. Nein, so ist es nicht.«

Emma lachte und streckte die Hände nach Leo aus, der sie auffing und küsste, nachdem er sie an sich gezogen hatte.

»Ich habe deiner Mutter versprochen, ein paar Kisten aus dem ehemaligen Sportzimmer auf den Dachboden zu tragen, damit wir Antons Möbel abholen können. Er freut sich schon richtig auf das Zimmer bei seinen neuen Großeltern.«

»Pass ja auf, dass Mama nicht die alten Fotoalben rauskramt. Wenn sie einmal damit anfängt, kommst du vor heute Abend nicht davon los.«

»Ich schaue mir gern die kleine Emma an, diese Bilder verraten sehr viel über dich.«

»Ich habe keine Geheimnisse vor dir.«

Leo lachte. »Bis auf das Baby, das du mir vier Wochen lang verheimlicht hast.«

»Wart's ab – wenn sie erst mal da ist, wirst du dir nicht mehr vorstellen können, wie es ohne sie war.«

»Ich bin nicht sicher, ob ich dafür bereit bin. So ein Schäferhundwelpe ist eine große Verantwortung.«

»Du wirst dich schon an Max gewöhnen, schließlich wird sie bei uns groß. Und du mit ihr.« Emma grinste und fuhr Leo durch die Haare.

»Wir sollten aufhören, unseren Mädchen Jungsnamen zu geben«, schlug Leo vor. »Für die Zukunft.«

»Ich liebe es, wenn du von unserer Zukunft sprichst.« Emma küsste ihn.

»Schatz, ich …«

»Schatz? Hast du gerade Schatz gesagt?« Emma lachte.

»Was? Nein, habe ich nicht.«

»Und ob.«

»Auf keinen Fall, ich …«

»Mein Lieber, du hast es so was von gesagt.«

Leo fuhr herum, Mama schmunzelte, einen Eimer Kirschen in der Hand. »Darf ich Leo kurz entführen, damit wir aufräumen, bevor mein Herr Gatte dazukommt? Ihr wisst, wie euer Vater ist, er kramt hier und da, und am Ende des Tages sind die Kisten halb leer, noch bevor sie an ihrem Bestimmungsort angekommen sind. Er kann sich so schlecht von Dingen trennen.«

»Gott sei Dank bist du richtig gut im Wegwerfen, was?«, warf Emma augenzwinkernd ein.

Leo legte den Arm um Mama und sagte, während er sie zum Haus begleitete: »Ich habe auf jeden Fall Interesse an den alten Fotoalben.«

»Oh ja.« Mama klatschte erfreut in die Hände. »Es wird Zeit, dass wir uns die mal wieder ansehen.«

Emma seufzte. Diese Familie machte sie wahnsinnig. Eilig folgte sie den beiden ins Haus, Lilli im Schlepptau, die noch nicht ahnte, dass sie nächste Woche ein Geschwisterchen bekommen würde. Anton war schon furchtbar hibbelig und hatte mit Leo und Emma Hundedecke, Leine, Futter, Näpfe, Transportbox und was ein Welpe sonst noch alles benötigte, besorgt. Gestern Abend hatte er Max' zukünftigen Schlafplatz eingerichtet und schweren Herzens seinen Kuschelhasen geopfert, damit das Hundebaby nicht einsam werden würde, wenn Anton nicht mit ihm spielen konnte.

Im Zimmer oben hatte Mama den ersten Karton geöffnet, auf dem in Papas gerader Handschrift *Emmi 8-10 Jahre* stand. Darin waren nicht nur Fotos, sondern auch Emmas Lieblingskuschelhund Bello, den Emma in der Erinnerungsbox in Sicherheit gebracht hatte, nachdem sein Auge abgekuschelt worden war. Gedankenverloren drückte sie den Stoffhund an sich und rümpfte die Nase, als sie an seinem muffigen Ohr roch.

»Wisst ihr, worauf ich mich freue?«, fragte Mama, woraufhin Emma und Leo sie fragend ansahen. Mama tippte auf ein Bild von Emma vor dem bunt geschmückten Weihnachtsbaum, in der Hand Sunshine-Barbie, im Haar eine pinkfarbene Schleife. Und dann dieses Rüschenkleid, das Emma zu jeder sich bietenden Gelegenheit angezogen hatte! »Auf Weihnachten. Ich freue mich auf Weihnachten. Da wird das Haus endlich mal wieder rappelvoll sein.« Mamas Augen glänzten, Emma strich über ihren Arm. Ostern war noch nicht vorbei gewesen, als Mama bereits die besten Rezepte für ihr Weihnachten 2018 herausgesucht hatte. Sie beabsichtigte, über die kompletten drei Weihnachtstage zu feiern, die gesamte Familie sollte anwesend sein, ob angeheiratet, geschieden oder befreundet. Sogar Jan hatte zugesagt, Mama nahm heimlich Wetten entgegen, ob er allein kommen würde, nachdem es mit Lisa nicht geklappt und er für eine Weile die Freundinnen wie seine Unterhosen gewechselt hatte. Emma lächelte nur, denn sie war die Einzige, die Jans Geheimnis kannte – Jans und Insas Geheimnis. Denn nachdem die beiden sich letztes Frühjahr auf Leos Geburtstagsfeier getroffen hatten, hatte Emma gleich bemerkt, dass zwischen ihren beiden Freunden die Funken sprühten. Seitdem blühte Insa förmlich auf.

Emma nahm das Foto, das sie gemeinsam mit Insa auf dem Schlitten zeigte, beide Mädchen im Schneeanzug und mit Wollschals bis unter die Nasen gewickelt, neben ihnen ein Schneemann mit einem von Mamas Töpfen auf dem Kopf und Papas Lieblingskrawatte um den Hals. Emma drehte das Foto und zeigte es Leo und Mama. »In diesem Winter haben wir mit Papas Hilfe unser erstes Iglu gebaut, in dem wir sogar fast eine Nacht verbracht hätten.«

»Fast? War wohl doch zu kalt«, meinte Leo.

Mama lachte. »Ganz im Gegenteil. Gegen halb vier in der Früh hatte ich zwei tropfnasse Frostbeulen in der Küche sitzen, weil Mark mit einer Rotlichtlampe das Eis getaut hatte. Ein Jahr später hat er den beiden ein neues Iglu gebaut.«

Emma nahm das zweite Fotoalbum an sich und schlug es auf. Sie stutzte. »Mama, das bist ja du.«

Leo beugte sich zu ihr, um einen Blick auf Mamas Jugenderinnerung zu werfen, auf der sie im knappen Bikini Tischtennis spielte. Leo pfiff anerkennend und grinste. Zwei Seiten später hielt Emma abermals inne. Mit zusammengekniffenen Augen beäugte sie das Foto, auf dem Mama und ein junger Mann mit Sonnenbrille abgebildet waren, der den Arm um ihre Schultern gelegt hatte und in die Kamera grinste. »Und wer ist das?«, wollte Emma wissen.

Mama lehnte sich über den Karton und wurde auf einmal ganz blass. »Ach, das. Das ist … ich weiß nicht. Klapp das olle Ding zu, Emmi, das will doch keiner sehen.«

»Der sieht aus wie …«

»Jetzt will ich ihn mir auch ansehen«, sagte Leo, nahm das Album, blinzelte. »Oh.«

»Ja«, sagte Mama und entriss Leo eilig das Erinnerungsstück. »Lange her. Sehr lange. Fast gar nicht wahr.« Sie kicherte nervös.

»Aber …«

Sie warf Leo einen warnenden Blick zu.

»Man könnte meinen, du verheimlichst uns etwas.«

Emma lachte, woraufhin Mama gleich noch schriller kicherte.

»Verheimlichen? Ich? Absurd. Völlig absurd.« Sie erhob sich, das Album fest umschlungen. »Ganz schön heiß hier oben. Am besten, ich gehe rasch runter und mache uns eine Zitronenbrause.«

Emma sprang auf. »Gib mir das Album, ich packe es wieder ein.«

»Nicht nötig. Ich … ich werde es nachher mit Papa noch einmal durchsehen. Ja.« Sie wandte sich ab.

»Mama, was ist los, warum verhältst du dich so komisch?«

»Komisch«, quiekte Mama und fächerte sich mit der Hand Luft zu. Sie hatte bereits die Tür erreicht, als Emma vom Geistesblitz getroffen wurde. Dass sie überhaupt so lange gebraucht hatte, um ihn zu erkennen!

»Das ist doch Bernhard Flemming!«, rief sie. »Ihr kennt euch?«

Mama hielt abrupt inne, und die Temperatur im Raum schien schlagartig um mehrere Grad anzusteigen. Sie seufzte. Einmal, zweimal.

Auch Leo erhob sich, stellte sich neben Emma.

»Nun …« Endlich drehte Mama sich um. Das schlechte Gewissen stand ihr ins Gesicht geschrieben. »Wir … wir kannten uns ganz gut.« Mama räusperte sich. »Eigentlich ist es ja auch egal, nicht wahr? So ist das eben auf dem Land, man kennt sich eben.«

»*Wie gut* kanntet ihr euch denn?«, fragte Leo betont beiläufig und lehnte sich an den Griff des Crosstrainers.

Mama winkte ab. »Ach, flüchtig. Ganz flüchtig.«

Emma schnaubte. »Du kannst genauso schlecht lügen wie ich. Nun erzähl, so schlimm wird's schon nicht sein.«

Mama wand sich wie eine Forelle, die Papa gefangen hatte, um sie anschließend wieder ins Wasser zu werfen. »Wir … wir waren ein-, zwei-, maximal dreimal aus gewesen, nachdem wir uns auf einem Schützenfest getroffen hatten. Damals. Überhaupt nicht wichtig, wie gesagt.«

»Und danach habt ihr euch nie wiedergesehen?«, fragte Emma.

»Das muss Schicksal sein, denn wäre mehr aus euch geworden … nicht auszudenken«, sagte Leo schnell und nahm ihre Hand.

»Wie das so ist, man läuft sich über den Weg. Die Welt ist ja so klein.« Erneut wandte sich Emmas Mutter zum Gehen.

»Was ich nicht verstehe«, überlegte Emma laut, »ist, warum Flemming den Auftrag nicht Papa gegeben hat. Macht man doch, wenn man sich kennt.«

»Ach«, Mama winkte ab. »Den hätte Papa nie übernommen.«

»Wieso dann ich? Das macht doch alles keinen Sinn.«

Mama seufzte zweimal, dann sah sie Emma an. »Es macht schon Sinn«, sagte sie und trat zurück ins Zimmer. »Wir hätten uns doch nirgendwo mehr blicken lassen können, wenn Papa sich eingemischt hätte. Wir kennen Mark und seine Familie schon ewig, glaubst du ernsthaft, dein Vater würde sich auf ein solches

Geschäft einlassen? Bernhard und ich haben uns vor einigen Wochen zufällig getroffen, als ich vom Töpfern nach Hause kam. Man redet, schwelgt in Erinnerungen, er hat ein bisschen angegeben mit seinen Hotels und dem Krempel – konnte ja keiner ahnen, dass die Geschichte sich verselbstständigt.«

»Welche Geschichte?«, fragten Emma und Leo gleichzeitig.

»Bernhard hat versucht, mich auszuquetschen, über Marks Pension, wie es finanziell aussieht und so weiter. Ich habe natürlich sofort Lunte gerochen und blitzschnell entschieden, dass ich es einfach versuchen werde.«

»Was denn, Mama, was versuchen?«

Mama hob die Schultern, ließ sie wieder sinken. »Ich wollte, dass du nach Hause kommst, Emmi«, fuhr sie fort und sah auf einmal traurig aus. Und gealtert. Emma stockte für einen Augenblick der Atem. »Und ich hoffte, dass du Mark helfen würdest. Ich meine, wenn nicht du, wer dann? Ehrlich gesagt, war ich sogar ziemlich sicher, dass er dir wichtiger ist als jeder Auftrag. Weil du so bist, Emmi, du hast ein Herz aus Gold und bist eine treue Freundin. Die beste Tochter. Deswegen habe ich Bernhard vorgeschlagen, er sollte doch bei der Immobilienfirma anrufen, für die du arbeitest, und dich verlangen. Ich habe ihm erzählt, dass du extrem erfolgreich und ehrgeizig bist. Und vielleicht habe ich auch erwähnt, dass du mit Mark noch eine Rechnung offenhast.«

Emma starrte sie ungläubig an, hin- und hergerissen zwischen Schock, Verärgerung und Liebe.

»Eventuell habe ich da einen Fehler gemacht«, gab Mama kleinlaut zu. »Aber nun hatte ich mir schon so viele Gedanken gemacht, wie ich dich dazu bringen könnte zurückzukommen, dass ich weitermachen musste.« Sie lächelte Emma und Leo hoffnungsvoll an. »Dass es nun so kommt, mit euch, mit der Pension – ich gebe zu, so weit hatte ich nicht gedacht, aber ich bin sehr, sehr glücklich darüber.«

»Mein Vater nutzt wirklich jeden zu seinem Vorteil. Deswegen geht es ihm und mir besser, wenn wir uns nur einmal im Jahr zum Geburtstag meiner Mutter sehen«, sagte Leo kopfschüttelnd.

»Ich kann das alles gar nicht glauben«, sagte Emma, die endlich wieder richtig sprechen konnte. »Du hast die ganze Zeit gewusst, was los ist? Hast du nie darüber nachgedacht, in welche Zwickmühle du mich dadurch gebracht hast?«

»Natürlich. Aber ich fand, du hattest die ganze Sache prima im Griff. Und Mark konnte es auch nicht schaden, ein bisschen nachzudenken und mal wieder den Allerwertesten hochzukriegen. Im Großen und Ganzen ist es doch ganz gut gelaufen.«

»Ganz gut gelaufen?«, quiekte Emma, woraufhin ihre Mutter mit der Hand auf Leo wies, der bestärkend nickte.

»Ich finde auch – ziemlich gut gelaufen.« Er drückte Emmas Hand, aber Emma war noch nicht fertig.

»Und was ist mit diesem anderen Interessenten – hast du den etwa bestochen?«

»Natürlich nicht. Den habe ich erfunden. War gar nicht so einfach.« Mama ergriff Emmas freie Hand.

»Sie ist verrückt«, sagte Emma zu Leo und versuchte, ernst zu bleiben. Das war wirklich ein starkes Stück, das sich ihre Mutter geleistet hat. Ganz schön stark.

»Und es tut mir kein bisschen leid.« Mama reckte trotzig das Kinn. Diese Frau war wirklich mit allen Wassern gewaschen, worauf Emma sehr stolz war.

»Muss es auch nicht«, seufzte sie und umarmte ihre Mutter. »Muss es auch nicht.«

»Hach, bin ich froh, dass ich das von der Seele habe, Kinder. Und jetzt lasse ich euch mit den Kisten allein. Die Limonade ruft.« Sie war fast aus der Tür, als sie stoppte und, ohne sich umzudrehen, sagte: »Wenn ich noch mal entscheiden müsste, würde ich nichts anders machen.«

Emma sah Leo an. Das Graugrün seiner Augen schimmerte wie ein tiefer Bergsee, an dem sich Emma niemals würde sattsehen können. Er strahlte jene Sicherheit aus, die sie von Anfang an bei Leo gespürt hatte. Sobald er lachte, war alles so, wie es sein sollte.

Wenn ich wieder entscheiden müsste, würde ich auch nichts anders machen, dachte Emma, schlang die Arme um Leo und küsste ihn. Denn an diesem Sommertag, an dem die Heide nach Honig duftete, war Liebe das Einzige, was zählte.

Danke

Dankbar kann man nicht oft genug sein, finde ich. Es gibt viele Situationen im Leben, in denen ich versuche, mich auf dieses Gefühl zu besinnen. Ein kleines, von Herzen kommendes Danke kann so groß, so wärmend und bewegend sein – nicht nur für denjenigen, der damit beschenkt wird. Ein Glück, dass es mir am Ende meines vierten Romans sehr leichtfällt, Danke zu sagen. Und zwar all den lieben Menschen, die mich bis hierher begleitet haben und bestimmt auch weiterhin an meiner Seite sein werden.

Ich danke meinem Mann, der sich nur noch selten wundert, wenn ich nach einem »Ich bin gleich fertig« stundenlang im Büro verschollen bleibe. Der mich unterstützt, mir Mut macht, wenn ich nicht weiterweiß.

Meiner Tochter, auf die ich unendlich stolz bin und die ebenso geduldig und verständnisvoll ist wie ihr Papa.

Meiner Agentin Elisabeth Botros, die sofort an mich geglaubt, die Geschichte als eine der Ersten gelesen und mit viel Engagement vermittelt hat. Dem gesamten Team der Literarischen Agentur Michael Gaeb.

Julia Fronhöfer von Blanvalet, die sich vom ersten Moment an begeistern ließ.

Meiner Lektorin Diana Neiczer, die mich mit den

richtigen Fragen und Anmerkungen dabei unterstützt hat, die Geschichte rundzumachen und Emma & Co. noch mehr Leben einzuhauchen.

Dem wunderbaren Team von Blanvalet für die Unterstützung und das Engagement, mit dem es die *Heideblütenküsse* in die Welt getragen hat.

Angela Kuepper für den redaktionellen Feinschliff, ihre vielen hilfreichen Kommentare und die warmen Worte.

Meiner Kollegin und Freundin Claudia Winter, die mir mit Rat und Ideen zur Seite steht. Ein Hoch auf unsere Zusammenarbeit.

Meinen kostbaren Testleserinnen Sabine sowie Marion und Katie Jay Adams, die mittlerweile viel, viel mehr sind als Nachbarinnen beziehungsweise Autorenkolleginnen.

Julia Sypke für die Autorenfotos und die informativen Spaziergänge durch die Heide, die mich sehr inspiriert haben. Die Zeit im Naturschutzgebiet ist immer wie ein paar Stunden Urlaub.

Mama und Papa, weil ihr an mich glaubt.

Den fleißigen Bloggerinnen, die mich in den sozialen Netzwerken und auch persönlich unterstützen.

Meinen Freundinnen, die mir zuhören, mir vertrauen, auf die ich in jeder Lage zählen kann. Und die es mir nicht übel nehmen, wenn ich in einer guten Schreibphase oder während der Lektoratsarbeit (oder beidem zusammen) Termine absage. Die Mitleid mit mir haben, wenn ich mal wieder hundert Seiten löschen muss, und die mich bestärken durchzuhalten.

Und letztlich danke ich natürlich dir, liebe Leserin, lieber Leser, dafür, dass du mit meinen Protagonisten mitfieberst, mir E-Mails und Nachrichten schreibst, über die ich mich jedes Mal sehr freue.

Danke! Von ganzem Herzen.
Silvia Konnerth